勾玉系列番外篇

风神秘抄

ふう じん ひ しょう

[日] 荻原规子◎著　辛如意◎译

时代文艺出版社

图书在版编目（CIP）数据

风神秘抄 /（日）荻原规子著；辛如意译.—长春：时代文艺出版社，2021.1

ISBN 978-7-5387-6032-3

Ⅰ.①风… Ⅱ.①荻…②辛… Ⅲ.①长篇小说－日本－现代 Ⅳ.①I313.45

中国版本图书馆CIP数据核字（2019）第001243号

出 品 人	陈 琛
产品总监	邓淑杰
责任编辑	刘瑀婷
	闫松莹
装帧设计	孙 利
排版制作	隋淑凤

Fûjin Hishô
by Noriko Ogiwara
Copyright © 2005, 2014 by Noriko Ogiwara
First published in Japan in 2005 by Tokuma Shoten Publishing Co.,Ltd.
Simplified Chinese translation rights arranged with Tokuma Shoten Publishing Co., Ltd.
Through Japan Foreign-Rights Center/ Bardon‐Chinese Media Agency
吉林省版权局著作权合同登记 图字：07-2018-0041号

风神秘抄

[日] 荻原规子 著　辛如意 译

出版发行 / 时代文艺出版社
地址 / 长春市福祉大路5788号 龙腾国际大厦A座15层 邮编 / 130118
总编办 / 0431-81629751 发行部 / 0431-81629755 北京开发部 / 010-63108163
官方微博 / weibo.com / tlapress 天猫旗舰店 / sdwycbsgf.tmall.com
印刷 / 三河市天润建兴印务有限公司
开本 / 710mm×1000mm 1 / 16 字数 / 347千字 印张 / 25
版次 / 2021年1月第1版 印次 / 2021年1月第1次印刷 定价 / 55.00元

图书如有印装错误 请寄回印厂调换

目 录
コンテンツ

▼

第一部　落难武士

第一章 平治之乱

1

黎明时，聚集在紫宸殿南庭的士兵们已得知局势逆转的消息。

他们守护的大内①里，如今圣上与上皇②皆不在此。

留驾在一本御书所的上皇漏夜前往"御室"仁和寺，在黑户御所③的圣上披戴假发、穿着女官装束，乘坐妇女用车离去，年仅十七岁的天子据说竟未被盘查的武士识破。

整起事件是由朝廷内部的背叛者挑起，圣上移驾至贺茂川以东的六波罗④，借由行幸平清盛的府邸，此处形同临时内里⑤，平氏取得御旨诛讨逆臣是迟早的事。

"左马头大人错估对手啊。"

---

① 大内：即皇宫。

② 上皇：太上皇。在日本指让位后的天皇。

③ 黑户御所：与清凉殿西侧相连的窄长房间。

④ 大波罗：日本京都市东山区松原町附近的旧地名。平安末期，此地多为平氏一族的宅邸，故为平氏政权的中心地区。

⑤ 内里：皇宫内供居住的宫殿。

官封左马头的正是源义朝，这种话唯有嫡长子义平敢说出口。对坂东①武士而言，身为源氏英才的义朝所下的判断如同圣旨，因此足立四郎远元假装对少主的话充耳不闻，草十郎当然也跟兄长同样反应。

恶源太义平②个性从来不为政争烦忧，这个血气方刚的十九岁青年，满脑子只想好好硬战一场。

"管他怎样都行，总之非对付平氏不可。总帅若非平清盛，八成就是平重盛。咱们就教那些朝廷贵族瞧瞧源氏武士的厉害。"

严阵以待的士兵近八百名，在紫宸殿的广大南庭下显得势单力薄，此后兵分三路涌进大内里的东三门，人数显得寥寥无几。其中坂东出身的士兵有两百余名，尽管如此，源义平愈发显得精神抖擞了。

"就由我方出击，把那些从熊野优哉回京的平氏党羽杀个痛快。不过算了，平重盛才是目标，得先杀他才行。属下们，快跟我来！"

周围士兵感应他的号召，纷纷气势大振。义平天生具有统驭能力，性格既豪迈又魄力非凡，十五岁时与叔父交战大获全胜，因此得到镰仓恶源太之名。

（我也要去……）

草十郎今年十六岁，两个月前才到京城，首次披挂上阵也不过是半个月前的火攻三条殿，虽然没斩过敌人，却有了出征的经验。

没有配马的步兵同样身穿铠甲，那是一种没有袖板的腹卷铠③，并戴头盔及配有双护腕和护腿。尽管如此，由皮革和铁制小片所编缀的腹卷铠沉重异常，这重量无非是提醒他的血缘出身。铠甲的明黄色编线簇新，正是足立家的祖父从军陆奥时的受赐之物，可说是大有来历。

草十郎并非生于本家，而是在乡野长大。对于这同父异母、素不相

---

① 坂东：日本旧时位于足柄岭山坡以东的各国。
② 恶源太义平：指日本平安时代末期的武将源义平。
③ 腹卷铠：简易式铠甲，本指省衣头盔和大袖的铠甲，有时也穿在礼服内。

识的少年，足立远元在介绍时居然还以"舍弟"称呼，让草十郎欣喜不已。足立远元在源义平讨伐叔父时曾随行参战，源义平的幕僚也对他另眼相看；他个性平易近人，乐于关照草十郎，少年才得以如愿进京。

草十郎来到殿前，眼前铺着瓦宇的承明门宏伟如邸，这时有侦察兵奔出门外。六波罗终于采取行动了！这群坂东士兵还来不及领命、正准备翻身上马时，门外传来了震耳欲聋的喧嚷。

那是平氏大军出征时的呐喊。

当大将呼唤"嘿嘿"时，军队发出"喝"作为响应，重复三遍后，呼喊声余韵长绕。草十郎切身感受到凛然震撼，深受那豪壮声涛的吸引而听得入迷。

从几千几百名士兵的喉咙迸发出的呐喊，让这里连空间也起了变化。大内里原来是有丹漆柱和青蓝瓦宇的典雅之地，此时渐渐改变共鸣的波长，化为尖锐气息交错的战场——逐渐涂染成充满噬血欲望的空间。

当然，应战的草十郎等人必须发出高呼，那是从腹底、魂底绞出来的声音。战士借由呐喊重新涂染自己，气魄集中丹田，蜕变成不惜自我牺牲的另类存在。

既然被塑造成这种存在，而且效果相当显著，草十郎在唱和后不禁讶异，那位身为右卫门都、坐在紫宸殿阶上的藤原信赖，竟然一时腿软站不起身。

藤原信赖身穿红底色织锦的直垂服①，身披渐层浓紫色大铠②，头戴锹型盔饰的星盔，还配一把黄金长刀。这位人物的战袍比源氏大将更为华丽。此时他脸色铁青、浑身打战。殿阶西侧的橘树旁，有一匹人人称

---

① 直垂服：日本古代对襟有袖扎的衣服，平安后期作为室内便服，镰仓之后作为武士的便服和礼服。

② 大铠：大盔甲。在日本极具代表性的盔甲，便于骑马射击，现于平安中期。

羡的黑骏马，只见藤原信赖猛打哆嗦，随从帮忙推他上马后，又从另一侧滑落。

（或许真的找错联手对象……）

这种光景，连身为步兵的草十郎都心有戚戚焉，他以眼角余光瞥见左马头源义朝一脸苦涩别过头，怒气冲冲地跨上坐骑。

"喂，吹笛人，别再磨蹭了。"

这时，草十郎听见有人叫唤，不禁大吃一惊，原来正是恶源太义平从马背垂目望着他。只见义平泛起恶意的笑容说：

"快去抢匹马，然后跟我来。这种事难不倒你。"

少年还无暇回答，义平就朝马臀一挥鞭，霎时转身离去。然而，草十郎觉得心满意足。

源氏的少主竟然记得我，还叫我"吹笛人"——光这几句话，就让草十郎不惜为义平捐躯。只要能为少主而战、为他效忠，死又算什么！何需计较成败！

少年尚未自觉这正是沙场上的热情，便心意已决地跑起来。

草十郎从孩提时代开始吹笛，并没有启蒙师父，在乡野时仅凭一支单管，自然就会吹奏。

他有很长一段时间不知那是什么曲调，只在高低音色中，内心恍惚出现一段旋律。他照着吹时，养母若苗就面色苍白地告诉他，他的生母曾吹过这首曲调，还说莫非这孩子从娘胎里就在聆听——

草十郎的生母据说是美貌的游艺人①，让足立家的生父十分着迷。母亲生下他即撒手人寰，正室志乃坚持不让烟花女的儿子进门，草十郎

————————

① 游艺人：指从事谣曲、舞蹈表演或古琴弹奏等的艺人。

因此只能在乡野长大。

到了懂事年纪，草十郎从来不在人前吹奏，因为他知道会落人口实，何况还得设法应付乡里的小混混——他们是一群野孩子，偏爱恶整弱势者。草十郎知道自己会吃亏，但也不想白挨拳头。

尽管如此，他不忍放弃喜好。当他忽然单独消失，到无人原野或山丘上吹笛时，乡野的家人总视为怪癖而一笑置之。

源义平会知道此事，是因为足立远元在介绍弟弟时，把此事当作趣谈讲起。

"这小子擅长笛子，听说没人理会他就能吹上一整晚。不过对象可不是人类哟，而是到野外吹给乌鸦或狐狸听。"

围着火堆饮酒的武士们觉得好笑至极，纷纷说：

"吹给动物听有啥用？该不会真的溜去找姑娘，吹个小曲想赢得芳心吧？不过瞧瞧这小伙子，是个美男子哟。"

"哪里的话，乌鸦和狐狸都是神明的使者，草十郎只是向神献曲而已。"

足立远元刻意摆出一脸认真。

"本人先声明，我这弟弟是人不可貌相，不然你们可有苦头吃了。他在家乡专门捉对厮斗，曾一口气击败十名对手。他愈吹笛子，打架本领就愈强。"

草十郎只能苦笑，自己为何能磨炼打架技巧、培养出在彪形大汉前也面不改色的气魄，这全是宗家的远元兄无法了解的事情。虽然他以出身足立家为傲，心里仍是五味杂陈。

"哦……本领强就好办了，不管对女人还是狐狸都应付得来。"

"下次看是比射箭还是斗相扑，亮点儿本事来瞧瞧吧。"

就在你一言我一语时，义平忽然插嘴说：

"我跟这小子不同，是为了吸引姑娘才想学好笛子，总不能没个绝活就去追女孩子吧。下次你要去无人的地方吹，记得找我。"

众人听源义平说得直率，不禁哄堂大笑。这是两个月前的事情，此后草十郎不曾与少主交谈过，即使少主已忘记自己也不稀奇，然而在出征的时刻，源义平突然提及此事。

（义平大人这么说，我一定能做到……）

那么，草十郎应可轻易达成义平的要求。紧追远元兄的坐骑实在太辛苦，他眼看双方结束箭攻，一鼓作气就朝前直奔。

离开大内里宫门之后，这次显然不同于三条殿的奇袭，而是一场攸关生死的对决。平氏大军密麻如潮，涌满整条大路。

然而冷静下来，就知道无论再怎么气势如虹的大军，也不过是人的集团。这群仗着人多势众的家伙，只要自己逐一冷静看准，就能偷袭掉以轻心的对象。

草十郎在单打独斗方面经验丰富，但对自己能保持明晰理智，实在感到不可思议。他没有任何恐惧，望着怒吼挥动武器的敌方武士，甚至有闲工夫思索着……大叔们，何必蛮勇啊。

草十郎握着步兵所持的长柄刀，这种武器靠腕力挥举太重，只需朝目标方向弧形挥舞、顺势照落刀方向砍去，就不至于消耗太多体力。

就算草十郎不断长高，也不可能成为彪形大汉，更不会变得结实魁梧、肌肉发达，因此他必须讲求效率。实际上，他真正的武器是观察对方动作的敏锐眼力，以及对节奏的直觉。观察对方动作，寻出规律节拍，便能掌握乱拍中的节奏……草十郎掌握乱拍后果断挥刀，凌厉的架势，就算刚勇的武士也难以招架。

他奋力跑着物色敌人的坐骑，无意识地架开在头顶交错的刀影，只见一匹属于我军的骏马失去主人，正在那里飞蹦蹿跳。马主是一名铁甲武士，他正与敌兵扭打成一团，滚落地面。

连马旁的几名随从都来不及奔来抢救，草十郎当然无法追上。只见敌人高举的长刀白光一闪，刺入被擒住的那名武士的头盔护颈中。

一瞬间，敌方步兵也朝抢夺目标奔去。那是一匹令人动心的苇毛马，草十郎本能地举刀朝对方刺去。

他不关心对方死活，只觉得彼此势不两立，为了削弱其势，必须教对方丧失战斗能力。非要一匹战马不可——强烈的渴望让草十郎终于如愿，头一遭在战场上杀死敌人，连对手长什么模样都没印象。

草十郎抛下长柄刀，跃上苇毛马，一跨上马鞍就知道是好货色，那饱尝夏草而变得肥壮的身躯多紧实，肌肉充满张力。出身坂东的武士驱策马匹自然驾轻就熟，他两腿夹紧马腹，猛力扯缰表明自己是主人。

少年从马背上环顾四周，这才发觉我军散乱，而且周围全都是陌生面孔。看来自己摆脱混战，在奔跑时混入了藤原信赖的部属中。一群人全被驱往待贤门，这批队伍溃不成军，打算从宫门撤退，草十郎奋勇夺来的坐骑派不上用场，忙跟着众人逃往待贤门内。

草十郎判断敌方会乘胜追击，正要撤回内里附近，遇上一群从西院转角冲来的骑马武士。

他心下一宽，这里有源义平和他的部属，远元兄当然也在其中。远元带着一副无奈的表情望着他。

"这小子，跑去哪儿了？"

草十郎无暇细说，只定定望着少主，义平似乎明白这目光的意味。

"抢到马了？刀呢？"

"用这个。"

草十郎抓起自己的腰刀，义平便命一名部属取下自己备用的黑漆长刀交给少年。

"傻子，下次连兵器也顺手抢来。我接获左马头大人的指示，可以去把平重盛打个落花流水。"

这批人加上草十郎不过寥寥二十骑，平重盛迎击的部属恐怕有五百多骑吧。然而半个时辰后，事实证明不须以势取胜。敌方无人敢与镰仓恶源太交锋，听他报上本名、见那策马的英姿后全都吓退不前，连平重盛也望之却步。

草十郎紧随着义平的坐骑，数度冲入敌阵，想奋勇找出少主指名的平重盛。然而在重重严密卫护下，他只匆匆瞥见敌将身穿有樋色①之称的赤黄色渐层编缀铠甲，骑的是带赤桃花马，感觉十分威武。

"就趁现在，能再靠近点儿不知多好。"

义平心急如焚，然而平重盛的军兵径自朝待贤门外退去，事后才得知他们企图将源氏军队诱往六条河原。倘若是在新建的大内里决战，不慎放火烧掉宫殿就得不偿失了。

战势不利，终究还是败北。

转战河滩时，源氏显然已居下风。担任兵库头的源赖政在五条河原聚集三百名士兵，观望情势变化却不参战，因此注定败北。在俨然有"当今圣上御所"之称的六波罗守阵面前，源氏兵卒溃如星散，纷纷弃甲逃逸。

直到最后关头，源义朝并没有放弃向六波罗还以颜色。渡过贺茂川后，即便加上长子义平总数仅有二十骑，一行人仍是气势如虹，足以击垮平清盛府外的盾墙。

岂料阻挡在此的正是源赖政军队，他已投靠平氏，逼使义朝唯有放弃在此牺牲，期待能至东山再起，继续攻占京城。

草十郎一直跟随在义平身边，所幸没有遭受重创，只是在思绪混沌、过度疲劳之下近乎虚脱。

他想不起何时不见远元兄的身影，兄长如果受伤，自己该抢先赶去

---

① 樋色：黄栌色，日本传统颜色，为黄褐色。

救援。但他很清楚自己全心追随义平行动，无暇顾及其他事情。

　　第一次参战就出师不利，与其说受到打击，倒不如说是对身边的情况完全不解。既然是生平第一次全力以赴，那么不眠不休也是初次体验。

　　出征时运用丹田发出呐喊力量的感觉仍在——或许仅是幻觉而已。一旦兴奋之情熄灭，他总算了解呐喊有多么耗损精力。

　　败逃的一行人中，还有一位人物乘坐马上，神情比草十郎更虚脱。

　　那就是左马头源义朝的三男赖朝，刚受封右兵卫佐，年仅十三岁。他穿的赤线编缀铠甲不带脏污，表明没有参与激战。源赖朝也是初次上阵，对于今日战况的急转直下，他同样感到不知所措。

　　草十郎望着少年，神色变得凝重。自己不算最年轻，又不是贵公子，一行人寥寥无几，他必须为主公努力效命。远元兄没有随行，自己该为他担起更多责任。

　　"右兵卫佐大人，前面山路很危险，请让我来牵马吧。"

　　草十郎已让出坐骑步行，此时走近三郎赖朝说道。少年吃了一惊，脸上微露喜色，从那头盔遮掩的缝隙中，可略见他的容貌犹带稚气，在那身大铠反衬下愈发显得纤瘦。

　　"有你帮忙太好了，我的坐骑总是偏离道路。"

　　源赖朝开口道，或许说话可以分心避免沮丧，他又对草十郎说：

　　"你和太郎兄都是坂东人吗？"

　　"是的，在下是武藏国人。"

　　"名字呢？"

　　"足立十郎远光。"

　　草十郎不禁暗忖，今天究竟报上几遍自己的出生地和元服①名了？

_____

　　① 元服：日本古时男子的成人仪式，以此为始改梳成人发型，穿成人服装，戴头冠，并改掉幼名。

只有跟所有报上名来的人交手，砍倒对方后才能活到现在。不知何故，当这些体验逐一消失后，不快的感觉总是凝聚不散。

"您想呼唤在下的话，请叫我草十郎就可以了，武藏的乡民都这么叫我。"

"哦，需要加个'草'字吗？"

少年看上衣十分严谨，郑重地点点头。

"那么，草十郎，我们今后去哪里？不能再回京城的府邸了？"

"一定有机会回去。"

草十郎回答时，想起源氏军队火攻三条殿的情景，这是兵家常见之事，此时京城的义朝府邸恐怕已陷入火海。

"……不过我们目前最好回坂东，另谋东山再起。东国有许多左马头大人的拥护者，可以重新组军。"

草十郎忽然涌起强烈的念头，认为一开始要是去坂东就好了，谁要那种临阵退却的大将。倘若能集结更多坂东势力，也不会落到这种下场。

源赖朝垂下眼小声说：

"我没去过坂东……"

"那是个好地方，您很快就会习惯的。"

"在东国居住的话，我也能像义平兄一样强吗？"

"应该可以，因为您和少主是亲兄弟啊。"

这时，主从两人完全没料到这趟逃亡不可能抵达坂东，他们深信即使战败被驱逐出京，只需投靠地方势力就能卷土重来。他们都是刚成人的懵懂少年，当然不知道落难武士的下场有多凄惨。

2

源义朝一行人仅剩十骑，继续朝比叡山前进。

岁暮的十二月，渐入深山后，身穿厚甲亦难以驱寒。云幕低垂，白天即黄昏，天欲飘雪，只是苦无投宿之处，草十郎方才痛切领会到落难武士好比丧家犬。

在草十郎看来，源义朝是与平氏并称双雄的武家英才，同时是传说的英雄八幡太郎义家的孙辈，绝不会因区区一场战败丧失尊严。然而他做梦也没想到，这位直到昨日都备受景仰的人物，如今却连翻脸不认人的农民也想对他下手。

京城近郊的居民或许对战局早有所闻，因此肆无忌惮地搜寻源氏余党。他们看准了，献上源将首级时不仅可以获得六波罗赏赐，还能捞到百姓垂涎的武士用品——长刀或铠甲等铁器。

一行人边留意追兵，边趋近延历寺的西塔时，才彻底洞悉民众的意图。此山有溪谷流涧，另一侧峭崖上则有单道，路上横阻着土垒和削尖树枝搭成的栅栏。

"来了。"

监哨吹响口哨，百余名挟弓执刀的僧兵从山崖现身，草十郎不禁愕然环望。

（……说到比叡山延历寺，我以为是有别于东国的灵刹高寺，是出家人修持深厚、受佛光庇佑的地方，没想到竟然如此。）

眼前成排的僧兵彪悍威武，令人无法想象袈裟下是否有剃度。从山崖射下的箭雨，逼使源义朝等人节节后退。

这时，只听在旁的源义平咋舌：

"这群家伙不晓得出家人要以慈悲为怀，难不成想讨伐我们？"

一个年约四旬、名叫斋藤实盛的猛将答道：

"少主，这下子麻烦了，这座山四处都有埋伏。"

"可是不能走回头路，还有追兵在后。"

"那么，让在下想办法硬闯吧。"

斋藤实盛带着自信说道，从容脱下头盔走近那群僧兵。

草十郎愕然望着他，暗想究竟打算如何，只见斋藤实盛将头盔挂在手肘，弓挟在腋下，显示无意决斗，谦逊地站在群僧面前。

"我们都是小卒，主公惨遭讨伐，因此想逃回故乡。这些人苟且活命都是想见妻儿一面，你们取了首级也得不到功赏。诸位是出家人，我相信你们能原谅并救赎这些罪人，取了这些人的性命反而有损功德。请容我献上铠甲，但求保住一行人的性命。"

马背上的赖朝忐忑不安，低声说：

"草十郎，我……"

"请安静。"

草十郎马上制止他，使劲握紧马辔。僧兵们交头接耳，正在估量提出的条件。

"好吧。如果你句句是真，就把披挂抛过来。"

斋藤实盛顺从地拿起头盔抛向那群僧兵，众人顿时哗然，数十只手伸过来抢成一团。趁众僧转移注意力的瞬间，斋藤实盛跃向身旁坐骑，策马将僧兵冲得七零八落，一把夺回头盔后，高声叫道：

"秃驴们，给我听好了！本人是东瀛第一勇士——长井斋藤实盛，敢跟老爷较量的就放马过来。"

他话未说完，草十郎敏捷地飞身上马，从赖朝背后握住缰绳。间不容发，草十郎和斋藤一起冲入慌乱的僧兵中。义朝等人策马紧随在后，就在来不及逃避的僧兵跌落溪谷的混乱中，一行人有惊无险地闯过难关。

顺利脱险仅在一时，来到横川①又同样遭遇到阻碍。延历寺的僧兵在整座山布满埋伏，横川的僧兵严阵以待，在山岭凿道上预备落石，誓必擒拿源氏武士，不知何时开始筹备，声势十分惊人。

这种情况下，武士更迫切需要以马代步。在西塔或横川的僧兵虽多，毕竟不便骑马迎击，擅于驭马的义朝一行人在躲过落石袭击后，击退僧兵通过险阻——然而，却有一人例外。

那就是义朝的伯父陆奥六郎义隆在此丧命，他不幸被僧兵一箭射中颜面。

僧兵渴望获得源氏大将的首级，源氏武士当然不能让对方得逞，就派一名同行者砍下义隆的头颅。左马头义朝终于淌下男儿泪，悔恨失去最后一位八幡太郎义家之子。有一段时间，他亲自携着伯父的首级前行，但终究不能如此下去，就将头颅绑上石块，抛入途中经过的溪谷里。

为了防止被拾去验明，只得削去义隆的五官再丢弃首级。眼看着必须由亲人来执行这种残酷的行为，草十郎不禁别过脸去，他知道不会发生在自己身上，可是赖朝则不同。

十三岁的少年坚强地注视着父亲处理首级，连在旁的草十郎都感觉自己几乎作呕。此后众人陷入沉默，尤其是赖朝的眼神最晦暗，紧紧闭口不语。

倘若赖朝丧命，左马头义朝也会如此处置吧。不，在赖朝负伤动弹不得时，恐怕就会下手……挽住马辔的草十郎绝望地如此推想。

因为，这是唯一的方式。

（他不想……死得那么凄惨吧。）

这就是落难武士的下场。草十郎眼看纷雪飘落，不禁抬头望着枝梢

---

① 横川：比叡山的三塔之一，由天台宗山门派创始人圆仁修建。

间隐现的无情灰空。战场转换成不畏死亡的特殊空间，无非只是瞬息的存在。一旦败北，失去与作战时同样浓度的血腥亢奋后，这回又为了不想送命，必须继续亢奋下去。究竟能撑到几时……恐怕是在某人结束自己性命的那一刻吧。

（我们为何非这样不可？）

比叡山遇袭后，来到琵琶湖又无船可渡，众人一时陷入绝境。所幸沿湖南下时不曾引人注目，才略感安心。一行人疲惫得四肢无力，在轻雪飘飞中驾船渡往势多，抵达对岸山麓后，总算有较长的时间得以歇息。

其中两人不顾难得的进食机会，先去侦察消息，草十郎也随同前往。少年在确定周围没有可疑人物后返回，源义朝向他体恤地说：

"你这年轻人很聪明，居然一路跟来没走散啊。听说你和足立远元失散，他将会以你的卓越表现为荣。"

深感喜悦的草十郎低头致意，若不是过度劳累，或许他会更加欣喜，此时的他累得弯不起嘴角。

尽管如此，他吃下烤热年糕、喝了少许酒后，手脚如"大"字般一摊睡下，这才觉得舒畅许多。即使他听到队伍被势多的船夫看见，连一晚都不宜久留时，仍然觉得不至于在此送命。

火光下，草十郎重新打量自己，只见远元兄送的鲜艳铠甲的明黄色编绳已多处褪色发黑，几乎全是污泥，还掺混了敌人的溅血。

他想到血腥会持续下去，微微泛起一阵恶心，茫然想着，若脱下腹卷铠丢掉的话，一定有很多人乐得来捡吧。西塔那群僧兵抢夺头盔时的粗鄙模样，重新在他眼前浮现。

忽然间，一只青竹筒伸到他鼻端。

"酒还多得是哟。"

拎着竹筒的正是恶源太义平，草十郎道谢后接过酒筒，少主直接在他身旁坐下。

并排而坐的义平体格魁梧，身高和肩宽足足是少年的两倍。他的铠甲同样满是脏污，装备比草十郎沉重许多，感觉上却依然行动自如。

"左马头大人告诉我，说你能跟到这里真是厉害。"

"您曾吩咐在下随行的。"

草十郎答道。义平诡异一笑说：

"是啊，没错，但听过我讲这话的少说也有上百人，而现在留在这里的不到十个。你这小子，还真古怪啊。"

"是吗？"

草十郎感到不解，义平又说：

"从在内里南庭见到你时，我就觉得你是怪人。一旦要出战，竟然露出优哉的神情闲眺藤原信赖的窝囊相。你头一遭上阵，就这么气定神闲啊？"

"在下并没有优哉。"

"是啊，你打仗时冲锋陷阵，铆起劲儿来抢回马匹。不过你的眼睛很凉澈，这种家伙没多久就会变得非常厉害。我以前认识某个人正是如此。喂，太冷静就会……"

话说一半，义平蓦然住口，草十郎不禁仰望着他。

"您怎么了？"

义平微露窘迫的表情。

"不，我不适合讲这些，咱们都快朝不保夕了。我是希望认识的那位仁兄能够长命些。"

草十郎默默递出竹筒，义平一饮而尽后，叹气说：

"唉，我这恶源太也有没辙的事。这不是头一遭作战失利，也不是初次卷土重来。"

义平微吐丧气话，隔了片刻，草十郎方才了解他的用意。

"只要重返镰仓，就能很快卷土重来吧？"

"不……问题就在此。"义平浓眉深蹙，若有所思地说，"左马头大人打算前往不破关，然而忌惮平氏的强大实力，唯有放弃一途。不过他发现唐崎和势多的平氏势力较弱，因此决心下赌注。那里确实有许多支持源氏的伙伴，像是垂井或青墓等地，在青墓还有妓女替他撑腰呢。"

义平见少年频眨眼，恶意地戳戳他的胸膛说：

"……我看你八成没玩过女人吧？只吹给乌鸦听，开什么玩笑。左马头大人跟青墓的妓女生下一位千金，如今她们算是少数用不着担心窝里反的人。我知道他想孤注一掷，不过要是失算，就必然会被一网打尽，我们源氏将会灭绝。"

义平叹口气，又说：

"为了以防万一，我决定和左马头大人分道扬镳，不再前往镰仓，而是北进经由飞驒到信浓国和甲斐国，在东山道上招兵买马。我想单独行动，你要跟我一起来吗？"

"我也去啊？"

草十郎顿时一愣，没头没脑地反问。义平再度浮现惯有的诡异笑容，那像是别有用意地眩惑对方，却又想掩饰的笑脸，任何人都将深受吸引。他策动人心的力量，正在于那抹淘气少年般的笑容。

"我不想再让部属四散，所以想找你同行。甲斐或信浓都有好牧场，货色任君挑选，就把最好的千里马赏给你吧。"

一行人趁夜色出发，循山里继续北进。纷雪时疾时歇，未达漫积程度，纵然天寒地冻，一片白皑皑反让足迹清晰可见。山路不再险困，夜间前进也较比叡山时轻松些。

义平有意多谈，纵马来找草十郎。少年发觉自己能对少主无话不说，这对在乡里一向寡言的草十郎而言实在难得。

"说起吹笛子给乌鸦听，在下倒想起一件事。如果告诉别人绝对会被取笑，因此从来没向人提起……"

"说来听听吧，我也会笑你一顿。"

"以前在下吹奏时，曾有乌鸦飞来说话。"

"不得了。"

"它的口气活像村里的坏婆婆。"

义平果然喷笑出来。

"因为饲养的乌鸦会说人话吗，它叫你'臭小鬼'是吗？"

"不，它说，'嗯，这孩子可能来得及呢。'"

草十郎对七岁时发生的事情记忆犹新。记得当时停在篱笆上的乌鸦偏着头，圆溜大眼在夕空下映得火红。正因为太不可思议，他不知反复回想多少遍，这段回忆若说是临时想起，其实是有点儿言不由衷。

"正确地说，应该是'嗯，这孩子可能来得及呢。小弟弟，仔细听好了，只要继续练好笛子，总有一天会遇到少主哟……'"

"太夸张了吧。"

义平大惊之下有些退却。

"会不会是神谕或显灵之类的？我先声明哟，要是什么熊野变身的乌鸦使者，我可没兴趣听，信仰它的不是别人，正是平清盛那个混蛋。"

"在下也不清楚熊野现身，不能断定是否就是神明显灵，只觉得很不可思议。"

义平忽然转怒为喜说：

"如果你认为和我有宿缘也罢，那么，你愿意跟我去飞驒啰？"

草十郎点点头。

"我没有真正能返回的家园，就算不回去，也没人担心……"

说着，他觉得自己的处境很凄凉，义平乘势又说：

"奥美浓有家母娘家所在的村庄，幼时我曾在那里玩耍。我即将前往飞驒，在这次进京前，其实先去过一趟了。只要到那里，就会看到我的横笛，我可以让你吹奏它。那支横笛，我交给一个叫美津的姑娘保管。"

这次轮到草十郎有些退却。

"原来是这个缘故啊。"

"傻小子，那是一支名笛，是源氏传给历代嫡长子的宝物哟。"

"换句话说，您的意思是……保管横笛的人，就是左马头大人想获得支持的那种伙伴？"

经他指出事实，义平一笑置之。

"怎么，别往歪处想。比起那些在灯火下才能见人的脂粉姑娘，美津可是仙女下凡哟。"

义平的语气充满活力，一时忘记是败逃之身，草十郎听后，不觉对他有些敬服。的确，草十郎还不了解，醉心女性究竟会让人变得多么神采奕奕。

说起奥美浓，想必与武藏同样是乡野僻地。或许真正的义平更适合朴实的山野生活，假如不是源氏嫡长子，他应该能够适应。

草十郎还没考虑是不是失礼，就忍不住问道：

"这次上阵作战，在下毫不惧怕，或许是因为没有割舍不下的对象。您有了珍重的对象，还能忍心抛下她吗？"

"傻小子，这种事也敢问恶源太？"

义平冲口说道。惹恼少主的草十郎蓦然住口，过了半晌，义平紧咬牙关，恨声说：

"……不管如何，我非反击平清盛不可。三年前的战役中，那恶贼设下奸计逼使左马头大人处决亲生父亲和胞弟，连我也得讨伐素未谋面的叔父。然而血浓于水，就算干戈相向，当时实在是情难以堪。平氏如此削弱我方势力，利用卑劣手段陷源氏一门于不义。如不报仇雪恨，我就不是源太，美津必然会了解我的苦衷的。"

3

东方渐白之际，一行人眼前出现隐在山谷间的小村落。

此处居民曾受源氏之恩，应该能主动提供歇宿，因此望见山谷时，众人心情难以言喻，总算得以喂饱倦马、脱盔卸甲酣睡一番了。草十郎等人光想象这幅情景，就几乎要合眼，甚至当场就能倒头大睡。

不料抵达歇脚处时，发生的事情令人睡意全消。

"有人见到右兵卫佐吗？"

勃然变色的左马头义朝问道，草十郎心底一惊，连忙环顾四周，原本跟在几人身后的赖朝连坐骑都失踪了。

"右兵卫佐——右兵卫佐！"

义朝顾不得怕人听见，高声呼唤三郎赖朝。林间幽深，不曾传来任何细微回应。

"明明跟在队伍后面……"

义平喃喃道，草十郎在途中曾回头确认赖朝是否同行，但不记得几时少了他的身影。

"难道脱队了？"

疲倦至极的众人神情沉痛地面面相觑，面色阴郁地讨论着这种行军对成年武者都太无谋，他们已自顾不暇，年少者不能自行跟来绝对是凶多吉少。左马头义朝的表情颓丧到令人不忍卒睹，双颊无力衰垂，面露死相般泛着铁青。

"我教过他自决的方法……不至于下场难堪，可是……"

话未说完，义朝再不能言语，草十郎看他如此消沉，不禁为之动容。义朝并非以冷酷绝情获得源氏英才之名，就算来日必须痛斩孩儿首级——他对赖朝的关爱之情，仍无异于天下父母。

草十郎感到无地自容，自己竟然重蹈覆辙。当时一径追随义平，结果和远元兄失散，这次又让赖朝走失。在来势多的途中，草十郎与其他人交替骑苇毛马，徒步时必然牵着赖朝的坐骑，唯有刚才他只顾着与义平交谈。

草十郎回想那位少年，虽然处在大人的杀气腾腾中，还能努力配合行动。他表现出自己的出身高贵——由于母方系出名门，从受封右兵卫佐一职，可知位阶高于嫡长子义平——而且是个聪颖懂事、性格认真的少年。

赖朝并没有任性将草十郎重新唤回身边。或许是顾虑到义平，却没想到竟在夜路中被抛下，想必非常孤苦。就在疲倦累积到最危险时，草十郎竟然弃他于不顾。

"我折回去看看，或许还在附近。"

草十郎自告奋勇地说道，众人露出意外神情。这时他终于明白，在多数人眼里，自己和赖朝都不过是青涩少年。他并不以为意，对刚才和自己交替骑马的平贺四郎说：

"马借我好不好？"

"你办不到，还是我去。"

平贺四郎急忙说道，草十郎摇了摇头。

"这匹马很累了，我的身体比较轻，可以减轻一些负担，还是让我去吧。"

草十郎借来弓箭后跨上马鞍，义平忽然按住他握缰的手。这位少主目光凌厉地注视他，迅速低声说：

"听好了，记住离开这座山后处处有人想要你的命。三郎若进入了乡里，就别追去找他。懂了没？你一个人回来就行。"

草十郎只回望着义平，无法答应要求，他有某种预感掠过内心，为了极力否认这抹预感，他甚至忘了响应。

义平泛起苦笑，朝草十郎的坐骑一拍，以周围都能听见的声量说：

"好，这就去吧，三郎拜托你了。"

义平伸手按住自己的感觉，在草十郎的手背上久久不去；那触感仿佛告诉他不该自告奋勇，如今选择离去，势必永远无法追随少主。

（怎么会呢……我一定带赖朝大人回来。）

草十郎再次否定这种想法。他不后悔自己的决定，此时不尽力就会牺牲赖朝，将来势必抱憾终生。要是找到赖朝，得告诉他左马头有多惊慌，赖朝知情后，相信忧郁的神情应该会开朗些吧。

四周渐转明亮，所幸稍早时已停雪。草十郎循着初来时的足迹前进了许久，在小竹丛那边发现一匹马的足印，那绝对是赖朝的坐骑。

足印偏离道路，毫不迟疑地以寻常步伐走向下坡，从那不曾勒马回头的整齐足迹来看，草十郎推断赖朝没有执缰。

（说不定在马上睡着了……）

获得自由的马儿，会出于本能直朝开阔地点走去。忐忑不安的草十郎催着苇毛马疾追前进，不出所料，赖朝的坐骑已走向山麓原野。

草十郎没有忘记义平的叮嘱，附近不见人家，他告诉自己这不是乡里，决心再向前探几程路。

这是无风的宁晨，鸟儿欢唱晨歌，不需太过警觉，然而落霜枯萎的赤茶色草丛那里，有一片阻挠视线的白雾。草十郎姑且听蹄声前进，不久来到草丛尽处的广大池畔。

他勒马环顾四方，雾霭遮隐的对岸隐约有小村落，左侧地势微高，有松木疏立的细长土堤延至远方。

一身绛红铠甲的源赖朝正在堤上。

草十郎一望见身影，顾不得马匹疲倦就疾驰而去。赖朝并未骑马，有三四十个男子紧追在后。他身披重甲无法快跑，一伙人几乎就要拥上捉住他。

草十郎在飞驰中摸探箭筒，在比叡山拾到几支散箭，仍有及时吓阻之效。他不瞄准目标，而是以速度取胜，一踏稳马镫就连番搭弓快射。

第二支刚巧命中一人，率先冲着赖朝紧追不舍的乱民冷不防受到攻击，不禁心慌意乱，与后方赶上来的人群撞成一团。

趁着彼此距离拉大，草十郎快马加鞭冲向赖朝，顺势拉住他的胳臂，不由分说先将他拖上马鞍前方。气喘吁吁的赖朝表情扭曲，发现搭救自己的竟是草十郎时，几乎哭了出来。

"我的马……伤到腿……"

草十郎认为有必要听他说明窘况，然而无暇多问。赖朝刚跨上马，草十郎感到苇毛马承受过重，显得萎靡不振。让几乎累倒的马承载两人奔跑，实在太严酷。此时乱民识破草十郎的箭囊已空，怒吼着冲过来，只能逼马走为上策了。

"再加把劲，加油！"

只要拉开一些距离，追者将会死心吧。他们看似乌合之众，手中持的不过是棍棒之类，并非真正的武士团，想必是当地流氓在伺机拦路打劫。

草十郎毕竟轻敌，一心只顾策马前进，没留意到后方动静。这时，一支箭倏地飞来。

好个力道强劲的疾箭，陡然流窜体内的冲击，让他起初甚至没发觉是中箭。他朝灼痛的伤处望去，原来后肩插着箭羽，那是铠甲不易保护的部位，他感觉到箭镞刺入肉体的冲击反弹而出，一阵尖锐的痛意袭来。

草十郎凝住气息，以冷静到连自己都惊讶的语气说：

"请您继续纵马前进，到有树林隐蔽的地方才能停下来，由我在这里应付他们。"

惊讶的赖朝想回首。

"可是这样……"

"别管我，您尽管走吧。等我下马后，它将跑得更快。请听我说，若是停下来，马便跑不动了。"

话说完，草十郎飞身跃下。

在枯草上落地的冲击虽小，创痛却仍让他一阵晕眩，只能双手支地跪倒。右手一探箭柄，原来刺中左腋后方，他勃然大怒，猛力握箭拔出，只见鲜血淋漓的箭镞不甚大，他顿时觉得拔出来好过了些。

（伤口不深……左臂稍微能动，没伤到骨头……）

盛怒让草十郎气力大增，赶在追者未到前先起身迎战，他拔出义平赐的那把黑漆长刀，流氓们全没有这种兵器，只敢远远围住他。

草十郎扫视着敌人的龌龊嘴脸，发现这群人背后，有个悠然持着重藤弓①的大汉，细细的头带绑着一顶皱巴巴的乌帽子②，身上的黑线编缀铠甲算是众人中最像样的装扮，显然是首领人物。

大汉眯起眼，细声细气地命令手下：

"别动刀动剑的，打死他就好，小心伤了披挂。"

草十郎差点儿没气昏，他哈哈大笑道：

"凭你们那点儿烂功夫还想夺走这副铠甲？来试试看啊。一群狗贼，谁敢靠过来，我就教他后悔莫及。"

一人仗着蛮勇持木棍冲上来，以草十郎目测，敌方的动作和招式毫无技巧可言。男子高举木棍时，草十郎早看出破绽，轻轻避开，顺势一刀劈向对方前臂。他尽量克制动作，左半身仍免不了剧痛。尽管如此，对手喷溅的血沫吓退一伙人，男子发出哭号，连滚带爬到人群外围。

第二名、第三名对手同样尝到苦头，然而草十郎的铠甲内也透染血迹，开始斑斑滴落，最后，他的视线也逐渐模糊。他没有避过第四名对手的攻击，被一记强棍打中。

① 重藤弓：藤皮弓，以竹为芯，缠绕白色藤皮制成。
② 乌帽子：黑漆帽子，日本平安时期成年男子日常戴的礼帽。

（完了……）

草十郎这才思索着。不知何故，他在中箭及跃马时从未意识到死亡。尽管再不服输，这种情况想获救也是希望渺茫。

（我真傻……）

想到在这偏乡草丛中，孤零零被活活打死，这种丧家犬的死法实在荒谬至极。他曾起过念头想抛弃铠甲，不过若让这些卑鄙无赖夺走，那才教人后悔莫及。然而，如今再切齿悔恨也为时已晚，他踉跄躺倒后就动弹不得。

侧面一拳正中他的太阳穴，倒地后被殴打的痛感已经模糊，任打任杀都无所谓了。

（……至少让赖朝大人脱逃。）

他依稀觉得自己没有平白牺牲，赖朝也是源氏少主，昔日乌鸦透过坏婆婆的声音告诉草十郎——他的宿命对象，或许正是源赖朝。

他命中注定是代替赖朝赴死。

并不是为了恶源太义平。

逐渐模糊的意识中，他对义平歉疚无比，没有信守承诺回去。踏向原野的那一刻，草十郎已经背弃他，义平分明表示要赏给他甲斐或信浓的骏马，愿意让他吹自己的横笛。

倘若赖朝生还，义平应该喜悦才是，他不曾说两人是手足吗？

草十郎感到心满意足，就此丧失了意识。

4

恶源太义平独自攀越覆雪厚深的岭道，焦急的草十郎望着背影紧追在后，不知为何，彼此间的距离总是无法拉近。草十郎再也按捺不住，在远处呼唤：

——请等等，义平大人。是我啊，草十郎回来了，请让在下同行。

他反复呼喊几遍，义平头也不回。

——我还是决定独自走，你去把赖朝找回来。

——我找到他了，也让他逃离追兵的魔掌，今后请让在下跟随您。

草十郎热切说道，义平不为所动，前进的脚步愈来愈快。

——你我殊途，或许这样也好。我不会因此孤单，照样能一呼百应。

听到义平背对着自己说出这番话，草十郎明白少主已彻底放弃他，于是悲痛到眼前发昏。

——就算您不孤单，在下会很寂寞，从在故乡时就如此，直到今日都没人了解我，好不容易有您……

草十郎哽咽难言，义平在战场找他交谈时，好不容易让他发现自己的归属。

径自向前的义平蓦然驻足回首，他的表情掩在头盔阴影下看不清。

——你把笛子放到哪里去了？

横笛从不离身，草十郎急忙想取出来，在离开武藏时就揣在怀里，作战时则以布包裹藏在铠甲里。

不料他一探之下，发现身上没穿甲衣，只触到一层薄幔，摸不到原本在怀中的笛管。

草十郎终于想起当时遭遇，他浑身发抖。铠甲被流氓夺走了。

连母亲的遗物，那支如同性命般珍惜的横笛也一并被抢去。

"我的笛子！"

听见自己的声音，草十郎蓦然惊醒，眼前竟出现一张灰发妇人的面孔。

少年有些错愕，目不转睛地注视她。那副面容刻画着生活困苦的皱痕，虽然不至于让人不忍卒睹，但很难称得上赏心悦目，何况最令草十郎困惑的，是与这妇人素不相识。

"你……是谁啊？"

他没把握地问道，略微上了年纪的妇人倒抽了口气，扯开嗓门嚷道：

"唉哟，人醒啰！"

草十郎正疑惑自己是否脑筋糊涂时，妇女将头一缩，"噼啪"踏着地板匆匆离去了。

"正藏、正藏，还在那里吗？那男孩儿醒了，第一次开口说话啰。听到没，正藏！"

（谁是正藏？）

庆幸着陌生妇人离去，草十郎忍不住纳闷，又探摸胸口，发现铠甲和横笛果真不翼而飞，身上仅剩一件单衣而已。

（慢着，我的确早该被杀了……）

眼前映入有梁木横架的宽大屋顶天井，屋内一侧是半开板窗，敞开的木门外有铺板檐廊。草十郎身上盖着暖和的褪色棉被，看来是躺在一间气派屋宅中的睡榻上。

是谁救了我？

究竟是谁——

谜团就在妇人带正藏回来时立即揭晓。一顶皱巴巴的乌帽子、孔武有力的外形，还有活像在狐狸面具上描画的眯眯眼。这人正是射伤草十郎，命令手下打死他的首领。

草十郎怒火重燃，想纵身跃起，却只能勉强撑起上半身、伸手护着肩膀频频呻吟。原以为已领教过疼痛的滋味，不过，伤势一旦复发，却又剧痛无比。

"哎，别逞强了，你这重伤一个月也治不好。"

男子泰然说道，伸手想帮助拱着身躯的草十郎重新躺下。少年想拂去他的手，却力不从心。

草十郎躺着等待痛意消失，虽然略微晃神，仍怒气未消地瞪着这位首领。

"笛子还给我！"

"什么笛子？"

"快还我！"

"那玩意儿啊——"

正藏摸摸鼻子，悠然说道：

"你的铠甲和随身物品都放在那房间，不过现在用不着吧。最要紧的是先疗伤。"

"都是你害的。"

"唉，没错。"

"为何不杀我？"

听他如此询问，大汉诡异一笑。他天生一副笑容可掬的嘴脸，微笑时双眼更眯成了线缝。

"我改变主意了，既然抢了披挂，干脆连官兵也逮到手。不过你闹得太凶，我差点没要了你的命，幸好能活过来，用掉的汉方药量却吓死人。"

"谁稀罕你救啊。"

"话是没错，你昏睡五天未醒，那一记敲在你脑门上还真敲错了，我以为你下半辈子准要当白痴呢。"

"我五天没清醒？"

灰发妇人神情有些得意，对惊愕的草十郎说：

"是啊，就算你睁开眼，对周遭也没意识，退烧后一直昏睡不醒。你不能照顾自己，我只好耐着心不断对你喊话，又照顾得无微不至，没想到今天听见一句'你是谁啊'，真教我吃不消啊。"

草十郎这才留意到身上的整洁，穿的衣衫虽非上乘，却是焕然一新。他理当表示谢意，却变得不知所措。

正藏见草十郎神色慌张，又眯起细眼。

"嗯，果然恢复神智了，他开口第一句竟是'笛子还我'，我还以为这人脑筋有问题。"

"要你管！"

草十郎怒瞪着对方，首领完全不以为意。

"当然非管不可，没打死你是因为看你年纪轻轻却武艺高强，我很佩服这小子受伤也不屈服。到现在我还摸不清你使的什么招数，一口气打倒三四个对手，当时早该动弹不得才对啊。"

灰发妇人开口说：

"不，正藏，这孩子看起来瘦巴巴的，其实体格经过训练。他的确有料，这点我可以担保。"

"如此说来，你应该更在乎长刀和铠甲吧？我猜你是经过训练的武家出身，但举动也未免太怪了。"

草十郎真想吼他别胡扯，又竭力按捺怒火，开始设想自己目前的处境。

"……你既然说我是武家出身，难道是打算把我交给六波罗，所以才留下活口？"

"是啊，这主意也不赖。"

大汉笑嘻嘻说道。反正他不论讲什么，表情始终乐不可支，真是棘手透顶的家伙。

"送你去那种地方太麻烦，所以算了。瞧你的装扮不像是武将家的公子，就算拉去悬赏也换不了几个子儿。若是最初发现的那个穿红铠甲的小子，或许可以捞一票。"

草十郎凛然一惊，首领若无其事地继续说：

"我没忘记五天前的事哟，牺牲自己让主公逃走固然可佩，但没半个人回来找你……其实我有点期待，想赌赌看有没有救兵，结果他们太绝情了。你完全被榨干再抛弃，唉，那些人对待手下小卒就是这么回事。你沦落到这种下场却被我捡到，是该庆幸啰。"

草十郎成日无所事事，内心混乱至极。当然了，他过去从未有过这种经验，不了解当日败战让身心遭受多大重创。草十郎满心以为只要逃回山中，就能与义平和赖朝见面，可恨无法动身，不知过了多少时日，他屡次惊觉，精神频受冲击。

草十郎不得不承认世态已变，唯独自己苟活下来的事实，这让他沮丧不已。自己徒留空躯，此外一无所有，原本赴死得以成全一切，偏碰上多管闲事的正藏，害他壮志未酬。

草十郎对遭弃一事并没有怀恨在心，义朝等人不该为自己甘冒危险，这是无可厚非的事情。从京城远逃的途中，好几名武士为了确保义朝等人的退路，留下来只身抗敌，果敢面对追兵。愈勇猛的武者愈早成仁，如今只是轮到草十郎出场罢了。

话虽如此，他觉得自己的确榨尽余力了。身心虚耗时意志容易脆弱，甚至觉得处于这种不堪回首的立场，实在落魄万分。

破晓来迎、暮晚又至，晨昏对他了无意义，没有希望和期许迎接下一个天明。伤势康复后，如今只是正藏收容的丧家犬。故乡既遥，义平亦远，全被他抛弃、背离了，此时想寻求这些成为心灵支柱，也未免太厚颜无耻。

草十郎浑浑噩噩地度日，灰发妇人登美送饭菜来时在一旁唠叨催逼，他只好尽量吃完。或许如此，身体复原的状况远比心情更快。十日后，手脚的擦伤及刀伤已经痊愈，箭伤亦不再疼痛，他终于行动自如了。然而，此时的草十郎觉得根本毫无意义。

负伤已有二十余日，登美在为草十郎更换伤药时，正藏在场仔细察看伤势，然后说：

"如果剩这点伤，只要有人牵马就能稍微出远门啰。喂，明天起你去汤治吧。"

说实在话，草十郎可不知道什么是"汤治"。他蹙眉望着对方，只见总是笑容满面的正藏，此时真的愉快无比地说：

"你不懂意思？就是温泉疗养嘛。横渡湖泊，再花半天时间爬山，就会发现涌出温水的岩地，我们占到一处私用温泉，山上有一位老伯，只要拜托他就会提供照顾。老实说吧，想去泡温泉的人是登美婶，她额外看护你，腰痛的老毛病又变严重了。"

登美将更换的旧布放入木桶，毫不掩饰地说：

"我也想好好休息呢。难得新年，从初一到初三都没有片刻清闲，那座温泉能治腰痛，也适合疗伤哟。接触山间空气还能转换心情，这孩子或许转移地点疗养效果会更好，在家里成天面对你，想康复也难。"

天生笑脸的正藏，竟然有摆八字眉的时候。

"喂……我那么惹人嫌吗？"

"少讲不负责任的话，是谁害这孩子差点儿送命啊？"

正藏被登美问住，不置可否地望着草十郎。

"哎，就这么回事，你上山去吧。"

"不要。"

草十郎一口回绝，对方既说留下来养伤也难以痊愈，让他自尊心受到打击。争论片刻后，正藏突然走出房间，不一会儿又返回屋中。

"拿去。"

他抛过一支细长物，草十郎顺手接住，只见手中正是裹布的横笛。

"乖乖去温泉疗养的话，就把它还给你。你愿意接受这个交易？"

草十郎紧紧握住母亲的横笛，当然毫无异议了。

翌晨，草十郎分配到一匹老态龙钟的栗毛马，自从在宅邸清醒后，这是第一次踏出户外。

他发现正藏的宅院有削尖的栅栏环绕，外侧设有干壕沟。四周并无人居，单户孤立在衰蔓枯芒的原野上。不过客众来往频仍，马厩建得格外宽敞。

草十郎受看护时只见过登美和正藏，但常听见人声动静，他知道有多人聚集在此。跨上马背时，接连有人走出屋外好奇地打量他，或许正是当时围殴自己的那些人，草十郎不记得他们的相貌，加上许多事想顺其自然，也就任他们去了。

听从吩咐为草十郎牵马的是个孩童，年纪大约十岁，身形虽小，体格倒很结实，圆脸上的双眼间距很宽，生着一张开朗面容。男孩不知受过什么交代，格外热心尽职，草十郎由他去做，他就像服侍贵人骑乘般毕恭毕敬，或许是由于目睹在一旁的登美，正数落另一名牵马的年轻人。

不知是为了保护还是为了防范草十郎脱逃，少年和妇人在众多男随众的前呼后拥下前往温泉疗养。这些人装备简陋，比起草十郎最初以为是流氓的那批人更像帮派。

这些事掠过脑海，草十郎却漠不关心。他身体尚未痊愈，只想尽快抵达目的地。湖畔几乎不见积雪，在上山途中积雪突然增厚，登山之苦已超乎想象。

登美抱怨个不休，尽管如此，她仍坚持去温泉。草十郎对温泉没什么期待，只觉得这趟旅程可以媲美修验道行者的苦修。

不久，暮色渐浓，一行人终于望见目的地，那确实是一片岩地，浓霭缭绕，有灰褐色岩峭分明的谷地，一间形式上的简朴小屋悬空而建。

常来山中的男子们抵达后松了口气，纷纷表示到此不泡可惜，登美就命令道：

“你们别从上面的温泉露脸哟。还有，不准在小屋附近晃来晃去。我们是来享受清静的山间气息，敢再啰唆给我试试看。”

男子们并没有什么不满，随即自行解散。接下来，就是草十郎的未知体验了。

他曾在河里洗澡，也在木盆热水中浸泡过。然而，这种涌出天然温泉的岩地会发出一股怪味，坦白说真教人不舒服。蒸气腾腾不断，一猜即知是温泉，他眺望那些变色怪岩，觉得很诡异，又瞪视白浊的温水，内心挣扎了许久。

终于，他慢吞吞地脱去毛皮背心、直垂服和下身裙裤，温泉四周的岩石没有覆雪，不远处则有风刮而形成的深雪堆，细松枝梢上也染了白。在此打赤膊会立刻冻成冰柱，除了泡温泉别无选择。

"磨蹭老半天的，何苦冷得起鸡皮疙瘩？快来泡吧。"

听到登美呼唤，草十郎愕然回头，只见妇人剩一件内裙，接着脱下裙子随手一抛，从他旁边擦身而过，哗啦哗啦进了温泉。

草十郎慌忙到较远的地方浸泡，对面的登美调侃道：

"现在害羞也没用，我早就看光光了。"

或许真的如此，但草十郎看不惯初老妇女的裸身，心想最好眼不见为净……这种话毕竟说不出口。总之，这座温泉是属于他们共享。

突然泡入水中，草十郎浑身起了一阵刺麻，温水稍渗伤口，一不小心将引起疼痛。他想到这也是苦修，于是逐渐有一种舒畅感席卷而来。

"啊——舒服、好舒服。"

登美由衷发出感叹，草十郎可以切身体会：冻僵的躯体逐渐柔软，仿佛从指尖开始融化。温水的浮力和高温让脑内如肉体一般恍然放松，起先介意的异臭在浸泡间也不以为意了。

"舒服吗？"

"嗯。"

草十郎点点头，登美笑着说：

"看吧，当时你一脸不情愿，还是值得来啊。但不是让你泡到煮熟才起身哟，要反复起来和浸泡慢慢适应才行。起初会很疲倦，去小屋适度歇寝也好。有一个山民叫吉左，他会安排女儿送饭菜去。"

登美照例下完指示后，踌躇一阵又说：

"……正藏不是坏胚子，虽然召集无路谋生的人劫掠为生，成了江洋大盗。但他性格乐于助人，从不轻易出卖伙伴，跟那些压榨人的家伙不一样哟。"

草十郎原想保持缄默，又念头一转，向登美试问道：

"正藏是靠打劫为生？"

"是啊，可以这么说，他自称是民间武士。"

草十郎别过脸去。

"他也算武士？"

"当然啰。所谓的武士，一般都是任权贵呼来唤去吧。正藏可没兴趣侍奉贵人。"

"我声明在先，本人绝不跟盗匪同流合污。如果另有目的救我，你们是白费心机了。"

草十郎厉声说道，登美并没有动怒。

"我也有话在先，在这里发火的是傻瓜。唉，总之先养生一阵子吧。"

翌日，草十郎心虚地喜欢上泡温泉了。

几次浸泡习惯后让身心更舒畅，他在温泉中尽情舒掌伸脚，如今才发觉确实好长一段时间不曾放松心情。从在京城就一直如此——不，自从离开武藏，身心就已处在紧张状态。

登美贸然前来的举动会让他不知所措，但她并不常来此，草十郎可以整日逍遥度过。他从没见到其他男子，或许温泉不止一处。

令他惊讶的是，他许久不曾感觉食物如此美味了。

吉左的女儿似乎有意一直不现身，草十郎每次回小屋时，总是已备好饭菜；屋内整顿清整，这样反而自在。山间的炊食仅以简素杂粮充饭，但有丰盛的栗子或核桃、雉鸡肉干、烤鹿肉等佐肴，由此可知吉左八成是猎户。

泡温泉真舒畅，完全浸暖后，在岩石上等体热消散时的感觉更舒服。他闲眺着周围的积雪和凝冰，裸身并不觉得寒冷，浑身肌肤感受那深山氤气，仿佛融为一体。

（在此吹笛，不知道是什么感觉……）

草十郎许久不曾即兴吹曲了，在京城人地生疏，难以寻觅适吹的地点。向晚时尝试前往河滩，不料贺茂河滩人丛纷沓，甚至有百姓栖居。

他知道此地并非只有自己一人，但一时兴起欲罢不能，姑且试试在这片岩地吹奏的效果如何吧。

慎重拭去掌间水气后，他解开横笛的卷布，这件母亲留下的细巧遗物，呈现出柔和通透的麦芽黄。草十郎幼年吹它时虽不费力，这横笛却容易受湿气或环境而骤然变音，因此难以表现安定的音律。草十郎能自在吹奏后，反而不拘定调，得以享受变化莫测之乐。

徐徐朝竹管送息，音韵缓缓流泻，他总能陶然忘我，成为单纯与音律共鸣、估测节拍的存在。对他而言，催动音色和节拍是为了寻出与周围同调的旋律，他没有意识到是奏曲，而是仿佛调音。

长年吹奏之下，即使地点不变，仍依季节时令、雨落雨歇、拂风动向，以及草十郎的心境等迥然不同的状态与周围泛起共鸣，让节拍逐渐化零为整。更何况这里是初次试奏，蕴在岩间的回音和蒸汽、雪香，让他感到新鲜而全神贯注。

蓦然回神时身体透冷，他必须跃回温泉中，待身体浸暖后，再度上岸重拾笛韵。

（找到了……没问题，旋律可以相通，是这样吹对吧……）

即使久未接触，他还不至于忘记要领，当笛声与特定场所的波长完全起共鸣时，他知道鸟儿会齐声鸣啭，四面有微风来拂。形同空壳的自己，看来不曾失去吹奏的音感。

满意吹毕后，他猛然感到饥肠辘辘。

草十郎起劲扫光晚饭后，登美来到小屋，露出奇妙的表情问道：

"你吹笛子了？"

"是啊。"

"起先我以为是各种鸟发出奇妙的啼叫，没想到竟然是笛声。附近的山雀叽叽喳喳快吵死了……你知道自己吹得让山里小鸟都在叫的是什么曲子啊？"

"那不是曲子。"

草十郎暗想，果然给人听见不妥，登美则一脸不可思议。

"难不成是你的笛声让鸟啼叫的？常有这种事发生吗？"

"鸟多半会聚来听。"

草十郎不经意地说道，他许久不曾这么快活，想多做一点儿说明。

"野兽不会来这里，只有当我真正独自一人时，它们才会现身。"

登美又露出讶色，注视他说：

"这该怎么形容呀……你根本是天上派来的神童嘛。"

草十郎心想，都行过元服仪式了，还称什么神童。然而他保持缄默，毕竟已习惯被视为怪人。

草十郎在吹奏中思绪放空，但在泡温泉时依然思绪翻腾。翌日吹过一遍后，他蓦然涌起一个念头。

（……既然登美姊都听到了，若能吹给义平大人欣赏，那该有多好。如果是少主，不知有何高见……）

自从负伤卧床后，这是他第一次想起义平而没有痛心疾首。事到如今，他不了解自己有何必要如此郁悒。

就武士而言，草十郎协助赖朝脱逃的行为十分正当，义平不顾他而径自前往东国另谋举兵，这也是正确抉择。因此，一切错在自己对今后不存指望的温暾想法。

只要身体康复，今后就能追随源义平。无论正藏提出任何要求，或是耗时多久查明义平行踪，只要他有心理准备，不惜耗掷多少岁月，终将能插翅回到少主身边。

届时义平见到昔日并肩作战的部属，一定不再冷漠相待。

（以前怎么没想到呢？）

少年感到不解，这才明白人在身心俱疲时难免欠缺远虑，只会做出极端抉择：若不立刻实现目标就一死了之。

（总之下山和正藏直接商量好了，闹情绪或唱反调都没用，再怎么抗拒，他有恩于我是不争的事实……）

草十郎从温泉起身，踏上岩石后试着伸展双臂，箭伤仅留一丝残痛，幸亏能想通道理，浑身感觉一轻。

他愉快地将唇按着横笛，在吹奏前，隐约感觉将吹出异于刚才的音律。

就在笛声和周围即将共鸣之时，草十郎听见附近响起鸟振翅的声音。他无心一瞥，只见有只乌鸦迅速飞落在岩石上。

乌鸦收起双翅，伸着鸟喙整理翼端长羽，像是偷眼观察他。草十郎不以为意，又继续吹笛。飞禽走兽皆对他的笛声很好奇，鸟群停在他头上的枝梢，野兽则抱着戒心步步靠近。

当它们聆听入神时，就会来到草十郎足畔，与他同享四面来风，然后无声无息地迅速离去。野鹿和山兔总是充满好奇心，曾几何时，竟连野熊也如此，草十郎不觉有些惊讶。

乌鸦似乎同样受到笛声吸引而来，它屡次偏过头像是凝神倾听，接着发出一声啼叫。

草十郎惊愕之余，笛声竟然难得中断，因为乌鸦的叫声仿佛在说人语。

"果然是你，我找了好久，还飞去武藏呢。被婆婆轰了回来，搜遍整个丰苇原才找到这里，我原本想撒手不管了。"

那语调略微高亮，像是发自少年。草十郎眨眨眼，霎时以为自己的脑袋真被敲坏。

乌鸦晶亮的圆眼直瞅着他。

"别摆出傻脸啦，你不记得婆婆以前说过的话了？听说人类笨头笨脑的，果然没错。我们乌鸦对哪些事该牢记不忘，哪些要抛在脑后，可分得很清楚哩。"

草十郎趁横笛还未失神掉落前，忙将它移开口端，双手紧紧握住。

"……你说的婆婆，该不是我七岁时出现的……"

"没错，它当时就是怪婆，现在变得更可怕。鸟彦王的后代反正能活到七老八十，可是鸦婆都超过百岁了，不知打哪儿来的精力，实在没天理嘛。"

乌鸦倒竖一下羽毛，浑身抖了抖。

"鸟彦王？"

"嗯，我们在乌鸦中属于特殊血统，祖先是曾经身为男孩儿的神明，所以我有会说人话的特殊能力。栖息在丰苇原的鸟族，都向鸟彦王宣誓效忠哟。"

草十郎联想到的，却是将乌鸦和神明联结，恐怕会惹恼义平这种无聊事。面对非常事态，或许他已神志昏乱。

"……这么说，你是会讲人话的乌鸦？"

他一丝不挂、握着横笛跟乌鸦闲聊，这副模样实在不像正常人所为。草十郎在小声交谈中，觉得相当难堪。

眼前的乌鸦则发出调侃的啼叫。

"我啊，可以简单记住人类的语言哟。鸟彦王是真正统治丰苇原的霸主，既然视人类为管辖的一环，就不能忽略他们的存在，所以我才外访修行一趟，虽然这么做有点儿蠢啦。"

草十郎心中虽涌起疑团，但却没勇气求证。几番欲言又止后，他终于问道：

"以前那只乌鸦曾对我说'总有一天会遇到少主'，该不会是……"

乌鸦飒地展开双翼拍扑几下，显得喜出望外。

"怎么，你记得很清楚嘛，也不快点儿讲出来。婆婆指的少主就是我，是我啊。在鸟彦王家族里，雌鸟总是健康长寿，反之雄鸟能够如此的少之又少，不过唯有雄鸟能继承鸟彦王的王位。我注定为王，只不过婆婆的教育太严格了，害我在求偶季节连一只雌鸦都不能追，还得外出学习人类的生存方式。获选为继承人好辛苦哟，你说对不对？"

乌鸦快活地要求认同，让草十郎初尝到什么叫目瞪口呆的滋味。

第二章　镇魂

1

（昨天做了怪梦……）

从晨辉中清醒的草十郎不太确定地思忖。

（若不是梦，发生这种事就太玄了。一只乌鸦飞来，讲出的话比山里人还溜，居然对我说它是什么"少主"……）

后来乌鸦拍翅离去，一整个下午没再现身，草十郎认为若是当真，只会被人当成疯子。他频频揉眼，想先起床泡温泉，于是打开小屋门。

乌鸦从屋檐上翩然落下。

"你想吃早饭了？那就招待我啊。大老远飞来探望你，总该表示心意嘛。"

乌鸦闪着光亮的圆眼说道。那毫不害臊的态度，让草十郎怀疑黑鸟是否知道如何表现客气。

（果然在说话……绝对错不了……）

不顾草十郎的困惑，乌鸦又威风地说：

"我带几位舍弟来了，希望你招待它们。看吧，果然不出所料，你没留在武藏。我听说你去了京城，结果到那里没见着人影。能在这荒山发现你，多亏有它们卖命奔波，你该慰劳一番才对哟。"

草十郎注视着立在原地的乌鸦，只好问道：

"……乌鸦都吃些什么？"

鸟彦王高高鼓起胸膛。

"只要是人类的食物，我们都能装下肚。可是有很多乌鸦吃的东西，人们都不敢碰呢。"

吉左的女儿从不在清晨来此，总是晚上带来丰富食物，顺便作为次日早饭，因此小屋里的饭桶留下些许剩饭，还有许多没吃完的雉鸡肉干和栗子。仍在困惑的草十郎取出食物，重新到户外一看，只见平坦的岩上聚集着七只乌鸦，正等着大快朵颐。

草十郎走近时，鸦群一起飞向近处的松枝躲避。它们并没有飞远，满心期待地观望他的举动，草十郎将食物像排供物般放在那块岩石上。

他离开后，群鸦仔细观察一番，飞下来开始频频啄食。它们忙着抢肉干、一副凶巴巴的吃相，简直跟一般乌鸦无异。

（它不会对自己的弟弟们说话吗？）

草十郎感叹地注视这七兄弟，完全是一个模子铸出来的。它们转眼就把食物吃个精光，头也不回飞走了。他舒了口气，正想着自己也该吃早饭时，忽然冒出一个声音说：

"好了，好了，我们也该吃早饭啰。还有留下食物吧？"

只见还有一只乌鸦拍翅而下，草十郎惊呼道：

"你……没跟刚才那群乌鸦在一起？"

"开玩笑，鸟彦王吃相那么难看还得了。所以我才说它们只是舍弟，虽然是远亲，但比一般乌鸦头脑灵光些。你很大方地招待肉干，它们一定会铭记在心。"

在群鸦吃得碎屑狼藉的岩石上，确实没留下一丁点儿肉块。草十郎见状问道：

"那你又是什么吃法？"

乌彦王愈发得意地说：

"这还用讲，当然要一口一口让人喂了。对了，还有啊，拜托你把栗子壳剥干净再给我。"

草十郎不禁觉得这家伙或许真是鸟界的贵公子，它连吃饭都要别人拿筷子夹成小口分量喂食。

乌彦王吃着吃着，想替自己辩解说：

"我其实离乡后很少受到这种礼遇，不过让你伺候的感觉还不赖。"

"为什么认为是我就放心？"

"因为你是婆婆替我决定的最佳人选。"

草十郎彻底放弃，确定这不是在做梦，如此一来，他唯有习惯和乌鸦交谈才行。

"你的婆婆怎么会到我的家乡？"

"只是凑巧而已，老夫人当时作为宰相去周游列国。"

乌鸦等着草十郎剥栗子，偏过头说：

"嗯，该不会是她在武藏国得到什么预感吧。我不相信十年前的你能吹得那么好。如果婆婆有先见之明，那真是太神了。"

"……果然是笛子的缘故？"

草十郎想到自己是遵照乌鸦的指示才功力大进时，不禁发出了叹息。

"你的名气在东国一带可是响当当哟。"

"我才不想吹给别人听呢。"

"傻小子，当然是鸟族的评价啰。还有家伙到处宣扬，说什么听了你吹的曲子治百病。消息早就一传百里，好了不起。"

草十郎不禁住手望着乌鸦。

"真的？鸟也会通风报信？"

鸟彦王振一下羽毛。

"唉，受不了，所以这就是人嘛，还以为全世界自己最大。算了，你们要是永远笨下去，说不定对鸦族还有些好处。"

它的口气固然令人不悦，倒让草十郎想起某件事。

"……这么说，去年好像聚集过很多乌鸦之类的……"

"要说通风报信，就属乌鸦最在行，联络网万无一失，比如有人类专业、野兽专业，还有灾害专业，各种专业一应俱全。接下来会根据需求，比方说派遣特使到异族等等。"

乌鸦见草十郎被吓住，就快活地说：

"其实你以为我和区区七只舍弟有多大本事，能从全国搜到这里？如果人类知道乌鸦联络网有多先进，保准会吓到哩。"

（的确，连我自己都从没想过会待在温泉地……）

草十郎暗忖着，又感觉太过匪夷所思。

"是啊，无论是同乡还是在京城的熟识，连最后离别的右兵卫佐大人……大家都不知道我在这里。"

鸟彦王斜睋着他说：

"在你来这里吹奏之前，就算我们神通广大，也没办法在战乱结束后找到你的行踪，多亏你吹了它。听说你去打一场蠢仗，我想去找你，可是有好多铠甲武士钻来钻去，从空中根本分不清哪一个是你。"

草十郎吃着剥开的栗子，双颊塞得鼓鼓。

"你说一场蠢仗是什么意思？"

"啊，竟然自己吃掉！一开始就知道准输还去打，不是蠢是什么？"

鸟彦王拍拍翅膀表示抗议。

"不过是黑鸟罢了，口气这么转，少给我装懂！"

眼看草十郎动肝火，它急着跳脚说明：

"当然我只是一介乌鸦，为了出外修行，是历经多年刻苦磨炼才来的哟。我不但记得人类的社会结构，连有力人士的大名也倒背如流。这次去京城，还是从自幼深居大内里的乌鸦处听说，才知道来龙去脉。原来这次战争的祸端是出自一个叫藤原信赖的男子，明明他也是雄的，偏偏受到京城上皇的暧昧宠幸而得势，甚至仗着上皇不闻不问，谋害阻碍自己升官的信西。没想到，信赖的有力靠山上皇对他见死不救，竟然自行逃之夭夭。"

"你说什么？"

草十郎惊愕莫名，茫然盯着讲个不停的乌鸦。

"我是在说这次战乱的内幕呀。"

"那就是源平对决，为了替三年前的交战雪耻——"

他迟疑地说起往事，但抵不过嘴快的乌鸦，它趁少年停顿时，连忙插嘴说：

"所以嘛，保元之役之后只有平清盛官运亨通，藤原信赖借着同仇敌忾的心理，不是拉拢很火大的源义朝吗？那只对宫内消息灵通的雌鸦说呀，信赖除了靠上皇宠爱，原本就没什么实力。"

"居然有这种荒唐传闻——"

草十郎想表达意见，对他而言，有太多听了恍然大悟的事情。他如遭当头棒喝，想起从马背滑落、一身华丽战甲的右卫门督信赖，还有自己隐隐觉得这场战役是多么无谋而愚蠢。

乌彦王见他一声不响，就像跟少年闹别扭似的说：

"我没骗你，都是从对人类观察入微的乌鸦那里听来的。"

"我明白……别讲了。"

草十郎喃喃说道。然而他已丧失食欲，感到苦恼不已。

（如果一开始就知道这是一场蠢仗，那么义平大人，还有殉死的武士到底为何而战？我们何苦尝受那种人间炼狱的滋味？）

"草十。"

乌彦王发出鸣叫：

"草十。"

名字既被简化，草十郎没留意是在呼唤自己。听它啼叫几声后，他才仰起头。

"嗯？"

"伤还痛吗？"

"不会……差不多痊愈了……"

乌鸦飞向草十郎的膝头，昂起鸟喙说：

"……其实，我们对人类的知识了解得很透彻，但不太明白你们的行为动机。为了学习了解人心，我才来这里，婆婆常说我没彻底跟定一个人就学不来，还指名要我去找的人选就是你。你好像不太乐意，是吗？"

草十郎承认道：

"嗯，没错。"

"都是我批评打仗不好，你才不愿意？"

沉默片刻后，草十郎答道：

"……因为我好不容易想开，觉得自己尽到武士本分，而且今后将去追随义平大人。"

"那家伙行不通啦。"

乌鸦立刻否定，草十郎蹙起眉头。

"为什么？"

"我不是说要对你奉陪到底吗？"

"你这样强人所难，我非拒绝不可。"

"啊，好过分。"

乌鸦飞向岩石，又停在檐端横木上。由于高过头顶，草十郎必须仰头才能望见它。

"你比我想得还容易动气，也许你无法接受，但我必须逐一说明，你要有耐性听哟。当时我不晓得你的行踪，一直在京城观望，所以得知许多详情。首先，藤原信赖在交战翌日就在河滩被问斩，听说他去仁和寺向上皇求情，结果被赶了出来。"

"是吗？"

草十郎想起那个不配当武士的人物，死到临头终究没出息，除了怜悯，也不免为他汗颜。

"还有那个源义朝，他在逃往尾张国后还是被杀害，首级被带往京城。以人类的历法来计算，日期是正月七日。献上首级的竟是长年随侍他的家臣。由于是诛讨主公的叛逆事件，还轰动了京城呢。"

"……他被杀害了？"

一时感觉还不真切，只是近乎麻木，他想起义平曾提到青墓的烟花女是"用不着担心窝里反的对象"，如此说来，历代家臣的变节叛主早已司空见惯，左马头义朝终究没有机会抵达坂东。

草十郎不禁垂下头，感觉沉重到抬不起来。

"只有……一个首级？"

他的声音太过模糊，乌鸦不禁反问：

"你说什么？"

"我是问只有左马头大人的首级吗？"

他又问一遍，鸟彦王随即答道：

"有两个，另一个是叫镰田的人。"

（镰田大人也不在人世了……）

想起孔武有力的镰田兵卫就令人哀痛，然而他不禁暗自放心，所幸牺牲者不是那几位少主。如此说来，赖朝应该已随义平前往东山道了吧。他正想抬头询问时，鸟彦王扑扑翅膀说：

"草十，所以我叫你别去追随了。那个叫源义平的家伙根本是个狂人，单枪匹马竟想诛讨平氏。他回京后当然没如愿，还让人活捉，前阵子在河滩被砍了脑袋，就在前几天的二十一日。早知这样，找个地方躲起来不就好了？"

草十郎这回当真无法呼吸，尖锐吸气后，肺中遽然凝如坚石，耳中轰隆隆乱鸣，一瞬间宛如嗅到晴天霹雳的焦息。

（怎么可能……）

"草十？"

乌鸦感到讶异地问道：

"你怎么了？"

草十郎竭力发出声音：

"……今天是几日？"

"二十五日，乌鸦很会算日子哟。"

（就在……四天前……）

当正藏命他去温泉疗养时，义平已遭逮捕，被带往贺茂河滩。

（我被蒙在鼓里，没有任何预警……）

不知何故，这件事让草十郎万分内疚，他难以相信，也不愿相信。

然而，义平若得知生父已逝，做出这种宁为玉碎的事情也不足为奇。就像草十郎不求苟活一样，义平随时都能毅然舍命；不是为讨伐叛父的家臣，而是一心想彻底击垮平氏，这固执之处，显示义平特有的坚持。

恶源太义平究竟从何处听到源义朝被杀的消息？他有什么想法？为何成了阶下囚？倘若是少主，纵然身旁没有追随者，他仍会战至最后一刻，绝对选择浴血身亡。

在遭宿敌平氏斩首的瞬间，他会想些什么？

随着痛苦萌生的疑问如漩涡、如奔流，让他无语问天。草十郎好不容易挤出一句疑问：

"首级在哪里？"

乌彦王的回答令他张口结舌。

"都挂在树上，据说战争的主谋就是叛贼，所以挂在那里，手法很像伯劳鸟把猎物串在枝上哩。"

草十郎随即明白那是在京城牢狱前枭首示众的地点——狱门，他曾目睹信西入道的首级挂在该处，那正是藤原信赖和源义朝的势力所为。草十郎不再怀疑鸟彦王，假使因为消息听自乌鸦而失笑，那么这些内容也未免过于真实。

（可是我不能不经求证就放弃……）

晌午时分，登美来到小屋，她一直以为草十郎在泡温泉，却见他装束整齐，毛皮背心和绑脚皆穿着就绪，不觉吃了一惊。

"怎么回事？"

登美眼里的草十郎面色苍白，露出未曾有的严峻表情，语气则同样严肃。

"登美婶，我要下山，想见正藏一面。"

2

面对正襟危坐的草十郎，正藏的眯眯笑眼微张了三分缝。

"哦……气色好多了，复原到最初看到你的模样。倒是温泉疗养刚结束，你杀气腾腾赶回来，究竟为了什么缘故啊？"

草十郎深深吸气，竭力克制情绪后开口说：

"只问你一件事。"

"何事？"

"正月时，你知道左马头义朝在尾张国被杀的事吗？"

正藏笑眯眯的——应该说是恢复一贯表情。

"只要住在京城和尾张之间的居民，没有不知情的。"

"我却不知道。"

"因为你在养伤啊。"

"不！你知道我是源氏的随从才故意隐瞒，对不对？"

正藏瞥着草十郎身后的登美，妇人连忙说：

"我没讲哟。"

"那么，这小子怎么晓得这件事？"

"他说是做梦得知……"

草十郎认为与其明说乌鸦告知，还不如另找理由。姑且不管两人反应，他又一脸凝重问道：

"你知道镰仓恶源太义平的遭遇吗？"

正藏没有马上回答，只紧盯着他。

"喂，你该不会连这种事也从梦里得知吧？京城的消息传到本地，不过是前天而已——"

"他是被枭首示众吧？"

"你跟巫师一样能通灵啊？"

震惊不已的正藏反问道，草十郎在膝上握紧双手。尽管事实不容置疑，他心中仍怀一丝希望，然而义平遭到处决已是无法改变的事实。

一旦垂头丧气，空怅感犹似引发伤痛。草十郎垂下脸，心想不能就此气馁，于是再度望着正藏。

"我想亲自确认是否就是他本人，让我去京城。"

正藏半晌不作声，或许感到拿他没辙，但外表显得若无其事。

"你很清楚自己的处境才说这种话？"

"就是清楚才来跟你谈。"

草十郎毫不让步又说：

"你可以随意使用我的铠甲，甚至支使我。既然是舍弃家乡的亡命之徒，没人知道我还活着。只要现在让我去京城，确认他们都不在人世后，我一定回来。"

正藏交抱起胳臂，愤愤地说：

"如果你以为讲了就行得通，表示你根本没见过世面。我倒要问问，凭你这种态度哪算是拜托人？"

"我绝不低头！"

草十郎瞪着对方。

"我不会向你求情，而是做个交易。你需要的时候，这条命随时奉还。"

"哦——"

正藏似乎感到意外，抚着下巴注视他，然后慢条斯理地说：

"我有点儿欣赏你了，再怎么说，我们的信赖关系是建立在交易上。再有自信的家伙如果不计较得失，没有明算账，也是会被对方轻易出卖的。其中最要不得的是把人情当筹码，你若懂得这个道理，前途还有可为哟。"

所谓将人情视为筹码的家伙，莫非就像藤原信赖那种人？草十郎不禁如此思忖着。正藏话说完，垂手站起身。

"登美姊，打点行囊的事就拜托你了。"

"你让他去京城？"

登美不禁诧异。正藏露出笑容答道：

"应该说是我想去一趟京城，亲自去收拾年底战乱造成的那场混乱，决定去瞧瞧修复的进展如何。或许要逗留几天，请你来打点吧。"

草十郎回到先前住的角落房间。鸟彦王等他身旁无人时从檐端飞下来，停在半开的高悬板窗上问道：

"我在想啊，你是源义平的什么人？"

"什么也不是……与他非亲非故，只是随同参战而已。"

草十郎喃喃说道，黑鸟愈发不解地偏着头。

"参战者不知有几箩筐，死者和无头尸不是满街都是？可是只有那个义平，你非看到他的首级不肯罢休。"

"他不该被枭首示众，下场不该那么惨……"

"你瞧了会更悲伤，不是吗？"

或许鸟彦王想以乌鸦的立场表示关切，就如此说道。草十郎不太确定自己是否真想目睹，只觉得如果看了仍不能接受，会对将来更无望。

"我只想下定决心。"

草十郎答道，鸟彦王探询地望着他。

"我还很在意你说要追随义平，都是我没看清状况就全告诉你。若害你跟他下场一样，我真的会很头大哟。你叫我跟来学习，应该不是自暴自弃的心境吧。"

草十郎暗想连正藏都不太放心自己，鸟彦王或许更担忧。它那孩子气的率直，不禁令人莞尔。

"我不会学义平大人的，想那么做也没办法，因为我跟平氏无冤无仇。"

他说这些是好让乌鸦心安，黑鸟伸嘴整理羽毛，又疑惑地问道：

"如果这样还好。不过话说回来，既然无冤无仇，你为何要参加战争？这点我就不明白了。那么，你为什么参战啊？"

"因为我是武家出身，是源氏的随从。"

草十郎依照常理回答，忽然发觉自己参战无非是想获得认同罢了。

他压根儿没想过自己是否具备杀人的理由或资格——

在打理前往京城的行囊时，正藏将短刀交还草十郎，并没有一并归还那把黑漆长刀。

以为能尽早取回长刀的草十郎表示抗议，正藏却不答应。

"你在腰间配着那把大刀，到五条一带闲逛试试看。岂止把我们视为土匪，简直是叫京城的强盗来抢宝货嘛。"

"你本来不就是强盗？"

草十郎反驳道，正藏并不以为意。

"差别可大了，我们到京城是货真价实的生意人，盗亦有道，可不能侵犯同行的地盘。再怎么说，京城里讨生活的同行竞争总是更激烈，你可别糊涂乱闯，在路上成了肥羊哟。"

在前往温泉疗养时，为草十郎牵马的男孩儿原来叫弥助，这次充当从仆随同进京。草十郎原想婉拒弥助为自己牵马，但见他满心欢喜，就不忍说出口了。

弥助以崇拜的眼神望着草十郎说：

"我什么杂事都做得来，希望你有空能传授秘招给我。"

"秘招——你是指什么？"

草十郎以为是指自己与能通人语的乌鸦交谈一事，不禁大吃一惊，所幸弥助热心提到的是别的事情。

"爹他们都说要是你当时没受伤，不知有多少人要遭殃。还说你神勇无敌，是因为有绝招吗？"

草十郎蹙起眉头。

"我没什么绝招……只有自创的打斗招式而已。"

"那也没关系，请收我做弟子吧。"

对草十郎而言，弥助虽与盗贼同伙，个性却格外亲人，可说相当难得。

在乡里时，草十郎武艺愈高强，愈遭到同伴孤立。他曾协助同乡与其他地方的青年帮派打群架，当时众人对他的身手另眼相看，却无人愿意与他称兄道弟。

"老爷曾说希望你教大家打斗技巧，不过我已经是你的大弟子。"

（……这就是我派上用场的理由？）

草十郎瞥着检查驮马的正藏，他似乎没听见弥助的话。草十郎也不是没猜到这个原因，正藏显然想让手下更像正规的武士团。

然而正藏从未当面向他提起，草十郎也无暇考虑自己的处境。他含糊答应弥助的要求，一行人整装扮作普通商人，牵起积放行囊箩的马匹，连同六七名护卫朝京城出发。

横渡势多之际，草十郎不禁忆起细雪纷飞的日子，越过坂山之后，又想起前年秋天初进京城的情景，那正值连峰低峦泛红染黄的季节。

当时听说京城的贵人享受赏枫雅趣，草十郎只觉得讶然，他能体会动物勤奋过冬的心情，却无法理解人们有闲情观叶。不仅如此，他对未来充满不安和期待，几乎到了崩溃的地步。

如今，街道左右的景色在寒意中透着春兆，向阳的土堤萌生款冬和荠菜，接近乡下则有白梅绽芳，京城近郊的民家似乎盛行栽植梅树。

迎冬而冬暮，草十郎不禁思索，在这一季，自己的立场转变如此显著，回忆当时满怀憧憬、精神抖擞赴京的情景，仿佛一段遥远往事。

来到五条桥后，草十郎发现栏杆和铺板经过补修后焕然一新，六波罗已将这些拆去制造大盾的部分予以修补。过桥后即可望见京城大路，草十郎的情绪更是跌落谷底。正藏劝他到旅店歇息，草十郎摇头拒绝，在他心底不想有片刻耽搁。

随从们牵坐骑和驮马朝右京走去，只留下正藏和草十郎、弥助三人朝北徒步前往。几日前的落雨让大道泥泞异常，道道车痕深陷，前进时还需留心择路。

来到三条大路时，正藏突然说：

"我听说三条殿焚毁一空，那里是上皇御所，宝物想必在里面求救吧。"

正藏由衷抒发了大盗的心声，边望向道旁延伸高筑的瓦顶泥墙，御殿深掩在广大空间的内侧，从大路看不见烧毁的情况。

"绝对有人想趁火打劫、猛捞一票，袭击御殿的家伙大多数是觊觎财宝。不是听说连受困战火的妇孺都不准逃出宫门，全都格杀勿论吗？

据说信西父子藏匿其中，结果他们根本没在御殿，只是乱开一场杀戒而已，真没天理啊。"

对草十郎而言，那仅是扛着长柄刀疲于奔命的夜袭，还没踏入御所就宣告停战。然而那夜烟腾满空，隔着苍郁的庭前林木和瓦顶泥墙，都能清晰望见在暗空下燎燃的焦灿火舌。他惊悸之余，唯有盲目地跟着呼喊的人群奔闯。

正藏见他一言不发，又和蔼地说：

"听说被火围困的人们无法脱逃，结果跳井丧命，死尸堆成了堆。京城里盛传你们源氏党羽在内里论功行赏时，竟有高官在背地里幸灾乐祸地说：'该封个官儿给井做，那几口井立了大功呢。'"

草十郎仍一声不吭。

从设牢狱的近卫大路上，有一条路通往大内里的阳明门，这里是上次战役时，内里与六波罗两军交战的据点。草十郎终于来此，发现四周景物依然似曾相识。

囚狱绕砌着高耸的瓦顶泥墙，墙面上裂痕历历在目，薄板屋顶建造的正门没上漆涂，显得相当寒碜。门柱侧有一棵苦楝，隔墙只见空枝，犯人首级就挂在这枝头上。

瓦顶泥墙前面有人群聚集，义平的首级才悬挂不久，观看的群众兴致正浓，有戴乌帽子的男子、拄杖的老僧、卷起裤腿的工匠、头戴菅草笠的遮面女子。

苦楝树上挂的几颗头颅中，有些已五官模糊到难以辨认，不过义平的首级还未腐烂。草十郎认出他后顿时别过脸去，那模样实在不忍再睹。

这时，弥助指着围墙下方：

"你们看，那里有写字哟。"

只见雨沟前立一块小牌，上面写的是京城常见的匿名留笔，多插在引人注意的河滩或告示旁，基本上是随地插放。

弥助眯眼想看清楚，最后放弃问道：

"老爷，那写些什么？"

正藏就念给他听：

"这是一首和歌：'下野守思官，枉在枝梢挂，狱门苦守栋，宦途未必佳。'哦，写得很高明啊。"

弥助偏头不解。

"这算写得好？"

"源义朝在出任左马头以前曾是下野守，将'纪伊守'拟为'枝梢'，'义朝'比喻成'未必佳'，这对义朝而言，根本不算是飞黄腾达，沦为挂在树上，看来他的官运并不亨通。好家伙，真是妙喻啊。"

正藏一阵叹服后，望着垂头丧气的草十郎。

"好了，这样你该死心了吧，都尽人事了。你要记住无名小卒堆尸成山，死难的不仅是挂在树上的家伙。该走了，在这种地方叹气，只会招来狱卒疑心。"

正藏推着他的肩膀催促动身，草十郎一时恍惚不知置身何处，他宁愿回到麻木状态，只是这个念头无人可以倾诉。

京城的区域划分中，临贺茂川的左京区豪府林立，一直延伸至八条和九条。进入右京区却是排水欠佳的地域，居民因此锐减。正藏前往的右京屋宅，正是建在枯苇丛间的荒凉地。

比起东市附近街店林立的盛景，此处属于府第格局，只不过鬼气阴森，原本为中流贵族居住而建，但因某些缘由任其朽败，经正藏等人悉心修缮后方能重新居用。

无论是铺板房内积满灰尘，还是壁角黏沾蛛网，草十郎都毫不介意，打好地铺倒身就睡。不放心的弥助来叮咛一番，但他不像登美婶会催逼，草十郎终究没有进食。

或许是空腹难眠，当银钩新月升至天际的夜阑时分，草十郎仍未合眼。他终于忍不住悲痛，在幽暗中起身。

（这样下去不行……）

他不能坐视不管，怎么能忍心置身事外。左马头义朝曾多么努力避免源氏的首级遭到曝尸，现在他的头颅竟被挂在树上供群众围观，更何况是挂着供人讪笑，他绝不能任其受辱。

草十郎摸索取过裤裙，迅速穿整衣装，却不见搁置的短刀。一想到是弥助拿走就火冒三丈，但他心意已决，不带武器就径自外出。此刻他坐立难安，只想猛冲出去。

星光微亮，草十郎在幽暗中行走还不至于吃力。只要白天看过的地点，他就完全记得全部的梯段。他在廊缘疾步前进，懒得寻找草鞋，直接赤脚跃下庭院。

"你想去哪里？"

冷不防听到有人唤问，草十郎大吃一惊，只见正藏蓦然出现在荒芜的暗庭中。

草十郎并不回答，正想朝侧门走去，正藏却身手矫健地挡住去路。他的庞大身躯堵得密不透风，少年只好停步。

"我问你要去哪里？"

"狱门。"

草十郎豁出去地答道，正藏长叹了口气。

"你还想硬抢回来？真是傻到没救，你以为那颗头轻易就能到手？居然相信六波罗在晒首级时没做防范？你把牢房当什么？那里的监兵不时待命，只要踏入半步，立刻将你逮捕。"

"我不能不管。"

"不管也认了，帮助死人只是白费劲，谁会谢你？那是一团腐肉了。"

咬牙切齿的草十郎恨声道：

"给我闪开！"

"免谈，你根本是个傻蛋，小命已经归我管。我有权利和责任不能让你去乱闯，就算强迫也不许你走。如果不想惊动吏卒锒铛入狱，就给我立刻回房去！"正藏沉着说道。

草十郎勃然大怒，正想冲上前揍他，大汉又说：

"是谁说要交易的？你不是说过等确认他们全都丧命后，就任由我处置吗？你真是说话不算数啊。"

（是啊，正藏说得有理……）

草十郎霎时虚脱，紧握的拳头也松了，他不知心里的苦闷该向谁发泄，只能呆立在原地奋力思索着。

"我……只是……"

"我没有阻止你哀悼。"

正藏抓住草十郎的肩膀，就像当时在狱门前催他快走一样，多少是出自同情。

"如果谁都知道一定会有人为某个死者哀悼时，大概就不会任意杀戮吧。我是靠打劫为生，但只想夺回那些贪婪家伙搜刮过量的东西，并且小心避免滥杀无辜，你应该为这种正念发挥自己的长才。"

"这算哪门子的正念啊？"

草十郎不禁脱口而出，不料正藏的态度极为认真。

"从为自己而活这点来看就是正念，现在你还免谈，因为做不到，还欠缺明辨是非的眼光。连挂在狱门树上的几个家伙也一样，根本摸不清朝廷的执权者有多嚣张，到头来唯有任人摆布。"

（任人摆布……）

草十郎连发火都力不从心，只小声喃喃地说：

"你也说是一场蠢仗？"

"想想看吧，你的脑袋瓜不是还留着？你认为那群背叛者、送当今圣上去六波罗的那批朝廷贵族如何？还有对藤原信赖见死不救的上皇又如何？那只是皇亲贵戚间起内讧，算是家常便饭，但发生权力斗争时只会殃及无辜。舍命赴死的，都是无关痛痒的人。”

“不，那不是无谓牺牲，义平大人最后都没放弃……”

草十郎想表示义平不管面临多惨重的败局，始终乐观面对敌人，那果敢的行动绝非毫无意义。他满腔悲愤却苦无言语，反而眼眶盈满热泪。

他惊讶之余，总算找到发泄苦闷的出口，了解自己其实想做什么，那就是哭泣——如此而已。

自幼，草十郎便明白落泪无济于事，他甚至忘记该怎么哭泣，对悲伤的感觉也变得麻木。然而，一旦落下男儿泪却不可收拾。

面对抽泣的草十郎，正藏一语未发，他默默推着少年的背脊，带他回房后就径自离去。草十郎不再反抗，独自尽情恸哭一番。

3

翌晨，情绪激动后的草十郎精神不济，正茫然眺望屋前的荒庭，这时鸟彦王振翅飞来。

它在檐廊铺板上砰的一声落地，愤愤地啼道：

“草十，听说你哭了，这是真的？”

草十郎只管装聋作哑，黑鸟张开双翅朝他直扇，闹别扭似的跺着脚。

“你怎么不说嘛？别等我不在才哭啊，真是不负责任。你不该顾虑我的鸟眼，就趁晚上外出嘛，早知如此，我也想法子摸黑出去。”

“少胡扯了。”

草十郎听它大惊小怪，不觉心中有气。

“谁掉泪会先向乌鸦报备啊。”

“你必须这么做，因为我是专程来修行的。喂，鸟类不会哭哟，野兽也一样。只有人会哭，所以我一定要知道你们怎么哭，可是草十舍不得掉泪，在我面前哭一下又不会死。"

黑鸟说出歪理，而且煞有介事。听它一个劲儿说到哭，草十郎颇不是滋味，但从乌鸦的话领悟到原来鸟兽皆无泪。

"……你们要是看到喜欢的乌鸦在眼前死了，难道不会悲伤？"

"当然会了，所以要尽快决定是否该把这件事忘记。"

鸟彦王睁着黑亮的圆溜眼，望着他说：

"鸟决定悲伤的话，不消几天就挂了，确实有家伙因为同伴亡故而悲伤死去。为了活命就必须忘记伤痛，或许走兽也一样。不过，只有人类记住悲伤却不至于送命，因为你们懂得流泪。"

草十郎听了这番话不禁叹服。

"原来如此……"

"鸟彦王的血统让我必须活得和人类一样长，因此必须记得哭泣的方式，也就是长期记住悲伤却不致死亡的方法。下次在我面前哭嘛，都怪那个害你掉泪的，他叫正藏对吧？臭家伙，他算你什么人啊？"

乌鸦如此问道，草十郎不置可否，只就事论事说：

"当我濒临死亡时，是正藏出手相救，现在食宿全靠他。"

"啧啧，你的意思是欠他人情？在我来之前，不过被他抢先一步。真扫兴，你别忘了我们的缘分是从十年前算起哟。"

乌鸦无缘无故就想别的苗头，草十郎哭笑不得，回想昨夜正藏的那番话，他不得不承认因为认同大汉，事情才有意想不到的发展。

草十郎迟疑地开口说：

"那人的意见和你说的差不多，说真的，我还不太能明辨是非。"

"至少我知道你太生嫩，从人类的岁数来看，婆婆常说我是涉世未深的小毛头。尽管不服气，她已经是百岁姥姥了。"

乌鸦的口吻让草十郎有些不悦，随后他留意到一件事情。

"……新年后，你也十七岁吗？"

“以乌鸦来说，我算是堂堂成鸟了。当鸟彦王还太年轻，不过我算你的前辈哟。”

乌鸦连这种芝麻小事也想占上风，草十郎只得苦笑，他仰望着显示即将是朗日的天空，悲伤依然如波涛般席卷，但他知道自己能记住这悲痛，并将悲痛沉潜于回忆中活下去。

“你只为了哭来向我学习？”

草十郎询问它，乌鸦在板缘摩擦着鸟喙说：

“不对，不对，应该是多元学习，不能以偏概全哟。鸟中就属乌鸦的社会最繁复，但不至于像人类那么错综复杂。对了，你想增广见闻的话，人烟稠密的京城或许不错，虽然我觉得太乱啦。”

它一个飞跳来到草十郎膝上，刻意发出啼叫讨好。

“我啊，决定好好待在你身边，你就凡事把我当靠山吧。我还会带你去京城大路，或是哪里都行。”

草十郎不知是否该对这个提议表示高兴。

“给人听见我们在说话，恐怕不太好吧。”

“啊，这点不用担心。能听到我说话，是因为草十的听觉很特别，不然去街上试试看，一般人完全听不见。”

“是吗？”

“普通人连你的笛声也完全听不见呢。”

“真的？”

草十郎愈发惊奇，如此说来，他终于了解鸟彦王的婆婆特意挑选自己的原因了。

“难道问题出在我身上？”

他独自承受打击，鸟彦王却愉快地说：

“去街上的问题不在我，是你讲话的声音哟。下次去学学腹语术，怎么样？”

正藏对深夜的事当作从未发生，见到草十郎时只提醒他该工作了。

草十郎完全不知该做什么，总不能光吃闲饭，就算被命去打杂也埋怨不得。

正藏就像寻常商人，在热闹的左京路上经营店家，右京的这间破宅今后也会揽客上门。

吩咐草十郎和弥助的工作是先整顿荒废的屋宅，打理成足以待客的厅堂和厨房，过程固然烦琐，却不是吃重工作。

弥助仍像小狗似的跟前跟后，厨夫性情和善，为草十郎等人做午间用的饭团。气氛安闲和乐，连草十郎都不禁暗自怀疑他们是否真是一窝盗匪。

鸟彦王更是优哉，一旦确认草十郎拿着饭团，就立刻朝他飞去。当它扑翅落在草十郎肩上时，弥助顾不得嘴上沾着饭就"哇"地发出惊呼，往后飞身跃开。

"你几时收养这只乌鸦的？"

"前阵子吧。"

草十郎只好补充说：

"……我喂过它一点儿饭。"

"你在养它吗？"

"不……没有。"

剥下少许饭团放在手上，鸟彦王威风地大口吞下。弥助看在眼里，压低声说：

"草十郎，你真行。乌鸦明明是吃死尸的鸟，全身黑漆漆怪不吉利的，听说它叫几声，就表示快翘辫子的人能活几岁哟。"

鸟彦王尖喙转向他。

"馒头脸的笨小子，乌鸦当然什么都吃了。人类私底下规定什么干净肮脏的，对我们一点儿意义都没有，乌鸦比你们还明白，在这世上啊，可不是靠这种小小基准在衡量呢。什么叫不吉利？你们吃进肚里的还不是尸体？这些饭粒不都是死草来的？”

“别说了。”

面对嘎嘎不休的鸟彦王，草十郎急得发慌，反倒弥助没有大惊小怪。

“哇，它在瞪我，好像听得懂我在讲坏话。”

（弥助听不到鸟彦王的抗议……）

草十郎重新认清事实后，觉得十分奇妙。乌鸦更加盛气凌人，竟威吓弥助说：

“喂，小不点儿，就算对草十摇尾巴也没用。我和他的交情，跟你那种路上撞见的不能混为一谈，敢来搅局试试看，去！去！”

草十郎不禁蹙起眉头。

“想吃就闪远一点儿，你才碍眼呢。”

“要你管。”

鸟彦王怄起气来，故意扑扇翅膀，翼端长羽一下子扫过他的面孔，草十郎早就料到有这招。

（……为什么我能听到它说话？为何觉得乌鸦讲得头头是道？）

弥助会如此反应，草十郎并不奇怪，在故乡武藏的乡民也同样认为鸦啼是不祥之兆。然而，草十郎和它亲近相处之后，丝毫不觉得乌鸦不吉利。鸟彦王的清亮语气总是有条不紊，值得仔细聆听。

（……这样的我，该如何为自己而活？）

他蓦然想起挂在树上的首级，正藏称那是一团腐肉。冷静思考确实如此，鸟群恐怕不分果实还是首级就去啄食吧。这若是事实也无可厚非，逝者唯有还诸大地。

然而并不仅于此，在草十郎内心，的确潜存某种让他永远无法纯真如鸟的感受，如今未曾消失，仍在他体内某处余烬犹燃。

得知早上工作结束后仍有空闲时，草十郎决定像在故乡时那样每日练武。他因受伤修养而放松锻炼，回想上次夜间外出的那股冲动，还是觉得应该多动筋骨才是。

因此，他勉强答应传授武艺给拼命要求的弥助。

"总之习惯成自然。"

草十郎从未指导过别人，觉得有些吃力。他并非吝于传授，而是难以言传。

"……拉弓时，身体没有完全稳住就无法命中目标，必须练习到记住自己体内的'全神贯注'。双脚踏地时身体仍处于不断摇晃的状态，拉弓时更容易晃动，这和骑马道理相同，绝不能错失凝神专注的一刹那。"

弥助不管他说什么都嗯啊点头，反让他不易指导。练弓结束后，草十郎要男孩儿拿起适当长度的木棍。

"我也常使用棍子，手中若有武器就拿着四处走动，直到了解持棍和徒手时身体重心不同为止。在感受棍端属于自身的一部分之前，先试着跑一跑、挥挥看。"

草十郎忽缓忽急、流畅耍动那根木棒，弥助看得浑然忘我。

"好厉害呀……"

"在某种程度上，自用武器最好有点儿重量才能掌握感觉，挥动时不容易产生反力。如果太用力导致手中武器反弹，那么身体也要跟着武器走。"

草十郎挥开木棍，轻轻侧转恢复平衡，弥助见状佩服地说：

"草十郎，一般人做不到的。"

"是吗？"

一段时间缺乏练习，草十郎比预想的更容易气喘吁吁，他不禁露出苦笑。

"所以我不是说过这是自创的打架招式吗？我不太擅于肉搏，因此需要武器。"

弥助有些失望，注视手中木棍。

"那么，必须从练习翻筋斗开始……你的身手好轻快。"

（或许没错。对了，倒是铠甲真重啊……）

草十郎想起铠甲的沉重感，仿佛把人钉在地上，初披战袍时既兴奋又骄傲，从没想过行动不便。

他心中掠过一种想法，觉得不适穿战袍就不能当武士，就对弥助说：

"你不需要向我学习，只要随兴练习就好了。"

弥助立刻摇摇头。

"不，我也要练习翻筋斗，因为很帅气嘛。"

刚巧路过的正藏见两人在练招，就失笑说：

"你们到底在做什么？想当杂技师吗？又不是耍偶戏的。"

弥助反驳道：

"才不呢，这是锻炼身体哟。"

正藏于是停步，笑容可掬地望着草十郎。

"对了，你要不要跟我过过招？我正想找机会较量一番，你就把当初遇到时用的那招秀给大家看看。"

自从在正藏面前哭泣后，草十郎还无法轻易化解尴尬，一见到他，就怄气扭过头答道：

"这算不上什么招数，只要观察对手的动作，谁都办得到。"

正藏盯着板起脸的草十郎一会儿，以下巴向弥助示意说：

"喂，去取我的木刀来。"

弥助逢人便说，取来木刀后，围观的人开始增加，连正藏的几名属下也觉得机会难得，于是聚拢过来。

庭院的地上画了个大圆圈，先出界的就得认输。不过除了刀剑可拿任何武器，赤手搏斗时容许拳脚相向，这种竞技在草十郎的故乡也常举行，比起相扑，这种竞赛略显粗暴。

草十郎拿着刚才的木棍走进圈内，长腕的正藏更适合使刀用棍，一想到对方赌上威信绝不认输，少年难免有些紧张。

他领教过正藏的厉害，光是见到那威武的身躯昂然挺立，便知道是个老手。草十郎面对人高马大的对手反而能激发斗志，想把这种靠蛮力取胜的家伙好好痛揍一顿。然而，正藏并非徒有其表。

（接下来该怎么办？）

草十郎缓缓移步朝右绕，完全凭本能行动，思虑只会让脚步迟疑。在感到对方来势汹汹之际，轻盈点步才是关键，因为曲指力踏只会徒增恐惧。

正藏也朝右前进，与草十郎保持距离伺机进攻，他陡然出招，作势从正面劈下，却矫捷伸足横扫过来。

草十郎直觉闪开，没有使劲纵身，由于飞跃时必须先奋力蹬地，这样难免暴露跳跃时的破绽。他轻巧避过，扭身探手一记敲中正藏的前臂。

倘若是长棍，轻轻一挥就能给以痛击。不料正藏敏捷跃向后方，并没有打中。草十郎按兵不动，他还没掌握对方的下一步招数。

"哦，怎么不进攻了？"

正藏说话时带着微笑，或许已面露正色。此人不愧身手矫健，体魄是得天独厚，草十郎没有他的能耐，但轻快闪避的技巧则是平分秋色。

草十郎以棍尾招架木刀的连番攻击，渐被逼向界线，却巧妙穿出对手的攻击范围。接着双方再度形成对峙局面，不时伺机攻向对方破绽。

草十郎缓缓转着手中木棍，这具有不被识破步法、让对方分心的效果。

抓准混乱节拍的瞬间，就是出招时机。要抢得先机必须足不点地，他没有预备蹬地，而是直接飞身跃向对方，在正藏察觉前迅疾出手，不待对方迎击就先发制人。

只见正藏手腕遭到一记痛击，木刀脱了手，观众齐声惊呼。草十郎匆匆走出圆圈，拄着木棍说：

"不想比了，假如用刀就是我赢。"

弥助愕然询问正藏：

"老爷，你怎么不动手？现在是草十郎获胜吗？"

"不，不是……"

正藏的语气充满惊讶，他瞪大眼望着草十郎。

"你决斗时总是这么克制动作？"

"需要大展身手时我会尽量发挥，倒是你很擅长虚晃一招啊。"

草十郎由衷答道。他觉得一旦绝招露底，恐怕很难每次夺得先机，实在不想与正藏这种对手交手。

弥助以外的围观者见草十郎住手，又陆续返回工作。有一半手下认为是正藏手下留情，弥助也不太服气地说：

"草十郎，你比赛时怎么没翻筋斗？"

"一般上阵时没机会翻的，很容易露出破绽。"

"害我特地练习呢。"

"不了解预备动作，就无法掌握如何避免做出预备动作的要诀，所以练习不算白费哟。"

就在对弥助说明时，正藏走近草十郎。有少数几人见正藏输给草十郎很不服气，气冲冲要求重新对决，反倒是正藏并不恼怒，只露出看到稀有动物的表情。

"喂，你刚才说这种招数'谁都办得到'吧？"

"没错。"

预备动作可通过观察得知，在从准备动作释放手脚姿势的瞬间，即可测知接下来的动向。

草十郎思忖中，正藏交抱起胳臂说：

"看来你不了解是因为从没使过'谁都办得到'的招数啊，你从没被人点破吗？"

气势略挫的草十郎说：

"别说我是怪胎，我早听腻了。"

"你没受过旁人指点就无师自通？"

无师自通——这个字眼让他感慨，因为总是孤独一人。

没有师徒之谊、没有金兰之交，草十郎不像所有乡里的年轻人，会集结在各村落的青年组织集会或休憩的宿屋——也就是若众宿——每晚结伴出游好不快活。这种时候，他会走向无人山丘吹笛。

"……我只受过必要的训练而已。"

草十郎缄默片刻，又直截了当地答道。正藏不觉伸手摸摸对方的头，将他头发乱拨一通。这种拿他当小鬼的举动让草十郎有些光火，正藏却十分开心地说：

"我想你若是天狗的徒弟，那可有意思了。受过什么训练的话，绝对要传授我们，想必大大有用。"

草十郎忆起故乡，一时抑郁不已。

（……看来我擅长一些别人没有的绝技，可是任何人都能胜任的事，我却做不到。）

他心下了然，其实自己一直孤立，未必是长期受同伴排挤所致。尽管幼时受人欺侮，长到一定岁数后，只要有心还是可以加入伙伴。无意亲近他的不是乡民，而是自己——不像一般人期待热络互动的其实是他自己，因为独奏横笛比融入人群更愉快。

对于生父和兄姊，草十郎并不曾敞开心怀，他第一次觉得最可亲的就是义平。

最初觉得的知己，已遭问斩——

他心情郁闷到只想吹笛，京城却没有合适地点。长久以来不曾在人前表现，如今一时兴起也无法吹出旋律。

原因之一是他明白吹笛时自己处于无防备的状态，还有另一个原因，是民居四周无法产生可以吹响旋律的绝妙空间。尤其京内的大街小巷，无一处能引发他的奏兴，原因在于他太熟悉人车喧嚷，以致无法唤起细微的共鸣。

原本京城远比武藏偏乡更常听见笛和太鼓的演奏，频繁到甚至以为连日有社寺在举行庙会。草十郎无心记住的曲调不少，只当作无关紧要的旋律，对此不太感兴趣。

弥助见草十郎在发怔，便扯他衣袖兴奋地说：

"对了，听说河滩有杂艺表演，大家都去凑热闹，我们也去瞧瞧吧。"

他们按照吩咐采买完毕，来到东市边缘，贺茂川的河滩就在两条通道的对面，既然已买到必需品，稍微溜达一下也无妨。

然而草十郎望之却步，他不想去六条河原——因为会望见对岸的六波罗府。

"别摸鱼了。"

"我们去看嘛。走啦。"

弥助一副绝不想错失良机的模样，这是在所难免，毕竟运气好就能免费观赏表演。有时游艺人想博聚众人好评，因此在引人注目的河滩表演。

"要去你自己去。"

草十郎冷淡地说道，刚要踏上归途，顿时又转念折返。原来他想起平氏处决义平的地点，应该唯有在六条河原。

"草十郎想去吗？"

"嗯，可是我不想看表演。"

"那去做什么。"

弥助嘀咕道，结果两人相偕走向河滩。

道路对面的景色在眼前展开，只见聚集了许多观众。从土堤上俯瞰的观众排在路边，草十郎先凑入这群人。河滩平地上张起一座小搭篷，并竖着几根木桩，桩上拴有绳索，将舞台围成一小方块，观众将舞台层层包围，简直形成一堵厚墙。

只见简单搭建的舞台上空荡荡并无演出，弥助随意向旁人问道：

"请问现在是表演结束，还是即将开始？"

一个商人模样的男子答道：

"应该快开场了，大家都在等呢。"

"表演什么呢？"

"大概是神明降灵之类的吧，据说是来自熊野的巫女将表演神乐舞。"

草十郎一开始就兴味索然，此时更漠不关心地眺望着河滩，他不敢相信义平的刑场就在这里。再怎么说，竟然在半个月前行刑的地点兴起表演，未免太不近人情了。

（可是，或许这就是京城……）

贺茂川悠长缓流，河滩幅员辽阔，这一带曾是千军铁骑踏石奔腾、甲兵血流成河的地方。那场杀伐和轰鸣的余响犹在耳际，京城人却早就将之抛在脑后、相聚作乐。

草十郎望向别处时，舞者已从小搭篷静静步向舞台。她穿着亮泽赤裙，上衣清一色莹白，施粉的脸庞犹如那身雪衫，头上盘戴常青藤，秀发垂至膝后，右手举着金铃，左手高捧铃上的五彩穗线。

那铃声，"锵锒"响起。

4

铃响几度，草十郎恍如梦醒，陡然一惊。

他眨眨眼环顾四周，一时不知怎么回事，只见眼前那名穿赤裙的巫女缓缓移步，沿着搭绳的四方舞台绕行。

搭篷旁坐着三名乐师，分别以笙、横笛、鼓奏着五音不全的曲调。吸引草十郎的并非乐师，因为那无力的音色堪称杂音。然而，巫女摇铃的振响，完全无视于那些伴奏节拍，清音亮澈，宛似划破沉沉暮色下的京城河滩。

（这是怎么回事？）

他惊讶地凝神专注，才发现巫女摇铃时的节拍宛如乱拍子。而且巫女踏着想确认什么的步伐，看似极其徐缓的舞中，仿佛想衍生另一种意境。

巫女开始移动后，步步酝酿着迥然相异的气魄。

草十郎凝目细观，他的眼力极佳，只是距离毕竟过远。巫女行动时裤裙如滑行般悄静，从高处不易看清些微的动作，然而他第一次热衷观赏舞蹈，觉得很有意趣。

（……舞蹈原来自有其妙啊。）

庆神活动总是结合女性舞蹈，草十郎也曾看过巫女跳舞。除了巫女在神社前殿表演，也有地方由少女斋戒沐浴，在特别日子集体舞蹈。既然是奉神并让神明欢喜的表演，因此属于神圣活动——不过与身为男性的草十郎并没有什么关联。

草十郎觉得有趣的，是历经风风雨雨的河滩上仍有艺人表演，而且展现独特的清净。在舞者周围，确实转化了气氛。

在河滩的广阔空间里，奏乐时断时续，巫女的铃声愈响，愈显示舞蹈蕴含魄力。

从远方猜不出面施白粉的舞者年龄，指尖动作看似少女，却具备神灵附身者该有的老成威严。总之在不知不觉间，连无心观赏的草十郎也看得十分入神。

清脆的铃音节拍如此悦耳，他直觉那声音是在测算、依据什么而响，然而连对节拍直觉敏锐的草十郎都无法捉摸。不知何故，他确切感受到了，听着那锵锒入耳，自己从未意识到的郁闷也随之释怀。

　　"嘿，不过是跑江湖的巫女，倒有两下子嘛。"

　　"长得标致的话，做我的相好也不错哩。"

　　"喂喂，别乱来，再怎么说这里是……"

　　草十郎周围的观众轻薄地交谈着，毕竟不是庆神活动，只是杂艺表演罢了。他感受到商人对游艺人的蔑视，不禁同情那位专注舞蹈的巫女。

　　这时，有人发出高嚷盖过观众的喧闹。

　　"六波罗的人来了！"

　　现场气氛霎时被破坏，舞台上的巫女比任何人反应都快，只见她大惊失色，顾不得舞步优雅就奔进搭篷。

　　就在莫名其妙的草十郎傻眼之际，围绕舞台的观众开始作鸟兽散。原来有三名骑马武士，从对面五条的方向正朝此冲来。他们没有披甲，却煞气十足。三人刚到舞台，就挥鞭抽打在河滩走避不及的民众，还伸脚去踹木桩和搭篷。

　　"快逃——"

　　土堤上的人群也开始溃散，不过与舞台距离尚远，还有缓冲时间。草十郎在离去时，仍一脸意犹未尽。

　　"草十郎，走吧，这里很危险了。"

　　他一直杵在原地，弥助焦急地拉他的手臂。四周已不见人影，草十郎留在原处，直到确认平氏武士没逮捕任何人后这才离去。他没有看见巫女等人是如何逃逸，但可以肯定他们已迅速藏匿。这群游艺人分明知道会招惹六波罗，却依然从事表演。

　　"我也去看了。"

　　鸟彦王说道。

"草十欺负我，所以偏不找你。"

"你还在记仇啊。"

草十郎感到啼笑皆非，乌鸦停在檐下的竹竿上，若无其事地说：

"六波罗的那些家伙当然不爽，因为他们在河滩斩了藤原信赖和源义平。熊野的巫女传达神谕要祭祀死者，只会让六波罗受谴责啊。"

"这么说，那里果然是斩首的地点？"

乌鸦倾出鸟身，忙将囤积的一箩筐话倒出来：

"你听我说，这是大消息哟。大内里的雌鸦说啊，自从在京城的嵯峨天皇那时处决一个叫藤原仲成的叛臣以来，据说过去的二十五代天皇都废除死罪。可是三年前的保元之役后又开始执行，当时上皇还在位。没有一个地方像贺茂河滩这样设置杀一儆百的公开刑场。雌鸦说这是头一遭故意选在光天化日下，让那两个人在街头百姓面前被杀头呢。都是平氏干的好事。草十，你知道什么是作祟——像是怨灵之类的吗？"

"……我知道。"

草十郎简短答道，想到义平，让他抑郁难平，无意再多言。

"我还不太了解什么是怨灵，大内里的雌鸦都见怪不怪了，还说一定有怨灵作祟。人在死后还能随心所欲啊？你认识的义平也是这样吗？"

"很难说……"

草十郎口中喃喃道。

"乌鸦才不相信呢。我们都尊敬死者，不过是因为它成了活乌鸦的食物，解救大家的性命，它不可能作祟的——啊，我懂了。"

鸟彦王的黑翅扇得扑扑响，像是有重大发现地说道：

"一想死者会作祟的话，不就无法安心吃进肚里了？难怪人们不吃同类啊。"

草十郎将乌鸦的话当耳边风，只问道：

"在河滩跳舞卖艺的舞者……听说是来自熊野的巫女，那是什么身份的神职者？"

"在河滩的不是巫女，那是艺人，巫女都待在神社里。"

乌鸦明快地指正，草十郎也同意它的说法。尽管如此，他觉得那名舞者气势凛然，纵然表演遭到中断，她却能不顾忌平氏——只想献舞来祭祀被处决者。

（连我也无能为力……）

草十郎思忖着，发觉自己正为此事心烦，无法为逝去的义平——为他镇魂而采取任何行动。

草十郎将感触告诉鸟彦王：

"就算她不是巫女而是艺人，那铃声节拍实在太神妙了，仿佛有响彻冥界的魄力。"

"冥界是哪里？"

"就是死后要去的地方。"

鸟彦王偏起头来纳闷。

"这么说，草十居然相信死去的义平还有各种感觉，还能听见铃声啊。"

乌鸦的语气充满惊讶，草十郎不禁轻笑起来。

"嗯……这种想法或许是安慰自己。"

河滩响起的铃声教人难忘，草十郎在练武时心不在焉，眼前不时浮现昨日所见的情景。

他反复思索着，认为那是游艺人想提高知名度的行径。尽管如此，他们挑衅人人畏惧的平氏，对处决者表示哀悼却是不争的事实。

草十郎回过神，发现自己离开右京的屋宅，连紧跟左右的弥助都没在身边。

他并不熟悉神佛祭典或仪式。自己只是曾协助处理家乡的例祭或邻家丧仪，对这些仪式不太了解，只漠然认为凡事该照形式进行。

对于供养无形的神佛及亡魂，他还是第一次认为意义深重。

（这不知是为逝者，还是生存者……）

草十郎不想到六条河原滋事，昨日遭六波罗的武士残暴驱逐的游艺人不可能逗留。然而，他想依照乌彦王提供的消息，再去眺望贺茂河滩。

当他离开屋宅时，乌彦王拍翅飞来停在他肩上。

“怎么了？难得孤零零的。”

“我想一个人独处。”

草十郎直截了当地答道。

“有我在，你也算一个人吧。”

“不，你太啰唆了。”

“啧啧，任性小子。”

乌鸦不爽地说完，又飞走了。

来到六条河原时，土堤上聚集着比昨日更多的观众，草十郎见状一惊，不禁学着弥助向在场者问道：

“今天该不会又是神乐舞吧？”

“这回不一样。”

结伴来的男子们一脸诡笑望着草十郎，神情摆明了他们连续两日都来凑热闹。

“听说接下来将表演白拍子舞。”

“白拍子舞？”

草十郎从没听过，感到相当惊奇。

“这是时下最流行的歌舞哟，还没见识过就来开眼界吧。”

“可是……在这种地点表演，今天六波罗的武士该不会又来揍人？”

“管他的，反正快点儿开溜就行了。”

　　男子毫不在意地说道。京城的居民，无论是观众还是艺人，对大小骚动早已司空见惯。草十郎佩服他们真是处变不惊，于是步下土堤，这次想走到舞台旁边。

　　在绳索划界的内侧，有一个男子正缓缓绕着舞台，他头戴方巾、外衫挂着圆口袈裟，一身山野修炼的行者装扮。细看之下，只见那人伸出斗笠向观众索讨赏物，他高举念珠施礼，那副模样就像是接受布施的修行僧。不过在这种场合会有行者出现，反而显得十分怪异。

　　那名行者没有强行索讨，不过草十郎站在最前列，不给赏钱毕竟不妥。他一探怀中，想起得到过几枚宋钱，就放心走向舞台前。他还不习惯使用铜钱，倒是正藏等人有许多钱币，还喜好以钱交易。

　　尽管如此，草十郎此刻开始怀疑自己是否真想看表演，他在意的是神乐舞，并非京城最流行的时兴表演。然而他终究想看平氏何时会来阻挠，因此决定留在原地等待。

　　行者绕走一圈后回到搭篷旁，他端坐在铺毯上，慢条斯理地端起鼓，郑重唱喝一声，同时开始拍鼓。舞乐的伴奏是由行者担任，今日不见横笛和竹笙的乐师在座，或许是昨日尝到苦头而逃之夭夭。

　　不一会儿，搭篷的垂幔掀起，舞者缓步出场。

　　她的装扮与昨日极为不同，草十郎不禁瞪大眼睛。

　　执扇出场的舞者头戴乌帽子、身穿礼衣裤裙，竟然是以男貌示人。

　　只见她身穿湛蓝衣衫，裙布有浅蓝条纹，礼衣上的袖结穿编赤线，衣身则是浮纹的雪白质地。戴着乌帽子的秀发绢亮如流波，娇容薄施脂粉，从白妆下通透若现的樱色肌肤可知是个少女。

　　年龄有十五六吧。从外形来看，那不带娇媚的表情仿佛真是少年。然而草十郎首先感觉到的，是她简直毫无防备。

　　少女的男装打扮，非但难以掩饰女身，反而更突显特质。没有华丽女裳却透露身份的原因，就在于她本人拥有的美质——樱色辉泛的肌理、眉目纤秀、乌发蕴泽，以及娉弱的颈项和指尖，让人觉得她暴露在众目睽睽之下，却丝毫不以为意。

　　舞者将阖起的折扇直指前方，步伐稳健地前进到舞台中央。几声鼓响后，她踏着独特的节拍配合鼓韵起舞，挥曳衣袖后，以清亮的歌喉唱道：

　　　　十方世界烦恼悟
　　　　阿鼻业火唯心造
　　　　极乐净土广池水
　　　　清净不离自在心

　　那是唯有少女方能展现的嘹亮，宛若铃音远扬，又与铃声迥然不同，是具有柔婉、澄净的气魄和韧力，随着轻颤唱腔传向遥远彼方。

　　草十郎犹如受到震击，她的声音是铃声无法比拟的，明确蕴含着心中思念——祈盼或心愿、憧憬、悲凄。

　　连不谙歌艺的草十郎也知道少女受过训练，从她无视于河滩辽阔，可知她拥有独特的亮嗓。

　　眼看观众逐渐安静，拍鼓声鲜明回荡在阒静的四周。舞者飒然开扇，轻展扇翼化蝶翩翩，接着反复唱道：

　　　　十方世界烦恼悟
　　　　阿鼻业火唯心造
　　　　极乐净土广池水
　　　　清净不离自在心

　　（或许是同一人……）

　　草十郎不能肯定，仍感觉男装少女就是昨日的巫女，无论从舞者的挥袖动作，还是移步姿势，他都明白是出于同样的清净，或许比昨日更明显，因为少女今日更卖力将舞艺献于天。

（果然还是祭祀表演……）

他初次观赏白拍子舞，这是只配合鼓韵的即兴舞蹈，可以感受舞者是以技巧取胜。为了完全吸引观众，少女似乎想表现什么，那舞姿绝不是让她骋醉在神灵附身的境界，而是经过精准测算的节拍。

草十郎不禁想着——这就像是试图夺得先机。从舞步节拍来看，少女犹如凌波在空，他从没见过别人也有这种步法，光是这点就值得细观。接着他发觉自己是以这种步法攻击对手，少女却借此来吸引人。

更何况她尝试吸引的不仅是周围观众，还有更高难度的对象。

莫非正是亡者？

（是在河滩被处决的人……）

一想到此，草十郎背脊发凉，不禁观察周围的气氛，发觉这个地点形成可以引发共鸣的空间。在京城各地，都无法让他感应到能尽情吹奏的那种纤细、微振的空间，却即将在这方舞台的周围形成。

他只能认为，这是跳白拍子舞的少女透过歌舞所交织的空间。

少女跳毕一支舞，缓缓垂下手中阖起的折扇，恍如着魔的观众席霎时化解紧张。这时，草十郎下定决心走向搭篷，他不便向舞者开口，觉得可能较适合与拍鼓的行者商量。

行者感到有人拍肩，就诧异地回首，草十郎明知是无理要求，还是不顾一切说：

"我可以吹一曲吗？"

"啥？"

行者扬起一边眉毛，果然满脸疑惑。

"你是什么来头啊？"

"我先声明自己不是六波罗的人，也不是来闹场的，只是想吹笛子而已。"

"用不着你来凑热闹，这又不是农村庆典，莫名其妙！"

行者粗气一哼，那外形相当彪悍，看似已过盛年，生着一张浓胡赤脸，予人动辄莽撞出手的印象。草十郎不想动武，但一时口快说：

"你想拒绝，是因为我临时加入表演对吧？反正我非吹不可，恐怕连你也阻止不了。"

男子倏地起身，一把揪住草十郎的衣襟。

"开什么玩笑！御前的舞技出神入化，原本不该在这种蹩脚地方浪费时间。这不知几两重的臭小子——"

"日满。"

一个银铃般的声音唤住行者，语气中带着责备，只见一身礼衣裤裙的舞者朝他们走来。

少女来到面前，没想到身形十分娇小，草十郎惊讶之余，不禁凝视对方。她在舞台上舞袖惊艳全场，平时不舞时却显得纤弱。

然而，她不为所动地回望草十郎的态度，带着武藏故乡的同龄少女所没有的气魄，细长而含泽采的眼瞳正大睁着注视他。

"我想你应该了解我时间紧迫，请别来搅局。"

少女硬涩的语气暗示绝不轻易让步，然而草十郎也不肯妥协。

"在被六波罗的人赶走前，你一定很想将心意传达给逝者吧？可是未能如愿——我很明白，因为我也想表达心意。"

草十郎说道，少女霎时凝住气息，变得面无表情。

"你是为此才在河滩跳舞吧？"

草十郎鲜少尝试说服别人，因此没有把握能完整表明心意，不过他必须表达，于是又说：

"我没有想搅局的意思，其实我真的不知道是怎么回事，这种感觉无法言喻。尽管如此，我还是想在这里吹笛子，明明知道是万分困难——不过当你跳舞时，我似乎能吹了。"

原本扯住草十郎的行者放松了手，仍保持戒心插嘴说：

"那么我想问问你有为舞乐伴奏的经验吗？是属于哪一个戏场？什么流派？"

"我是第一次在人前表演。"

"荒谬！"

愤怒的男子使劲挥手想赶走草十郎，少女又阻止道：

"日满，算了，再跳一支舞就结束表演。六波罗的武士可能再来阻止，或许我的表演已经尽力，就随他去吧。"

"御前……"

心有不甘的行者咕哝着，少女的决定显然不容改变，男子不情愿地回到置鼓的地点。少女凝视草十郎片刻，这才移开目光，她压抑着情感喃喃说：

"昨天的铃声很嘹亮，我感觉好像能成功，可是接着变得非常困难……如果想传达心意，就必须让天开启才行。"

草十郎觉得她像是自而语，不过仍应道：

"假如有必要，就让它开启吧。"

不久行者拍起鼓，节奏比刚才更急促，仿佛在宣泄怒气。重新站在舞台中央的少女翩然旋身，又唱了一曲：

> 晓静引人醒
>
> 忧思频泪溽
>
> 虚度沧桑世
>
> 终须归净土

歌声愈渐清悦悠扬，可感受到蕴含祈愿的心意。

（果然是这种感觉……）

草十郎此时确信自己能够吹奏，将横笛按在唇上。少女尽心倾力，用肢体引发共鸣，如此一来，这片空间方能得以清净。原来大千世界里，竟然有这等天赋异秉的人物存在。

草十郎配合少女反复吟唱，朝着竹管送息，一吹奏起来，他便与从前一样陶然忘我。

原本他就不在乎曲调转折，只为求与眼前的舞蹈共鸣而吹奏，这并非难事，这片空间已盈满了歌声舞影。

笛声随着律动愈强而渐趋调和，然而音色本体可说毫无意志的存在，是发自一种无心，因此草十郎才得以奏出笛韵。然而在此让他首度找到某种具有强烈目的之存在，而且得到共鸣的，就是传送悼亡、慰抚、疗伤的情绪——

草十郎不禁渴望传送自己的心意，感觉义平就近在咫尺。

天开启了——

从四面八方来风的熟悉感觉中，他看见灿如花瓣之物飘飘纷落在舞袖的少女身上。草十郎无法分辨那是实景还是心像，不过都无所谓了，只要目标正确，或许能完成心愿。

不知何故，正随着疾拍旋舞的少女泛起一丝微笑，想必她也认为心愿终于达成。她在沐浴花雨的同时，那一身男装、欢喜旋转的美姿是如此超凡入圣。

然而，臻至完美的境界好景不长。

突然间，有个黑影起身挡住草十郎的视野。

草十郎以为男子也是自天而降，只见那人浑身黑直垂服，同样以黑色布巾包住头，只露出一对眼睛。那目光森冷异常，草十郎不由得放下横笛，若非陶醉忘情，他应该提早察觉到危险。

有人抢在六波罗武士闯入前，蓄意来破坏好事。

第三章　上皇御所

1

　　黑布覆面的男子行动跟那身奇异装束相映，不由分说就朝草十郎挥拳扑来。草十郎来不及招架唐突的攻击，只勉强避过最初的一击。接二连三来的拳脚攻势，连草十郎也摸不清的招数，男子显然练就一身绝技。

　　胸口结实吃了一脚，草十郎向后飞出去。所幸千钧一发之际避开，肋骨并未碎裂。他撞上一根篷架支柱，滚跌在扯倒的搭篷上。

　　（混账东西……）

　　草十郎心头火起，若不是握着重要的横笛，就能全力防卫，因此他怒火更炽，果然在人前吹笛净没好事。

　　对方乘胜追击，草十郎没起身就一个打滚顺势避开。危急中，他不忘张望及摸索附近是否有东西能当武器。趁对方还没逮到骑住自己之前，总算抓到一件东西，触感好像是木杖。

　　草十郎举杖架住挥下来的一击，伸脚将对方踢开，这才重新起身。然后换他挥杖凌厉出招，回敬刚才胸前受的一记。他使起武器来得心应手，但敌方深谙闪避要诀——朝后方翻了个漂亮的筋斗。

他曾向弥助断言翻筋斗在真正搏斗时派不上用场，为此他略感后悔，原来还是有人学以致用，何况那身手洗练无比。覆面人趁着飘跃之际，突然放弃攻击，抽身逃逸而去。

草十郎重拾起木杖，听见锵锒一响。细看之下，原来是顶端串有金环的锡杖，那正是行者之物，于是连忙环顾四周。

"日满！日满！"

这时少女发出悲鸣求救，有两个覆面人正想将她拖下舞台扛走，只见女孩儿拼命抵抗。行者在舞台上擂动猛拳，与联袂出招的三名对手格斗正酣。

草十郎一时犹豫不决，但手中既有锡杖，觉得该赶去协助呼救的少女。或许刚才被踹倒让他恶气未消，想借此大打出手。于是他飞冲过去，毫不客气地举起锡杖，朝扛着少女而来不及出手的两人猛敲下去。

周围看热闹的观众想必乐得观赏这场加演骚动，然而有骑马武士出现，戏码只能到此结束。

"六波罗的人来了！"

今日的观众仍在喊嚷中仓皇散去，被草十郎击倒的两名男子也翻身逃走。少女当场软倒在地，似乎昏厥过去。

左右为难的草十郎打算抱起她时，行者匆匆朝此奔来。

"快跑！在这里被逮到就完了！"

日满把方箱推给草十郎，自己则抱起少女，扛着她拔腿就跑。不只锡杖、连行囊都代拿的草十郎莫名其妙，只好尾随而去。

或许是修行时练就了翻山越岭的功夫，行者扛着少女健步如飞，直冲进小街暗巷，径自逃往狭道内。草十郎挑着沉甸甸的方箱，追得一身汗流浃背。不久来到无人盘查的街坊店家后面的空地，行者这才停步，将一处放置木材和横板的地方当作平台，轻轻让少女横卧其上。

"真是感激不尽。"

草十郎交出方箱和锡杖，日满抹去额际汗水，这才对他客气地说：

"多谢你仗义救出小姐，我孤身一人差点儿难以收拾。真是人不可貌相……你身手相当了得。"

"那些家伙到底是什么来头？光天化日下竟然蒙面。"

"大概不想教人识破身份吧。一群无礼的混蛋，真可恶！"

行者低喃。

"你知道他们是谁？"

"我也不太清楚。不过准是哪个戏班子的游艺人，说不定是受雇唆使的。"

草十郎猜测或许是艺者同行之间发生细故，就不假思索地说：

"你们的仇家可不少啊。"

"我们又不想跟人家结梁子！"

日满气急败坏地否认，略受挫折地垂眼望着少女。

"御前有苦衷离家出走，有些家伙想带她回去。总之，她对别人的意见绝不乖乖就范……"

草十郎也俯视昏迷的少女，那取下乌帽子并解开上领衣结绳、乌溜长发衬卧的姿态看似纤弱。然而这名无视六波罗的禁令，胆敢再度登台跳舞的人物，绝非弱不禁风之辈。

"她是天不怕地不怕……今天发生的事，我再三劝阻过……"

少女眼帘微微一动，不久连眨几次后睁开眼眸，讶异地仰望着凑近察看的行者。

"您醒了？感觉还好吗？"

"日满！"

少女忽然惊叫起身，一把揪住他的圆口袈裟几乎扯落。

"怎么不快点儿来？那些男人竟敢随便碰我，人家好不容易——特地跳的舞——"

只见少女撇起嘴，哇的一声哭起来。

"不甘心！那些臭男人倒省了给赏。"

日满连忙赔不是，半哄半劝忙了一阵子，少女总算停止哭泣，仍伸袖掩住脸庞，不悦地说：

"我要喝水。"

行者极为困扰地望着草十郎，恳求道：

"我去取水时，能不能请你留在这里？"

其实草十郎正打算抽身离去，虽然叹服少女的舞蹈神奇到足以引发自己吹笛，但他确实感受到已陷入不寻常的是非中，直觉不时警告他不宜涉入太深。

然而，看来他完全错过故作不知离去的机会。

"那就拜托你了。"

草十郎落得和少女独处，愈发困惑不已。原本他就很怕应付女孩子，其中最难招架的就数爱哭或使性子的那种类型。

（简直判若两人……）

对少女而言，在舞台上以舞姬姿态对任何人都傲然不屈，此刻却在草十郎身边旁若无人地号啕大哭，难道她本人不会对这种矛盾感到奇怪？面对如此前后不一的表现，草十郎尤其不敢领教，不知何故，女性大致上属于这类性质。

少女仍以衣袖掩面端坐，草十郎站在她身边一语未发，让时间静静地流逝。然而日满迟迟未归，草十郎觉得保持沉默的气氛很尴尬，就试着向她询问自己想到的事。

"你和……义平大人是什么关系？"

少女一惊放下衣袖，仰起了脸庞。

"你这话是什么意思？"

她的语气透着不敢置信。抬头仰视的少女此刻妆粉尽落，眼眸微透肿红，愈显得像是寻常女孩儿。尽管如此，草十郎没料到她会气势汹汹，又吃惊地说：

"你不想提也没关系，我只是在猜你或许认识义平大人……因此才来跳舞慰灵。"

少女并不回答，小心翼翼地垂下长睫，那神情看似悲凉而哀切，草十郎不禁说：

"你该不会叫美津吧？"

"这人真是莫名其妙。"

少女倒吸一口凉气，口气充满惊异地说：

"你到底是何方神圣？跟淑女搭讪时，最犯忌讳的就是问人家的过去，其次就是叫错成其他姑娘。你连这种谈话常识都不懂？"

"……那么，你叫什么名字？"

"系世，我是系世哟，乱叫成别的姑娘可不饶你。"

"哦，懂了。"

草十郎心想大概没机会再如此称呼她，就点了点头。

"既然你有兴致听，那我就说好了。我是武藏国人氏，与义平大人在上次的战役中并肩作战，后来一同逃到近江，因此……我很欣慰有人为亡者献舞。"

"原来如此……"

这次少女相当率真地点头。

"你一开始这样介绍自己不就好了？来自草野地方，当然不是什么风雅人士了。而且，我大概知道你为什么吹出那种音色。该怎么称呼你？"

"草十郎。"

原想说出元服后的全名，他觉得麻烦又作罢，何况更在意少女刚说的话。

"你听得出我的笛声果然很奇特？"

"你说过那是第一次在人前吹奏吧。"

系世忽然眸中精光闪烁地说：

"你最好别让任何人听到，因为那或许是世间绝无仅有的音律，就像我绝不轻易在观众面前跳舞一样。"

或许是顾虑已消，少女不待他询问就主动说起身世，感觉上她天生喜欢交谈。

"我的舞艺比几位姊姊都好，妈妈说这是天性使然，不以长幼来决定顺位。我是以养女身份受调教，在最优越的环境中学习歌舞。"

"你说的这位妈妈，是熊野人氏？"

"你还以为我是熊野的巫女？这人好死板哟。从熊野来的只有日满，我是来自美浓国的青墓。妈妈是大炊夫人，在京城可是赫赫有名哟。"

草十郎心中不快，暗想这种事没讲谁知道，不过少女提到的地名，他倒有些印象。

"你说的青墓，就是左马头大人投宿的——"

只见系世表情逐渐变得黯然。

"嗯，是的……你还不知道青墓发生什么事情吧？义朝大人在留宿时遭到追兵袭击，朝长大人则在邸前庭院亡故……他腿伤很严重，据说亲自请求父亲代为斩下首级。"

"……是中宫大夫进吗？"

朝长就是源义朝的次男，在一起逃难之际，草十郎始终无缘与他交谈，年龄或许和自己相差无几。

"还有佐渡的重成大人，他穿上义朝大人的直垂服引走敌人，结果以身殉主。他们尽力协助义朝大人逃脱，没想到他在尾张遭遇不测……"

系世的声音渐渐微弱，草十郎不忍听下去，同样感受到这一切皆成泡影、人亡政息。

"……这么说来，据传义朝大人留下一位千金。"

草十郎正寻思该不会就是她时，系世静静地答道：

"是啊，真的好可怜，我也是为了那女孩儿而跳。"

少女抚着垂肩的发丝，有感而发地继续说：

"青墓的旅店有两种女孩儿，就是权贵留下的遗腹子，以及拥有才艺而被收留的孩子。我只有舞蹈才华，一直很羡慕她们有好身世，可是没想到发生这种残酷的事……"

草十郎感觉少女像是伙伴，都曾切身经历源氏的悲剧，而且深受震撼。

"我觉得河滩的祈祷已传达给逝者，虽然发生在闹场前的一瞬间，应该有确实传达。不过，那是……"

草十郎犹豫着该如何说明，他想表示庆幸，但没有如愿以偿的成就感。事到如今，他反为尝试而自责，当然这与警告他不该涉入太深的直觉有关。

少女见草十郎含糊不语，只简单地说：

"落下好多哟。"

"什么？"

"是曼陀罗曼殊，你看过吗？"

"不，没有。"

草十郎如此回答。系世幽幽叹道：

"我以前看过，但是第一次落下这么多呢。我知道那些扫兴的家伙为何忙着前来制止，因为太危险了。"

"跳舞会有危险？"

少女霎时秀眉微蹙。

"你该不会以为跟自己没关联吧？这人好迟钝哟。你的笛声还不是很危险？除非万不得已，不然最好别吹它。"

"用不着你提醒，我也不想吹，何况吹不来。我不会在人前吹奏的……这次想加入你们只是破例而已。"

草十郎悻悻反驳道，她更理直气壮地说：

"我很明白自己为何想跳舞哟，可是感觉你在吹时，好像头脑一片空白。"

"那又怎样。"

行者取水回来时，两人早已结束这番对话，再度变得沉默。日满望着别过头的少女，就问道：

"……您还不舒服吗？"

"没有，我要水。"

系世抢过竹器，双手捧水喝起来。草十郎对日满说：

"既然任务完成，我该走了。"

"下次一定郑重致谢……请问府上是京城何处？"

草十郎只能摇头拒绝答复，即使目前没做打劫生意，也不能透露住在盗窟吧。

"不必了。再说，我不想在京城待太久。"

草十郎告辞离去，觉得自己是吃力不讨好，同时也尝到安心又担忧的复杂心情。

（怎么会有这种奇遇……）

若不是机缘巧合，恐怕不会再相逢吧。草十郎对此毫不介意，假如对方要求见面他会谢绝，然而，他不会轻易忘记今日的邂逅。

鸟彦王伸喙朝翅膀里搔着搔着，说：

"我还以为你是那种行事低调的人呢。"

草十郎无言以对，事后回想起来，也不能理解自己竟然加入游艺人的表演。

　　"……只是顺其自然嘛。"

　　"鬼扯，你一开始就故意单独去的吧？"

　　"我不是为了想吹才去……没想到演变成如此。"

　　乌彦王似乎亲自去仔细观赏了，因此草十郎试问道：

　　"舞蹈快结束时，你曾看到像花瓣发亮的东西落下来吗？"

　　"嗯，感觉像在闪闪发光呢。"

　　乌鸦并不觉得惊讶地答道。

　　"听说叫作曼陀罗曼殊，你知道那是什么？"

　　"什么玩意啊？又不是念佛号。"

　　"连你也不晓得？"

　　草十郎喃喃问道，乌彦王失笑地发出啼叫：

　　"是你在人间过日子吧？这种事还问乌鸦，羞羞脸。"

　　"不是有一只住在大内里的万事通雌鸦黏着你吗？去问它不就行了？"

　　"少说笨话哟，那种不问它也讲个没完的长舌妇，你去试试看，保准它唠叨一整天不放过你。"

　　从它一抖羽翼露出厌烦模样来看，鸟族似乎也有苦衷，草十郎发出叹息。

　　"那就算了……反正大概不会再见面。"

　　黑鸟望着草十郎，滚圆亮眼浮现一抹好奇。

　　"你跟在河滩跳舞的女孩儿走得很近？感觉怎么样？大内里的乌鸦都栖息深宫，它们大概不晓得游艺人在做什么。"

　　"她是青墓的烟花女，我不会跟她亲近的，虽然有聊几句……不过那丫头真讨厌。"

　　草十郎随意答道，乌彦王反而变得很有兴致。

　　"没想到草十很挑嘴呢，还是因为讨厌雌性？只要是年轻姑娘，别像我的雌鸦亲戚那么饶舌，我都相当中意呢。"

草十郎没好气地说：

"那你何必硬要留在我身边，不如跟那个女孩儿学习算了，修行效果还更好。不但可以要哭就哭、见识丰富，还很懂得谈话常识。"

乌彦王倒是满不在乎。

"不，我跟定草十了。像你这样不通世故的人，最适合跟乌鸦相处。"

总之，草十郎知道这不是赞美。

从屋宅脱身那日起就没见过正藏，翌晨，草十郎便遭他痛批一顿。

"我是没听你吹过，但没想到你这家伙，竟然到河滩献技招揽观众啊。"

正藏的语气让草十郎感到内疚，却也有几分诧异。

"……你怎么知道？"

"弥助惊动大家，我才知道你外出。我猜到你大概会去哪里，不是狱门就是六条河原，反正没别的地方好去。"

见草十郎无从反驳，正藏依旧眼含笑意，但绝对来者不善。

"河滩上的游艺人借着表演猿乐，掩饰反抗强权的目的。他们既然身份最低，行为也更大胆奔放。六波罗认为用严法对付他们有碍体面，才不至于彻底取缔。但你敢随便给人家认出相貌、识破源兵的身份试试看，保准你吃不完兜着走。"

这番话的确一针见血，草十郎懊悔自己轻率行动，感到相当难堪。正藏又说：

"你就那么想找六波罗的碴儿？难道只有替在狱门枭首的家伙报仇，才是你的最大心愿？你若想说除了自毁前程别无所求，那我也有打算。"

"不是这样！"

草十郎急忙说道，他不愿正藏拒绝交易。此刻当场毁弃为了来京的口头承诺，那么他将沦为只为利用正藏人情的家伙。

"……我是有点儿想找平氏的碴儿，但不认为独闯能得手。我只想向义平大人表示最后的诀别……如此而已，我不会再做糊涂事了。"

交抱胳臂的正藏注视他半晌，不久试探地问道：

"我在京城的要事大致办完了，就在今明两天打道回府，你也要一起回近江吗？"

"嗯。"

"你该不会考虑靠吹笛子为生吧？"

"才不呢。"

草十郎愤愤回瞪一眼，正藏带着玩味的表情说：

"你的确一开始就提笛子啊。老实说，就算听说你单独去六波罗讨敌，我也没那么大惊小怪。真服了你，竟然去追白拍子，连我也想去瞧瞧。人不可貌相，原来你蛮爱出风头的嘛。"

草十郎不想再听到与乌鸦相同的意见，于是面露不悦。正藏又调侃道：

"喂，我承认家中无美女。想吹的话，先回我本寨再说。"

"我不是为了看舞才去。"

草十郎认真起来，发觉自己话中有语病，不禁面红耳赤。

"是吗？听说昨天的白拍子表演，就像是天仙下凡。"

"……是这样吗？"

草十郎反问道。正藏哑然失笑：

"看来你还不知道街头巷尾已传为美谈。真是的，趁你还没声名大噪之前，最好赶快离京。"

草十郎等人开始收拾行装准备离去，正藏的行囊在来京时载着许多绢布和漆器工艺品，或许就是赃物，不过在归途时大抵已销空，搬运起来十分轻便。武器或配件虽有增加，但在京城的主要收入似乎不靠买卖赚取。

（正藏在当土匪头子以前，究竟是什么身份？）

草十郎暗想着，这号人物仍令他难以捉摸。

浮现和蔼笑容时的正藏，感觉像是世故的生意人，然而不论是强势手段或精明态度，又迥异于寻常的街坊店主。

从熟悉京城的地理环境及情况来看，他不像是久居地方之人。连这座宛如废屋的右京屋宅，或许也是不得擅入的禁地。

草十郎对离京并没有任何留恋，应该说从当天下午他就期盼尽快离去。因为最后一次到东市采买时，发现民众见到他就回头，或是互扯衣袖指指点点，看来他真的是出尽风头。

行囊比预期更早打点完毕，当决定翌日出发时，草十郎心下一宽，实在受够了熙攘人潮。

次日清晨，草十郎告诉飞来的鸟彦王将动身出发，它爽快地点头。

"那我去向大内里的雌鸦辞行，再忍耐一次听它饶舌吧。"

一行人前往京城边缘的大路，只见今日的六条河原显得冷冷清清。草十郎无意间想起不知日满和系世会在何处过夜，他难以想象漂泊流民能在京城借宿。

弥助对河滩的事打破砂锅问到底，不禁惹恼草十郎，男孩儿只好噤声，却还是按捺不住问道：

"你讨厌观赏表演，是因为比较喜欢亲自登台吗？在家里没吹过笛子，却能在河滩表演，是不是没听众才不想吹啊？"

"正好相反。"

"我只去过一次，要是还有表演机会就好了。"

"啰唆，别再提了。"

草十郎很在意路人，于是制止他。弥助望着河滩，感到依依不舍。

"可是不知道下次什么时候再来……说不定没机会了……"

行至五条桥时，众人留意到有五六个腰佩长刀的严肃男子，正在桥头盘查过桥的民众。正藏一行显得若无其事，其实顿时心生戒备。那些人当中有几位身穿赤红狩衣，从装束可知正是担任检非违使的公职。

即使平民百姓也忌惮与朝廷的警护官人——检非违使有何瓜葛，来往的民众纷纷尽量避免在他们面前走过。站在桥上的官员没有逐一查问，却虎视眈眈地监探动静，让过路人个个提心吊胆。

就在正藏等人想尽快通过而加快脚步时，一个寻常衣装的矮小男子走到近前，挡住一行人的去路。

"小人有事相告，想向各位的主子问安。"

如此郑重的开场白，并没有怀疑他们之意。正藏下马后，和气地回应道：

"哎呀，没想到在此有人相询，请问有何贵干？"

男子行礼后，以谦恭的语气说：

"小人名唤幸德，奉某位贵人之命正在寻人。由于另有隐情，不便向诸位说明这位大人的要求，实在情非得已，只能向其中一人秉明详情。那位大人不但通晓艺曲，而且雅好此道——"

草十郎顿感不妙，这矮小男子外表像是毫不出奇的下仆，却隐含一种竭力压抑的锐魄。

"——大人对日前在六条河原的舞蹈格外感兴趣，期待能招待艺人进府，在他面前表演一番。因此，还请其中一位能来为舞蹈伴笛。"

正藏装起了糊涂。

"这是怎么回事啊？看来您认错人了，我们都不是艺人，没有荣幸为贵人助兴。"

"我不会认错人。"

在对方灼灼逼视之下，草十郎只好死心，绝对是他错不了——这矮小男子正是袭击自己的覆面人。

"我很笃定，那名年轻人曾在河滩吹奏。"

正藏朝身后瞥了一眼。

"就算当真如此，他也是由我关照。我们返乡在即，是否能谢绝那位贵人的好意？"

"最好别不识相。"矮小男子冷冷说道，两名身穿官服的魁梧男子从左右蓦然上前，态度显然不容他们有异议。

"这是在蓄意刁难吗？那位能指派检非违使、来头不小的'匿名'大人，就算您是他属下，我也自有坚持呢。"

正藏细声细气地说道。矮小男子乍见温和稳健，此刻却有凛然不让的威势，只见他半哄半劝说：

"我不是要强行带他走，只想让您了解是多么迫切地唤请他。说到什么缘故，其实是一位舞姬接受府内邀请，但她坚持没这名年轻人吹笛就跳不成舞，因此拒绝在大人面前献舞，真教人困扰万分。"

（……这丫头……）

草十郎眼前浮现系世那张下巴翘得老高的倔脸。光想到彻底卷入这场是非，他就心头有气，说来说去，都是在自作自受。

"哦，可是这样一来……"

气势略挫的正藏含糊其词，这时草十郎心意已决，他不想继续拖延，总不能带给正藏等人困扰，尤其不愿在桥上对峙，频频引来侧目。

草十郎毫不迟疑地走向那些人，说：

"我答应你们的邀请，这样总行吧？"

"喂，决定权在我啊。"

正藏愤愤抗议道，草十郎对他说：

"这样下去将没完没了，看来只有我去才能摆平，那就先去一趟再说。我不会待太久，事后会去找你们。"

矮小男子的眼神显然对草十郎不甚友好，他慎重地叮咛道：

"今天绝不能动刀动拳，你想要比画，我劝你最好别贸然行动。我们侍奉的对象，是你这辈子原本无缘同席的人物，你敢放肆就小心脑袋搬家。反过来说，若能承蒙贵人赏兴，就可得到丰厚赏赐。"

草十郎只耸耸肩，正藏不便再有意见，草十郎就与前往近江的众人挥别，在愕然驻足观望的人群中，由检非违使陪同走向大路。

2

男子们朝五条南方走去。

（什么玩意儿嘛……）

草十郎对走在前方的幸德看了就讨厌，认为他的夸张告诫无非是想恐吓自己。公卿贵人根本不可能聆听河滩浅艺，或许以游艺人来看，那位算是贵人吧。

一行人通过六条堀川，此处曾是源义朝的府邸所在，一直来到毗邻八条大路的地方才停步，该座府邸正位于八条大路和堀川的转角处。

这是一座豪府，瓦顶泥墙和殿宇大门皆铺着耀眼夺目的鳞瓦。然而要让人觉得是一流贵族府邸的原因，是从大路即可望见道旁建有一栋连接屋宇、有如楼座矗耸的高殿。草十郎想起三条殿的内侧结构，但属于完全不同的形式。

通过侧门后，草十郎知道自己被领往的地点，正是那座面临大路的高殿，因此并不退却。进门后，只见有好几名护卫模样的武士，他们见到游艺人就轻蔑地立刻走开。

草十郎环视四周，渡廊长绕的广苑、府邸主人的寝殿和其他殿舍皆映入眼底，可知的确是财势雄厚的人物。这座府邸看似新建不久，处处金碧辉煌，无论是刨磨的邸柱、大量采用金襕锦缎的垂帘或日用器物，连名贵的熏香气息，都与草十郎曾稍微见识过的内里用品相差无几。

几名检非违使在带领他到门前后结束任务，仅剩幸德和草十郎留在侧廊上，还有前来接待的府内从仆。三人脱鞋后拾级而上，接着行经板地走廊，绕过庭苑转角。

忽然间，一片触目惊心的艳彩飞入眼底，草十郎细看之下，原来是几个女子所穿的绚丽华裳。

"看啊，果然是幸德，总算找到人了。"

"是谁？在哪里？别挤人家嘛。"

只见眼前挤着四五个钗环琳琅的女子，草十郎等人只好在走廊上停步。她们个个脸露好奇，为了想争睹草十郎，连该持扇子遮面都忘了。

幸德摆起臭脸说：

"请让道，这样我们没办法通过。"

"幸德，真是这小伙子没错？"

"错的话就不会带来了。"

矮小男子万分不悦地说道，强行穿过稍微让开的一点儿空间，草十郎不禁想转身离去，但顾虑后面还有府内的从仆，只好作罢。

"唉哟……真意外，我还以为长得很粗犷呢。"

"不说是乡巴佬吗？"

"系世难道不中意大叔型的？"

"我觉得他穿的直垂服若不是深蓝色就更配了。"

只听见低声交谈，光凭这几句，草十郎便明白她们口没遮拦，不觉纳闷这些女子究竟是何身份。

突破重围之后，出现一名身穿五重褂衣的女子，服色显得相当稳重。幸德就向她问道：

"系世小姐在何处？"

"她闭关在对面的仓房中，简直快入定了。"

"请你带这位年轻人去见她。"

草十郎又转由女子领路，继续走向府内深处。

此处不愧是贵族府邸，沿着北侧的整排房檐下有许多小厢房，来到角落一室，领路的女子朝里面呼唤：

"系世小姐，您指名的那位人士——幸德已经找来了，正在此等候。"

绘着鹤舞云波的板门先露一线缝，接着猛然拉开，瞪圆大眼的系世出现了。

"为什么？怎么竟然带你来了？我以为铁定找不到你。"

劈面说出这种话，草十郎终于忍无可忍。

"你胡说些什么？我才不胜其扰呢。"

"你不是说只会暂时留在京城？"

"要不是那个混蛋埋伏在桥边，我早就上路了。"

领路的女子作势咳了一声，两人一惊，停止互嚷。

"那么恕我告退，请二位交谈愉快。"

这句客套话灭了他们的气势，目送女子离去后，系世低念一句"天哪"，当场坐倒在地。

如今系世不再是礼衣男装的打扮，而是与走廊上的那些女子一样穿着亮泽赤裙和重层衣裳，那鲜艳的薄红和深赭色随少女坐下时渲展开来。

"我再也想不出别的借口……甚至不惜跟日满离家四处逃避，结果还是被带回来。尽管如此，我还是得找出婉拒邀请的借口。"

草十郎指责道：

"如果想逃走，又何必在河滩跳舞引人注意？只要多听话，不是就能顺利避风头吗？"

"我很少跳舞，可是仍有非跳不可的时候哟。"

系世下巴一翘，固执地说道。

"在光天化日下处决实在太过分了……据说有好多人围观。我仿佛看到悲哀和憾恨始终盘踞不去，在河滩逐渐变成怨灵。虽然无法确认那瞬间是否真的传达心意，只要能消除一点儿怨气，跳舞就很值得了。"

草十郎也认为的确值得，少女也表明了解自己为何而舞。

"你……只为死者送别时才跳舞？"

"不是的，可是当我在舞蹈中感到某种脉动时，仍会不畏惧地跳下去。那是视情况而定，只要置身于那种情况就能明确知道。"

她抽起插在胸前的扇子，流畅打开说：

"像这样……舒展羽翼。不过，那是在我的心舞动时才如此，我不能勉强登台，这点大炊夫人也能理解，她曾说我不想接受邀请就可以回绝。可是这次连夫人都难以拒绝……从青墓唤来许多姊姊进府，她们好像暂且搁下陪侍工作。"

"你说的姊姊们，就是那些打扮像花蝴蝶的人啊？"

草十郎总算恍然大悟。系世微带愠色地说：

"她们可是精挑细选的名姬哟。听说在府内的贵人对今样极为热衷，你相信这栋楼堂般的殿舍，就是为了他的兴趣而建吗？目的居然是为了邀集许多女艺人来吟唱跳舞，或是有时观赏街头艺人的表演呢。"

草十郎认为那种世界与自己完全无关。

"反正你根本不想在这里表演吧？我也没兴趣吹，只是不想在桥上惹是非才顺从进府。既然你表示不需要伴奏，我去跟那个叫幸德的说要回去了。"

"带我一起走嘛。"

系世突然站起身，恳求般望着草十郎。

"我想回青墓。你悄悄带我离开，好不好？"

草十郎不禁露出难色。

"这样不是太强人所难了吗？"

"不然你只要联络日满就好，能不能帮我记住府内布局，然后告诉他呢？我想日满一定有办法，这座殿舍建得这么偏远，偷偷潜进来是没问题的。"

草十郎哑口无言，半晌注视着一脸无邪的系世。

"难不成……你是为了这个目的才叫我来？"

"才不呢，我没想到会找到你，明明你连住处都不肯透露就匆匆溜掉了。"

系世嘟起了嘴。

"结果你竟被找到了，既然来了，至少帮我一点儿小忙嘛。"

"……对我又没好处。"

"哎呀，当然有啰，保证介绍你成为熟客。如果你或你的朋友到青墓借宿时，系世会亲自盛情款待，包你可以炫耀哟。"

少女的语气含着天真自信，让草十郎有些失笑，但多少受她的气势所迫，不免寻思究竟能炫耀到什么地步，还得请教正藏或鸟彦王才是。

不一会儿，系世就将前天和草十郎分开后如何来这里、在何处跟日满失散、几位姊姊对她说什么话、闭关在仓房中究竟想些什么等等，东一句西一句地说给他听。总之她就是孤单才闷得发慌，一打开话匣子就收不住势。

不过，此处的生活让她相当无助却是事实，草十郎兴起暂且陪她的念头。他就算不搭腔，系世也不以为忤。然而，先前领路的女子又裳声簌簌地返来。

"系世小姐，请问可以准备晋见了吗？"

话刚问完，系世迅速关门扣闩，草十郎吃了闭门羹，尴尬地对女子说：

"……她根本不想跳，说什么要笛子伴奏，都是信口乱讲的。"

"这小姐还真娇惯啊。"

"没错。"

草十郎表示同意，女子思索半晌后，终于点点头。

"这样下去可不是办法，现在只好放弃让她表演，请你随我来吧。"

"我可以回去了？"

草十郎满心期待地问道，对方却冷冷地望着他。

"绝不能再违抗主上的意思了，让他久候可不行。事到如今，只好由你单独出面缓局，主上听说你来府还非常关切，想必很期待你献上一曲。"

"不，我就是没办法吹。"

草十郎打算说明原委，女子却轻蔑地说：

"吹不来就别吹，在主子面前得讲清楚理由，他是明理人，只要合乎情理就能谅解。你该不会要孩子脾气，也想闭关吧？"

遭对方如此抢白一顿，草十郎没有理由推托，他诧异事态为何演变至此，只好代替系世接受传唤至主厅。

府内行事程序繁杂，草十郎在候传房内等待许久，看来经过层层通报，各自又做冗长说明一番。

等到传唤时，草十郎已不耐烦，正寻思当初就该在大路上决斗，不惜半途脱身才对，在被带往殿内途中，这种念头愈发强烈起来。方才遇见的那群莺燕全在宽广的主厅陪侍，只听见艳笑满座。

主人的席位豪华异常，矮阶上铺有镶锦的榻榻米，身后竖立凤凰彩绘屏风，扶手是描金漆绘。在上有位斜倚着凭肘、身穿雪亮白绫绢直衣的人物。

草十郎只好跪在走廊和主厅之间，行了武士之礼。他垂下头时，上座传来慵懒的声音说：

"不必如此拘礼，楼座里没有上下之别，这几位倾城佳人不需指点就可自在应对，你该学学才是。"

女子们相对轻笑。

"您说笑了，尽管您这么吩咐，还有许多凶巴巴的侍从在待命呢。"

"一开始就调侃生手，他未免太可怜了。"

慵懒的声音又道：

"他是最难伺候的系世御前指名的人，怎么会是生手？"

"您错了，我们都不认识这个人，从没在花街见过他。"

主人将螺钿阖扇往桌上一敲，对草十郎命令道：

"别待得远远的，过来。"

众目睽睽中，草十郎只好前进到列坐的女众身旁，这次正面跪着，仰头就能看清那位主人。

以为高居上座的人年纪较为苍老，岂料并不然。男子年纪大约三十出头，面容白皙，有着催倦欲阖的双眼和薄髭，神情微带几分亲和之意，相貌堪称俊秀。不过从这副容貌，可知此人成天沉溺于风花雪月。

"你几岁了？"

"新年后是十七岁。"

"真年轻啊。"

主人细细端详草十郎，说：

"这样的小哥儿，我不信他是名笛手，受系世青睐一定另有缘故。"

女子们又轻声倩笑。

"我们也这么猜呢。"

"恐怕是徒有其表的半吊子吧。"

草十郎隐忍不语，上座的主人淡淡命道：

"好，究竟如何神乎其技，姑且吹一曲来听。"

"请恕我失礼，在此无法为您吹奏。"

总算能一吐为快，草十郎如释重负地开口说：

"直到现在，这枝横笛都不是吹给人听的，我原本在山丘或草原上吹奏。就算想让人听，也没办法吹出旋律。那次刚巧能在系世跳舞时吹出曲调，此外完全吹不出声。我来晋见的目的，是想为辜负您的期待而致歉，还望见谅。"

一时满座哑然，群花愕然失色，草十郎认为就算被当成无礼的家伙，也必须讲明事实。主人开口道：

"这话听来好玄。那么，系世若不舞，你就绝对无法吹了？"

"是的。"

"系世却说少了你伴笛，她就不能起舞。这两人好似比翼鸟、连理枝，是不是？"

"主上真会妙喻。"

一个女子笑起来，倒是这草十郎完全不知所云。只见他偏头不解，主人忽然神采奕奕，发觉有趣似的对她们说：

"我以前曾经告诉你们，所谓歌乐弦管，必须引发天地共赏，舞姬丽质天成，有时反而掩过应有实力。这项定论是我多年的心得，不过如今又有新触发，原来擅长丝竹的乐人，不也印证同样道理？系世算是有鉴人之才了。只要身为正统艺人，即使是雅乐的乐师，也应以容色为重。你们对我的观点有何见解？"

一群烟花女露出困惑的表情。

"主上，美女也有技艺不精的哟。更何况，谁相信真有才色兼备的乐人存在呢。"

"那不见得。"

主人显然充满自信。

"我也喜好管笛，因此深解其道。与生俱来的嘴型将决定吹奏技巧的高明与否，还有齿列是否整齐也很重要。这年轻人嘴型生得巧，无论是唇表厚度，还是左右匀称，都是理想完美的形状，光感也很润泽……想必自幼开始接触吧。"

草十郎顿时愕然，丝毫不解自己为何心生退却之意。

"姿势也很重要，要能通透吹息就必须保持端正的体态才行，就像他一样，正因为保持昂然挺立的姿势才能做到。至于体力也是必要，不能只顾虑笛子。来一下……快过来。"

对方伸出折扇招着，草十郎更加不知所措，又不能不回应，只好前进来到镶锦的榻榻米旁跪下。

"让我瞧瞧你的手。"

草十郎迟疑地高抬右手，主人点头道：

"掌形也很重要，果然唯有浑然天成啊。"

这时背后一片悄静，上座的主人执起草十郎的手，缓缓循着他的手指轻抚一番。

"……如此修长的手指在调管弄弦时尤不可缺，必须纤长细巧，若是使了劲让骨节粗络，那就万万不该。多秀气的手指，现在还不是名手，但凭这点就让人刮目相看。"

尽管说不出理由，草十郎确实感到不快，他想抽回手，主人却不肯放。

"你叫什么名字？"

"我想告退了。"

"想不想吹我的龙笛？若是其他横笛，大可不必靠系世也能吹了。"

草十郎正想：这家伙再不放手，哪怕是贵人也非甩开不可。就在这时，忽然传来一阵甜美的歌声：

> 访社祈神探奴意
> 薄情未改暗自返
> 山鹿慕雌表思情
> 夏毛也应冬来换

"……多悦耳的嗓音啊，清婉嘹亮。"

主人说道，松开草十郎的手。

只见系世正持鼓站在隔开主厅和走廊的殿柱旁。她穿着刚才那袭女裳，头上只结乌帽子，不协调的装束反将她衬得十分俊俏。

"我用尽方法非哄即劝，你都固执不肯答应。系世御前，究竟是什么风把你吹来？"

上座的主人话含讽意，在场女众也心中附和。系世不以为意，只淡淡一笑。

"风月场中不请自来是惯例，只为随心取兴，但凭您是否接纳这种游兴方式。系世是为了唱今样而来，您若有兴趣，我们来一段竞歌如何？"

主人表情忽地明朗起来。

"这才合我意，假如竞歌由我得胜，可以重新要求你献舞吗？"

"当然可以。"

（……怎么这样出尔反尔……）

草十郎不禁眉头深蹙，她曾说为了拒绝献艺不惜离家出走，为何轻易就变卦？不想待在仓房的话，就不该让自己代她接受召唤。

"真鹤姐，请帮忙拍点。"

系世避开草十郎的目光，只走到他身旁，伸鼓递给其中一个女子。那女子略显担忧地仰望她。

"你……不在乎吗？"

系世泛起有恃无恐的笑容，朝上座望了一眼。

"我想起来了，唱今样不需要笛子伴奏呢。何况那个吹笛人只有在我跳舞时才能吹出旋律，可是我就算没有配乐也能跳哟。他留在这里没用，可以让他退下吗？"

主人瞥了草十郎一眼。

"没有伴笛也能舞？跟我上次听你讲的不同啊。"

"当时是一时兴起说的，原本白拍子只要有鼓就行了。"

"那么，用不着他吹笛了？"

"系世是担心您在唱时……会心不在焉。"

主人苦笑着露出不置可否的表情，唤来侍从带草十郎退下。

被迫收下两匹绢的薄礼，草十郎获得释放。

（搞什么嘛，岂有此理……）

草十郎只觉得被系世摆了一道，倘若烟花女可以轻易变卦，那么这种人真是毫无信用。

他走到大路上四下张望，只见鸟彦王从屋宇翩然飞下。

"草十，你不是离开京城了？我进大内里时，你到底跑去哪里啊？幸亏舍弟的眼睛雪亮，你该不会想弃我而去吧？"

面对停在肩上啼叫的乌鸦，草十郎闷闷答道：

"我在五条桥上被检非违使拉走，真气人。"

"你究竟去藤原显长的府邸做什么？"

"哦，那个大白天就聚一票女人玩乐的家伙，原来叫藤原显长？"

他气愤地说道，鸟彦王惊讶地扑扑翅膀。

"不是啦，显长是内里的大官，目前在处理朝政。你遇到的一定是上皇。"

草十郎边走边嘿嘿冷笑，说：

"少寻我开心了，上皇怎么会在那种地方出现？"

"什么，你还不知道吗？自从三条殿烧毁后，上皇就算从仁和寺返驾也没有御所可住，只好借居位于八条的显长府。不对，应该是说他从以前就很向往住在八条府，这次正好乐得搬迁，因为府内有观赏祭典用的楼殿。"

草十郎猛然驻足。

"难不成……她们说的主上……不会吧？"

"草十，你见到他了？"

"才怪，一定是别人。"

草十郎仍不敢相信。所谓上皇，就是凌驾于天子权位之上的治国君主。据说平时只能隔御帘谒见，皇族不可能直接垂询庶民。然而这位贵为天子父皇的先帝，竟然跟一群青墓的妓女——身份最低微的浮浪女同席厮混。

"他看起来又不老。"

"上皇才三十三四岁哟，第一位皇嗣正是当今圣上呢。"

"可是，不可能……"

"草十，你见过他了？"

草十郎困惑地答道：

"那人差不多是那样年纪，可是，一定不是上皇吧。"

"如果会唱今样，那就是上皇。听说他从亲王时代就以爱歌成痴而闻名，连街头艺人唱了什么稀奇歌曲，他都毫不顾忌照样接见。"

草十郎终于无法继续否认，鸟彦王窥探他的面孔问道：

"喂，贵为天子的人长什么模样？我听说有什么'龙颜大悦'之类的形容词，他的脸真的与众不同啊？"

"……一样长着眼睛鼻子。"

"那声音呢？他有对你说话吗？"

岂止说话而已，草十郎不禁望着右手。

"如果我一把将他撂倒或推开，早就脑袋搬家了……"

"你们距离这么近啊？"

乌鸦一瞬竖起翅膀表示惊异。

"你一点儿都不晓得他是上皇？这小子真莽撞，有眼无珠的罪过可不轻哟，事情怎么变成这样呢？"

"我哪知道。"

草十郎在倍感震惊之余，鸟彦王不忘乘势追击：

"你该不会是被盯上了吧？草十就是不谙世事才教我担心。还记得我提过藤原信赖的事吗？只要上皇看中的，不管雌雄都照样下手哟。"

草十郎总算了解来龙去脉，也知道自己为何异常不快。

"好恶心……"

"你哟，后知后觉。"

乌鸦一副唾弃他的语气，对掩住嘴的草十郎说：

"你能糊里糊涂、没缺手缺脚地回来，这才是天大奇闻。到底你是怎么脱身的？"

"因为系世来了。"

草十郎喃喃说道，一想到少女也许是来替自己解围时，突然心绪纷乱起来。

"最初原本是她叫我去府邸，若不是那丫头闹别扭，我也不会被带到那种地方……"

"好险，千钧一发。还好烟花女见惯场面，要是草十准会搞砸。"

既被鸟彦王说破，草十郎只能闷不吭声，他愈发觉得系世早已洞悉内情。

3

"啊，小矮助来了。就是瞧他不顺眼，我先闪一步，失陪了。"

鸟彦王突然啼道，转身啪嗒啪嗒飞走，只见弥助朝此奔来。

"草十郎！"

他讶异地望着气喘吁吁的弥助。

"你怎么在这里？"

"老爷吩咐我到你去的府邸外盯梢。"

"我不是说过不必麻烦，稍后就去跟你们会合吗？"

想到对方信不过自己，草十郎蹙起眉头，弥助忙扯他手说：

"太好了，比我想象的更早出来，老爷突然决定不回乡了。现在他在前面的街店里，跟我来吧。"

"大家都在吗？"

"不，只有老爷和另一人，是个修验道行者。"

草十郎纳闷地随男孩儿同往，只见一间经营器皿生意的店家里面，有一间屏风遮挡的板地狭室，正藏果然坐在此。墙角有根眼熟的锡杖，坐在里侧的另一人正是日满。草十郎愕然眨了眨眼，日满尴尬地低头。

"让你受到牵连，真是罪过。"

草十郎望着正藏。

"你们何时认识的？你不是回近江了？这是怎么回事？"

"那是因为你被带去的不是别处，正是八条堀川府。"

正藏细眯着眼睛说：

"检非违使和你离去后，这人前来搭讪，大致说明原委和八条府里的事情。再加上我很关心八条府内的情况，所以才留在这里等你出来。"

"关心府内情况？"

"上皇不是在府里吗？"

"嗯……"

草十郎一阵困惑，望着正藏那张难以捉摸的面孔。

"你为什么关心上皇的事？到底知道什么？"

"我以前曾提到有哪些人掌握朝廷实权吧？其中行径最怪异的就数当今上皇，你和他见过面了？"

草十郎蹙起眉头。

"算是见过，他不像什么了不起的人物，身旁有许多妓女在陪侍。到现在，我还不敢相信他是一国之主。"

正藏摇头表示不然。

"那种随兴狂逸已到了反常地步。上皇喜欢接近下层艺者，忽视贵人应有的伦规，因此引发周围的强烈反感。加上不在乎跟妓女同席，那就更招人非议，原本他从亲王时代就浪荡成性。"

"他有哪点配做天子啊？"

草十郎疑惑地问道，正藏诡异一笑。

"的确，要说那人只是有怪癖的昏君也不为过，看来你对这次晋见印象不佳。"

"下次再召唤的话，就算杀头我也非逃不可。那种人怎么会掌握朝廷实权呢？"

正藏抚着下颌，反复寻思后说：

"或许包括上皇本人在内，谁也没料到他会即位。在异常的局势演变下，这个毫无皇太子历练的亲王在二十九岁时登基，却在前年让位成了上皇。连年战乱中，他唯有在沉迷游艺方面绝不改本色，如今照样召妓为乐。在某种意味上倒教人佩服，真想知道他有多少坚持到底的毅力。"

正藏的语气让草十郎感到困惑。

"你蛮了解内情嘛，口气好像从以前就很清楚这些底细。"

"也算是吧，我曾多次见过上皇。当时他还是亲王，住在皇兄的御所，年纪老大不小了，却没有保护者支持。"

草十郎注视着直言不讳的正藏。

"……你曾担任官职？"

"我很快就失意罢官，昔日曾出仕鸟羽法皇。"

日满惊讶地插嘴道：

"你曾是法皇的臣下，那可真行啊！为何要舍弃武士们称羡的地位，宁愿留在民巷里？"

"因为我深有体会，不论武士置身何处，只不过是贵族的走狗罢了。同样要搏命，我宁可为自己卖命。"

笑容可掬的正藏对日满说：

"成为没有主从身份的化外之民，还能以对等眼光来审视上皇这种贵族，这和游艺人的立场有些相似。就这点来说，我对你相当好奇，对上皇招揽艺民的举动也很感兴趣。"

草十郎不免惊讶，正藏竟然能和日满意气投合，只见日满恭谨俯下头。

"有你这番话，日满感激在心。我不便对任何游艺人置评，但至少系世是出淤泥而不染，她的心地澄澈，因此能逃离上皇的召宠。以她的个性，身份财富都是过眼烟云。"

"那位青楼姑娘的确择善固执。"

正藏也点头认同。

"我听说草十郎卷入是非的原委后，愈发觉得她是有骨气的女孩儿，而且对自己的才艺自恃颇高。"

日满忧心忡忡地望着草十郎。

"御前怎么样了？一切安好吗？有没有因为拒绝献舞而受责罚？"

"系世并没有受罚，好像是她自愿闭关，一切都很好。"

草十郎答道。不等日满放心，他又一口气说：

"不过在我离开府邸时，她已经前往主厅，答应与上皇竞歌，若是比输就非献舞不可。"

"啊，那不要紧。上皇技巧再高明，系世小姐唱起今样可说从来没输过。或许那是在拖延时间……她很了解自己在做什么。"

日满的语气充满笃定。

"不过就算是御前，在那种场合若想婉拒也很难推托的。她曾向我交代什么事吗？"

草十郎迟疑地点头。

"……她叫我记住府内布局再转告给你，还说要是日满就一定能设法帮助她。"

行者自豪地连连点头。

"那当然了。既然如此，我就试试身手，必须救出小姐才行。"

"你是当真吗？"

草十郎傻眼望着毫不犹豫的日满。

"你想潜入八条府？可不能小看那些护卫武士哟。"

"只要是御前的心愿，我在所不辞。"

草十郎倒吸一口凉气。

“你不是熊野的修验道行者吗？究竟什么缘故，让你情愿去当女艺人的随从？”

“说来话长，我为小姐效命的唯一理由，是因为她就是活菩萨。”

“菩萨？”

吓一大跳的草十郎重复道。

“该不会是观音菩萨的菩萨？”

“正是，她是为普度众生而降临世间。”

“这太夸张了吧。”

草十郎不禁冲口而出。像系世那种会使性子、说话不饶人、任性爱噘嘴的丫头竟然是观音菩萨，他怎么都很难联想。

日满极为认真地望着他。

“当然不夸张，她修的功德犹如佛祖，一舞就能天降花雨，就像你在河滩吹笛时看到的光景。”

草十郎不觉说道：

“曼陀罗曼殊……”

“正是没错，怎么，你很清楚嘛。那就是曼陀罗华和曼殊沙华，据说是佛陀在灵鹫山说法华经时落下的天界之花，此时大地将会因产生六种而振动，风送白檀沉香之气。”

只听行者念出一连串佛门用语，懵懂的草十郎被对方气势慑倒。

“我还是觉得……有点儿离谱。”

“就算你这么认为，我已背负协助系世小姐的使命，置生死于度外了。”

草十郎困惑地注视日满，这个醉心于系世的男子，不管被摆布多少次，恐怕也欣然认命吧。他认为把任性的系世数落一顿也不为过，但想起先前欠她人情，不免说不出口。

这时正藏望着草十郎。

"喂，她要你记住的府邸布局，还记得吗？"

"有一点儿印象……"

他出府时一肚子火，不过仍记住少女的提醒，确实比平时多注意周遭的环境。

"如果有纸，你能画出来吗？"

"也许可以。"

"那就画画看，若能清楚掌握府邸内部的情况，就让我来想想办法。"

"难道你要去助阵？"

他难以置信地问道。兴致高昂的正藏说：

"听说同行还没在八条府动过手，只要有一张草图，对京城同行来说是如获至宝。这种千载难逢的良机，向他们宣扬一下咱们的名声也不坏。"

草十郎握着木炭片，在板地上铺开的纸上涂涂抹抹，费一番心思画出布局图，不过还得将府内深处无法得知的部分完成才行。他眺望着草图，突然发现从空中俯瞰就可一目了然。

来到屋后，草十郎环望着屋顶和树枝，果然看到有只乌鸦在停歇。他试着招招手，乌鸦却振翅离去，似乎是鸦王的舍弟。

不一会儿，又有只乌鸦从屋顶对面朝他直飞而来，那正是鸟彦王。它停在草十郎伸出的手臂上，发出高兴的啼叫。

"哇，你竟然叫我来，这是头一遭哟。什么事啊？"

"我想画八条堀川府的草图。"

草十郎展开纸，对着站在他头上想看图的乌鸦做了说明。

"那么，我不知道府邸后面的情况，你能去看看房舍的布局吗？"

鸟彦王垂下长喙，若有所思般望着他。

"画草图？你不觉得自己像做贼？"

"的确没错。"

草十郎也承认。

"正藏靠打劫为生，我受他照顾也有样学样了。"

"别讲得轻松，那你不是堕落了？最好别跟那种家伙一起混。"

乌彦王露出惊慌失措的模样。

"我还在想你尽道义的对象是何许人也，没想到居然是个恶棍。被这种家伙救回一命，根本没必要报恩。"

草十郎认为乌鸦讲得没错，就说：

"我当然知道当盗贼不对，但不认为他是强盗就不必报恩。正藏是个怪人，他认为当盗贼比做武士还有格调，所以才走上盗匪一途。"

乌彦王吃了一惊。

"当盗贼比武士还厉害？你也这样想啊？"

"我不知道，可是觉得正藏绝对是有缘故才这么说。或许不能一概认为盗贼就是恶棍、武士就是好人。不久以前，我还以为武士在战场杀人是理所当然……结果真的杀死对方……"

草十郎目光落在图面上，小声说：

"我不觉得武士犯的罪过比盗贼轻，也目睹过许多惨事。如此一想，就算成了盗贼，自己也不会改变，其实两种感觉都差不多。"

"草十，人生自暴自弃就完了。"

乌鸦一副晓以大义的口气，草十郎不禁一笑。

"我不是自暴自弃，现在只是有点儿想体验一下他的生存方式。"

"你还蛮欣赏正藏的嘛。"

"或许吧。"

乌彦王鼓起羽毛，悻悻地说道：

"拜托哟，你想差遣出身高贵的乌彦王去当小偷的喽啰？我还受过再三叮嘱，在人间修行时要尽量保持中立呢。"

"不想去就算了。抱歉叫你来，我只在想若有你帮忙就好了。"

草十郎说话时并不太失望，原本就该凭自己的记忆完成。

"你啊，这么轻易就打退堂鼓。"

鸟彦王发出失望的啼叫，草十郎有些惊讶。

"是吗？"

"当然了。既然都叫我来了，你就该恳切一点儿，多多拜托我嘛。难道没人说过你身段放得不够低？"

"……我很少求助于人。"

草十郎没把握地答道，乌鸦振了振尾羽。

"那我只好为你委屈一次了。原本相处之道不就是如此吗？我是赏识你才来人间，去府邸探查不过小事一桩。"

草十郎一时感到无措，这才说：

"那……请务必帮我一次大忙。"

"懂得诀窍就好。从个性率直这点来看，我觉得草十很可爱哩。"

乌鸦随意说完就飞远了。不多时它又返回，将理解图像的高度智慧完全发挥，让草十郎得以完成草图。

入夜后，正藏和日满在灯火下一边盯着草十郎画的草图，一边聆听他详细说明，两人的视线几乎将他洞穿。

正藏开口说：

"我以前就觉得你好像有神明附身，这张草图真是太神奇了。你怎么知道得这么详细？"

"随你怎么想，我不希望你们这次被逮到，只想尽力而已。"

草十郎绷着脸答道，日满佩服地说：

"或许你前世积了许多阴德。"

假装没听见的草十郎望着正藏。

"光凭这张图，还不知道武士数量和守卫据点。你们有什么对策？"

"上皇的护卫大概与十年前一样少有更动，何况八条府的卫护人数其实不比在三条殿，还是有机会潜入府内的。"

日满也提出意见。

"若说到是幻术，我还能略施小技。虽然有时不能立即见效，不过我会隐遁术、混入敌阵，还会使障眼法。"

这次轮到草十郎心服口服了。

"日满，你真有两下子。"

"这全是拜修行所赐。"

正藏双臂支在草图上说：

"好，决定今夜行动。我们期待这位仁兄发挥幻术，就从正面攻入吧。"

正藏召集几名待命手下来此，依照草图在重要据点把风，决定仅由日满和正藏从正门潜入。草十郎曾在府内露面，只能到最安全的后方墙外负责监探动静，他心有不满，但这种安排是情非得已。

夜阑人静的漆黑后巷阒然无响，在此待命的草十郎连正藏等人何时开始行动都不知道。

一旦有可疑情况就必须去通报，然而无人向草十郎报告。他完全处于隔离状态，甚至为留在原地而难受万分。

当空明月已近半缺，月光在凝云间时露时隐。草十郎恐遭识破而覆面前往，眺望之下，围墙间并没有犬类出没。夜半时寒意逼人，待在原地更难受，可是总不能生起火堆。

（万一正藏被捕的话……）

那么画草图的自己难辞其咎，原本若不去投靠，正藏也不会受牵连。如此一想，草十郎好生后悔，就算被拒绝也该跟他去正门才对，如今留在此处，府内发生骚动也完全听不见。

（至少能了解他们的动向就好了……）

他兴起爬墙的念头，是基于这个想法，但完全没有潜入府内的打算。索性已准备细绳和铁钩等简单工具，就算枯等下去也不会有人来墙外。

草十郎将绳索朝墙内松枝一抛，试过树枝韧度后，尽量无声攀墙而上，不料泥墙上铺排的瓦缘仍喀啦喀啦响个不停。他稍显失态，手脚并用趴在瓦顶上，朝府内窥视之下，只见在渡廊另一端有护卫持着赤焰摇曳的火炬。

他冷汗直冒，暗想该不会被发现了吧，便保持平伏不动，只见护卫没朝围墙走来，而是缓缓沿着渡廊通过。

火光逐渐消失后，草十郎松了口气，这才起身将缠绕在松树上的绳索收回。就在此时，有某种东西从围墙内近距离瞄准他直飞而来。

草十郎惊觉时已措手不及，左足踝被那东西缠住，接着一阵猛力拉扯。脚既被抄起，他赶在落墙前的刹那抓住了自己身上的绳索，还是失去了重心，右足也跟着落下墙头。

身体一瞬吊挂后，草十郎立刻松手，因为悬空容易成为箭靶。他蜷住身体，祈求别摔得太惨。

所幸地面没有石块，他虽感到痛楚，总算能一个翻转起身，拔出短刀将对方扯落自己的那条细绳割断。

（我太大意了……）

只顾目送护卫的火炬远去，完全没发现墙下还潜伏敌手。不过草十郎仍感到对方的锐气，从那无声无息的动作中透露出身手非凡。

草十郎还未来得及招架，就突然被踢中手腕，短刀不翼而飞，脸和腹部连吃了几拳。他背脊撞向墙壁，霎时几乎休克，对方揪住他前胸恨恨骂道：

"窝囊废，敢引来护卫就毙了你。"

草十郎记得这拳脚工夫和压低的嗓音，勉强动着被殴打的下颌，莫名其妙地喃喃问道：

"你是……幸德？"

"原想把你揍个半死，但现在没闲工夫。快给我滚出八条府，去找救兵来。"

（救兵？）

视觉习惯黑暗后，矮小男子的轮廓较为明显，草十郎看清他也同样覆面，简直无法相信此人在府内当差。

"你该不会是——？"

草十郎刚想询问他是否在做梁上君子，发现对方背后有个人影隐没在黑暗中。那个比幸德更娇小的人走到近前，怯怯地轻问道：

"抓到笨贼了吗？"

即使声音压低，银铃般的音色绝不会听错，草十郎不禁没头没脑喊道：

"系世？"

"哎呀，可不是草十郎？"

对方口气也满是惊讶。

"幸德，刚才你把他修理惨了。"

"是他妨碍我们逃走啊。"

幸德含怒悄声回答，草十郎不敢置信地问道：

"你为何跟这家伙一起行动？"

"当然是为了逃出府邸回青墓，你被他打伤的地方不疼吗？"

"那日满呢？"

"你见过日满了？"

"你没遇到他？"

彻底被打败的草十郎愈说愈激动。

"请问是谁叫我去通风报信的？所以日满才决定要救你啊。可是你说没遇到他，这是怎么回事？"

"唉，我不知道。看来日满今晚会来府内，真是惨了。"

听到系世现在才吃惊的口气，草十郎更加火冒三丈。

"要是不想靠别人帮忙，一开始就别要求嘛。如果有人被捕，都是你害的。"

"好过分哟，明明是你不愿讲清楚是否会帮人家，这种人才差劲。"

系世反驳道，幸德迅速制止两人。

"够了，你的音量太大，若在越过围墙前被发现就完蛋了。"

草十郎又对幸德气势汹汹地说：

"没事把人痛扁一顿，你也该分清是敌是友。你听上皇吩咐带系世来，怎么现在又想帮她逃走？"

"少啰唆，只要带御前离开府邸就行。"

系世忍不住压低声音悄悄说：

"幸德已经了解我的苦衷，只要诚心沟通他就能理解。可是当我们详谈时，你早已离开府邸。"

幸德告诉草十郎：

"我不想跟你套交情，不过认为系世小姐应该回青墓，因此才让她回去。我不能丢了目前当差的饭碗，必须在盘查前尽快行动。"

男子松手放开他，草十郎蹲下寻找掉落的短刀，幸德迅速拾起塞还给他。既然对方如此，草十郎只能咽下这口怨气。

草十郎率先攀上围墙，蹲在瓦上将跟随在后的系世一把拉上来，幸德在下方帮忙推她上墙头。系世毕竟不习惯，但她身轻如燕，两人并没有想象中吃力。她伸脚踏上瓦片却失足一滑，草十郎连忙扶住，少女起了一阵轻颤。他以为是害怕，原来少女正忍着差点儿没笑出声。

幸德没有爬上围墙，他在暗中仰望两人，悄声说：

"系世小姐，请保重。我这就返回府内，原本打算以声东击西来诱开护卫，不过听说有人闯入，这反倒成了脱逃良机。"

"别让日满被府里的人逮住哟。"

"我会尽力而为。"

幸德点头应允，在幽暗中无声离去。草十郎在旁听了偏头纳闷，为何每个家伙都对系世唯命是从？然而，他自己还不是为画出草图大费周章？实在没理由说别人。

先是草十郎沿着绳索溜下墙外地面，接应惊险落下来的系世。不出所料，她在滑落时几乎摔下，惊慌的草十郎只好在下方接住。

从少女的体重可以肯定她既非菩萨，也不是仙女。何况草十郎早有准备，就算掉下一根柱子，他也承受得住。然而人身是如此柔软，如此富有热息和弹力，让草十郎不禁心慌意乱。对于抱着少女飞奔的日满，此刻只有肃然起敬。

系世的发间和衣裳散发着府内熏染的香郁。不仅如此，他还闻到一缕温香，似乎是出自本人。

"你蛮重的。"

草十郎说溜了嘴。与其说系世的不悦显露于外，毋宁是从抱住他的臂腕传透而来。

"这种话还说给淑女听，你比上次更失礼哟。怎么总是少一根筋啊？"

"不，日满他——"

话说一半，草十郎又觉得不需要辩解，就坦然向她赔不是。

"我失言了。"

系世自行站稳后，凑近窥视他的面孔。浴在淡淡的月光下，她那双明瞳在幽暗中烨烨生采。

"你怎么在这里？是来救我吗？"

"不是，救你的只有日满和正藏，我负责把风。"

草十郎说明事实后，系世果然感到诧异。

"正藏是谁？"

"是我们的头目，早知道你有幸德帮忙，我就不让他潜入府内了。"

"那人是为了救我才专程进府的？"

正藏当然另有目的，但此时不宜当场说破。

"没错。可是他们不知道你已离府，目前正处于险境。"

"幸德一定会想办法。"

听她讲得乐观，草十郎不禁气恼起来。

"那家伙是敌人，你信得过他？"

"哎哟，我从不觉得他是敌人，都算是同行嘛。我觉得只要有心沟通，对方一定能了解我们的苦衷。"

草十郎不想多费唇舌，拉着少女就走。

"但愿你们今后能解决同行间的纠纷。老是被卷入是非，我可受够了。"

就在几名把风伙伴彼此打暗号准备紧急撤离时，正藏和日满已深入府邸内部，因此毫无响应。

直到破晓前，草十郎等人早已心急如焚，日满方才平安现身，不久正藏也归来。众人来不及询问两人在府内闯出什么乱子，就仓促离去了。

日满在赶路时说：

"若不是那个矮小男子来告知御前已经离府，我一定会耽误更多时间。小姐没在前方殿舍，因此我潜到内侧寝殿……"

系世带着责备语气说：

"那么你几乎闯进上皇的寝房？日满，你好过分哟。"

"只要为了御前，我不顾自身安危——"

"我的意思是说，你以为人家在陪侍的这种想法太过分了。你究竟把我当什么？"

日满无言以对，在旁的正藏说：

"是我提议去府内，他是抱着必死的决心潜入。你这样责备他，他也未免太可怜了。你是风尘女子，有时免不了陪客过夜吧。"

"不，您错了，正牌的名姬可以断然拒绝这种事。我们才不是无艺卖色，就算有意，对象也只限于值得托心的公子。"

就在系世傲然回应时，朝霞彩云渐淡渐薄，周遭迅速转为明亮。她那微乱的发丝和嘟嘴的小脸，此时清晰可见。就连趁夜潜逃时穿的宽大衣衫、用细绳随便扎紧的装扮都看得一清二楚。

尽管如此，正藏再度注视少女的面孔时，不觉发出由衷的赞叹。那玉润如雪的面容映在朝阳中，仿佛从清肌透泛光华。

"让你认为值得托心的人真有福气，能不能透露你中意的是哪一类型？"

系世一时板着脸回望正藏，接着缓缓弯起嘴角，露出友善的笑容。

"其实，我是不能谈恋爱的。不过在面对才华横溢的公子时，还是难免有些动心。尽管如此，我不会忘恩负义，您和日满合力营救素昧平生的系世，真是感激不尽。"

在草十郎和其他属下的眼里，可以确定此时的正藏已拜倒在系世的石榴裙下。

"我一定设法拉近我们之间的距离，如果方便的话，由我为你安排前往青墓的马匹如何？就算是交换条件好了，可以请你来近江的寒舍做客吗？不管住几晚都行，我会盛情款待。近江既能通往青墓，途中有歇脚处岂不更美？"

系世露出担忧的神色。

"虽说如此，但我违逆上皇的旨意逃走，恐怕留宿会给您造成麻烦。"

"不，你尽管放心。"

正藏再三保证道。

"没人能命令得了我，有人想强行带走你，我大可击退那些家伙。我虽与上皇对立，但寒舍并非图谋不轨的场所，这点和你的立场很像。"

背着方箱的日满点着头。

"我也赞成。"

"那么，就恭敬不如从命了。"

系世先是没把握地说道，不久便心意已决，露出开朗的神情。

"这样道别的确不能表示谢意，如果您不嫌弃，请容我在贵宅表演吧。"

"太好了，能请到青墓的头牌名姬，大家一定欣喜若狂吧。"

此后系世骑马时，正藏一直殷勤紧跟在左右。

在后面目睹一切的草十郎，对并肩同行的日满嘀咕说：

"我现在才了解正藏原来很爱女色。"

"不，他的表现还算普通。"

日满望着草十郎，引以为傲地眨了眨眼。

"御前敞开心怀时，任谁都觉得仿佛获得无上的褒赏。她的确很美，不仅是外貌，而是拥有纯真的气质使然，因此笑容灿烂……不过坚持己见时，又像换了个人似的不许任何人亲近。"

"看来你过去吃过不少苦头啊。"

草十郎说道，日满搔了搔太阳穴。

"不过，一看到她那张笑脸，就会决心为她尽心效力。"

系世这个少女，不容许别人在她面前有模棱两可的态度，这点草十郎多少能理解。若不是彻底服从、侍奉她，就会拒对方于千里之外。

（为何系世的舞能让我产生吹奏的力量？）

草十郎即使想疏远她，也解不开这个疑窦。何况少女已掌握他的弱点，草十郎为此感到不安。

抵达正藏在近江枯野的宅邸后，当系世由衷想宾主尽欢时，果真能发挥她盛情待客的一面。

或许这正是自幼在欢场里学习的技能，她的歌舞表演不多，观众将正藏家的主厅挤得水泄不通，他们皆自行或歌或舞。系世巧妙地让观众尽兴，自己则发出银铃般的笑声，只适当地赞扬他们的表演。

草十郎小心选择角落的席位，不必担心被指名，因为有那么多人不断自告奋勇上台，满座欢闹不断，而系世也特意忙着避免与草十郎相处。

眼看她在人群中欢笑的模样，草十郎觉得相当欣慰。那是极其自然、发自心底的笑容，在她周围的人皆能感受到愉悦。有人为了求那一笑而喧嚷闹场，这也是无可厚非的事情。

（我和系世不同……）

不知何故，草十郎如此思忖着。系世和他都拥有类似的非凡天赋，可是她能极其自然地融入人群，与他们同乐。随着深更酒过三巡，宴席显得更加热闹，草十郎从席间悄悄溜向户外。

他从马厩牵出马时，乌彦王循着篝火飞来。

"你去哪里？"

"没人的地方。"

"啊，我也要去。"

"乌鸦的眼力可以吗？"

"还没到完全摸黑哟。"

乌鸦坚持说道，草十郎不再多言就策马出门。正藏的宅邸附近，不需多远就有好几处旷野。

不久，他来到一处浅丘后下马，树梢彼方是缓坡草原，只见月影浮现于空。他对月抒怀，吹起了横笛。

　　果然达到忘我的境界，他知道总被自我这种核心所束缚的感觉已离开躯体，随着音色扩散在黑夜中。没有思考或感受的自觉，而是感到林木疏密或周围地形——在此就能从肌肤感觉不远处有湖泊。

　　风势的强弱、穿越茂丛的野兽等感觉，不需期待就能与他的音色化为同调。就在不知彼此是谁在配合之际，苍天仿佛叹息般扬起风，草十郎方才如梦初醒。

　　草丛间，发出野兽急促逃走的足音。狐狸和野兔接近或留在他身边的时候居多，但不可思议的，此处并没有出现弱肉强食，看来连掠食动物也悉心聆听他的笛声。

　　"嗯，我第一次这样专心听你吹奏，果然不同凡响。"

　　鸟彦王突然说话，忘记它在场的草十郎吓得蹦起来，只见黑鸟煞有介事地停在拴绑的坐骑鞍上。

　　"一时大意可能会引发天地变异，你曾想要呼风唤雨吗？"

　　草十郎注视手中的横笛。

　　"没想过，我在吹奏时没有思绪……总是不太明白自己的行为。"

　　"我也不知道这样是好是坏。"

　　鸟彦王说道。草十郎没把握地试问：

　　"最后不是有起风吗？你知道到底是从何处吹来的？"

　　"我想不是从什么地方吹来，而是开了一点儿门。"

　　"门？"

　　草十郎反问道。乌鸦没当一回事地说：

　　"这世上到处有门，鸟类对这种事最清楚。偶尔有家伙飞到出神入化的境界，它穿越门的消息就成了话题。"

　　"穿越门……是怎么一回事？"

　　"有很多种说法，我想就是前往异界。你不是也讲过死去的人会到冥府吗？就像那种地方。"

　　草十郎苦思片刻后问道：

"这么说来，系世曾说苍天开启，就跟你说的'开门'一样吗？"

"她这样讲大概就是了。该怎么说呢，那只雌娃跳的舞能削弱阻隔，她在人类中算是稀有品种吧。"

"天降花雨……"

草十郎不禁喃喃道。倘若如此，日满所言未必是无稽之谈，人们或许因此而陶醉在系世的翩舞中。

乌鸦晃着长喙说：

"如果有谁知道原因，我倒想拜见他。首先得问问看，为何会有我这只鸟彦王存在。"

第二部　舞与笛

第四章 最后的源氏

1

"怎么样，还能拼吗？"

"没问题。"

"好，继续。"

草十郎将推到头上的面具迅速拉下，同时从枯草暗处飞身跃出，一个箭步冲下斜坡尽头，只见一群驮马队伍遭打头阵的盗贼袭击，显得惊慌失措。

这时天色昏暗、远方春雷轰隆，又加上阴雨绵绵，正是偷袭的绝佳时机。半数以上的队伍被戴着怪面的贼群袭击后，在惊恐中落荒而逃。

留下来抵抗的几人中，想逃而没有反击力的人约占三成，其余两成则有些武功底子。毕竟盗贼在进京道上出没不算罕见，有实力的商人或地方官吏不可能在运送重要物资时没有护卫随行。

当然运送价值愈高的货品就需要愈多护卫，从盗贼的立场来看，估量大宗买卖及对手实力可说格外重要。

打头阵的盗群从高处袭击困在山谷的队伍，借着呼号回响壮大声势，结果只剩不畏威胁的猛汉留下来守货，然后由草十郎等第二批精锐集团估量对方人数，再决定是否进攻。

草十郎从山上观察队伍行动，早已掌握谁是率领迎击的头领，便毫不迟疑直接找对方单挑。那人是身躯高大的中年男子，颇有赫赫架势，不过他对草十郎的面具和动作感到毛骨悚然，显露出退却之意。

这不是一场搏命战役，无论立场或货品有多重要，也无人愿意在道上为押货送命，因此只要让押货者知难而退，放弃守护即可。

尽管如此，几经白刃交锋后，草十郎已无暇考虑这些事。他感到面具下冷汗直冒，这张怪面是有吓阻效果，可是视野变窄也教他吃不消，尤其无法看清脚边的不利因素让他十分不安。

抱着姑且一试的心情，他大挥长柄刀，试图将身体腾空打个翻转。雨中容易脚滑，不过值得挑战，果然对方在这诡异招数下终于屈服。

"快撤退，撤退——"

首领想抢先逃跑，于是高呼。守货的几名护卫忙转身逃走，将大量的粮袋和货箱、驮马留给正藏等人。

"太好了！"

听到伙伴发出欢呼，草十郎感觉仍在气喘吁吁。戴着面具的正藏走近前，喜出望外的他看似满意至极，朝草十郎的背上一拍。

"你愈来愈得心应手嘛。这个天狗徒弟，对方绝对以为这是遭到'山怪袭击'。"

"我才没适应呢。"

草十郎喃喃道，正藏并不知情，他却明白自己胆战心惊，永远不可能得心应手。

只要稍有差池，就可能刺死对方。即使不慎杀人，草十郎也不会受到正藏等人责怪，可是他曾体验过那种感觉，一想到几乎又冒冷汗。无论如何，都是对方有理，错在自己。

（保持冷静对决，竟然这么困难……）

草十郎思忖着，顿时变得郁郁寡欢，正因为打仗时抛弃理智才能奋勇杀敌。

望着众人忙着整理散乱的货品和集合走散的马群，草十郎仍旧呆立原地。这时，他头上飞来一块像是黑石的东西，原来正是鸟彦王。

"喂喂！也没人把风，你们别掉以轻心了，道上又有队伍来这里哟。"

"当然有人把风，只是你的眼睛更快，那是一群什么样的家伙？"草十郎向伸爪抓住他肩膀的黑鸟问道。

"看样子来者不善。"

鸟彦王兴奋地告诉他，它最热衷探听消息或通风报信了。

"哎呀，你们去袭击那些武士保准马上完蛋，对方大约有三十人，是一群即将进京的武士团，我看到长箱中有铠甲和武器。对了对了，有几个被你们赶跑的人逃去找他们，要是再不留意，那些武士说不定会把你们一网打尽哟。"

"那可不妙，他们距离这里多远？"

草十郎相信鸟彦王的消息，他知道存疑只会让乌鸦不想协助。于是他向正藏招招手，跑去说明情况。

"我们最好赶快离开街道，将有一群武士会来这里。"

就像草十郎信任鸟彦王一般，正藏并没有质疑就听从建议。他向所有属下吹哨示意，将马群牵往横越丘坡的道路，就在此时，一位负责侦察的伙伴气喘吁吁地跑回来，报告了同样的探查消息。

"你帮我们省下不少工夫。"

"大将，你真有两下子，年纪轻轻就奋勇无敌。"

"我看那转得要命的护卫头子吓得脸色发青。"

"说真的，你根本就是天狗化身嘛。"

　　大伙儿为大笔丰收而欢欣鼓舞，对草十郎大加赞扬，他在盗伙中的实力开始获得认同。

　　本身的武艺受到称赞，草十郎感觉并不坏，这是让袭击前的紧张得到舒缓的反动力，他的确获得成就感。

　　（才参加两次半而已……）

　　草十郎如此想着，至于那半次，是指初回参与袭击时的观摩学习。

　　（或许我能适应，必须多磨炼技巧让自己变强才行……）

　　望见正藏的宅邸后，留在邸内看守的众人笑容可掬地出来迎接，弥助看到草十郎就朝他跑来。

　　"辛苦了，让我来照料马吧。"

　　"嗯。"

　　草十郎将马缰交给弥助，摘下面具后，不禁吁了口气。弥助仔细观察他后，讶异地说：

　　"草十郎，我从上次就觉得奇怪，你脱下面具时的表情好悲伤，害我吓一跳。"

　　"我哪有悲伤？"

　　草十郎觉得自己的喜悦不亚于众人，因此相当意外。

　　"今天的任务都很顺利，下次教你怎么翻筋斗吓退对方。"

　　"你用那招了？翻了几次？"

　　"三次。"

　　"哇，今晚要听听你多神勇！"

　　弥助满心喜悦地说道，他想尽快结束工作，使劲儿拉着那匹马离去。目送他的背影，草十郎觉得心情轻松不少，不禁泛起微笑，觉得自己无法像弥助拥有傲人的纯真。

　　草十郎处在盗贼群中，从叹服他武艺高强的人那里总算了解到，自己为了打倒敌手竟然训练到这般地步。他所追求最强的状态，就是达到出征时的浑然忘我、不畏死亡的境界。

令他更心虚的是体内仍存有想再度体验那曾经尝过的陶醉，如此决斗才更得心应手。

浑然不觉间，正藏来到他身边。

"你在沉思什么？今天的主角怎么哭丧着脸？"

草十郎仰望着大汉，试问道：

"你真的满足这种专靠劫掠的人生吗？"

"我对现状并无不满，尤其像今天这样大捞一票，那就更满足了。"

"你曾说要让自己发挥实力，结果却成了盗贼，你到底发挥过什么？"

正藏是盗匪中唯一的武士，草十郎很想问清原委。大汉一挺胸，断然说道：

"我不向任何人纳税，是光靠这点谋生路。"

"纳税——"

只见草十郎露出诧异表情，正藏又说：

"你听我说，纳税的意思就是把自己赚取的东西献给别人。可是有哪个皇亲国戚在缴税？如今我跟他们一样，都在只索取不付税的立场下生存。从被掠夺者的角度来看，不过是换个纳税的对象罢了。"

"这种歪理也行得通？"

草十郎疑惑地问道。正藏倒是泰然自若：

"只要世间让这种腐败体制持续下去，当然行得通了。"

重大消息传来时，已是雨歇后的傍晚时分，只见西晖破云，比白昼时更为明亮。正藏在宅邸安排盛宴，日影还未落，众人正忙着将酒桶搬往邸内。

"草十，你听到消息了吗？"

乌鸦飞来兴冲冲说道，草十郎反问它是何事。

不料乌鸦突然吞吞吐吐，停在檐端偏起头，还像没事似的仰望天空。

"唉，不提也罢，我记得上次有过失败经验。"

"什么事啊？真教人疑惑。话说一半，干脆全部讲完吧。"

草十郎蹙起眉头，罕见的是这只热衷散布消息的乌鸦当真绝口不提。

"反正你很快就会听到谣传，我还是别说。"

"等一下！喂，鸟彦——"

黑鸟来去匆匆，连抓它都来不及。草十郎从没像现在这么对长翅膀的家伙恨得牙痒痒，他沮丧不已，只觉得心神不宁。

（那小子真不可靠……）

他决定先来到庭院，试问那些搬送酒桶和佐肴的伙伴，在场的人皆不知情，这时刚巧有两人从不远处采买回来。

"喂喂！我顺便听到不得了的消息哟。白天咱们干那一票后，不是差点儿跟一群武士碰头吗？那好像是尾张的什么集团，原本还猜他们到底是什么来头，听说居然是护送源氏少主进京。那位少主在不破附近被逮个正着，假使当时我们没赶着撤离，或许还能瞧瞧好戏呢。"

"少主……"

搬酒桶的人没察觉草十郎勃然变了脸色，依然问道：

"源氏的少主不是早被处决了吗？"

"被斩首的只有源氏的嫡长子，另外还有好几位公子，二郎和三郎好像都有参战，因此平氏才在各处彻底搜捕源氏遗孤。落网的还是个少年，看样子就是三郎。喂，假如我们当时抢走少主，一定会得到吓死人的奖赏哩。"

"哈哈，少做白日梦，我家老爷绝不会冒死出手的。"

有人摇头否定，在场者几乎都同意他的看法，同去采买的另一人则感慨万千地补充说：

"就算我们没出手，还是错过看热闹的机会。前面的旅店起了大骚动，听说连妇孺都到路上争相观看。那位少主被送往六波罗铁定被问斩，他在武士团的严加守护下行经这条主道。这种情景真罕见，他想必很凄惨哪。"

（右兵卫佐大人……）

如此说来，遭生擒的三郎源赖朝当时路过的地点，与自己不过相隔几丛树林而已。一想到此，草十郎眼前的景象仿佛扭曲，几乎快要昏眩。当时若能在场停留片刻不知有多好，竟然让那位生不如死的少年就此离去。草十郎紧紧握拳，任指甲嵌入掌心，竭力忍耐内心的激动。

在他心底，总是牵挂着自己曾经救助的那个少年。纵然担心赖朝下落不明，但清楚唯有隐姓埋名才能得以生存，没有他的消息反而一直感到庆幸。

如今最坏的情况发生了。倘若逮捕赖朝的人还有一丝恻隐之心，少年应该可获准自尽，就算尾张武士带着毫无知觉的首级从东海道赴京，也好过目前情况。

然而，赖朝活生生地任人押送，暴露在街众的好奇目光中，比在光天化日下被处决的兄长义平饱尝更多痛苦——

草十郎身旁的男子终于察觉他面色有异。

"喂！你怎么脸色发青，怎么回事？"

众人纷纷诧异地盯着他，草十郎只看看大家，并没有搭腔，这时的心情实在难以言表。

这一刻，他霎时领悟到尽管靠打劫取得伙伴的认同，他们依然无法分担自己的心事。从一开始，草十郎就和这群人截然不同。

他不发一语，径自转身跑走。

这时在厅堂的正藏竖起单膝，将今日战利品之一的玉厨摆在双膝间，仔细检查是否真如外观那般珍贵。草十郎朝他奔来，地板被踏得乱响，正藏不解地抬起头。

"别扬起灰尘，笨蛋！什么事教你跑得屁股着火？"

草十郎倒吸着猛喘的气息，好不容易说道：

"右兵卫佐大人被生擒了，我非去救他不可。"

正藏沉着地应道：

"非去救他不可？什么意思？"

"他还没进京，到六波罗之前总有办法救他。"草十郎果断地说道。

正藏的语调仍一派悠闲，"右兵卫佐，就是左马头义朝的三男啊。哦，终于给发现了，莫非就是上次我看到的那个穿红线编缀铠甲的小子？"

草十郎咬唇点了点头。

"没错，他就是三郎赖朝，我为了让他逃走而留下来。"

"那么你欠我的人情债打算不还了？既然被遗弃，你就没义务再替主子尽忠。就算三郎被杀头，你现在跳脚有什么用？今后是平氏的天下，谁都明白源氏没有出头之日。"

正藏冷冷指出后，草十郎霎时无言以对，然而他不能半途而废。

"若论得失或许的确如此，就算救助少主，也不会有任何名禄。可是我不能弃他不顾，既然曾经愿意为赖朝大人牺牲——就不能轻易放弃。"

"你冷静点儿。"

正藏留意到草十郎的眼神，态度才变得认真，将玉厨推到旁边。

"真拿你没辙，是老毛病又犯了？那交易呢？我说那笔交易该怎么办？你该不会以为我会不考虑得失就贸然行动吧？"

"我知道你不会出手相救。"

草十郎克制着激昂的情绪。

"不过，我可以单独去。不知替你工作是否能还清汉方药品的费用，不过至少有些斩获。至于交易，我说过一旦知道源氏将领全都身亡后就任你使唤，不过右兵卫佐大人还在人世。"

正藏表情看似微笑，开口时的语气却冷硬至极：

"送命是迟早的事，就算你能趁隙救出三郎，又能带他逃往哪里？躲在何处？这片国度里，没有不向平家告密能让义朝遗孤生存的空间，你的老毛病就是从不思前想后，一味存心找死。"

"我才不想死呢。"

"袒护源氏等于送死。"

正藏指责道。草十郎咬牙切齿地说：

"不是这样，赖朝大人年仅十四岁，我能了解并体会他的痛苦。就算是一天一刻，我都盼望他能活下去，而且……"

草十郎欲言又止，实在说不出口，叹息一声才终于说：

"……对你实在过意不去，可是我不想再当盗匪。对我来说，在无法认同是正当行为下去持刀抢劫真的很痛苦。如果能保住赖朝大人的性命，我相信到时可以对自己的武士身份做个了断。"

"我不知道这跟讨敌送命有什么差别。"

正藏将手拢在袖里说道。

"你冷静想想看吧。我凭什么要听从你、同意你那种自暴自弃的想法？身手了得却没见过世面，这种家伙最让人受不了。"

"我没闲工夫冷静下来，现在不立刻动身就会错失良机！"

草十郎再度高嚷道。忽然间，正藏尖声吹起口哨。

"那么，就给你时间吧。"

众人听到暗号，蜂拥聚到敞厅，个个露出诧异的神情，望着偏立在首领面前的草十郎。正藏以从容的语气宣告说：

"草十郎现在血气太旺，大伙儿把他绑起来丢进仓库里。"

众人当场一愣，草十郎也感到错愕，以致来不及脱身，刚要奋力抵抗，手脚早被七八人按住，他拼命挣扎，想朝正藏破口大骂，嘴中却被布塞满。

"你别埋怨，以后会感激我的。"

俯视着被按倒在地的草十郎，正藏快活地说道。

（难道我无能为力？）

眼前浮现赖朝那眼神恍滞的首级，就在草十郎对即将真实面对的光景感到绝望时，忽然敞厅里意外响起一个声音：

"慢着。"

那凛然的清亮语气，仿如轻声耳语透过噪嚷，众人一惊停止动作，连想挥开他们的草十郎也在瞥眼注视后停止反抗。

那是优雅的衣装和簌簌裳音，与现场气氛极不协调。系世御前在日满跟随下，英姿飒爽地步入敞厅。

2

系世和日满启程前往青墓已过半月余，对于她理所当然地介入这场纠纷，众人全都大吃一惊。

"你不是回青墓了？"

面对正藏的疑问，少女率直答道：

"我是来还坐骑的。"

"你们两个为了还马特地跑一趟？"

"跟你开玩笑的。"

系世瞥了正藏一眼，板起面孔说：

"我将去京城，是有些话想对草十郎说才来，能不能替他松绑一下？"

（……系世原本是这样吗？）

草十郎不禁暗想。他没有忘记系世，只觉得少女并非只存在于记忆中，而是具有让人目睹时为之惊叹的形象，犹如水晶中浮现的彩虹般飘忽不定，朦胧却蕴含鲜浓的特质。

此时她是白拍子装扮，穿着白底花纹的礼衣和亮泽赤裙，不戴乌帽子，手执一顶旅用的薄垂纱笠帽。她站在一群男子面前，态度格外堂堂不屈，相形之下，连正藏都不免含蓄几分。

反倒是行者装束的日满，对随意闯入的行径一副诚惶诚恐的模样，努力压低魁梧的身段。系世的威严，确实不是仰仗行者为后盾。

正藏作势轻咳一声说：

"若放了草十郎，他会立刻冲去跟尾张的武士团拼命。你还想要我放人？"

"啊，那就别松绑，保持现状就行。"

歇手的众人听她如此说，又再度使劲儿捆绑，倒是取出草十郎口中的塞布。他愤愤对系世说：

"不想帮忙就别来搅局，少自以为是了。"

系世走到草十郎面前蹲下，孩子气地将双手放在膝头上盯着他，也不理会指责就说：

"我猜你或许认识三郎少主，所以来这里，果然不虚此行。"

少女轻声叹气后又说：

"男人考虑事情时，为何像这样凡事诉诸暴力？你想奇袭抢救三郎少主，简直是异想天开。尾张的弥平兵卫不是庸才，更不是胆小鬼，他不但配备武器周全，手下也个个身经百战。他们曾在青墓留宿，所以我很清楚他们的底细。"

"谁管他们啊，你哪能了解我的心情？"

草十郎激动说道。话讲完，他发觉这是第一次向人吐诉心声。

系世以怜悯的眼神回望他。

"你当真满脑子只想着杀敌救主？真的以为自己只能做这种事？你若是这样，三郎少主可能会因为眼见敬慕源氏的人不断牺牲，最后只能悲伤赴死哟。"

"不然能怎么样，我别无选择——"

自己孑然一身，不同于正藏拥有部下刀剑，他想说明唯有伺机突袭一途。然而系世以强势的语气问道：

"可是笛子该怎么办？你不是吹笛人吗？"

"笛子？"

意外之下，草十郎没头没脑地反问道，这个问题实在太突然了。然而经她如此询问，草十郎想起被义平呼唤"吹笛人"时的感动，他满腔怒火忽然消失，变得虚脱无力。

"吹了又能如何？根本无法挽救三郎少主。"

"不，或许有用。"

系世轻声说道。草十郎急欲知道少女想表示什么，就紧盯她的面孔。按住草十郎的几名男子得知他不再挣扎后也纷纷松手。

系世站起身，望着正藏。

"这种情况下我们不方便交谈，而且感觉很累人。我发誓不让他做出糊涂事，能不能让我和他单独谈谈？"

正藏沉吟了片刻。

"他平静许多，可以松绑了。可是不知何时又犯浑，我还是在这里见机行事吧。"

"不要紧，请便。"

系世答道，于是草十郎双手的绑缚被解，得以重新起身。

原本该感谢系世居间调停，只是草十郎介意在女孩儿面前有失体面，加上一时对正藏气恼难消，因此满脸不悦。正藏的部下各自回去工作，日满也离开敞厅，只留下三人在场，系世望着坐下后别过脸不理睬自己的草十郎。

"我觉得你这人总是让自己堕落。真不可思议，为何你能吹出那种笛声呢？或许你记住了方法，知道如何疏离能吹和不能吹的自己，但我认为那种方法不太高明。"

看愠怒的草十郎并不搭腔，她继续说：

"因为你的笛声只能出于自我的生命之源，被疏离的那个自我于是逐渐萎缩，导致你成了不知生命何其重要的肤浅人。"

正藏替草十郎插嘴道：

"这小子的笛艺有这么厉害？我们从没听过，所以无从联想。登美姊曾说在温泉处听过一次，不过他从未在大家面前吹过。"

"他不是替宴席助兴而吹，大概从没想过与众同乐吧。"

系世如此答道。正藏就纳闷起来：

"乐舞除了让大家开心，还能做什么？"

"比如说天上的飞仙翩舞奏乐，并非为了取悦众人。"

草十郎不太情愿地转头面对她。

"我不是有保留才不吹，就算别人想听我也吹不来，笛子在有人处不会响。"

正藏疑惑地问道：

"你曾尝试吹给别人听吗？"

"试过好几次，在故乡曾受邀在祭典上吹奏，可是绝对无法引起共鸣……真的只有上次吹出声音而已。"

草十郎瞪着系世，只见少女睁大明瞳凝视自己，于是他又说：

"真想不透为何只有你跳舞的时候我才能吹，只有那时觉得无论是否有人在场，都能与周围形成共鸣。你的舞究竟是什么？你说或许能挽救少主，那是什么意思？你想表示什么都懂的话，就先把理由讲清楚。"

系世微倾着头。

"你真的想知道？"

"不想还求你吗？"

"那就别闹脾气，你真的能看见我？"

她冷不防问这一句，草十郎困惑地蹙眉。

"我的眼力又不差。"

"唯有用心凝视我的人，才能彼此心灵相通。如果你想了解我，就坦诚地看着我。不要心存隔阂注视我，好吗？"

眼看着系世表情认真，草十郎只能点头同意，他不禁紧张凝息。

"好的。"

这时系世高声呼唤在敞厅外的行者。

"日满，请帮我点鼓。"

正藏瞪大眼睛。

"你打算现在跳？"

系世起身点头说：

"草十郎应该在你们面前吹一次才对，因此由我来伴舞。"

日满从袋中取出鼓，调整鼓面并细心调音，又将乌帽子和舞扇递给系世。她系妥颌下的帽线、怀中插好折扇，那挺直背脊的模样，瞬时化身为超然的存在。离开敞厅的众人再度聚集，容纳不下的人则在厅边围观。

草十郎试着将母亲的横笛放在膝上，但感觉就是无法吹奏。正藏的宅邸横梁过低，敞厅又狭小，挤满观众后的空间所剩无几，简直不可能引发共鸣。

"可以了。"

日满点头后将鼓置在肩上，表示准备就绪。系世深吸了口气，随后意外的是她没有摆起端严的架势，而是以寻常步伐走向敞厅中央。

她笑吟吟地回头望着草十郎。

"你问我的舞是什么，在这之前，应该先问舞究竟为何。舞就是眼观，笛是耳闻，两者基于同调——那就是旋律。"

系世悠缓旋身的同时，仿佛只以草十郎为对象似的又说：

"我热爱舞蹈，也喜欢唱歌，不过还是与生俱来的舞者。因为跳舞可以完全排除多余的衬饰，只需单一身体就能充分展现旋律哟。这手，还有这脚，都能构成重要的节拍，像这样——"

系世咚地轻踏一步，伸臂垂直侧转，日满连忙拍起鼓。

"舞蹈在连续动作中一定有重复表现，借此才能渐趋整合。即使缜密地一遍又一遍，每次的重复动作其实都有微妙不同，这才是从时间中衍生出韵律的表现。时间只是奔流不绝、逐流而逝，而节拍宛如钉楔子，仅在一刹那停驻。旋律交织出这片空间，左右匀整、萦系不断。尽管我的节拍单调，仍会逸失些什么——"

系世打开折扇时仿如盛花舒瓣，那动作比飞鸟展翼还轻盈，凝神注视的众人不禁发出赞叹。

草十郎相当了解系世表达的意境，他至今不承想过这些可由言传表现的想法，是每次吹笛时皆可感受的经验。曾几何时，轻易说出感受的少女已转换成庄严的舞者，这变化过于微妙，令他茫然不解。

草十郎回过神时，系世已不再解释。她倾诉的，唯有自身编织的旋律而已，那律动是多么净澈、优游自得，让草十郎想拾笛管。

上次的舞蹈，他觉得系世是借着支配、魅惑河滩上的观众来形成空间，此刻他终于能理解那无非是一种结果。系世本身完全无视宅邸的梁柱、屋宇、观众，而是注视着遥远的彼方。

（无论空间宽广或狭隘，她都能随兴自如？）

翩翩起舞中，系世恬声唱道：

东方呀
香醉山上结好橘
手执八串知祥梦

这是一曲新调，草十郎发现她在催促自己，就不再抗拒地执起横笛。反复的旋律维持着精妙的乐韵，然而反复只造成破坏。他不知为何有种坚持，绝不想破坏系世编织的脆弱而美丽的旋律。

吹奏中，他感觉几朵金花从头上的横梁间落下。

那是无茎多瓣的花卉，犹如风车缓缓旋落。然而他吹奏时，只想着"啊，又下花雨了"，如此而已。一时缤纷花现，不久落英尽歇，最后四方来风吹散消逝。

草十郎停止吹奏，回神环顾四周，只见系世已结束跳舞，敞厅的众人眨着眼，与草十郎同样露出如梦初醒的神情。

系世望着正藏问道：

"您听到草十郎的吹奏吗？"

正藏使劲儿搔搔头，又揉揉鼻子，状似极为迷惑。

"哎呀，刚才的表演……老实说，我是一窍不通，就像做一场梦。喂，我完全想不起你吹过什么曲子，这到底是怎么回事啊？"

草十郎有些失望，他早已心里有数。

"实不相瞒，连我自己也不记得。"

这时有个最年长的伙伴名叫茂松，他开口道：

"可是我刚才看到极乐净土哟，那就是净土没错吧？"

这番话竟点燃了争论的导火线，众人纷纷谈起自己目睹的景象，每个人都略有不同，甚至有人自称闻到天下奇香。一片嚷声中，正藏向系世问道：

"这是怎么回事？"

"是我希望你们能听到他的笛声所显现的现象。"

系世严肃地答道，接着转望草十郎。

"这就是我的舞，你终于明白了吗？我的舞能传达祈愿，借由舞蹈交织出心愿之桥。如此一来，你应该了解我为何不轻易跳舞的缘故吧。"

草十郎仍是一头雾水，凝视着手中的横笛。

"你明明叫我别在别人面前吹奏，我觉得你讲话怎么老是反复无常。"

"因为情况不同嘛。真是的，死脑筋。"

系世嘟嘴走向草十郎，含怒坐在他面前。

"你不知道借着笛子发挥什么作用，就想轻易放弃自己，因此我只好改变方式。其实说起改变天象的力量，你的笛声比我的舞蹈更强，可是你欠缺与人心灵相通的管道。如果我们同心协力，或许可以改变一些人的命运哟。"

草十郎频频眨眼后，终于反问道：

"……你是指改变三郎少主的人生？"

"我一开始就在说这件事，不然还有别的？你不是想救他吗？"

系世乘势加重语气：

"我就是为了这个目的进京，还下定决心献舞。大炊夫人也是如此打算，与我相偕离开青墓。不过我惦念着你，因此和日满绕道来访。"

"你到京城打算做什么？还去河滩跳舞给观众看？"

草十郎不假思索地问道，系世以挑衅的目光回望他。

"这回使出这招可没效，必须直接前往六波罗，在平清盛面前表演才行。你要是想舍生取义，不如来帮我好了。"

震惊的草十郎无言以对，正藏便打岔道：

"喂喂！在我一声不响听来，这个提议比讨敌更大胆。你的意思，是要草十郎在六波罗殿上吹奏吗？"

系世泰然自若地点头。

"不行吗？"

"可是这小子曾参加上次战役，何况你也反对平氏吧？"

"总有办法解决，何况青墓的大炊夫人还有权贵的支持。"

系世对正藏说道，又探询般望着草十郎。

"老实说，我真不知道有你加入会有什么结果。不过我们确实曾将心意传达给亡者，只要再次发挥，具备同样的强烈信念，应该可以拯救生者才对。为了挽救三郎少主，你想不想吹呢？"

草十郎毫不迟疑地答应：

"我试试看。假如这么做能带来希望，不管是表演吹笛或杂耍，我都在所不辞。"

"其实，事情有意外发展……"

草十郎道出原委后，鸟彦王当场傻住。或许乌鸦对上次没转告消息就开溜感到难堪，因此相当配合地听完叙述。

"我知道你那天吹过，这一带的鸟群都很吃惊，可是不管是否在众人面前表演，音色没有什么改变啊。"

"正藏他们好像听不见。"

"唉，人类的听觉差，视觉和嗅觉也不行。"

草十郎听了发出叹息，又说：

"如此事实更明显了。只有系世跳舞时，我不论是在众人面前或任何地方都能吹奏。虽然不知结果如何，这次我想和她一起行动。"

"那只雌娃提到桥的说法蛮有趣的，她很清楚操控旋律可以通过那扇门。不过，你被牵扯进去值得吗？一定非救那个三郎赖朝不可？"

"没错。"

草十郎说完，以责备的眼光盯着乌鸦。

"你应该有看到尾张武士的队伍俘虏并带走他，为何当时不把消息告诉我？"

鸟彦王头一缩，啄着胸前的羽毛。

"我哪知道是他啊，那人又没被绳索套起来。我只觉得那个像侍从的小子穿得很寒酸，却高高骑在马上，而且走在队伍中间。坐骑旁还有四名押送，他本人没有执缰，手中捧着一个木匣，看来应该不会错。"

"他一定有乔装才逃亡吧。"

草十郎的语气充满同情，乌鸦凑近窥看他的面孔。

"喂，那只雄娃真的值得你改变人生去解救？"

"我完全没资格谈人生这种完整的目标。不过，曾以武士身份想被认同的自我，已在协助三郎少主逃脱的那一刻结束了。"

草十郎稍微停顿后又说：

"……我以为一切结束了，但在得知他正处于生死关头时，就算想结束也不可能，真是左右为难。"

"草十是身不由己啊。"

乌彦王一抖身说：

"我没有特别怪你加入游艺人的表演哟。那跟做强盗是半斤八两，但能让你打消在刀口上送命的念头就谢天谢地。这点我必须感谢那只雌娃，她总在重要关头露脸。"

一时间，草十郎沉思它的话，乌鸦飞到他头上，低下鸟喙垂眼看他。

"喂，那只雌娃对你有意思吧？怎么样，是不是啊？"

"走开啦。"

草十郎怒道，乌鸦在离去时抛下一句：

"小心冲昏头哟，草十。你还是恋爱生手哩。"

真爱管闲事！

关于草十郎随同系世前往京城的事，正藏竟然爽快答应。一想到这是系世跳舞奏效的结果，草十郎不免有些凛然。他在登美的协助下打理行囊，同时为正藏何时会变卦感到忐忑不安。

　　然而，到头来正藏似乎想开了，同意他留下铠甲和义平的长刀，又慷慨回送许多赠礼，还递了一小袋沙金给草十郎。

　　黎明时，正藏默默为出发的三人送行，对草十郎说：

　　"不管你是否顺利救出源氏少主，总之尽力而为吧。日后想回这里我也无所谓，铠甲和长刀就算是典当吧。"

　　"不，那是属于你们的，请随意自用或变卖。"

　　草十郎答道，觉得说话时没有任何留恋。固然曾对正藏的不少行径感到气恼，然而正藏和伙伴们的盛情是如此珍贵。

　　"我器重你的武艺高明，老实说放手还真可惜，原以为寻获难遇之才，庆幸得来不费吹灰之力。没想到你仍有其他牵绊，只要难以割舍，你就无法成为我们的真正伙伴，这个道理我现在当真懂了，因此想做个了断。你有心回来的话，就算成了逃犯，我们也会罩你。"

　　草十郎点点头，他明白豪迈直率的正藏并非在谈交易，而是出于好意。

3

　　系世乘着栗毛马，正藏终究没要回坐骑，她也无意归还，看来认定是正藏赠给自己的礼物。

　　日满和草十郎皆是徒步，倘若拜托正藏应可取得马匹，不过熟悉马况的草十郎不便提出要求，何况从近江步行至京城并不算远。

　　随着日影渐高，气候乍转温煦，沿途尽染着春荣缤纷。微白的樱花饰在枝梢，树林抽芽闪耀，荫下的低草上满布着蕨类和野蒜等食材，只见处处有人在摘取嫩菜。

　　和暖的阳光反让草十郎心浮气躁，被系世说动贸然同行也就认了，但在这明亮的日光下重新一想，单凭少女跳舞就能救出赖朝，这种提议简直是儿戏。

"我们就这样冲去六波罗？"

草十郎向日满问道，只见戴兜巾帽的行者摇摇头。

"不，首先必须见过大炊夫人，她在京郊等我们去会合。"

"磨蹭下去的话，说不定来不及救人。"

马背上的系世倾着菅草笠，瞥了他一眼。

"草十郎，我有言在先，你跟我们同行就不能轻举妄动哟。你不答应照我们的意思行动，就不准跟着来。"

"你要是提出像样的点子，我就答应你。你到底打算怎么闯进六波罗？"

系世满不在乎地答道：

"就算我没点子，大炊夫人也会想出好办法，所以才急着见她呀。"

"你该不会是自己没主意吧？当时还讲得煞有介事。"

草十郎差点儿没昏倒，不觉提高嗓门，少女秀眉一蹙。

"都是你不肯清楚表态嘛。其实，大炊夫人是否认同你还是未知数呢。你的态度不佳，我真有点儿担心。"

草十郎一时怔住，便反驳道：

"没经过那位妈妈的认同，到底会怎样？"

"完全没戏唱了，一开始就免谈，我们搭救三郎少主的计划只有泡汤。"

"你昨天没提到事情这么严重。"

"你不了解我们要做的事多么没把握。首先，若得不到大炊夫人的协助，就等于前功尽弃了。"

被直接训一顿的草十郎无从申辩，只好向日满发泄不满。

"事情怎么变成这样？我听信这种不着边际的话，还优哉地跟来，她当我是傻瓜啊？"

"别动气，照着御前的话去做吧。"

日满缩着头说：

"在靠艺曲为生的艺人中，大炊夫人可以说是总舵主，在京城没经她慧眼识过的游艺人，根本不算个数。对了，你最好留神点儿，那位夫人相当厉害，再怎么说，她的技艺已到达出神入化的境界。在夫人面前，连系世都显得清嫩可爱、纯真无邪，甚至可以用拘谨来形容。"

草十郎不禁气焰全消。

"这……果然厉害。"

"没错。"

日满使劲儿点头。

"见面时，你就能领教女人有多可怕。"

被吓唬一番后，草十郎变得有些低调，忙随着两人赶路。日暮前行经京城的粟田口，进京后，在渡过贺茂川前可望见祇园社。草十郎在路经这里时，得知许多游艺人在这座神社添香，其中多数还成为奉纳的神民。

大炊夫人借宿的地点，果然在祇园社后方。来至旅店，只见有几间屋宅，有围篱和庭门，显得整然洁致。其中最大一户的庭内拴着马匹，马旁还有两个十岁左右的女孩儿。

"啊，是系世姐。"

女童们望见系世就欣然叫道，打开庭门跑过来，笑容满面的少女伸手迎接她们。

"小花鸡、小金雀，你们有好好照顾夫人吗？"

"当然啰。"

两人异口同声说道，那仰望的面孔酷似到难以区别，草十郎吃了一惊，原来是一对孪生姊妹。女童们偎近系世两侧，露出安心的表情，却在发现草十郎注视时，忽然失去笑容。

"怎么了？他不是可疑人物哟，是我的朋友，叫作草十郎。他有事求见夫人，请帮忙转达一声。"

系世温和说道。女童们更加蹙紧眉头，牢牢抓住她的衣袖不放。

"这个人，好可怕。"

"傻孩子，我不会带坏人来的。别耗时间，快去转告夫人吧。"

女童们仍有些顾忌，在系世几番催促后，这才双双走进屋内，目送她们背影的系世叹了口气。

"果然你的武士气息太重，那两个孩子受惊了。"

"武士就该被讨厌？"

"既然你是这种身份也只好认了。至于夫人会如何决断，我恐怕不能为你说情。"

"大老远把我带来，亏你讲出这种话。"

草十郎想冒火也没办法，系世溜眼望着他说：

"可是，我只知道自己的决定没有错。无论带你来的结果如何，我都不后悔。"

其中一个女童返回门前，传达夫人愿意接见。草十郎随她进屋，被领往铺着板地的敞厅，这才发觉系世没有同行，只好听天由命了。

大炊夫人坐在帘帐旁，将那遮物推在一侧，看似无意与他隔帐交谈。板窗几乎尽阖的室内相当昏暗，然而有余盏留光，照清她的姿影。

也不知姊妹中的哪一个恭候在夫人身旁，带草十郎来的女孩儿则在另一侧，仿佛一对坐童摆饰。

（……她们究竟几岁啊？）

草十郎暗自惊忖，既然是统领群芳的女主，想必已近迟暮，岂料女子巧施粉妆，丝毫看不出盛华已过。只见她黛发长流、衣泽艳绚，重层裙摆散落在单铺的榻榻米上，玉腕凭在扶手的模样，唯有妖媚可以形容——或许太过妖媚了。

"你就是草十郎？"

意外的是，夫人启口时的语调略哑而低沉。她看出草十郎的背脊像让人抚过般抽了一下，细长的眸底泛起一抹谑色。

"系世数落你不少哟，又是闷葫芦，又是嘴不甜的，还没什么见识。自从她回青墓后，成天说这些，简直像个普通丫头。"

草十郎困惑着不知如何回答，夫人又说：

"我尽量避免那孩子受世俗熏染，让她得以清净成长。对于能向神明献舞的女孩儿，我只能如此待她。这孩子不是巫女，却拥有与巫女相似的素质。追求技艺之道的极致就是具备神性，我器重的养女，可不能为小角色分心。"

尽管草十郎了解必须让夫人对自己心存好感，但不知该如何表现，又不想迎合她，于是开口说：

"我就是平凡人，这是不能改变的事实。"

"听说你在人前不会吹笛子？"

"是的。"

夫人微微点头说：

"让我瞧瞧你的横笛。来，给我。"

草十郎并不情愿，然而女子的语气不可违抗，就从布袋中取出横笛递过去。她双手捧起，掂着笛身。

"这笛子好轻，制作相当精细，但不是什么罕见货色。原本横笛只是削去竹节的单管，并没有蕴宿什么——"

夫人将丹唇贴在吹嘴上，草十郎心底一慌，她媚眼瞟着不知所措的少年，吹出三声音调。

"这不是响了？为何坚持在人前不能吹？来，你也试试看，只要能让人听见，我就认同你。"

将嘴触在她刚吹过的地方，草十郎愈发慌张，女子即在身畔，在呼吸可感的距离内轻声喃语，不免让他更心慌意乱。夫人不由分说就将横笛按在他唇上，伸手扶着他手说：

"只要送气就能出声，笛子的音色不过如此，你吹吹看。"

草十郎无奈地吹着，横笛轻轻一响。

"你看，不是有声音吗？"

"我的意思不是让笛子发声而已。"

放下横笛后，草十郎这才回过神继续说：

"我不只要吹响它，是希望引起周围共鸣。在这里，你我无法获得共鸣，最重要的是我根本不想与你共鸣，因此才说不能吹。"

夫人半晌缄默无语，又静静地说：

"……看来你并非完全没开窍。可是你的身心皆处于闭塞状态，连自己的律动都不了解，就想闯入音律的世界，这种态度太傲慢了。像你这种人，至今我不知见过听过多少，想在闭塞中逞强、冷酷。结果你也同样步入歧途……不是吗？"

"这……"

草十郎欲言又止，在大炊夫人的注视下，他必须承认自己认为，系世想借舞蹈来拯救赖朝的想法根本就是无稽之谈。在他内心，仍抱着总之潜入六波罗就有办法解决的念头。

"你不想敞开心怀，就别接近那孩子。我认为你对系世是祸害，心中气息起伏难畅的人，性格多少有点儿扭曲，而心中滞留的郁结将逐渐淀浊。即使实力变强也无法挽救，最重要的——"

话说一半，夫人无意间执起草十郎的手，仿佛为他诊脉般，将纤指搭在他的手腕上。

"我知道如何让你的闭塞通畅，你的律动在此，只要了解如何引发鸣响的诀窍，不就知道哪里能与我共鸣吗？"

草十郎忽然想起以前上皇曾执过自己的手，然而，此刻他完全不想甩开，只感受夫人那柔托包容的存在，自己仿佛化为小热芯。如此沉醉下去，他依稀听见某种声音在宣诉这将是超乎想象的秘悦。然而一旦被包容，他将窒息而亡，这魅惑的纠缠让他感到骇异。

夫人伸来一只手，抚摸草十郎的后颈。

"你瞧，这里也有……"

草十郎无法动弹，火浪澎湃袭过，他感受到确实有某种感觉奔流五内。与此同时，他竟然感应到体内响起房内不可能听见的律动，是如此遥远、清凉，即使并非透过肌肤引发共鸣，却是他熟知的旋律。

"系世在跳舞。"

草十郎不禁喃喃道，夫人目光犀利一变。

"她在哪里？"

"我不清楚，不知何时开始的，现在我听到了。"

大炊夫人转头询问身边的女童：

"她在旅店？"

"系世姐去祇园社了。"

乖巧端坐的女童答道。草十郎方才惊觉恍惚到忘记两姊妹在场，不禁满脸通红。

"……既然与神明灵犀相通，只好由她去了。"

夫人喃喃自语后，深深叹了口气。她抽身离开草十郎，语气微带冷淡说：

"你走吧，去告诉系世过关了。"

日满望见夺门而出的草十郎，就问道：

"怎么样？大炊夫人认同你了？"

"总之是吧，我想应该得到她的认同。倒是你说女人很可怕，我真的心有戚戚焉。"

草十郎拭着额汗答道，日满一个劲儿猛点头。

"没错吧，没错吧？我绝不踏入那种禁地，她对修行人来说是祸害呀。"

"她究竟几岁啊？"

"知道底细更恐怖，所以我从不问。"

草十郎心想确实如此，于是叹了口气。

"系世在哪里？"

"御前吩咐我在此等你和夫人会面结束，然后带你去见她，小姐正在神社参拜。"

草十郎和日满穿过鸟居，没想到此处有几座参拜神殿，并有设置舞殿。系世伫立在殿前的铺石上，专注膜拜着殿上有供品罗列的祇园社主祭神——牛头天王。

少女感觉两人走近，不待他们呼唤就回过头，那垂落面庞的秀发拢在肩上，表情飘忽着一抹执拗。然而草十郎望见那张微带傲气的小脸时，竟有如释重负的感觉。相较之下，他这才深深体会到系世是如此清嫩可爱、纯真无邪。

她语气显得格外消沉，问道：

"夫人中意你吗？"

"我也不太清楚，反正她说过关了。"

"夫人对你动手了？"

草十郎只能含糊其词，系世秀眉一蹙。

"讨厌鬼，还装糊涂？一定很中意嘛，她就是喜欢武士。"

草十郎愕然一惊。

"什么意思？"

"事实都摆明了，夫人和义朝大人之间还有一位千金呢。你呀，怎么看都是夫人偏爱的对象。"

草十郎更是吃惊，试着反驳道：

"那么当初应该就没问题。既然夫人中意我，事情可以进展顺利，你也用不着这么担心啊。"

"我是怕夫人太中意你，舍不得放你出来。"

系世不悦地答道：

"夫人明明最爱武士型的公子，却警告我绝不许接近。我多少明白让你和夫人见面，她绝对会夺走你，好逼我们今后的计划无疾而终。大多数的男人都为她销魂……可是我只能孤注一掷。"

由于了解那种蚀骨销魂的感受，草十郎在少女面前感到畏缩。渴望让大炊夫人的温柔包容是事实，不过，此刻他却想起自己当时为何能脱险。

"你刚才有跳舞吗？"

"或许是在心中起舞，我一直向神祈祷。"

系世注视着神坛答道。想到她如此殷切祈求，草十郎不禁觉得身畔的少女惹人怜爱。

"我是为了救三郎少主而吹，相信你的祈祷已传达给神明。大炊夫人的意思，或许是想考验你的念力有多强，因此才说过关了。"

系世回过头，圆睁秀目凝视着草十郎。神情一松的她乍看似欲哭，却又泛起淡淡的微笑。

"是啊，大炊夫人一定会帮忙，她专程来京也是有特别的理由。弥平兵卫在留宿青墓的旅店时掘了朝长大人的坟——我们不敢在墓地插木牌，只能暗地供养，那人竟然还要挟店里的姊妹们。我猜三郎少主可能是想夺回运送的首级，但在逃离青墓不远就被逮捕，少主在青墓的那位异母妹不堪打击，就此卧病不起。"

草十郎想起乌鸦提过马背上的赖朝捧着木匣。倘若所言是实，恐怕匣中放的正是朝长的首级，赖朝不知内心有多痛啊。

"我想结束这一切，别让源氏再被枭首示众了。"

他咬牙说道，系世点点头。

"是啊，旧恨只会引发新仇，我们必须结束这一切，现在不是迷惘的时候。"

草十郎有些意外，就望着少女。

"你不是说过无论结果如何都不后悔吗？"

"那是指让你和夫人见面的那个赌注。我们即将完成目标，或许将走上不归路。"

系世再度双手合十，闭上眼眸。

"向神明祈祷吧，因为今后我们挑战的是前所未有的任务。是以命相抵，将不曾暴露的情况公之于世……"

草十郎在她身旁合掌，对此事仍感到困惑。

"我还是不明白。"

"没关系，向天王天后祈求赐予我们力量，让你我能借着信念联系心灵。"

他想说彼此的心灵已有牵绊，刚才就切身感受到系世跳舞时的意念。但在察觉少女并不知情后，他感到有些讶异。祈祷的人是系世，然而她浑然未觉。

草十郎感觉自己一直偷望着垂下眼眸、专心祈求的少女，于是窘迫地闭上双眼。其实好想多凝视她，草十郎心不在焉地面向神坛，脑海中不断浮现着身畔的少女。

鸟彦王动员它的兄弟们尽量搜集源赖朝的讯息。根据它们的消息，遭弥平兵卫强行带走的赖朝已抵达六波罗，由于不宜随即拉往法场，因此少年交由弥平继续监视，被带往他们驻留的馆舍。据说是聚集在六波罗府外围的武士馆舍之一，防守与府内同样森严。

"朝长的首级已交给检非违使，他们又拿去游街高挂了吧。大家应该腻了，听说到处有人抗议不想再看到这种景象。不过从没听说平氏的头目清盛，或是弥平兵卫的直接主子赖盛有任何表示。"

乌鸦如此说道。草十郎咬着唇点头：

"平氏总是乐于见到源氏的首级吧？三郎少主虽年轻，当时以有力权势为后盾而受官封禄，平氏当然不会留下活口。"

"还有一个可以安心的消息哟。那只叫赖朝的雄娃似乎风评很好，成了阶下囚也不失尊荣，那伙乡下武士都很敬重他，所以没受到虐待。"

"就算获得同情，还是难逃一死。"

草十郎无法放心，不过与其听到赖朝受到无情对待，这种消息还是值得庆幸。

乌鸦抖抖身，偏起黑亮的头。

"是啊，他可说是小命垂危。草十，你打算怎么办？如今平清盛只要一声令下，那小子就会立刻被抓去处决呀。"

"不会的，系世开始跳舞了。"

草十郎使劲儿握紧膝上的双手。

"系世从今日起每天在神社献舞，只要她全心祈求，事情还不至于那么糟，日满说她的舞蹈不久会轰动全京。祇园社是祭祀阴灵的神社，平氏无法坐视不管，何况大炊夫人有权贵支持，再过不久，六波罗就会召唤系世去献舞。"

乌彦王目不转睛地望着草十郎。

"你好像变了。"

"有吗？"

"我是说讲话的态度，就是口气啦。你还记得自己说过那丫头很讨厌吗？"

草十郎装作若无其事。

"因为情况不同了。"

"是啊，现在你居下风，风头被她抢啰。"

口没遮拦的乌鸦看着草十郎板起脸，感觉很有趣。

"反正我会热情关照你，要是真能赎回赖朝雄娃的性命，就该谢天谢地了。"

系世要求草十郎别在神社吹笛，几日下来让他闲得发慌。祇园社境内从清晨就人群簇集，耐心等待观赏为神明的献舞，其中有几张熟面孔不便打照面，草十郎只得远离神社。

根据鸟彦王的传报，草十郎知道赖朝还未遭处决，更显得无所事事。就在旅店附近无聊闲逛时，望见大炊夫人倚着板窗朝自己招手，慌得他连忙逃走。

草十郎排遣无聊的方式，只有锻炼体魄而已。在游艺人群集的旅店附近表露武士身份反而不妥，然而不活动筋骨实在郁闷。他只好向日满借来锡杖，到神社境内的后山找片空地挥杖练起功来。

活动的挥汗感觉真舒畅，在激烈练武的同时，草十郎认为让身体各处自然保持敏锐的确不错。

（这或许是一种律动——与系世的舞有相通之处，但又迥然不同，我的乱节拍是为了制住对手要害……）

草十郎了解自己在决斗时相当凌厉，说起为何有这种能耐，根据一同参与打斗者的说法，是因为他出招时总能先发制人，比旁人更奋不顾身。

（可是，或许这就是大炊夫人说的闭塞状态？人难道原本不该闭塞？）

蓦然感到背后有动静，他下意识地飞身避开。

"是谁？给我出来！"

草十郎摆起招式睨着杉荫下，只见两对滚圆大眼正窥看自己，原来是那对孪生姊妹。他连忙收回锡杖，心中暗道不妙，自己准会被更加讨厌，就尴尬地问道：

"有什么事吗？"

两姊妹紧紧牵着小手，杵在原地没有应声。气势大弱的草十郎将锡杖放在地上，蹲下身与她们视线齐高。

"吓着了吗？"

女童们使劲儿点头，仿佛牵线木偶般动作一致。

"真抱歉，不过我不会伤害你们。"

草十郎说道。女童们直盯盯地回望他，露出那还用说的神情。

"小花鸡说哟，她其实好怕，但是很喜欢。"

"小金雀说哟，她讲的好怕其实是伤心。"

两人发出可爱童音，你一言我一语。

"夫人对武士又怕又伤心哟。"

"我们知道大家都在哭呢。"

总之她们愿意开口，让草十郎心中一宽。他重新拾起日满的锡杖，她们突然变得活泼，又蹦又跳地来到空地。

"草十郎好孤单呀，我们最怕没伴了。"

"好像系世姐一样，做什么都不告诉别人哟。"

"系世姐也很孤独呢。不管现在或以后，她永远是一个人。"

两人小鸟啁啾似的各说各话，在草十郎专注聆听下，她们逐渐卸下心防，还撒娇地挨近他身边，摸摸他的衣袖。

"小金雀说哟，系世姐讲过人不能又怕又悲伤。"

"小花鸡说哟，所以草十郎该让我们照顾。"

（……到头来，还不是那位妈妈的缩影？）

不知何故，草十郎感到相当佩服。尽管年幼，女人终究是女人，实在不容小看。

"你们想跟着我吗？"

"是啊。"

两姊妹忽然一眨眼。

"啊，忘记告诉你，夫人吩咐我们带你回去，六波罗派使者来了。"

4

六波罗和祇园社仅咫尺之遥。

朝京城大路南行仅隔一个区域的地方，正是平清盛的府邸，就是有泉殿之称的六波罗府的北门处。正因为全属于平氏为族人开拓的新兴地，气氛与京城各处极为不同。

自从平氏历任富裕地方的国守之后，借由地方武士兴宅，如今形成街町的规模。此处邻近鸟边野的坟地，平氏在这片长久乏人问津的地点建府兴宅，不愧是有先见之明。由于源义朝的府邸建在京内，因而无法像平氏一门得以巩固族势。

（没想到有朝一日还会来此……）

草十郎早有心理准备，但在接触武家群集的气氛时，不禁对自己的处境感到动摇。

上次来时已是面临战乱的终局，从马背见到的只有无尽延伸到御殿前方的防护板墙。草十郎清晰地想起箭羽疾飞的响声、劲风掠过的触感，还有士兵疯狂的怒号、被泥泞沾染的义平面孔——带着那颗悬挂的首级所没有的生动表情。

没披甲带刀就直闯御殿，他觉得毕竟是鲁莽之举。只见配刀武士堂堂往来于内巷，以凌厉的目光望着挽着马辔的日满和草十郎，还有马背上的系世。

"草十郎，你别轻举妄动哟。"

或许察觉他摆出昂首阔步的架势，系世悄声说：

"我们是为了献舞慰灵而来，露出杀气的话，后果将不堪设想，最糟的是我们的心血就算白费了。"

"我知道。"

他想诉诸理性，可是身体就是不听使唤。系世对日满叹气说：

"早知道就拿件花衣裳给他穿，看他还敢不敢逞威风。"

今晨为了去御殿，要求草十郎必须整装，结果让他过目的几件衣服，全是教人傻眼的花色。他切身领悟到游艺人认为服饰流行的标准，竟然与自己相差甚远。

上至大炊夫人，下至小姊妹，草十郎极力抗拒众女要求，好不容易争取到一袭朴素得宜的黄绿色礼衣和蓝裤裙。试想穿成那种花哨样子，他不由得垂头丧气。

（我成了艺人……）

倘若以游艺人姿态走在街上，唯有仿效日满的行者打扮才行。可是那副引人侧目的模样，也不见得太高明。

总之顺利来到清盛府的通门，此处虽非正门，却相当气派；广阔的府邸内，有成排的豪奢房舍，比起贵族府邸可说毫不逊色——这是适于帝王行幸的地点，不愧是权势如日中天的平将一门。

野山樱姿正盛，府内前庭亦是花绽缤纷，出迎的管家带领三人前往角落一侧的小庭，示意他们略作休息，并表示今日有众多女眷临席，将举行赏樱之宴。管家详细叮嘱一番，像是届时希望在室外献舞，表演地点是在曲水上设置的露天搭台，还有为了让众位温善的夫人愉快观赏，尚须避免艳情歌舞等等。

系世——郑重答应会铭记在心，管家才露出满意神情，吩咐送来三盒锦食，告诉他们在此听候传唤，随后返回府内。

三人留下后，系世确定再无旁人，便打开其中几盒观察菜肴。

"还好不必等到晚上，招待的膳食还不错，可是没为我准备候传的房间，这点还是差强人意哟。该不会逼一个姑娘家在庭边更衣吧。"

"你还要换啊？"

草十郎觉得她的装束已华美无比，因此吃了一惊。

"当然了，今天必须以最豪华的装扮来跳舞才行，我还有很少穿用的金襕衣裳呢。对不对，日满？"

"即使不是穿金襕服——"

系世不是很引人瞩目了吗？无论是否有锦衣为饰，她的舞不是令人难以抗拒吗？草十郎想告诉她，可是觉得难为情，欲言又止。

一瞬间，少女带着调侃注视他，又轻轻笑起来。

"希望你看过我最豪华的装扮再做评价，游艺人就算被分配到庭边也无所谓，我还曾在河滩换过衣裳呢。"

日满从方箱取出来一袭系世的衣装，还有以前在河滩见过的小搭篷，是可以折叠的，只需迅速架上支柱和张起帐幔，就足以容纳少女一人。

"好像变魔术一样。"

"是啊，我早就习惯了。"

当系世在搭篷里窸窸窣窣忙了一阵后，发生了一桩小意外。

少女不知想起什么，冷不防掀起垂幔冲出来。

"日满，我的束带不见了！"

日满和草十郎正品味随膳送来的瓮中美酒，一听之下差点儿没呛着。草十郎当场噎住，原来系世是裤裙装扮，上身却单穿一件生绢薄衣，简直是衣衫不整。

"没绑蝶状束带很不吉利，帮我再去找找看。"

日满忙朝方箱跑去，草十郎忍不住说：

"你……这样很不雅呢。"

"真是的，还说这种话，好像人家光着身子跑出来一样。"

系世认真起来，故意在他面前双袖一伸。

"夫人以前告诉我，在盛夏的宫中，女眷在御殿都只穿这么单薄哟。"

肌肤虽有衣衫遮掩，由于生绢质地细薄，香肩和臂膀的肤色通透可见。当她张开双臂时，除了领口褶襟处之外，胸形几乎毕现。草十郎正想提醒她，却有另一个声音说：

"你说得没错，小姑娘，那些殿上人比你想的好色多了。"

不知何时，渡廊下站着一名身穿狩衣的男子，有趣地望着她。系世一改强势态度，发出轻声惊呼，满脸羞红地逃回搭篷。

"小姑娘生得真俏，今天的舞姬若是她，那么我专程纵马来府也值得。我们这不是偶然一饱眼福了？"

狩衣男子悠然说道，向草十郎征求认同。从容不迫的语气隐含调侃，但不像有轻薄少女之意。此人年纪尚轻却体格健硕，感觉威武稳重。

（他是平重盛？或许正是……）

草十郎以眼神示礼时如此推测，在战场时只是遥望他身披黄栌匀铠甲，感觉上比义平略长几岁，却显得老成许多，与少主同样带着凛然气魄。

曾在重重护卫下绝难近身的这位人物，此时正悠闲站在草十郎身旁。

"你是……"

平重盛心念一动而就此打住，草十郎忙垂下眼，毕竟是心事难掩——还是态度显露于外？他一瞬间心底发凉，平重盛思索一番后说：

"不，没什么。你去告诉刚才那孩子，如果她表演得精彩，我也有赏赐。"

平重盛离去后，草十郎心下一宽，同时也备感辛酸。此人拥有的正是胜者该有的从容，仿佛带着贵族的英傲——已非一介武者。这位平氏的嫡长子眼前浮现的，如今恐怕是御殿贵族云集的光景吧。

（必须结束这场杀戮……）

草十郎咬紧牙关思忖着，绝不能让平氏夺去赖朝的性命！为了留下源氏的一线生机，便不能遵从义平的遗志在此诛杀平重盛。

系世这次总算完美盛装出现，大量使用金朱色线的锦衣熠熠生辉，浮纹礼衣甚至衬得她的面容有些苍白，裤裙则是紫葡色，看起来华贵非常。

薄施红装、优雅正装的系世十分嫣美，不过反而让她失去亮丽神采。草十郎比较欣赏她穿内衫时的神气活现，继而一想觉得不便明说。

这时的系世举止娴雅，不时含蓄地垂眸，起初草十郎以为她是因为盛装而故意作态，后来发现未必尽然。

"你还在意刚才的事啊？"

草十郎问道，系世恢复几分平时模样，斜眸瞪着他。

"你胡说什么，难道没别的事可谈吗？"

"……你很漂亮哟。"

系世发出叹息说：

"真想请教你，怎么有心讲这些客套话？"

草十郎和日满吃完送来的膳食（果然是上等菜肴），系世终究没有举箸。不仅如此，随着时间流逝，她的面色愈透惨白，日满终于发现少女的苍容并非粉妆所致。

"小姐……您该不会……"

系世微微点头，露出十分忸怩的神色。

"我带了一些药散，您需要服用吗？"

"不用，现在不想吃别的。"

忧心忡忡的日满低声说：

"要是有温热的怀石暖身就好了，可惜无法准备。"

草十郎没想到系世竟有旧疾复发，惊讶地走近前说：

"你哪里不舒服？很痛吗？"

系世目不转睛地仰望他，弱声说：

"你……知道女人就像月亮有盈亏吗？"

草十郎不禁有些狼狈，因为那是朦胧而遥不可及的神秘领域。

"我不太了解，你很难受吗？"

少女犹豫着点点头。

"对舞姬来说，因这点儿微恙就妨碍表演，未免是太娇嫩了。可是，偏偏在我决心献出一生最精彩的舞艺时……不知会造成什么影响……"

草十郎也非常困惑，万万没想到阻碍竟以这种方式出现。

系世咬着唇，一时陷入沉默，不久幽幽说：

"我很害怕，这是心理上的问题。"

"你怕什么？"

"我怕自己的舞……和自己预期的结果一样。明明是胆大妄为的计划，还让你受到牵连……"

这时草十郎领悟到系世内心极为动摇，她看似强势，其实总是举棋不定。正因为她的舞蹈天赋无人能取代，因此拥有能献舞向神明致意的能力，对她而言或许是沉重的负担。

少女微微颤抖着，泪水几乎夺眶而出。草十郎发觉要面临的重大局面并非在舞台上，而是此刻，于是他深吸了口气。

"系世，你跳吧，其他事由我来承担。唯独你的舞蹈，才能改变三郎少主的命运，让他免于受死。"

草十郎握住少女膝上的双手，他的心意难以言喻。那白皙的手比想象中更纤巧，修长的指尖传来丝丝冷意。系世面露讶色，一时不知做何反应，草十郎又鼓起勇气说：

"还不明白吗？或许我能和你灵犀相通，我的吹奏能支持你在舞台上表演。所以别怕，胆大妄为的不止你一个哟。"

系世目光灼灼地望着他，以微涩的语调轻声说：

"你不怕吗？"

"我不认为是受牵连，这是顺其自然。从在贺茂河滩邂逅你的更久以前，我就一直在探求——身为吹笛人，我究竟能做什么。"

草十郎其实想鼓励少女，说出这番话时，他直觉感到另一种真实，那是深藏于心底，连自身都不了解的情感。

"若要让我的吹奏得以拯救少主，唯有通过你的舞蹈才能达成。无论这个愿望有多渺茫，我都相信系世的舞能拯救他。"

系世气息微颤地深深呼吸，他从握住的指尖感到情绪紧绷的少女逐渐放松。她略带着涩地喃喃说：

"真让人惊讶，你竟然讲出我最想听的话，明明是个闷葫芦……"

"什么叫闷葫芦？"

在家乡从未听过这个字眼儿，草十郎不解问道。系世困惑地微微一笑，是多时不见的笑容。

"不懂就算了，你的话让我好惊讶，今后会对你刮目相看。"

只见她背转身，重拾心情开始修整妆容，日满就低声说：

"……这是前世因缘啊。"

草十郎诧异回首，行者一脸认真地回望着他。

"我们和你在贺茂河滩相遇，这就是注定的缘分。从一开始……御前这次决心离开青墓时就如此，她在六波罗献舞不是为别人，而是只为你。"

方才的那名管家再度现身带领三人前往府内。此时已是薄暮时分，日影犹高，眼前的广苑里，特别设置的潺潺曲水隐约可闻。大型殿宇的寝殿正面，设置一座犹如浮在水上的正方形搭台。这方丹漆雕栏围绕的舞台上，有樱枝缀饰四隅，与庭景常然天成，难以想象是临时搭建。

"这舞台真好，原本我就比较适合露天表演。"

系世轻声说道，草十郎见她恢复镇定，感到信心倍增。

由于乐师应先出场，草十郎在日满催促下一同登台，朝着聚集在殿宇下的观众行礼。坐于中央的是个体格魁梧的中年男子，恐怕正是全族中权位最高的平清盛。在他两侧有许多年纪相当的男子列席，因此他并非格外引人瞩目。女众则坐在后方席位，此时遮帘齐卷，显然无视于艺人在场。

两人在搭台角落端坐，霎时引来殿上观众的目光，旋即又恢复谈笑，席间照常走动。只见肴膳罗列、酒宴方酣，舞蹈可说是和乐融融的欢宴余兴之一。

草十郎了解状况后，毋宁说是如释重负。他注目着洒落在搭台上的阳光和台下流水。午后的柔晖下鳞波闪烁，气候清爽宜人。在平氏一族面前，他涌起努力发挥乐师角色的自信。

系世盛装出场，殿宇下的观众望见她，不禁谈笑顿歇。灿烂醒目的朱金和纯白装扮的舞者步向舞台，那姿态让几人举杯时几乎瞧痴。

她立在舞台中央，静垂眼眸，几次调匀呼吸后，方才咚地踏动右足。第二拍由日满拍鼓，舞蹈正式开始。

就在系世尚未绕完舞台时，草十郎已感觉周围的林木顺服于她，庭苑中皆是经过移植修剪、缺乏情调的树木，然而对音律却最早产生反应。

活生生的树原本就比动物更能确切掌握旋律，动物会受本身行动的影响，而树木因无法行动而对律动更加敏感。草十郎从在山野吹笛的经验中，了解动物是受林间呼应才留意律动。

树木细微的共鸣改变泥土、变化水流，源源不绝给予系世力量。舞台四隅装饰的樱枝原是含苞成簇，此时已尽情吐蕊绽瓣。系世泛起微笑唱道：

> 灵鹫山上说法日
> 天界散华纷如雨
> 白檀沉水溢生香
> 大地引动起六种

　　她选的是今样中的法文歌[①]，这是为镇伏阴灵而舞。华宴上的众人，此时方才凝神静听。

　　　　天降华雨　地起震动

　　　　佛光普照诸世间

　　　　弥勒声问　文殊言答

　　　　妙说法华昔当知

　　（三郎少主……）

　　草十郎想着囚禁在六波罗某处的赖朝，一边执起横笛。

　　笛声流颤着，融入系世编织的旋律中。在尽情吹奏的共鸣里，他随即如往常一样陶然忘情。

　　那恰似樱花飞雪，晶亮胜过凡花之物纷纷飘落，其中出现他曾见过的一种像风车般旋转的多瓣花朵，犹似粉雪中的鹅毛飞絮。然而，草十郎无暇惊叹，只是更投入地继续吹奏。

　　就在花雪激飘到淹没系世之际，草十郎的视野受某种影响开始转换，眼前隐约浮现景象，似乎有一层薄影，他看到赖朝正在步行，还有几人押送。

　　即使听不见声音，他知道赖朝向押送的护卫交代事情，男子点头答应后取出随身之物，仿佛是一串黑念珠。赖朝就地跪下，转动念珠开始默祷。当少年重新坐下时，还可看见河滩上的棱角乱石。

　　押送的护卫频频拭泪，依然咬紧唇，嗖地抽出白刃高高举起。

　　赖朝毕竟还是难逃一死。

　　草十郎觉悟到那将是明日此刻行刑，他没有惊讶，也没有哀伤。系

────────────

　　① 法文歌：佛教内容的歌。

世的舞能开启天门让空间转变，因此时间将有隙可趁，仅仅如此而已。

倘若感到悲伤或震惊就无法吹奏，不过草十郎能臻于无我的境地，尚有一个不可或缺的因素，那就是找到系世的意志，并与她的意志相通。

只见光屑形成的螺旋飘舞而上，飞溅四散，系世的身姿和背后景色此时完全消失。他隐约感到陷入奇妙的空间，但意识到系世确实还在某处。少女不断祈求着，期盼改变光所形成的时间和未来。

对于放空状态的草十郎而言，这并非难事。如果连时间都是由旋律构成，那么同样可借由旋律解开，螺旋的光束如能编织时间，那么只需松解网眼即可。

草十郎的笛声将形成未来的光芒逐渐拆解，散落的光屑化成缭绕的七彩飞虹，形状看不真切，感觉像是蜻蜓的透羽。

不知置身何处的系世和她交织的旋律，此时明显催促着草十郎。

（将那些光屑集中到三郎少主手中的念珠里。）

草十郎依言行动，不多时，螺旋光束不再配合笛声迅速扭转，而是逐渐停止乱舞，接着改变流向，逐渐衍生出截然不同的未来。

崭新的未来细长而顺势延续，草十郎窥见延伸的最终地点是在坂东——

草十郎回过神，大惊之下发现自己正在六波罗府的曲水舞台上，螺旋状飞舞的光束一时仍忽隐忽现，不过应该是眼帘内的残像。

"你还好吧？"

想站起身的草十郎脚下摇晃，日满悄声问道。

"嗯。"

他靠自己踏稳，才如梦醒般确定正处于现实，殿宇的观众对系世的表演纷纷赞不绝口，她深深鞠躬答谢，女眷们皆伸袖拭着脸庞泪水。

（或许只有我在做白日梦……）

这实在是过于脱离现实的体验，草十郎逐渐失去信心。平时他至少知道吹笛时周围产生的变化，但这次连那些形成共鸣的螺旋光束究竟是什么，他都无法解释。

然而，当他步下舞台走过系世身旁时，欠身回礼的少女轻声快速地说：

"没有人知道你的吹奏成功改变命运，三郎少主得救了。"

第五章　逃亡

1

鸟彦王来传报赖朝豁免死罪，以及减刑流放伊豆的消息。这是系世在六波罗献舞数日后的事情，草十郎已不感到讶异。

"原来是伊豆……"

"平清盛一直委决不下，据说是平氏的女眷们极力反对，不断表示砍掉雄娃的头，下辈子会有恶报。我还听说率先反对的正是清盛的继母，她已出家为尼，有这位老夫人不顾一切的主张，京城里都倾向同情源氏少主，让清盛觉得面上无光。"

"哦……"

见草十郎反应并不热络，乌鸦感到不满，就鼓起羽毛说：

"我说你要更开心、更自豪才对。那只雄娃多亏你吹笛子才捡回一命，连平时认为你技巧不赖的鸟眷们，都不敢相信有那么杰出的表现。乖乖，简直太神了。"

"那不只是我的力量。"

全是因为系世的舞蹈和意志坚持才能成功，然而少女在抱着丰厚奖赏回来后，仿佛耗尽力气般累倒，伏卧在马背返回祇园。

直到今日，她一步也没踏出大炊夫人借宿的旅店。好不容易成功，她却冷漠以对，为此草十郎相当在意，心中非常不是滋味。

"怎么摆起臭脸，真搞不懂你。"

"我没有不高兴啊。"

草十郎别过头，被乌鸦看穿心事令他不快。鸟彦王目不转睛望着他，不久试着说：

"喂，草十，这次我打算做一张草图。"

"草图？"

"以前不是画过吗？就是从上空观察府邸的配置图。有关逮捕源氏少主的弥平兵卫驻留的馆舍。其实我和舍弟去探查好几次了，馆内结构可记得一清二楚哩。"

草十郎多少是为打发时间，他随即兴冲冲起来，由于附近不易寻得纸张，就依照乌鸦的指示，在丢弃的破布边画起简图。

"三郎少主作息的地点就在这个角落吧。"

"嗯，雄娃几乎一直待在这里，侍女会在固定时间送饭菜来。"

草十郎估量状况后，喃喃说：

"只要没在小路上引人注意，八成能潜进去。"

鸟彦王见他想大显身手，就露出担忧的神情。

"就算你想闯，那里可是六波罗哟。行迹败露的话，在送往检非违使之前就被剐了。"

"我总有办法。"

"你没有正藏的本事哟。"

"我当然能办到。"

仰起脸的草十郎已恢复神采，乌鸦张大鸟嘴，吭也不吭一声。

"三郎少主若是前往坂东，我有些话必须对他说，你真是帮了大忙。"

想到观摩正藏的飞檐走壁术刚好派上用场，草十郎不免跃跃欲试，假使顺利避过平氏耳目而与赖朝见面，心中的阴霾必然一扫而光。

"草十的个性还真冲动呢。"

乌鸦拿他没辙似的发起牢骚。

"你别一时冲动带他逃走，闯下大祸可没人替你收拾残局哟。"

"好不容易让他活下来，我不会莽撞行事的。正藏说过源氏少主在朝野是无所遁形的，我只想在他出发前去探望而已。"

草十郎由衷说道，想起赖朝是左右他命运的重要人物，然而过去彼此的交谈仅有寥寥数语。

倘若想趁日暮潜入六波罗，那么跟随正藏时穿的那套适合夜行的深蓝色服装，恰好能派上用场。前几日将衣服随手交给那对孪生姊妹保管，草十郎去取回时，两人不约而同狐疑地盯着他。

"草十郎又想独闯了。"

"夫人说像他这种人闲下来准没好事，真是没错。"

被人点到痛处，草十郎只能充耳不闻。

"我没做什么，只是来拿自己的衣服。"

"小金雀说哟，草十郎太不懂得照顾自己。"

"小花鸡说哟，头发留太长最好整理一下。"

"你们很烦哋。"

草十郎板起脸，无论摆出多凶的表情，两姊妹早已见怪不怪，彼此叽里咕噜一阵后取来衣服。草十郎突然决心问道：

"系世身体还不舒服吗？"

两人频频眨眼后点了点头。

"她很少这样昏睡，心情变得好低落，也许太勉强自己了。"

"系世姐的月事不太顺哟。"

女童们说完面面相觑，难得两人有意见不统一的时候。

"这种事怎么可以告诉男人，小金雀，你真是的。"

"告诉草十郎不要紧，他很担心，所以我才说嘛。"

"系世姐会生气的。"

"那么小花鸡去跟系世姐，我要和草十郎在一起。"

"怎么这样，好过分。"

两人一旦起了争执，比交谈更加不可收拾。草十郎中途脱身，只能大致了解暂时不能和系世见面相叙。

（她太勉强自己？）

唯有系世能与他真正分享那日的成果，因此想告诉她许多事，想听她有何感受。然而他不便去大炊夫人的宿店，自己不同于日满，实在无法前往拜访。倘若系世无意见面，草十郎认为自己不该贸然接近。

武家馆舍不如贵族府邸出入复杂，草十郎对此相当熟悉，只要巧妙避过耳目，闯入并非难事。

草十郎在鸟彦王指示地点后，得知赖朝没被关在仓库，而是以寻常客人的待遇住在主房后面的单房。只要是单纯居所，屋顶内和地板下就有宽敞的容身空间。

此处是六波罗的武家街町，没有闲杂人等接近，或许弥平兵卫会松懈戒备。单房固然有守卫，但并没有严加防范的紧张感，尤其在决定减刑后，更降低对赖朝脱逃的疑虑，恐怕他依然是彬彬有礼的囚犯吧。

尽管如此，推测护卫何时交替并不轻松，草十郎耐心藏身树丛中，终于望见端晚饭的侍女经过走廊进入单房，没将板门上闩就先行离去。他爬过廊缘下趋近少主的房间，趁人不备时倏然闪身进房。

赖朝还未进食，正坐在燃灯的桌几前。执笔的少年蓦然回首，那略显清瘦的面孔让双眼更大。他穿着清爽的枯黄直垂服，房内设置还算差强人意，似乎不致受到苛刻待遇。面对这个身罩蛛网、一身黑装的不速之客，少年起先只感到讶异，接着不敢置信地倒吸了口气。

"真的是你……草十郎？你是草十郎吗？你还活着？"

"请安静，被守卫发现就大事不妙了。"

草十郎拂去肩上的蛛网后屈膝跪下。

"好久不见少主了。历经许多波折，您还是活了下来。"

"我以为无法再和你相见。"

赖朝哽咽说道。

"大家都已逝去，我常想起你，就像追忆先父和亡兄一样。我不知有多少次懊悔当时一时疏忽，竟没向你道谢就径自离去，我真的很庆幸能再次相见。"

"多谢少主。"

"你真有本事来这种地方！我没想到能在此与源氏的武士见面。"

草十郎对大感意外的少主只笑了笑，轻描淡写地说：

"在下有特别的人手相助，获得您在这里的消息，想来您一定深受伤痛，能见一面实在庆幸不已。"

少年幽幽叹息，轻瞥桌几一眼。草十郎随他目光望去，原来他是翻开佛经在抄写经文。

"我日复一日……只能抄经，每天想着明日就会被带往河滩，这是最痛苦的事情，我不知几次希望干脆尽早处决好过些。可是我被赦免极刑，完全不知道怎么回事。保元之战时，明明比我年幼的叔父们没有参战还是被斩首了。"

"幸好您还活着。"

草十郎加重语气说道，赖朝仍相当悲戚。

"我听说父亲大人近年与九条院的一名侍女来往，还与她育有三名幼子，他们都是男孩儿。既然我能赦免，不知那些孩子是否也会获救呢？"

"在下还不清楚详情，但相信他们会得到赦免，不知会交由何人照顾，总之不会危及性命。"

赖朝俯下脸。

"我将被流放到伊豆。"

"那是坂东，真是不幸中之大幸，我们当时原本将前往那里。"

草十郎说道，少年神情严肃地仰起头。

"但是今非昔比了，就算今后去坂东，源氏早已一蹶不振。父亲大人和兄长们，还有重要的家臣都已经辞世，只留下我一人，充其量只能读读佛经而已。"

"只要能为先灵祈冥福就好，供养也是必要的。"

赖朝注视草十郎，突然语出惊人：

"草十郎，不必哄劝我。我知道自己觉悟太晚，有你帮忙真是太好了，只要是你就能让人放心。当我切腹时，请替我取下首级吧。"

"您说什么？"

草十郎震惊不已，赖朝的态度极端认真，只见他脸色泛青，依然语气坚定地说：

"你不顾安危潜进馆舍，就是为此来的吧？都因为我迟疑不决，无法痛下决心自尽才会如此。若是父亲大人一定会命我自刎，并为我成全后事，绝不让源氏再受侮辱。既然父兄对抗天子而遭惩罚，我当然难逃一死。"

草十郎不禁抓住赖朝双肩，那枯黄衣衫下的消瘦身体令人悲哀。草十郎按住少年的肩膀说：

"在下来此不是为了取您的性命，而是求您活下去。"

"这不像你的作为。"

"对，过去的我不一样。"

草十郎苦笑着承认，继续说：

"以前我曾想轻易抛弃性命，可是现在认为当时的想法有错，就是因为活着更艰苦，选择生存才是正确的。请您重新考虑后到伊豆生活，那里是穷乡僻壤，却也是冬季温暖的好地方。在下进京前曾认识几名当地人，他们都是善良百姓。"

"谁敢保证我能活着到伊豆？"

"请不用担心，您能在伊豆长久过着平稳生活，与当地人融洽相处。"

"你说的好像亲眼见过一样。"

"没错。"

草十郎毫不迟疑地说道。赖朝愕然望着他，终于不再认为他是来杀自己的。

"你真是怪人，就为了来向我说明这件事？"

草十郎点点头，轻轻抽离放在赖朝肩上的手。

"这场战乱中，您和在下都存活下来。有人告诉我，说我能够做到，也是那个人引发我的潜力。"

有好半晌，一语未发的赖朝只仰望着他，许久才说：

"你会改变，并认为选择生存是正途，这些想法都是因为受到那人的影响？"

"是的，如果在下当时死去，就不会有那场邂逅。相信少主一定也有缘分在等着您。"

草十郎答道，自己能将这种事对赖朝侃侃而谈，他也感到不可思议。少年垂下眼后，心意已决般拜托道：

"草十郎，跟我一起去伊豆好吗？我身旁再无他人，母亲于几年前去世，忌惮平氏的人不会跟随我，你能不能答应随我去坂东？"

草十顿时感到犹豫，他很想追随命运多舛的少年去达成许多理想，还能传授他如何在东国生活。然而，赖朝必须舍弃武士的生存法则方能度日，而他本身亦然。于是草十郎开口了，他惊讶自己竟能说出这番话：

"在下目前有一位想共度人生的对象，虽然还不知她的想法如何，但若有可能，在下将前往伊豆。即使不能随您一并动身，也一定会去探望您。”

（我究竟在做什么，就为了说那番话，专程赶去城外的六波罗？）

草十郎与赖朝道别后，为自己的举动哭笑不得。脱口而出的其实是长久以来隐藏在心底的想法，只是他不习惯将心意表明，因而感到不知所措。

（现在又没得到系世的响应，擅自决定又能如何……）

然而一言既出，驷马难追。他觉得这是为了让自己认同那些想法，才刻意冒风险去见赖朝。草十郎无意告诉赖朝这是第二次救他一命，只想告诉他为何可以做到。

鼓励赖朝活下去的同时，草十郎想表明自己发现生存的意义。

尽管如此，离开弥平兵卫的馆舍远比进入时更困难，因为他不曾考虑随着夜色渐深，馆舍四周的戒备更为森严。

只见四处火炬晃耀，草十郎一直等到黎明仍不能脱困。他好几次为轻率潜入而懊悔得直咋舌，有一次差点儿遇上危机，他正欲翻过围墙时，忽然有人盘问道：

“是谁？快报上名来。”

冷汗直冒的草十郎正寻思对策，这时却听到沉重的振翅声和嚯嚯啼叫，盘问的守卫发出小声咒骂，另一人则抱怨猫头鹰害人虚惊一场。草十郎总算安全逃往馆舍旷地，心想莫非刚才的猫头鹰正是鸟彦王的属下。

好不容易离开六波罗得以松口气，东空已现曦白，整夜精神紧绷使他疲惫不堪、浑身肌肉酸疼，算是对鲁莽行事的惩罚。然而在晨辉清耀中，他逐渐涌起喜悦，终于达成心愿，给傲慢的平氏一点儿颜色，得以与源氏的少主见面。

他远眺着逐渐明亮的苍空，以为是鸟彦王飞来，然而羽影却不是它。眼底浸润着山棱上流曳的浮云，渲染了朝霞的薄红，他意气风发地走向祇园。

乌彦王能提供协助，是由于草十郎的才能使然，鸦王飞来他身边，也是因为他的笛声和与乌鸦沟通的能力。草十郎是生平初次为自己感到自豪，原以为不可能的任务，他已经逐步完成。

在沾沾自喜中，望见系世站在旅店前也并不诧异，他正想约少女出来。系世穿着浓赭衣裳和淡白外衫，仿佛盛绽的桃花。

不料当他正想招呼，自信顿时化为乌有。只见她紧紧交抱双臂，撇着小嘴正瞪着他，那模样不太可爱，绝不像能愉快交谈的情境。

少女的面容没有好眠的神爽，草十郎忽然感到心虚，甚至觉得没遇见反而更好，不过自己的宿处就在她身后，只好直接问道：

"你怎么在这里？"

"为什么要外出？"

系世尖声问道，几日不闻的语气中感觉她怒火正炽。她大声问道：

"为什么天亮才回来？是不是有别的女人？"

草十郎厌烦地说：

"当然没有，别明知故问了。"

"我不懂你，完全不懂！"

草十郎留意到系世的双眸红肿，只听她不由分说愈讲愈激动：

"你别瞒着我，有事就说出来，专程去向小姊妹要回武士服，还不想告诉任何人去向。你整夜到哪里去了？该不会到六波罗吧？"

"没错。"

草十郎彻底招认，与其被误会和其他女性夜宿，他宁可吐露实情。

"我去见三郎少主，顺利潜入馆舍。"

"为何做这种事？"

系世悄声惊叫道。草十郎有些惊讶，他猜想这趟勇行恐怕不会被赞扬，但没想到会遭到她责备。

"有什么必要这么做？三郎少主已经得救了，透过我们的舞蹈和笛声，他一定能活下去，为什么你还要去冒险？"

"我有些话想对少主说。"

草十郎答道，觉得光如此还不能说服她，于是又说：

"我不是轻举妄动，不但取得了弥平兵卫的馆舍草图，还详细打听了馆内的情况。并没有冒极大的风险，而且像这样平安回来——"

最后的话只能含糊说完，他知道系世没听进去，只见少女泪水潸潸滑落，紧紧咬唇极力克制着激动的情绪。草十郎惊愕地凝视着她，那涟涟倾落的珠泪是如此轻易夺眶而出。他这才恍然大悟，系世一整夜不知哭过多少次了。

2

一时之间，系世眨也不眨地任泪水尽情滑落，终于再也抑制不住，伸袖遮着面抽泣起来。草十郎想起初识系世时她也在哭泣，不过这次惹她伤心的是自己，情况还是大为不同。

"真抱歉让你担心，我已经平安回来，你别伤心了。"

他极度不知所措，几乎快沮丧透顶时，系世哽咽着说：

"你一点儿都没改变，完全没变。我那么尽心跳舞，你还是依然如故，不顾自身安危而轻易行动，宁可白白牺牲。"

"不是这样。"

草十郎急忙插嘴道，系世不顾一切又说：

"我怎么这么傻？为了一个冥顽不灵的人，明知跟你这吹笛人有任何牵绊都是白费心血，还破坏原则去献身跳舞。我一开始就知道自己好傻，明明无法心灵相通还偏要费劲尝试，结果都是枉然……"

"我说过没有你想的那么严重，我不是去送命，情况正好相反。"

草十郎在强调的同时，惊讶系世居然对自己如此不解。正因为他有极大的转变，必须去奉劝赖朝，不明就里的少女却径自伤叹。舞与笛形成了非凡的共鸣，然而两人竟缺乏感应。

他如此思忖，忽然心念一转，倘若不说出自己的想法，就无法得到他人理解。其实草十郎最想告知的对象，并不是赖朝。

"拜托听我说，我从来没对挽救少主这件事存疑。那时我仿佛看到他今后的人生悠远畅然、非常美好。当时我知道是因为系世的祈愿很美，完全不仅在于表象，也不是眼前景物而已。"

系世隔了半晌才停止抽噎，草十郎耐心等待着。不久，她微挪开衣袖，哭肿的眼眸正迎着他。

"祈愿很美？"

"嗯，我很喜欢你，自己也吃了一惊。"

系世露出疑惑的眼神。

"为什么吃惊？"

"没什么，总之我喜欢你。"

系世沉默片刻后，喃喃说：

"骗人……你从上次就没来探望我。"

"是你拒人于千里之外啊。"

草十郎说道，走近前与她相隔一步。

"系世以前不是曾说，希望我别心存隔阂地注视你，那么你为何不同样待我？如果真正注视我，就知道不用哭得那么伤心。"

停止哭泣的系世仍伸袖掩住面孔，她双手按着眼眸，十分困惑地说：

"……怎么办才好，你真的喜欢我？"

她像个小女孩儿。草十郎泛起微笑，今晨的系世又气又哭，一开始就闹孩子脾气。一想到此，草十郎伸臂紧紧拥住她。

"我照你的意思吹奏了，为何还信不过我？"

彼此感到手足无措之间，系世已在他的臂弯中。少女惊讶他有如此行动，却并没有抗拒。

——草十郎深切感受到这种美好，只听她在自己胸前，轻轻叹息说：

"没想到你会说甜言蜜语，还这么轻易说出来……"

他正想回答时，蓦然望见旅店的围篱上停着一只乌鸦。那瞬间，他宁可视而不见，原来乌鸦正亮着圆眼在热心观察，那模样实在让人火大。

（未免关心过了头……）

他移开目光，努力装作视若无睹，然而意识到其他存在就无法重返情境。周围已完全明亮，随时都有人来往，他只能依依不舍地松开系世的肩膀。

"下次再告诉你后来的情形，我整夜没阖眼，现在要去睡了。"

系世退后一步，含羞地抚整飘乱的发丝，恢复微傲的语气说：

"你睡醒一定全忘了。就算男人逢场作戏，我也不惊讶哟。"

"坂东男儿不一样，以后你就会懂。"

草十郎应道，与她道别后走进旅店。

草十郎疲惫至极，倒头就进入梦乡。眠中顾不得饥饿，照样睡得不省人事，依稀觉得该起床时，还继续呼呼大睡。他终于想张开眼睛，原来是听到小花鸡和小金雀的叽呱交谈声。

"他根本醒不来，一定会睡到明天早上。"

"好无聊呀，这样子不就没办法照顾了？"

"捏他看看。"

"搔痒才有效。"

他连忙睁眼，只见正准备动手的女童从两侧窥望着他。

"你们……什么时候进来的？"

"啊，醒了，他醒了。"

两姊妹齐声拍手。

"系世姐托我们去拿早饭送来，饭菜早变得干巴巴了，现在送的是晚饭哟。"

这间旅店能分配到神民早晚奉神所煮的两顿餐食，但必须去稍远的厨房取用，错过就分配不到。草十郎在睡梦中不忘两餐，一听就重新起身。

"谢天谢地，我快饿扁了。"

"太好了，让我们来侍候吧。"

两人快活喧嚷着捧来提桶，毕恭毕敬地摆出盛好饭汤的碗。

"主子，小花鸡为您献上一品。"

"主子，小金雀替您献上一品。"

"你们也这样服侍夫人用饭吗？"

草十郎问道，两姊妹噘着嘴摇头。

"才不呢，这是接待有特别交情的公子才有的礼数哟。"

他无意和女童们玩儿戏，不过总算能大快朵颐，连干巴的早饭都吃个精光。进食中，听到两姊妹叽叽喳喳个不停，他只当耳边风，但听到谈起系世时，自然竖起耳朵。

"系世姐心不在焉的，把最喜欢的碗在井边敲破一个口。要是平常她早就大惊小怪了，可是只望着破碗发怔呢。"

"若是我们打破的，她一定气坏了。"

"系世姐的举动好奇怪，所以日满才说要外出采草药。"

"日满每年都在这时候去采吧，夫人说有很多老主顾买他的草药。"

（对了，必须告诉系世后来的情形……）

草十郎思索着，但接下来该说什么反倒有些困难，假如想告诉她日后希望双宿双飞，那么他必须先考虑该如何生活。

忽然间，他留意到女童们正唱着：

> 一千多情种呀
> 天上织姬　夜流星
> 野地雉　秋游鹿
> 风流神女　冬鸳鸯

那纯稚的唱腔与歌词毫不相称，然而配合得恰到好处，连曲调转折不流畅的部分，两人也唱得惟妙惟肖，他不禁莞尔一笑。

"我们唱得好不好？"

"好极了。"

"那么，草十郎来吹笛子，我们也想听。"

在天真烂漫的小姊妹面前，草十郎一时相信只要有心也能吹曲，想象曲调传入听者的鼓膜，为了让听众一饱耳福，他应该能做到——

然而横笛在手时，他反而犹豫了。昔日不知尝试过多少次，到头来还是放弃，这样的回忆此时在两姊妹面前再次苏醒。

"……但不是现在，下次一定吹给你们听。"

草十郎如此说道，两姊妹故作老成，以遗憾的语气说：

"没想到这小生脸皮还真薄呢。"

"技巧就算差点儿，我们也不会取笑你。下次吹好了，一定给你赏赐。"

草十郎听两姊妹说起大炊夫人外出，便安心出门去探望系世。他绕向旅店后方，发现并不费力就来到她的宿处。两姊妹无意招待他进屋，不过毕竟是孩童，凡事容易商量。

虽然云空中不见星月，仍可切身感受温暖的夜息，拂风中时而蕴含湿气，送来冬季少有的芬芳。明日或有飘雨，可以感受到草木喜悦、生物跃动。草十郎轻轻越过庭垣，发现自己唯有在潜入舍宅方面的技巧愈见高明。他敲了敲板窗缘。

系世预料他会来访，随即打开侧门走下庭院。光是有她在此，草十郎就感到怦然心动，幽暗中看不清她的表情。无论少女心情如何，只要愿意来他身畔就心满意足了。

系世显得有些迟疑，保持一点距离站定，草十郎正想开口，却忘记该说什么。

"从上次见面后我想过很多事……才知道原来想太多容易肚子饿。"

草十郎吃过两姊妹送来的饭菜后，要说有什么活络筋骨的方式，充其量不过是洗澡而已，没想到又饥肠辘辘。这只能归因于他做了罕见之举，那就是聚精会神地思考要如何向系世表达心意。

系世一时怔住，又扑哧一笑。

"你该不会是贪吃鬼吧？"

"在武家有重劳动时，一天必须吃三顿饭，我在正藏那里也是如此。"

系世回屋后，笑着端出小饭团和一碗煮款冬菜，将菜饭推给他之后调侃道：

"如果比平常容易肚子饿，表示你没有害相思病。"

"不知是否如你所说，但我是在思考生计问题。必须能自力更生才行，虽然过去没深思过，不过生存就是这么一回事。"

草十郎先将饭团吃光后说：

"……我至今只会武艺决斗，若靠本行为生，不是只能找雇主，就是当个盗匪。可是和系世在一起，这些行业都不合适，我还没寻得因应之道，只想决定留在你身边。"

系世愕然屏息。

"你这样说好吗？我是风尘女子哟。"

"系世既然在青墓生活，我也决心在那里定居，留在有你的地方。就算我还不习惯卖艺生涯，只要能在众人面前吹笛，我愿意以此维生。"

系世微微摇头。

"我认为你不适合花街，绝对会想逃走。那是虚幻的世界——光凭迎合权贵、阿谀奉承在处世。那里很浮华，访客可得到一夜春梦，不过长久驻留的人必须一直注视着空虚泡影。"

"可是你不想逃走，不是吗？"

面对草十郎的质问，系世无语片刻，又缓缓低声说：

"老实告诉你吧，我……出生在富士山麓的小村庄，不知爹娘是谁，在襁褓中就被丢在竹丛里。收养我的夫妇很善良，却是一对老夫妇……当我四岁时，他们相继逝去，于是我被卖进妓家。"

系世叹息着又说：

"青墓的大炊夫人相当和善，我真的很幸运，不但可以习舞，她还迁就我的任性。可是我并非亲生女，为了回报夫人的养育之恩，必须沦落风尘为自己赎身才行。年幼的小花鸡和小金雀也一样，我们是身不由己……"

草十郎不知她有如此沉重的羁绊，感到非常惊讶。

"那笔赎身费，必须一生都得卖艺才能还清吗？"

系世并不觉得滑稽，只悄声笑笑。

"你相信谁能一辈子卖艺？一旦年老色衰就完了。当红的时机只有短暂的豆蔻年华，好比是昙花一现。"

"我知道系世不是一般风尘女子，你的舞蹈具有神力，大炊夫人应该非常了解。"

草十郎如此说道。系世停顿片刻才伤感地说：

"我再也不跳给别人看了，明明应该为自己而舞……无论如何，这次我都无法抗拒。虽然声称是拯救三郎少主，其实是想见到你……不想失去你……"

"你能拯救少主并不是坏事啊。"

草十郎插嘴道，她却一口气说下去：

"即使不是坏事，心里还是希望你喜欢我。我是疯了？明明知道让你对我动情又能如何。不过……好高兴你说出喜欢我，有你在旁倾诉，我高兴得昏了头。能得到一位正经公子表白真心，这是所有烟花女梦寐以求的事。"

一时之间，草十郎为她所说的话感到混乱，只能茫然呆立。难道让他有所觉悟的其实不是自己，而是来自于系世的力量？他不安地扪心自问，而且无法认同，这是他吹笛时的领悟，应该与笛声一样属于自我。

"我不在乎你想说什么，我不会改变心意。希望今后能与系世共起和鸣，不需在人前表演，就算在深山也行。"

系世深深叹息：

"我现在总算知道什么是报应了，自己居然既期盼又想拒绝你。你不该留在青墓，也不能留在我身边。对那支笛子来说，我是祸害，也是危险。它对我恐怕同样是危害，因为将引发周围强大的力量。我们……其实真的不该相遇。"

"才没这回事。"

"我希望你能爱惜性命，总觉得若是放任不管，你就会立刻死去。可是，老天爷似乎不允许你为我而活。"

"我管不了那么多，如果不跟系世在一起，我哪里都不去。"

草十郎气势汹汹地说道。

"如果你赞成，我将考虑去坂东。你若不肯，我会再想其他方法，不管当保镖或做什么都好。"

"你去坂东好了，可是我不能和你同行。"

"系世！"

草十郎伸出双臂，然而系世与今晨反应不同，她轻巧避开了。不过短短几个时辰，对方竟然变得坚决无情，他实在百思不解。

"为什么？"

"对不起。"

几乎要哭出来的系世说道，忽然转身奔回屋内。草十郎来不及追上，只听见门闩喀喇上锁，他反射地敲门，听到系世隔着门板痛苦地说：

"你回去吧。这全是我的错，怨我好了……"

3

户外落着雨，草十郎在颓丧中无法起身，只能俯卧在床。

草十郎无法专心思考其他事情，他不了解系世为何拒绝、有什么无法克服的困难。倘若两情相悦，有什么能阻挡得了他们？假如有挑战对象，大可豁出去面对，可是对手却如此暧昧不明。

纵然被系世摆了一道让他面上无光，如今仍想紧抱她、拥有她。

（如果必须割舍才能获得，究竟得到的是什么？或者说，只要我强力说服，系世就能改变心意？）

他反复思索着，这时听到一阵扑翅声，鸟彦王从板窗缝溜进来。

"哇，淋湿了。就算下雨，窗子也该开大一点儿嘛。"

草十郎也不搭腔，乌鸦继续抱怨道：

"草十，你躺着怄气啊？怎么这么优哉啊。我在这种雨天飞来，你也体谅一下嘛。虽说乌鸦的羽毛很上等又保暖，淋湿了还是冷飕飕的。"

"你带来什么消息？"

草十郎仰望着停在棚架上整理羽毛的黑鸟。他心不在焉的问话，让鸟彦王十分没趣。

　　"这不是随便的消息哟，我听说已经决定源氏的雄娃何时前往伊豆。你看起来有气无力……到底哪里不对劲？啊，我懂了。"

　　张开双翼的鸟彦王一语道破：

　　"你被甩了。"

　　"才怪。"

　　草十郎一时情急反驳道。

　　"我还没被拒绝，系世说她很高兴，可是希望我别去青墓。"

　　乌鸦拍翅飞下地面，蹦跳着来到草十郎身边，又兴高采烈地说：

　　"喂喂，关于对雌性求爱方面，我有独到的见解哟。我帮忙判断那只雌娃到底对你有没有意思好了，老实说来听听吧。"

　　草十郎暗想，这怎么能跟乌鸦求爱混为一谈，不过还是概略做了叙述，这是由于循序说明能重新厘清思绪，另外则是单纯只想要听众。光是谈论这个话题，就可知自己多么想接近系世。

　　鸟彦王花了一点儿时间倾听他叙述，最后仅发出"嗯——"的一声表示理解。

　　"这件事很棘手呢。"

　　"系世跟乌鸦不同哟。"

　　草十郎的语气显得理所当然，鸟彦王就反驳道：

　　"你要是完全不懂雌鸦，就别小看它们哟。如果知道它们在求爱季节耍的伎俩有多厉害，保准会吓死你。我们就算示好，它们也会设法让雄鸦感觉自作多情，然后故意逃走，其实是假装冷淡、真心引诱，甚至动不动就让雄鸦间为爱厮杀，可说是用尽诡计呢。它们彼此之间还会互传讯息，雄鸦必须独自克服试炼才行。雌鸦有权利决定生下最优秀的蛋，我们绞尽脑汁和体力，有时也是万不得已。"

　　"我不是在谈生蛋的事。"

　　"基本上还不都一样，反正是动物嘛。"

　　草十郎板起脸，鸟彦王拍拍双翅后说：

"算了，算了，我知道你想说什么。让你心神不宁的雌娃，好像没使用这种伎俩。问题出在舞和笛，她知道将有状况发生，意识到会面临危险，可是你这迟钝的家伙少根筋，彼此才没办法达成共识。"

草十郎起身注视着乌鸦。

"我为何少根筋？你说的危险是指什么？"

"所以说嘛，你没感觉改变三郎少主的命运有任何不妥吗？"

草十郎有些困惑地思索着。

"……我认为那是正确的抉择，而且心情十分愉快，很少有机会能那样尽情吹奏。我仿佛看到许多奇象，全都是缤纷美好，我知道那不是朝坏方向发展，应该不会让人后悔莫及。"

鸟彦王偏头望着他。

"你真是少不更事啊。对了，你不是说吹笛时头脑空空的？"

"是啊，我什么都不想。一旦有思考，就不能感应最细微的共鸣。"

草十郎肯定地说道，感到些许不安。

"……我该思考吗？"

"也许是吧。那只雌娃没有失去自觉，你该了解她的心意。倒是你们结合舞笛的力量可能改变未来，这点你到底有什么看法？"

草十郎承认自己从未考虑此事，他想起系世曾说"将引发周围强大的力量"，然而觉得事态并没有那么严重。

"我想不至于有不良结果吧。我只是依照系世的祈祷吹笛，她并没有心怀不轨而舞。"

"你就是这样才危险。像你这种态度，不是依赖她是什么？自己不懂得判断，又不负责任，这样就要改变周遭人的命运？"

草十郎没有回应鸟彦王的指责，他从没想过自己带给系世负担。乌鸦说得没错，正因为他完全托心于系世，才能吹出笛声。

"只要我和她拥有改变未来的能力，今后不管在何处，我们都能幸福生活……这种想法毕竟太天真了哟。"

"简直天真过了头，这种想法会让你自毁前程。你的横笛不能轻易吹奏，或许雌娃这回才认清它的力量如此强大。何况你不顾一切，凡事总是一头栽进去。"

"别把我讲成不知变通的傻瓜。"

草十郎低喃道。他开始认为自己的确如此，想加以否认。

"我明白系世不希望我留在身边的理由，因为我将会对她唯命是从，就算她做错事也不能给予纠正。系世曾说不希望我受她的指使。"

乌鸦摇了摇鸟喙。

"你不驾驭那支笛子可不行哟。至少在配合她的舞蹈时，必须找出不至于引发异变的方法才行。"

草十郎回想起任身体忘情地悠游在旋律世界的舒畅感，为了拭去平日的忧郁和悲伤，体会无想无烦的境界，他应该继续吹奏。然而，这小小的心愿若被禁止，他唯有接受一途。

"……如果我能在人前正常吹奏，像普通卖艺人一样的话，就能和系世一起生活吗？"

乌彦王的滚圆大眼望着他说：

"姑且不论你是否能适应艺人的生活，为了长远打算，我赞成该勇于尝试哟。"

草十郎思索半晌，想马上拥有系世、不想离开她身畔的念头确切到无法割舍。他应该学习为长远打算，牢记着眼于长远未来，至于必须放弃的，或许正是这种行事冲动的个性。

草十郎终于打破沉默。

"你说三郎少主何时去伊豆？"

"三月三十一日，就是后天。"

乌彦王等待草十郎有何表示，见他半晌无语只好作罢，催促他推起板窗后说：

"草十，由你决定好了，反正我会跟随到底。"

"嗯。"

草十郎推开板窗，乌鸦飞向雨中。一时之间，他眺望着烟雨蒙蒙的景色。

过了一日，草十郎做出决定，开始思考如何向系世道别。

与赖朝同赴坂东是明智抉择，倘若结伴同往伊豆，三郎少主既不孤单，草十郎也有值得随行的目标。

草十郎考虑暂且在伊豆陪伴少年直到习惯当地生活，还能吹笛安慰他。倘若是流放地，周围人烟稀少，或许可练习到能在人前吹奏。

他还可以传达消息给乡亲，如有可能，甚至考虑住在赖朝居处附近，想亲身体验脚踏实地的日子。就算不靠卖艺为生，也能等系世从良时，唤她来故乡生活。

尽管如此，他想到必须当面向系世道别就心痛到提不起劲，甚至考虑干脆不告而别。

他期盼相见，又想作罢，反复思索还是难以下决心。这时旅店门前传来一阵谨慎而急促的敲击声，周围天色刚转亮，距两姊妹来此的时刻尚早，草十郎感到诧异地开门。

竟然是系世。

那身装扮过于朴素，草十郎疑惑地凝视她。少女束起发丝，穿着皱垮的白裳和湛蓝礼衣，仿佛是他偏好选择的装束，而且面色苍白，神情紧张地睁大眼睛。

"跟我一起逃，快躲起来。"

"什么？"

就在草十郎六神无主时，系世更急切地说：

"检非违使开始行动了，刚才夫人的从仆来通报，我们再待下去就会被捕。”

“怎么突然这样，我们又没做坏事。”

“反正他们要找的借口多得是，游艺人本来就被视为可疑分子。”

系世恳求似的揪紧草十郎的衣袖。

“日满不在旅店，他毫不知情就去吉野。拜托你牵那匹马来，能催它快跑吗？”

“包在我身上。”

草十郎与系世匆匆离开旅店，赶往拴着栗毛马的庭院。就他所知，这匹马年纪虽大却体格结实，鞭策之下应该能载两人同奔。

昨日落雨已歇，是个白雾弥漫的清晨。草十郎架上马鞍，迅速准备就绪，不消多时就让系世坐在鞍前出发。然而离开旅店不远就发现追兵，马背上的检非违使一身赤狩衣，还有几名黑衣人，这个集团约有七八人，穿过朝雾直朝两人驰来，原本还半信半疑的草十郎霎时蹙紧眉心。

栗毛马起初拖着步伐磨蹭，草十郎铆足劲儿用力鞭策，倒是跑得稳健飞快，一时将追兵远抛在后。就在朝街道飞驰之际，他愕然扯住马缰，原来先绕道至栗田口的检非违使已派遣几名部属埋伏在此。

（这可不妙……）

遭到两面夹攻，两人唯有束手就擒。这时栗毛马忽然停步，前蹄朝空上下蹬踢，几乎从鞍上摔落的系世发出尖叫，草十郎单手揽住她免于落马，另一手控住缰绳，任马奔向进退皆难的过山小径。

栗毛马勉强在小路前进，这种山道不适合马行，左右丛生的茂木细枝交错，打在系世脸庞和身上，她痛得伏在马背上。草十郎以身体遮挡，尽量免让少女受到伤害。随着马蹄经过，踏断的小枝发出杂响，他知道一定会传入有追击经验者的耳中。

“系世，快下马。”

“嗯？可是……”

"弃马才能逃命，赶快下来。"

草十郎取下鞍袋，绕到马臀后方飞踢一脚，马大怒往前冲去。他拉着系世的手离开山路，朝着崖下走去，钻入枯蔓交缠的矮丛间，丛中仍带潮湿，却由不得抱怨。两人屏息藏起身，专注地聆听动静，果然不出所料，有一阵此起彼伏的脚步声响起，朝着山路奔来。

"往这里走！"

"错不了，就在附近！"

几个男子七嘴八舌地奔过小路，目送他们尽数跑远，周围恢复静谧后，草十郎朝系世会心一笑。

"好了，这样可以争取一点儿时间。"

系世从矮丛中站起身说：

"你……左颊上有道长刮伤，还在渗血呢。"

草十郎认为这点挂彩微不足道，并没有放在心上。

"接下来若走东方街道，恐怕是自投罗网，还是逃到别处比较安全。"

"鞍袋里有伤药。"

"等我真的受伤再涂也不迟。竟然派那么多检非违使来，这到底是怎么回事，好像我们成了罪大恶极的要犯。"

草十郎将鞍袋背在肩上，开始朝下坡走去，系世放弃似的叹息说：

"自从大炊夫人外出没回旅店后，我就有不祥的预感……"

"夫人就此一去未返？"

"是的，黎明时只有一个从仆悄悄回来通知我。"

由于足畔多险陡，草十郎走在前面，不时协助紧跟在后的系世继续前进。他一边走下无路斜坡，一边听系世叙述。原来她在得知从仆的报信前就在筹划逃亡，还有今晨得知消息后，就将孪生姊妹藏匿到熟识的神民家中等等。

"你一开始就猜想将有这种结局？"

"不是的，可是事情总该有最坏打算。我习惯躲避灾乱的日子，只不过……"

系世屏息踏下岩石后说：

"这次可能变得很棘手，或许得不到夫人的援助，我想她一定是投靠了要逮捕我们的那个势力。"

"岂有此理，她不是你的养母吗？"

"我不是告诉过你，在欢场求生存的人只懂得攀权附势，一介烟花女绝不可能和强权者唱反调——妈妈暗中派从仆来通风报信，算是仁至义尽了。"

草十郎一时陷入沉思。

"我记得你曾说大炊夫人有权贵支持。"

"嗯，能让平清盛二话不说就答应我们演出的人物，可是相当罕有。夫人必然是向那位人士写过信，这次外出，或许正是去那人府上拜会……"

"我也开始有不好的预感。"

草十郎低声念道。的确，或许是单纯的祸从天降。

"我想起上次也有家伙派检非违使来叫我去府邸，该不会……又是他？"

系世点点头。

"或许正是主上，当时夫人佯装不知，矢口坚称是我私自逃走。表面上，双方是维持融洽。"

"开玩笑！耽于逸乐的上皇光为个人的兴趣，就能任意出动朝廷的检非违使？"

"就算如此也没人敢有异议，他可是圣上的父皇。"

系世说完，又蹙眉沉声道：

"如果当真的话，我们应该不是被捕，这次要再拒绝就真会性命不保。从专派使者这点来看，上皇不像上次那闹着玩……我个性不太向人示弱，但心底还是怕他，尤其那种乍看快睡着的眼神，真可怕。”

“不过是个好色大叔而已。”

草十郎说道。他略有不安，多少切身感到这位一国之君、执朝廷牛耳的人物，连权倾一朝的平氏都望尘莫及，因此更不能落在他手中。

草十郎知道下山后唯有返京一途，仍决定走出茂林，如此一来，鸟彦王才能发现自己。只要有乌鸦协助，就能得知追兵的行踪。

乌鸦的兄弟们果然忠实关照这两人。他们来到山麓空地后，眼看乌鸦在盘旋，稍待片刻就望见鸟彦王飞来。

系世看到乌鸦停在草十郎手腕上，倾听他悄声吩咐后，露出了解的神情飞去，然而她却一副怪不怪的模样。半晌后，鸟彦王回来向他报告检非违使完全封锁京城东侧的通道，系世还是没露出讶色。

草十郎见她无动于衷，就问道：

“你该不会能听到乌鸦在讲话？”

系世笑着摇头。

“没有，但是我猜你可以。”

“唉，你还是听不到。”

草十郎好生失望，假如系世也能和鸟彦王交谈，那不知道有多好啊。

“你能和乌鸦沟通，我一点儿也不惊讶。你是个怪人，所以有这种本事也不稀奇。我总觉得你像只鸟儿。”

系世如此说道，草十郎感到不悦。

“我哪里像鸟？从来没人这样形容我。”

“一定是物以类聚嘛。”

她轻轻笑着，一脸认真地说：

“依我看，你宛如翱翔在空，与受到百般束缚的我不同……”

“才不像你说的，以后我想脚踏实地生活。”

草十郎想起当时原本想向系世道别，不过必须等到脱离目前困境再表达去意。

"要逃往没有追兵的地方，就必须突破京城的包围，只要混入闹市，或许能够设法脱身。你想往哪里走？"

系世思索片刻后说：

"也许这有点儿困难，但我希望尽可能去平城，最好跟日满会合。就算不能及时见面，在春日社也有许多同行关照我们。"

朝南向大路出发时已近晌午，阳光相当暖煦，好天气引得众人纷纷上街。草十郎忽然想起原本不喜欢扰攘，尤其尚须顾忌异样目光时更是如此，他感觉迎面的路人全盯着自己和少女猛看。

草十郎按捺性子前进，总觉得并非自己多虑，而是擦肩路过的众人确实频频回头。

想掩饰面貌的系世特地戴上头巾，反而更加醒目。虽然仅露半面，身穿朴素的少年礼衣，她依然备受瞩目。

遮掩反而引来好奇，从微露的眼眸和袖口还是能窥见秀逸的美感，即使这身打扮，仍可看出她身段苗条，仪态步伐楚楚绰约。过往的行人难掩好奇，似乎物美想剥下她的头巾一瞧究竟。

草十郎终于忍不住说：

"你的头巾太显眼，最好别戴了。"

"才不会呢。"

"大家都在注意你。"

包着头巾的系世横眼望着他。

"人家是看我跟你同行，没戴头巾不就被比下去了吗？"

"你当我是什么啊？"

草十郎反问道，系世语带叹息说：

"你就是这点像鸟儿。我是说，明明是那些姑娘在看你，让我很在意。何况你脸上刮了一道伤。"

他这才摸摸面颊，凝血既干，这是不能改变的事实。系世对困惑的草十郎说：

"两人都遮住脸，就会被当成可疑人物哟。就这样继续走吧，就算有传言，也不会在一时出现。"

草十郎一边努力克制总是想加快脚步的冲动，一边问道：

"……露脸行走时，你会更引人注目吗？"

系世微一沉吟后，避重就轻地说：

"有些人只要看到漂亮翅膀的蝴蝶或小鸟，就算毫无理由，也想办法去捕捉。如此说来，上皇可能就是这种人。"

两人终于南下来到可看见鸟羽作道的大路，草十郎还是不敢掉以轻心，人潮中盯梢的视线渐增，那些人不像检非违使的衣装醒目，连空中的乌鸦也不易察觉他们的行动，然而人数确实不断增加。

草十郎头也不回地继续前进，那些人突然一拥而上，他不得不驻足。重新环望这几人，原来是一群穿着粗陋、常在大路转角聚集的车夫。

"喂，小白脸，想远行是吗？咱们把车程算省点，要骑马还是坐车？"

轻浮的语气带着当地人的有恃无恐，态度中隐含不光是延揽生意的威吓意图。

"我们没钱找车马代步。"

"何必拒绝嘛，没看你的小伙伴走不动了？"

从以前，草十郎就知道自己容易无故招来挑衅，这些男子显然很想打倒他。不过必须慎重分辨他们是单纯找碴儿，还是另有居心。

"我们在赶时间，请让路。"

"她是需要乘车的弱女子吧，是不是啊，小伙伴？"

男子心痒难耐地朝系世伸出手。

"放肆！"

系世倒退呵斥道，银铃的语调愈发显出少女身份。

"喂！少学千金小姐摆架子，不过是个铺草席的卖春女嘛。拿不出钱来，我买你的绝活也行。"

"住口！"

草十郎抢入其中，不禁想着若像日满长相凶煞，就不会遇上这种事。自己的外表乍看是柔弱小生，才会招致这种家伙欺凌。

"草十郎，不要动手，别跟他们一般见识。"

系世在他身后涩声说道，草十郎早已凑到对方鼻前。

"教你知道污辱人的后果。"

男人若在这种时候杠上，是绝不可能多费唇舌。对方正想动手的瞬间，草十郎朝他狠狠踹去。

打架是靠先发制人，没有大显身手就无法吓退多势。系世见他彻底修理了这些人，就小声喃喃道：

"唉……真服了他。"

接着她秀腿一伸，勾倒正欲袭击草十郎的男子，又挥起鞍袋敲打，招招敲中那人的要害。

（她身手好快……）

草十郎眼角瞥见，不禁暗自佩服。系世善于掌握他人行动的节拍，不愧是顶尖舞者。

男子们面对意外反击，个个望之却步，草十郎怀疑对手不只这几人。这时一个帮手赫然出现，比他更敏捷地揍倒对方，众人眼见不敌就慌张逃去。

系世眼见这男子个头虽小却惯于拼斗，高兴地呼唤道：

"幸德，你来实在太好了。"

"这是打群架的时候吗？真拿你们没辙。"

气势汹汹的幸德对草十郎说：

"情势很危急，还是快逃吧，朝廷正布下天罗地网在追捕你们。"

于是三人直奔鸟羽作道，草十郎边跑边问身旁的幸德：

"你这样帮我们好吗？"

"当然不好。"

鸟羽作道位于京外，是朱雀大路的延伸，极目望之不尽。来往于摄津港或平城方向的驮马货车络绎不绝，街道两侧仅有平缓的苍田延绵，简直让他们毫无藏身之处。

不久，系世步伐开始变慢，幸德见状就质问草十郎：

"浑小子，你的马呢？"

"走失了。"

"蠢蛋！丢了坐骑，看能往哪逃。"

三人发现有成排的农家，于是绕往家舍后方，幸德说：

"就算再去吓唬刚才找碴的那些家伙，我也得要匹马来，你们在这里别跑。搞什么鬼，别老是大动作惹人注意。"

幸德万分不悦地嘀咕着，仍旧转回京城。系世眼神充满感激，目送那远去的背影。

"他真是好人，紧要关头总会出手相助，实在很难得。"

"他能洞悉情况，是因为知道是自己主子挑起的吧。"

草十郎感到没趣地答道，不免觉得遇上那人总没好事。

两人伫立片刻，不见农家人影，在旁略有动静的，唯有牛圈里的牛儿在挥尾巴赶虫。系世于是坐在鹅肠菜盛开的田埂嫩草上。

"正好有时间等待，你坐下吧，这回伤药总算派上用场了。"

草十郎慢吞吞地坐下，的确不止吃一计闷拳而已。

系世为他在破唇和脸颊擦药后，心疼地说：

"好像有点儿肿呢。你这人呀，好不重视面子。"

"我又不靠脸吃饭。"

"就算靠脸吃饭的人，也有比外貌更注重的事。可是……"

系世缄默片刻后，语气平静地说：

"希望你别再为我受伤，否则我们总有一天会同归于尽。"

"这是什么意思？"

他如此问道，系世不忍回答。草十郎在寻思该如何回应之前，先将她遮面的头巾取下。他很想看少女的表情，只见露出的苍白小脸充满悲伤。

"只要有你在身畔，我一定会受伤。你不明白吗？"

"是因为我很危险，你才不希望我留在身边？"

"你还不懂吗？与其让你受伤，我宁可自己受伤害。"

草十郎倒抽了口气，不断告诉自己不该误解其意。

"……难不成，你对我动心了？"

"讨厌，我真想在涂药的伤口上捶一拳呢。"

系世嘟起嘴，露出平时见惯的表情，草十郎觉得这神情最吸引人。他想认真表示，却忍不住笑起来。

"那就放心了，我以为自己在单相思。"

"你敢说现在才知道的话，看人家还理不理你。"

系世相当气恼，草十郎于是执起她的手。

"我一定成为能让你安心厮守的人，即使不能立即实现，将来一定——"

缱绻忘我的情意，就在下一瞬间遽然消失。只见系世身后的田埂上，出现了狩衣装束并率领手下的检非违使，他慌忙朝田埂另一侧望去，同样有许多追兵陆续到来。

面色发青的两人束手无策地僵在原地，检非违使威风十足地走到二人面前，宣告说：

"放弃抵抗可少吃点儿苦头，还是乖乖就擒吧。在此本吏以涉嫌诅咒至尊的上皇之名，将你们二人逮捕。"

4

"我绝对没做这种事，根本没有印象。"

草十郎不停否认，他曾听说一旦被冠上涉嫌诅咒贵人的罪名，将永世不得洗刷冤情。不是被拷问折磨至死，就是因招供莫须有的罪名而遭处决，总之难逃一死。

自从押往八条堀川府后，草十郎和系世分开至今未曾见面。即使被拖出小庭接受审问时，也是单独一人。纵然担忧系世不知在何处受虐待，但是当双臂吊挂树上，又遭一顿竹鞭后，光是忍痛就让他精疲力竭了。

捕吏反复逼他吐露主谋者的名字，甚至劝诱只要做证就能从轻发落。然而草十郎连可能涉及的对象都想不出来，只能继续坚称毫不知情。

他还记得第二次从牢里被拉出来时的情形，此后逐渐恍惚失神。也不知晕厥多少次，在神志不清中，他完全分不清是被带回牢中昏睡，还是继续接受拷问，唯有饱受无止境的昏迷和炙痛。

然而，就在最后一次从树上被解下来时，他依稀意识到身旁的捕吏异常惊慌，在动弹不得的草十郎面前，反复说着让他送命就大事不妙，甚至还听到上皇龙颜震怒——之类的内容。

"我们逮错人了，主上表示不是他。"

（逮错人？）

他暗想开什么玩笑，但虚脱得说不出口，就此失去知觉。

等到再度苏醒时，他望见系世的面孔。少女看似痛哭无数次，眼帘又红又肿，然而望着他时依然泛起微笑，甚至凑近到垂在脸旁的发束几乎触到他面颊之处窥视。对草十郎而言，这情景实在是无上的心灵慰藉。

"已经没事了哟。主上亲自处理此事，所以你慢慢休养就好。我会一直守在这里……"

系世的发香和温情软语比所说的内容更令人舒畅，草十郎在安慰中随即进入梦乡。

当他清醒时，已经稍微能厘清思绪。

俯卧而睡是为求减轻背上伤势的痛楚，如今伤口只剩一丝抽疼。此外，面颊触到的铺物柔滑异常，感觉像是绢质之类。

系世似乎在身畔，只是俯姿无法看到她。由于翻身多少会牵动伤口，他便奋力以双手撑起身，绑绷带的手腕一阵剧痛，勉强还能支持身躯。

"哎呀，草十郎，你不能一下子起来。"

系世惊讶地重新朝向他，果然少女还留在身畔。草十郎泛起微笑，但发觉系世身旁尚有一名穿直衣的男子，他的笑容霎时僵住。说起这位穿上等绫绢、眼神慵倦的人物，草十郎先前与他有一面之缘，没想到——

直衣男子见草十郎满脸惊色，就挥挥阖起的折扇。

"哦，你醒了，朕可是亲自来探望呢。"

系世欠身轻按草十郎的肩膀。

"最好躺下来，朕担心你不知昏睡到几时。"

"不，这样就行。"

与其说身体疼痛，毋宁说是一国之君的上皇突然现身在寝榻旁，更让他大受冲击。草十郎不禁紧紧盯着他，这位不曾认真即位的先帝，无论锦衣上熏染再多名香，充其量不过是个欠缺威严、冶游气息浓厚的盛年男子而已。

"请问……"

草十郎话未讲完，上皇就说：

"朕必须深表歉意，万万没想到分配两组人马，竟出现检非违使混淆对象的状况。此外，这还牵涉到与内里的恶劣应对，在朕察觉有误时已为时过晚。你并没有犯错……勉强说来，是因为你太过倔强才招致更深误会，朕会加倍补偿你。"

即使听到这些话，草十郎仍难以置信。

"请恕冒昧，您真的是上皇？"

"你是有眼无珠啊。"

上皇做作地挥开折扇，语带调侃问道：

"哦，你倒说说看，朕有哪点少了上皇架势？"

"……从来探望我这点。"

他老实答道。上皇大喜说：

"你算是特别礼遇，看来你完全没感受到这种优待。罢了，朕很担心你们受保护的情形，没想到居然是属下给你们造成伤害。"

"我发誓绝对没有诅咒主上，您会相信我吧。"

草十郎慎重起见说道。上皇频频点头：

"没错，朕知道不是你。可是诅咒者绝对存在，如今在朕周围的情势异常微妙……政争方面，朕可说是孤军奋斗。"

草十郎不知如何对应，就在发怔时，上皇迅速站起身。

"朕会再来，还有别的事想与你谈，先好好静养为是。或许朕不具主上威严，不过让你体会一下上皇生活，倒还有点儿意思。"

就在上皇离去后，草十郎一阵天旋地转，终于支持不住卧倒。系世伸手探他的前额。

"你看，高烧还没退，别逞强了。"

"你没受到虐待吗？"

草十郎问道，系世于是露出难过的神情。她看似就要哭泣，草十郎再次询问，她连忙摇头。

"不，没有，我没受到任何伤害。因为上次的骚动，府里上下全都认识我……"

草十郎暂时感到如释重负。看上去，系世改穿了符合在御殿的装束，秀发梳整乌亮，不像受过苛刻待遇。然而，他另有一桩挂虑。

"上皇没胁迫你吗？"

"我甚至想过干脆和他谈条件算了。主上当时离开府邸，因此无法即刻处理属下的过失。"

系世的语气显得懊悔不已，草十郎心想这不是开玩笑，然而她态度十分认真。

"只要我能做到的，都会不惜一搏……可是只能枯等上皇回府定夺。我见不到你，心里很不安，没想到竟会发生这种事。"

两粒泪珠滑落系世的面颊，草十郎想伸手拭去，然而背上的痛楚让他只能作罢。

"你一下子就伤心，要等噩梦结束再哭哟。"

"嗯……"

系世以手拭泪，弯身望着草十郎，发束再度垂在他的面颊上。这次少女的柔唇轻触着他的嘴唇，草十郎俯卧在床，只能吻到嘴角。

"希望你早日康复离开这里，我无法由衷相信上皇。"

"我会的。"

草十郎答道。这是多么鼓舞人心的良方啊，他为此感动，觉得转眼间就能恢复健康。

草十郎休养的房间面向庭苑一隅，不仅视野绝佳，乌鸦也便于飞往。乌彦王眼见他独处，就飞进房间得意地说：

"草十，告诉你吧，我跟系世有关系了哟。"

"少胡扯了。"

他心想和乌鸦计较没意义，仍瞪了它一眼。

"什么意思？"

"就是这个意思嘛，我和雌娃心灵相通哟。"

草十郎并未听漏，便起身问道：

"系世该不会能听到你说话？难道她说听不懂是骗人的？"

"不，雌娃真的听不懂。她的确不知道我说些什么，不过好像很有把握，还说我能了解她讲的话……我真的很爽呢。"

停在陶瓮上的乌鸦难得闭上眼，露出陶醉的模样。

"看你被吊起来，我这几年来从未像那样六神无主。一时想不出好办法，就在附近乱飞乱绕，一点儿头绪都没有。这时系世发现我，一本正经地问我：'草十郎怎么了？你知道他在哪里吗？'"

"真的？"

只见草十郎听得入神，乌鸦又继续说：

"起先我滔滔不绝说着，但是她听不懂，所以我才诉诸原始手段——就是比翅划脚嘛。总之我努力表现'大事不妙，惨啦、惨啦'，她一看就懂，脸色马上变了，思考片刻后对我说：'你能查明上皇去何处吗？'这种事吩咐舍弟去办很简单，我就点头答应了。于是她回房取了一封薄信来，将它折得细细的，相信我一定能送到似的拜托道：'将这封信交给上皇，请求他立刻回驾，系世有要事相求。'我一听就燃起雄心壮志。"

"原来有这种事？"

草十郎震惊不已：

"她完全没提过……那么，你送信了吗？"

"那还用说，我发现上皇在日吉社会谈，就在他眼前抛下信。或许这样奏了效，当夜上皇就打道回府了。"

草十郎回想系世说起当时只能无助地哭泣，内心就相当酸楚。其实他是靠系世的判断和行动力捡回一命，至于乌鸦是否能完成任务，系世恐怕也是听天由命吧。

"那么，这次我也受你的救命之恩，原本我被误认成要犯，就算刑讯致死也不足为奇。"

他咬紧牙关说道，鸟彦王扑扑翅膀。

"确实没错，总之那女孩儿的表现呱呱叫。这次我真的为她着迷，实在是好姑娘，鹤立鸡群、闪闪动人哟。"

"她是我的人。"

草十郎宣称。乌鸦理直气壮地说：

"可别人家对你示好一两次就转上了天，自古有道是'女人心，海底针'呢。"

绝不会将系世交给任何人——草十郎初次升起强烈的念头，他比以前更无法肯定今后是否能忍受没有系世的生活。

草十郎成天过着锦衣玉食的疗养生活，上皇似有严命，府内仆从不但恭谨对待，凡有任何需求都争先为他办妥。

由于不习惯这种待遇，草十郎反而备感心劳，不能说尽是经验愉快，却是一生无缘体会的极致奢华，他觉得自己像是成了无用的摆饰。房中置放许多物品，陶件、漆器、彩绘屏风等琳琅装饰。草十郎不知这些器物价值如何，只觉得仆从清理时一定很费力。

白天有系世陪伴不离左右，有时她受召唤暂时不在房内，此时草十郎打开板窗，必然听见丝竹悠扬。上皇几乎夜夜笙歌，延至深夜是常有之事。

> 熊野威神现
>
> 入护名草滨
>
> 若浦长留待
>
> 永保少年郎

草十郎对上皇的歌声耳熟能详，正因为他热衷今样成痴，无论练唱或转音皆已圆熟淬炼，在席间与臣下轮流吟唱中，即可听出此人功力非凡。实际上，上皇的技巧高明到令人怀疑身为贵人还专精此艺，难道不担心有损声誉吗？

（真悠闲啊……）

草十郎由衷认为，上皇声称忙于政争，其实不难看出是沉溺在游艺中。或许清闲是理所当然，因为上皇不需自谋生计，当然有闲情逸致了。

歌曲声中，还可清晰听见笛声。笛声响起时，草十郎总是凝神倾听，不禁思忖：这是普通横笛，我也能吹吗？结果短短几日间，他对这些曲调也熟悉了。

对草十郎而言，乐曲中的笛奏不但固定，而且十分局限。不过仍与合奏者的个性特质相呼应；笛声并非单独完成，而是与其他乐律求取共振后产生音色。

草十郎聆听着，正觉得独吹无法获得这种要领时，听见走廊地板响起陌生的脚步声。他转头一看，进房的竟然是上皇。这时丝竹热闹未歇，草十郎感到有些讶异。

"您……不是还在唱吗？"

"好耳力，朕不过暂时离席。免了，免了，不需拘礼，朕不会久待的。"

上皇拦住正欲下床的草十郎，上次卧伤不起是情有可原，这回总不能让主上席地独坐。

草十郎面对端坐后，为受到过度礼遇致谢，上皇露出满意的神情。

"年轻人康复得快，就不必客气，是朕处置不当才让你受伤。"

草十郎也有同感，遭人狠狠刑讯一顿，竟被要求既往不咎。能迎面对坐而不发火，是因为自己欠上皇人情，何况此时他真的不想为过去恼怒。九五之尊的上皇能如此表现诚意，让少年对他产生一丝好感。

（不过上皇付出太多，反而变成我欠他更多人情，必须找适当时机离去……）

　　草十郎似乎表露了心事，上皇细细观察后说：

　　"朕曾考虑以国君的身份和地位，或许能拉拢你，然而怀柔手段似乎对你不奏效。是朕特别引荐系世去六波罗的平清盛府献舞，你听了可有点儿感念之情？"

　　"我们曾谈论或许是受您的协助，那么，大炊夫人也在这座府内？"

　　草十郎问道。上皇不在乎地说：

　　"朕赐了左京的馆舍给她，她答应这阵子教朕唱今样，传授足柄①的秘曲。你和系世若想住馆舍，朕这就恩准如何？"

　　"请不必……"

　　尽管推辞了，他不免有些羡慕夫人的处境，也对上皇轻易提出赏赐感到惊讶。

　　上皇朝少年身旁瞥了一眼，又说：

　　"系世可是寸步不离陪着你啊。她表现实在很精彩，此时正与众公卿欣赏乐曲，一时不会回房。朕总是难觅时机与你单独一叙，感到很为难。"

　　草十郎不禁蹙起眉头。

　　"为何系世不方便在场？"

　　"她坚持永远不在别人面前跳舞，绝不肯听从朕的要求。"

　　草十郎心想她果然受到逼迫，就开口说：

　　"我曾听系世提起，她一旦下定决心就会坚持到底。"

　　上皇举起合着的折扇轻敲面颊，若有所思地望着他。

　　"你来求她，不知如何？"

_____

　　① 足柄：地名，位于神奈川县西南部。

"我不想拜托系世，也不愿意为了和舞蹈产生共鸣才在人前吹奏。"

"别激动，先听朕道来。"

面对语气尖锐的草十郎，上皇神态从容地说：

"你以为朕是一时兴起想看系世跳舞，那就错了，其实是想和你细细商量。对于系世这女孩儿，唯有动之以情。如今她一心向着你，对伤害你的人极为反感，绝不轻言交涉。不过对象是你，她就能通事理吧。至少除了你受伤以外的话题，她应该愿意聆听。"

草十郎觉得受到微妙的煽动，对上皇究竟打什么主意感到好奇。他重新端坐注视对方，这位眼神朦胧的贵人外表不带锐魄，却非泛泛之辈；为了避免被糊涂摆布，必须洞悉此人的意图才行。

"您请说。"

草十郎如此应道。上皇随即露出喜出望外的神情，而这毕竟有欠天子威严。只见他双手搁在盘坐的膝上，悠然地说：

"朕早年通晓曲艺，如今未至最高境界，然而对长年接触颇感自豪。在宫中能知悉歌舞音曲有何妙力者，除了朕以外，可说绝无仅有。他们大抵是为争权而汲汲营营，而朕却不然。正因为不求功禄，潜心修研艺曲，到头来帝位竟落入朕的手中，事情就是如此。"

草十郎想起正藏曾说起上皇的身世。这位亲王不但缺乏拥护者，朝廷上下甚至无人相信他能登大位。上皇自顾自地点头，又道：

"原本阴阳师说朕阳寿未盛，倘若如此，周围的臣从、连朕本人都认为不如随兴发挥喜好。然而愈沉醉在乐韵中，就愈能看清世态。与其说眼观其象，不如说是心谙世势流相更恰切。朕清楚意识到执权者各据立场，犹如踢球似的辗转操控帝位，最后那个球儿朝自己飞来的情景。"

草十郎不禁询问：

"您能未卜先知吗？"

"不，朕没有神通力，但能透过乐曲得知无法眼观的流势。有鉴于此，朕可以轻易相信拥有艺曲的力量，就能获得神通力。而朕了解游艺人深谙这种智慧，却遭压抑处于世间的底层，如此一来，不禁觉得这正是执权者无法获悉的真理奥秘。"

草十郎暗忖：你不也是执权者。

上皇似乎知晓他的心意，却并不否认，道：

"没错，朕是登基为帝，成为君王后，同样沦入争权夺位的旋涡中。即位不久发生争战，民心动摇，让朕自认身为执政者本应该责无旁贷，因此想返回当初通过乐曲注视百变流相的境界。然而，一旦心生执念就永难回首。"

草十郎不禁设身处地思考，若在吹笛时动心念，或许就会失去与系世共鸣的力量。就在他专注思索时，上皇说：

"朕克服两次战乱的难关，萌生了期盼长生的心愿，这并非留恋帝权，而是想将上天赋予的特殊才情，也就是以艺曲之力展现于世的这份才情充分发挥。朕知道歌乐弦管的才能有赖天赋——因此不断寻觅像你和系世这样的人才。"

草十郎终于了解对方所求为何了。另一方面，他惊讶上皇为何如此了解在六波罗府发生的事情。

"您希望系世献舞，为主上延寿？"

"你该了解君无戏言吧。"

"可是……您还不曾目睹过。"

"说起朕的能力，就是擅于拔擢非凡艺才。以前曾听大炊夫人提起系世，在得知系世对你非常坚持时，朕就有预感了。"

上皇略带自负地继续说：

"纵然最近不能感应世相，却清楚看见系世在泉殿造成的流相变化。朕接受大炊夫人的提议举行乐宴观看其势，因此更能掌握情况。源氏遗孤能赦免死罪，原本是绝无可能。你无法想象朕得知他断绝的生命又重新延续时，有多么感动莫名。"

草十郎思索片刻，迟疑地承认道：

"……或许如此，可是我们如今知道不会再发生那种事了。系世不再跳舞，而我宁可考虑吹笛以外的生计。"

"朕无意逼迫你们，也不想强求侍奉，因为了解献身艺曲者一旦沦为从属，将导致才情枯竭。可是，就让朕观赏一次吧。只要能延寿献舞，朕向神明发誓，今后绝不再有任何希求，并让你们达成心愿，朕将毕生铭感五内。"

上皇表示唯有一次的话语，充满着真诚，草十郎仍觉得他日后必定反悔。然而若是违谕，对方态度一转，便可轻易将两人打入大牢，还是慎重应对为妙。

"我愿意为您祈求长生，但必须考虑是否有能力做到。"

上皇顿时点头会意。

"等你康复能吹还需一段时间，这阵子你可以仔细考虑。朕也是顾虑这点，才提早告诉你。"

上皇起身俯视草十郎，临去之际又说：

"喏，你不觉得优秀的艺者，真正不可或缺的就是知音？能识出你和系世技艺超凡的人，除了朕以外是屈指可数。朕在想，至今你们一定很寂寞，不是吗？"

出其不意听到这番话，草十郎不免一惊，然而被对方说中心事，想掩饰也难。上皇见他露出顿挫的神情，进而又说：

"你们彼此理解，但光凭如此无法生存于世间。那种难以立足的情况，唯有热爱艺曲的朕才能深刻了解，当今圣上是无法体会的啊。他是朕的子嗣，自懂事以后就受到藤原关白①的教导，结果造就出与其父完

---

① 关白：平安时代起设置的官职，是辅佐天皇处理政务的最高官职。

全不同的严谨性格。你们最好投靠朕的势力，朕对艺民一视同仁，必要时发挥实权，才能成为你们处世的后盾。"

草十郎没料到会烦恼到极点，又无法向系世明说，只能闷在心里。他不得不承认，上皇果然是明察秋毫。

那人诱发出他深藏心底的渴望，也就是获得认同的心愿——他并非想做一个在宴上助兴的吹笛人，而是想获得一位能接受他在原野吹奏、了解这种表现的知音。

系世已经是知音，能奇迹似的拥有她，本来就是无上的喜悦。然而只要她和自己拥有类似的能力，诚如上皇所言，这两人将无法从各种束缚中解放，光拥有彼此还是不能毫无顾忌地生活。

（我决心追随义平大人时，曾无意识地抱存这个心愿……其实，好希望他能说出上皇这番话。）

充当无用摆饰的生活，让草十郎迅速康复。他到庭苑池畔散步一圈，多少是由于系世始终担忧地注视他，独自一人反而轻松许多。

穿过松林后，他发觉有人正望着自己。那是非常不起眼、乍看极其平凡的矮小男子——就像正在打扫庭苑的下仆。然而，他毫无破绽的动作，在不知不觉间频频刺激草十郎的感官。那不是别人，正是幸德。

草十郎一认出他，心中顿时有气。幸德说：

"浑小子比我想的更俗不可耐，为何不趁早开溜？"

"用不着听你这种靠上皇赏饭吃的人说教。"

幸德毫不在意地交叉胳臂：

"主上十分体恤游艺人，我靠他赏饭有何不妥？除了受禄，就算主上直接下令捉拿你和系世，我也全力以赴。你听明白了没有？"

"你最好讲清楚点儿，到底是要我逃走还是留下？总是模棱两可，真是立场超然啊。"

草十郎气势汹汹说着。幸德应道：

"别让系世小姐发生不幸，我想说的就这些。"

"我当然这么想，用不着你多管闲事。"

"你那种态度，根本没有担当。"

经他严厉指正，草十郎有些难以应对。

"……你是指我做错了什么？"

"别罔顾系世小姐的想法，你对她来说是个毒瘤。既然她对你有心，我就不能收拾你，好好感激本人放你一马。"

"你懂什么！"

草十郎不知自己为何光火，径自说：

"我正设法避免跟你落到同样下场，那就是不能不顾内心所想、只当个唯命是从的走狗，因为我无法像你那样抛弃真心、任人驱使。我和系世有的是上皇放下身段请求的技艺，那就是说，我们与上皇处于对等立场。这种事，我要让卑躬屈膝的你彻底明白。"

草十郎坚决的话语让幸德有些怯势。

"你想实现上皇的心愿？"

"必须有系世答应才行，我不会罔顾她的想法。"

草十郎盛怒地说道，幸德神情微妙地仔细打量他。

"我不想指点你，不过你的想法真荒唐。"

"为何不指点？"

"因为我是上皇的属下。"

幸德毫不迟疑地说道，就此背转过身。草十郎愤愤地从他后方离去。绕庭一圈回房时，他觉得不能再迷惘下去。

"草十郎？"

坐在房内的系世感觉有动静，微微回首问道。草十郎在她面前屈膝跪下，一鼓作气地说：

"系世，你能不能再引导我吹一次？上皇听说阴阳师表示将会早逝，因此希望我们为他延命。如果真能做到，我们以后就可以一起放心生活了。既然上皇欠我们这份大人情，你我不论在何处都能安心度日。"

系世眨眼凝视着他。

"这……你几天以来一直独自思考这件事？"

"是啊，我犹豫着是否该告诉你，自己也不能确定这个决定是否只是受到上皇怂恿。可是如今我了解别无他法，首先得让上皇了解我们的能力，然后再做打算。"

草十郎加重语气说：

"以后永远不必滥用力量……这点你我想法一致，就是为了这个理由，我们需要有强权者做后盾。即使想逃走，也会遭到追缉、逮捕，最后银铛入狱；强行逼舞的话，只会让你以泪洗面。因此我想借着有恩于上皇，将这一切做个了结。"

系世默然凝视他片刻，接着小声说：

"你是心意已决吧。上皇舌灿莲花，说动了你……"

"我不是说没有受到他的怂恿吗？尽管如此，我想了又想，觉得上皇洞悉我的实际情况，简直教人不寒而栗。我太不了解自己的行为，今后若要避免轻易吹奏，就更该像你一样……必须了解自己的所为才行。"

草十郎如此说道。系世悲伤地笑笑，说：

"我想你是本性难移。"

"你愿意尝试吗？仅仅一次就好，我再也不想做出让我们身陷危难的事了。但这次达成上皇的请求，无非是为了我们能相聚相守。留在府内，实在很难拒绝他的要求，一旦得到自由，我们就尽快逃离这里。"

系世发出深深叹息。

"我明白了，当初多少有预感不会平安离开府邸。既然你深切期望……觉得这个计划非常好，我当然可以跳了。祈求长生可说是游艺人的拿手表演，因为，这是众人唯心所盼的愿望。"

第六章　神隐

1

日满前往八条堀川府探望系世和草十郎。由于系世刚决定表演，行者表明是她的专属乐师，因此得以立即进府。

系世满心欢喜，草十郎对大舞台也充满信心。日满向两人透露消息，原来他听祇园社的神民谈起系世的舞蹈灵验，此事在平城的游艺人和行者之间成了话题。此外他还造访了大炊夫人的馆舍，确定那对孪生姊妹已安全迁往同住。

尽管如此，日满没想到草十郎在府内受此礼遇，进房时相当吃惊，趁系世离开时，悄声向他问道：

"你……我不得不说……你该不会受上皇的特殊恩宠吧？"

草十郎蹙眉回望着他。

"你是修行人，怎么能妄加揣测呢？"

"就因为是修行人才说的。不，我不是随便臆测。"

"我才没被宠幸，当然系世也一样。"

草十郎道出始末，日满听了又惊又怒，总算了解情况。

"如果我在场，至少还能协助，如今一想，真不该离开系世御前，否则就算得到再好的药草也没用。能这样平安见面，可说侥幸极了。"

"我也认为当时有你在就好了。"

草十郎承认道。日满瞪着铜铃眼回望他。

"你愿意让我继续跟随御前？"

如此明确的疑问让草十郎很困惑，换句话说，行者等于在告知系世是钟情于他。年轻人思索片刻后问道：

"对你来说，系世现在还是菩萨？"

"那当然。"

"就算她属于别人，你也不改变心意？"

"凡是降生尘世，无论再纯洁的人都会受宿缘影响。如果是恶缘，我就会被排除在外。"

经日满这么一说，草十郎心想，要是排挤人家岂不有失厚道？

"我从未想过要排除你。"

只见行者露出放心的表情，草十郎又说：

"我们为了今后能安全生活，必须重跳六波罗的舞蹈，而且仅此一次。系世表示想尝试，你也一起来好吗？"

日满慎重地问：

"这是为上皇表演吧？"

"是的，为了能离开府邸，我们必须在人前做最后一次表演。"

草十郎如此强调。日满却说出与幸德类似的意见：

"既然你可以自由行动，逃出府邸并非难事，为何不趁早离去？"

草十郎不得不承认，对自己过去作风相当了解的人，有这种反应是在所难免。

"我不是没考虑过，只是逃走就会被通缉。我受够了检非违使的追捕，必须能更随机应变才行。"

草十郎说道，略显踌躇后又说：

"我不是因为有惨痛经验才变得退缩，然而那的确让我领教到自己多么微不足道，就算逮错对象，也像虫蚁任人践踏。另一方面，高居上皇之位的人，无论是冷酷下达命令，还是随兴施恩，反正任意下旨就可成天游乐度日。我在邸内休养这段时间，才知道原来有此差别。"

日满不禁露出同情之色。

"确实没错，真是难为你了。"

"我想有更多力量……如今也是为了系世。"

草十郎朝走廊望去，系世和府内侍从像是暂时不会回房，他又说：

"来到这里，我才体会正藏说的那番话——虽然除了他，也听过别人有相同意见——让我了解到源平的正面冲突，以及上次伤亡惨重的战役，都显示有其他势力在消长，获得胜利而权倾天下的平氏不过是傀儡而已；连我本身拼命的一切，都只是受人摆布。如此说来，参与战争的人跟胡乱拘捕的检非违使并没两样。在暗中牵线、借刀杀人者，才是真正掌握实权的人物。"

日满沉吟片刻后问道：

"那你打算怎么办？想易主尽忠？"

草十郎摇摇头。

"我不考虑侍主了，我对上皇无法抱有对源氏的赤诚。我想尽可能与上皇处于对等立场，若是艺曲的世界——没有身份之别的世界——或许可以实现。如今上皇认同我的笛艺，只要对决技巧高明，或许能获得武士无法争取的立场。"

日满若有所思地凝视他。

"你比以前善于应变，但给人感觉更危险。我以为你没有世俗野心，不过，你该不会在府邸学到皇族贵人的养尊处优，变得不知好歹吧？"

"你这样想，就证明你不了解我和系世能达到多深奥的境界。"

草十郎反驳道，他多少怀有自信，于是不免认真起来。在上皇指出之前，草十郎还不曾对自己的技艺如此自负，直到最近才接受这种想法，其实还不是很习惯。

"一国之君认同我的笛艺具有价值，那就会产生价值吧。不能再像过去活得浑浑噩噩，因为我有系世。为了让她过得快乐，我必须在世间发挥所长。"

"只要为了御前，我的心意也一样。"

日满点点头，十指交握着问道：

"御前究竟对这次的献舞有何意见？"

"她说我认为好就行了。"

"这表示她并不认同。"

"我不知道。只是系世曾说不想再为自己而舞，我想她并不考虑得失。"

草十郎说道。日满一个劲儿喃喃低语道：

"不愧是系世小姐的作风。她向来如此，就算喜欢美裳，照样可以穿着褴褛，睡河滩也不以为苦，是拥有不受奢华束缚的纯洁本性。"

草十郎还没思考离开府后该如何生活。当前有许多事情必须克服，何况如今缺乏生计基础，难与系世共同生活。

倘若系世向往上皇御所的生活，他就助她达成心愿；她若想继续在青墓过繁华日子，自己也觉得无妨；如果想回富士山麓的故乡，那就尊重少女的意思。总而言之，他希望系世能高兴，想为她达成所有心愿。

草十郎注视眼前的行者，突然觉得这严肃的男子很可亲。他为系世无私付出的心意，让草十郎觉得假使系世对自己无心，也会想为她继续效力。在这一点儿，日满和草十郎同样不改初衷。

"如果上皇想对献舞赏赐，在询问我意愿时，我希望他答应让系世脱离妓籍。如此一来，系世没有身份束缚，可以行动自由、尽情舞蹈。"

草十郎表情转温和说道。日满欣慰地点头，说：

"我也赞成，风尘姑娘随波逐流，真教人担心不已。就算大炊夫人宠她……女人家若成了那副德行，最好别指望去投靠。"

隔了半晌，日满有感而发：

"一阵子不见，系世小姐比以前更亭亭玉立，她成熟多了，稳重而不轻易焦躁。你在御前身边，能让她安心愉快，因此我相信你并没有利欲熏心。"

"这样我就放心了。"

"不过，要小心提防上皇。"

"我知道。"

这时，系世和一名端着客膳的府内女侍走进房，于是两人交谈就此打住。有说有笑的系世显得神采奕奕、十分可爱，草十郎不觉以日满的角度注视她，想查证她是否真比以前更美，似乎正如行者所言。

（我甚至曾想放弃和她一起生活，不过现在该相信一切会有美好的前景……）

假如没被带往八条府，自己将前往伊豆。光想到此，草十郎觉得能继续和她处在同一个屋檐下欢笑生活，宛如置身梦境。接下来，就端视他能否凭个人才艺，让这种生活维持下去。

祈寿延年的舞蹈决定于五月五日表演，近臣们纷纷面有难色。因为此日将在内里举行宫中例行庆典，他们惶惶不安，表示阴阳师调查的吉日会受影响，然而上皇心意已决，其实是想与宫宴互别苗头。

据说当日上西门院将亲临观赏，草十郎稍后暗地询问鸟彦王，它答说那是上皇的同母胞姊。

时值初夏，翠叶轻摇，飞燕欣绕，菖蒲的紫苞在庭苑池畔浓淡成列。系世望着景致，谈起舞台适合设在水上，草十郎也表示赞同。上皇听了两人意见，兴致勃勃地道：

"说到泉殿的曲水舞台，平清盛最引以为傲了。朕听他讲起兴建的由来，据说平氏管辖的安艺国岩岛社也建造这种曲水舞台，还有巫女献跳神舞。真是个好主意呀，这就快快在邸内搭建吧。"

"现在专为表演而建？"

草十郎忍不住问道，又自悔失言。上皇露出理所当然的表情答道：

"多唤些工匠来，一整天就能完工。对了，直接交给清盛去办。或许命他过来为盛宴壮势。"

如今，系世绝口不提无意在人前表演，而是主动向尽求华美的上皇提出自己的意见。上皇大喜过望，让她参与当日的表演筹划。

正如日满所言，系世绝不受奢华所惑，同样的，也不吝惜花费，或顾虑太多，这种要领，就像坦然将正藏的栗毛马视为己有一样。

至于衣装，与上次同样引发争执。府内侍从出示即将缝制的衣料，草十郎怎么看都觉得太华丽，他无法容忍缝成这种样式，就到系世的房间抗议说：

"不是我在跳舞哟。"

刚踏进房，他几乎晕眩站不住脚。系世的房间尽是绚丽织布，简直无立足之地，几乎溢出房外的织品全是绫罗绸缎，从堆积处滚落漫散一地。

"上皇不知哪些款式适合，因此吩咐全取过来……连我都伤神了。"

系世说道。话虽如此，她却露出笑容，说：

"其他大约还有十个编箱的长绢呢。草十郎，有中意的话，就尽量挑选吧。"

对陶器和绘画都缺乏鉴赏力的草十郎，对绢织品还不至于全然陌生，故乡武藏也曾征收调税，举凡民家皆不离耕织。只见妇女抽丝剥茧纺成细线，可知耗费多少心血方可完成一匹布。尽管如此，布匹无非是素绢，搜集来的绫罗绸缎不知又费了多少人力，光想到此就教人不寒而栗。

系世不顾很快厌倦的草十郎，和几名侍从为是否合身讨论个没完。总算快要顺利决定，早已累瘫，难以挑选服色，连想象成品的力气也没了。

簇新织布为制成个人衣装而剪裁、继而进入缝制程序，这项过程也教人吃不消。府内的几位侍从倒是乐在其中，还谈起她们总是如此聚集，为上皇缝制正装，直忙到宾宴前日为止。

系世将为自己挑选的金襕织锦随意交给她们，却把草十郎的衣料夺回来。

"这件不必麻烦你们，我会自己缝。"

只见侍从们担忧地望着她，系世又逞强说一遍：

"不要紧，我可以胜任。"

"我看最好算了，就快献舞了。"

草十郎忙插嘴道，系世瞪了他一眼。

"你以为我不会拿针线？当人家只晓得跳舞，那就错了。"

草十郎和府内侍从只好让步，当她是无理取闹。果然从表演前两天，她就成天闭关在房内。

表演前夕，由于系世冷淡不睬，草十郎在无事可做下心闷不已，又加上十分担心少女，就到她房间一探究竟。只见系世仍坐在灯畔缝衣，时而啜泣，时而以拿针的手抹泪，他不禁为这举动傻了眼。

草十郎踏进房间，实在又好气又好笑，就说：

"系世，你累到要哭，为什么还要缝啊？"

"才不是呢……"系世答道，声音带着呜咽，"这是我的心愿，你在这里让我心很乱，而且必须赶在明天前完成……"

"彻夜赶工会影响明天的表演哟。坚持缝衣服又能如何？你是最重要的舞者啊。"

草十郎蹲下身细看她的表情，系世再也忍耐不住，将他选的那块菱纹布料往脸上一按。

"人家希望这次一定要笑着完成……无牵无挂地站在舞台上……对不起……"

他终于想起系世在舞前总是极为不安，这阵子在府内自在快活，不觉忘记此事。只是她毕竟个性坚强，刻意不让人察觉这种心境。

"你怕跳舞吗？"

草十郎问道，系世遮着脸点了两下头。他忽然觉得是自己逼她陷入绝境，为此心痛不已。

"都是我不好，都因为我擅自决定为上皇献舞，害你不敢讲出来。"

"……不是你的错，这种恐惧必须由我自己克服。"

系世稍微抚平情绪后放下布料，露出懊恼的表情。

"哎呀，万一留下印子怎么办……"

草十郎吸了口气，语气认真地说：

"无论怎样都行，只要有方法能减轻恐惧，请你说出来，我会想办法做到。"

系世默然片刻，轻声说：

"抱着我。"

当然毫无异议，草十郎展开双臂环抱她，紧紧拥住，期盼永远不要分开。

系世屏住呼吸，安静片刻后，才小心翼翼伸出手，环住草十郎的背脊。

"对不起……你是我手中的天鸟，明知不该如此，还是想将你维系在身边。好希望留住你……所以才造成牵绊。"

"别这么说。"

他完全不解系世为何致歉，觉得少女让人怜爱得屏息。拨起她的发丝，指缘循着润湿的面颊，不待少女出声，嘴唇已封住她的口。他曾期盼再次体验，果然十分美妙。

亲吻后，草十郎喘息着问道：

"还怕吗？"

系世轻展微笑，说：

"草十郎，不管我在旋律的何处，都一定要找到哟。无论是明天的舞蹈，还是今后、永远，当我知道你一定会找到自己时，说不定就不再害怕了。"

"我会的。你的祈愿，我会从心灵来感应。"

草十郎答应后，系世欢喜点头，轻轻移开身子。

"那么，我要继续缝它，必须赶在天亮前结束。"

"别缝了。"

"不行，我一定要完成。"

眼看系世执意如此，草十郎为自讨没趣而沮丧，但又自我安慰，这样也好，只待明日表演后，两人将有充裕的时间相处。

此后过了许久，草十郎一直注视专心缝衣的系世，最后被瞌睡虫击倒，当场睡着。当他一觉醒来，只见整齐叠好的衣服旁，系世正安然熟睡。

2

由于连日晴朗，当日早晨反见多云，天气并无转坏迹象，或许云遮强阳之后，更适于在庭院设宴。

上西门院的驾临，让府内上下从清晨就气氛紧张；不仅是女院，连列席的公卿大臣也较平日盛况空前。敞开的殿宇下设满席位，延长直至渡廊。

中央的水池里，搭起刨光桧木和新伐树干所制的薄红板，丹漆栏杆环绕的舞台像蓦然变出似的竟日完工。草十郎不知平清盛是否真有参与，眼看舞台四隅装饰华丽的仿制莲花，或许正出自清盛的吩咐。

这日欣逢端午，人人手持菖蒲叶和艾蒿驱邪以求健康。寝殿屋檐铺有菖蒲叶，宾客们将叶子纷纷插在衣带或冠帽上以示庆祝。

"剪下的菖蒲叶处处飘香，我好喜欢这味道。"

系世打破沉默道，眺望庭院的草十郎转头望着她，因为装束整齐的系世照例变得寡言，许久不曾开口了。

她这次选择的金襕织锦是浓赤底色，并由金线为主的雪鹤添织其上，织锦搭配白礼衣显得鲜艳无比，与初夏的青叶交相辉映。系世最适合这种象征燃烧精魂的赤红，草十郎发觉自己有这种想法，是因为即将登场的少女显得苍白悲戚之故。

草十郎上衣是白底素绿花纹，系世为他缝成了直垂服，原本他不习惯穿这种有上领衣的服装，此时则感觉舒适合身，心中不免一喜。系世见草十郎在凝视自己，容色惨白的她微微一笑。

"这香味，很像你的笛声。"

"是吗？"

草十郎偏头不解，系世就正色说：

"你到现在都没发觉自己有多么特别啊。世上没有人像你拥有这种天赋，曾让我忍不住嫉妒，难道你都没发现？"

"你会这样吗？"

"跟你比较起来，我只是个平凡女孩儿。"

草十郎不禁讶异，除了系世本人，很少会有人认同此说。

"如果你很平凡，那平凡的定义是该换了……"

她并不回答，只若有所思说：

"草十郎，要好好爱惜自己哟。因为你能做到别人无法达成的事，受到旋律——技艺天的眷宠。"

草十郎微蹙起眉头。

"在我听来，好像是你不爱惜自己。"

"我现在无暇考虑自己的幸福，因为这样会让表演失败。不过，等跳完这场舞——"

系世欲言又止，草十郎明白她的心意，因为自己同样怀着殷切期望。

"那么，我们赶快结束表演吧。在上皇御前做个了结。"

与日满一同出场的草十郎，重新体会到远胜于六波罗时的酷热，以及草木散发的强烈热息。足畔的新刨桧木在温阳下散发着郁香，湿气不致惹人生闷，从水蒸散的气息可感到水温上升，虫鸟在空中快活飞翔，笛声似乎不难融入这迥然相异的旋律。

相形之下，在屋宇下簇坐在一起的那些黑衣正装的贵族，以及五色裳露在湘帘外、列坐观赏的女眷们似是不以为苦，原想这次至少会有人对闷热感觉不适的。草十郎唯有等待系世领衔登场，于是在香气和燠热中茫坐不动。

系世现身之际，高贵的仪姿引来众声赞叹，然而来宾云集，只听见声浪如潮。舞者宛若初谪红尘的仙女，步步慎踏着来到舞台中央。

缓缓在寝殿正面站定后，系世朝前举起阖扇，直接清唱道：

> 祈祝圣主
> 今聚千秋尘
> 寿比云峰遥

系世浑身感受到周围的生命力如此旺盛，即使忽起振动也不受影响。那共振的气息是以欢欣鼓舞的气势，几乎飞跃而起，朝她潮涌迫来。她以舞化解，以柔和节拍整顿其势。

茫然的草十郎像是遭她当头棒喝，于是取起横笛，结果漏听日满的点鼓。蓬勃伸展的生命共鸣若不加以驯服，或许会变得狂暴，他在山野吹奏时曾有类似经验，没想到突然能唤起这股力量。

草十郎的笛声可感应四季变化而发出鸣响，当然必须借系世的舞来抑制其力，都是他心不在焉，才会出纰漏。不久后，草十郎一如往常，与系世的舞自在引发共鸣，深深沉醉其中。

然而，他不能像系世一样保持意识，必须尽快处于放空状态。正因为形成音色共振的存在，草十郎方能掌握所有音韵；稍微留意些，即可感应到跃舞的光屑、螺旋状的虹彩、风车般旋转的花儿，以及四散的光线，还有仿佛在律动、轻曳花瓣的盛绽花朵——

这幅情景，很难区别是平常景物衍生的异象，还是天界降临的幻象。眼看似花似虫之类，却是迥然不同的异物。然而，只要掌握视野转换的时机，就能在某处发现时间长流化为光束。

或许是草十郎分心，这次总看不见光束；他没有处于平日的思考状态，并不会感到焦虑。尽情吹奏的时间愈长愈好，在这段过程中将出现微动，由此可知系世的祈祷已发生作用。

上皇躺卧于寝榻，众多贵卿聚在枕畔。这幅情景只是隐约窥见，灿烂的光束发自上皇，草十郎感觉那光即将绷断；阴阳师的判断没错，上皇的余寿仅剩下四五年。

草十郎对此毫不感兴趣，就算撒手不管也无所谓，只是自己乘着流波，忍不住想尽兴吹奏而已。

这道光束格外顽强，总是无法拆解。岂料，就在终于松开、循着笛声牵引而不断延伸时，它竟比赖朝的光束还更剧烈晃动起来。

连放空状态的草十郎都对这幅情景感到意外。上皇的光束并不像植物延伸，而是形成扩张的触手，开始吸收附近的其他光束。

上皇的嫡长子——当今圣上的光束首先被吞噬，接着继续吸取亲骨肉的几位皇子的阳寿。那已不是草十郎的笛声所能控制，光束朝决定方向迅猛前进。

草十郎这才恍然大悟，改变这位掌握朝廷实权者的寿命，就会对他周围的人造成严重影响，甚至殃及天下。光束前进的尽头，可见到在伊豆的源赖朝。原本应该放弃武士生涯、留在僻地安稳度日的少年，经过这场异变波及的结果，在二十年后忽然成为战乱的核心人物，坂东全境则笼罩在战火中。何况这场动乱不仅在东方，甚至袭击至京城，朝西流窜，扩大成前所未有的战祸。

（这是怎么回事？）

冲击之下，草十郎不禁发出疑问。他在震惊之余，瞬间察觉自己停顿下来。原本不抱任何念头或想法，但此时，他竟然萌生意念了。

待他领悟到这会致命时，已来不及，草十郎陷入光雨风暴和风车般纷转的花海中，就算刻意清醒也无法回到原处，只能迷失在玄异的空间里。

"不可以！"

他仿佛听见系世在耳际叫唤。那声音，与她坚持要彻夜缝衣时的语气一样坚定，让草十郎想起身上的直垂服——是她一针一线、凝注心血缝制而成。

"草十郎、草十郎——"

频频急喊的正是日满。

年轻人仰起头，讶异水滴打在脸上。只见日满和自己浑身透湿，原来下起了倾盆大雨。周围笼罩在黄昏幽暗下，电光霹雳、雷鸣轰隆。

他望见寝殿的宾客犹在惊慌地朝里头避难，这才知道天气骤变。舞台四周在雨势激打中腾起烟雾。然而就算天起异变，也总该知道乌云涌来，草十郎为自己的失神感到愕然。系世已不在舞台上，那当然了，她怕淋湿衣裳，应该是逃往屋檐下了吧。

"对不起……是我失态了吗？"

"你突然倒下，我还以为没气了呢。"

"抱歉，我没事。"

草十郎发觉日满搀扶着自己，于是独自起身。接着他想到绝不能让横笛离手，将它深深揣入怀中，以免被雨水打湿。

"我真服了自己，居然连系世是否跳完舞都不记得。这场雨是在表演中下的吗？"

"我想……是的。"

日满低声含糊说道。草十郎心想，莫非他也同样失去记忆？接着终于想起目睹坂东发生战祸的情景。

"对了，我必须告诉系世将发生可怕的灾祸。"

草十郎说道。日满阴郁地应道：

"是啊，真的发生了。"

"你怎么知道？"

日满对惊愕的草十郎同样回以震惊的眼神，他的表情因悲痛而扭曲。

"怎么，你没看见眼前发生的惨剧？系世消失了。她明明在挥袖跳舞，闪电时我一眨眼，她就不见踪影；接着雷声大作，舞台上已空无一人。由于事出突然，我简直不敢相信，可是，她确实不见了。"

"我不信！"

草十郎只能说出这句话，他感觉并没有失去少女，只觉得她还在附近。

"我也希望这是梦，只是纯粹眼花，相信她只是出了状况，应该还在这附近。你要是还能走得动，快帮我去找她。"

搜索系世的行动在雨歇后持续进行，甚至翌日、连续几天下来都不曾停止。众人寻遍府邸，疏浚池水只怕有个万一，当然没发现系世；众人甚至在京城各处颁布告示，出动上皇所有部下在附近搜寻，皆是徒劳无功。

尤其上皇亲睹少女消失，知道闪电时在舞台上不可能走避。观赏表演的贵族在上皇垂询时，也纷纷表示与主君想法一致，其中提到最多的就是"神隐"一词。

"那位舞姬有仙秀之姿，想必感动天听引她而去。微臣不敢奢望能亲见如此灵验的献艺，主上慧眼独具，臣等唯有感激涕零而已。"

这正是多数在场者的意见，对他们而言，只将献舞视为一场让系世升华消失的极致表演，草十郎真想表示抗议。然而贵族完全不顾少女生死，即使有部分意见是为舞姬的红颜薄命而叹息，其实不过认为少个卖艺女罢了。

"我没看到系世不见，不相信她会无故消失。"

草十郎在乌鸦面前坚持道：

"她一定在某处，也许莫名其妙被震到千里外，不知自己在何方，说不定正感到很无助。你能帮忙找找看吗？"

"我在找啊，都向各地的乌鸦联络网打听消息了。"

鸟彦王答道，声音显得有气无力，收拢的双翅直往下沉。这种消极态度，让焦躁的草十郎拉高了嗓门儿：

"没劲了是吗？还说什么为系世着迷。"

"话是没错，但总不能跟自己过不去嘛。我说过，鸦心若不能忘情，可会很伤身呢。"

草十郎悲痛地望着它，绝不承认正在苦受煎熬。

"我才不会忘记她！系世没死，只是不幸失踪罢了。"

"草十，我也看到了。虽然人们没发觉，其实大小鸟儿全挤在一起偷看呢。后来发现雷云，大家匆匆逃光……不过最厉害的，就算是门大开了吧。恐惧中不知将发生什么事，门开到我看得都快失明了。那是因为系世和草十引发共鸣才开启的。"

草十郎想起以前鸟彦王曾提过"天门开启"一事，系世所说的调整旋律，或许在鸟类是如此解释。他稍微恢复镇定后问道：

"那么，你对系世从舞台消失有什么看法？"

乌鸦伸着鸟喙在横木上磨来磨去，半晌才说：

"草十，贵族的说法很荒谬，不过真的有'神隐'存在。我不是说过有鸟飞到门的那一边吗？飞禽绝对比走兽更容易发生这种现象，像人类这种大块头的动物竟然会被门吞掉，真是很离谱呢。可是，也不是没有先例哟。"

"那只鸟后来呢？"

无精打采的乌鸦摇着鸟喙。

"谁知道，通常有去无回。听说在非常偶然下，曾有鸟在无数年后，又从天外飞回来。"

"系世绝不会去那种地方，一定还在某处。"

草十郎紧紧握拳，不断重复着。

"她告诉我只要表演完就在一起，那么坚持的约定，她不可能转眼就弃我而去。"

鸟彦王愈发显得消沉，它垂低双翅，浑身一抖。

"我会尽力帮忙的，包在我身上吧。不过，草十，当时舞台上发生的事，我想其实只有你最清楚；连我都是旁观者，不了解系世消失的原因。你冷静从这个角度去想想吧，不要没头没脑地乱找。"

"我很冷静。"

草十郎反驳道，乌鸦没搭腔，径自振翅而去。

（我哪里有错？）

他咬牙思忖着，心底多少明白鸟彦王在指责自己的不是。倘若承认这一切，等于将系世的失踪归咎于自己失策。此刻他害怕承认，尽管不致造成心理重荷，却教他难以承受。草十郎绝不想承认只为一丝对艺曲的抱负，就让他永远失去比自己更重要的人。

（求求你留在世上，我别无所求……）

全心全意地祈求、遍求各方神佛的日子不断，四处仍无系世的消息。正因为了解鸟彦王神通广大，这种音讯皆无的结果，更令草十郎陷入绝望。

一个月后，面容憔悴、满脸胡须的日满终于回来探望草十郎，他用尽各种门路寻找系世，结果一无所获，几乎要放弃。

"我想今后为系世小姐供养……现在做法事太慢了，真可怜啊。"

"系世还活着。"

草十郎重复着不知讲过多少遍的话。日满怜悯地望着他，说：

"也许她没死，确实遍寻不着遗体。尽管如此，我认为她已入仙籍，或许可说是回到天庭。她以这种方式离开人间，不愧是菩萨再世啊。"

"系世不是菩萨，只要没见到遗容，我不信她已死。"

"草十郎，你认命吧。"

日满见他坚持己见，就拍拍年轻人的肩膀，深深叹了口气。

"我为了看清真相，毅然决定下山追随系世小姐。她实践了菩萨道，直到最后仍不求己利，为清净之舞尽心献艺，然后忽然消失无踪。我能就近为她送行，可说是毕生荣幸。对日满而言，供养御前以度余生是难能可贵的救赎，她是最适合供奉的佛祖。"

"系世才不是佛祖。"

草十郎别过脸去，光想到将系世置在祭坛佛龛中，就让他无法接受。

日满一时默不作声，稍后才说：

"你打算长久在府内生活？"

草十郎仍住在八条堀川府。系世在此消失，他不忍就此离去，至今每日前往舞台，伫立在系世消失的地点思索有何良策。然而，他没有久留上皇居所的打算。

“我不想待太久。”

“今后我将回熊野的修行地，因此在想你有何打算……”

日满略微停顿后说道。草十郎试想成为出家人的模样——为失去系世而终生忏悔。他认为这是可行之道，不过在努力净化己罪之前，尚有非做不可的事情。

“谢谢你的好意，不过，我无法立刻出家。”

日满一听，点点头，站起身。

“我打算在山上终生隐居，还要手刻系世的佛像度日，因此欢迎你随时来访。”

3

日满离去后，草十郎比往常更若有所思，他走向舞台，池畔盛绽的菖蒲花已凋零。酷暑将近，夏至刚过的白昼十分漫长，时刻已晚，却天色犹亮。

草十郎凝望系世消失的地点，回想行者所言，觉悟自己必须承认一件事实。

（……鸟彦王曾说只有我知道舞台上真正发生的事情，我不能认同日满的想法，或许正是这个缘故。系世并非为了成全什么而消失，她不是心甘情愿失踪。这点我很明白……）

为上皇延命的他违反天道，当时若稍有差池，必定死无葬身之地。身为舞者的系世其实早有感悟，她比自己更能掌握状况，因此导致这种结局。原本他必死无疑，然而系世舍身相救，让原本该维持稳定的状态失衡，结果惨遭异相吞噬。

（系世……你不需为我做这么大的牺牲。）

草十郎试着伸手，仿佛只是看不见无形的少女。然而，当然没触到什么，这无非是徒然探向虚空罢了。

"你果然失魂落魄，朕始终看在眼里，感到于心不忍。"

听见背后响起语声，草十郎回过头，只见上皇立在池畔。他享受着凉意，解开直衣的襟口，模样十分闲适。草十郎后悔没留意来人，但悲痛让他神昏，凡事变得毫不在意。

上皇走过舞台渡桥来到草十郎身旁，重新端详他。

"你瘦多了，连当时在床养伤都比现在有精神。这舞台总让你长吁短叹的，朕这就拆了它。"

上皇期待他能惊慌阻止，草十郎并未让对方称心。他早知道系世不会回到这舞台，只是仍无意识地追寻她的身影。

"……没关系，我想是该离去了。"

贵人以扇轻按脸颊，实时应变道：

"你不该认为朕对系世没有感谢之意吧。朕盛赞她的功劳，远超乎你所想象。"

"何谓功劳？"

心中凄苦的草十郎喃喃问道。难道就为了展现任人失踪的神隐、超凡入圣的舞台献艺，好让上皇这位主事者享尽风光？

"别对本人有轻见，朕和那群糊涂贵族不同。那日朕的确感受到流相改变，也就是你的笛声引起了变化。还知道成就这件事，必须有人献祭牺牲才行。那姑娘自愿成为献祭品，朕对她唯有感激不尽。"

"系世才不是献祭品——"

草十郎激动反驳道，说到一半却打住。他蓦然发现换个角度来看确实如此，霎时心中一凉。

上皇细心观察他的反应后说：

"她原本就具有这种资质，真是我见犹怜、超然飘逸。那位主张她是菩萨化身的行者曾来交谈，听过他的意见，朕也能理解。这倒让朕想起纯洁的兔子在帝释天面前舍身投火、供养神明的故事。"

看来日满连佛理都向上皇说明了。草十郎一时怔住，上皇又道：

"为了系世，朕发愿造一千尊以她为形的黄金千手观音，还要兴建佛堂予以奉纳。以朕的身份如此表示追悼，不是再恰当不过？"

（大家全都宁可把系世当成菩萨……）

草十郎忽然思忖上皇究竟了解多少实情，此人是否知道自己的螺旋光芒，是借由吸取其他皇子的光束才获得延伸的？倘若当真知情，还能悠闲谈论献祭品的上皇真是恐怖人物。

"为何不发一语？朕打算，为了追悼系世，将不惜耗费巨资，对你也一样。你给予的一切，朕无以为报。你希望得到什么？"

草十郎别过头不看他，低声说：

"我做了无法挽回……绝不该尝试的事。或许，这种行为不配被人称许。"

贵人注视着他，以温和的语气说：

"你别为此烦心，不需再为失去系世而深感内疚。今后不想吹也无妨，你是有意放弃吧？"

草十郎点点头，想起吹笛就让他不寒而栗，于是上皇更温和地表示赞同。

"就由朕来为你失去笛技的遗憾负责吧。如此一来，你的处境更教人垂怜，朕必须留你在身边，方能尽心弥补。首先，封个官位吧，除了禄奉，还赏赐庄园。身为上皇的心灵知交，你获得如此尊荣可说受之无愧。若能早日与你邂逅，朕也不为藤原信赖这等凡夫费心。你是朕最珍视的伴君人选，将永受皇恩沐泽。"

不觉间，上皇揽住草十郎的肩膀，他却断然推开对方。

"您会错意了。"

"怎么说？"

"恕我不能接受官位和庄园。我宁可离开府邸，去跟日满刻佛像。"

"为何拒绝朕？你不是还未得到任何酬赏？"

上皇表情尽是惊愕，草十郎吁了口气说：

"我是为了系世才想得到酬赏，这些对我已失去意义。"

草十郎说完，撇下对方径自离去。回到安排的个人卧房后，他快速环视一遍，想带走的全是系世的遗留品：那日双双逃亡的鞍袋、为他缝制的衣装，还有她细心保管的针线盒。

他挑着行囊朝府邸大门口走去，还没到外门就被阻住去路，两个腰上佩刀的高大男子挡在他面前。

"我等奉命不得让你离府，还是请回吧。"

虽然是预料中事，草十郎心生不快，便反驳道：

"那是圣命有误，你们再去确认是否真是上皇御令。"

护卫武士显然气怯，面面相觑后仍不轻易放行。

"总之你不准离开，我们立刻差人去请示。"

草十郎无法跟他们耗下去，于是乘其不备，假意放下行囊暗伺动静，借着跃身后退时，从一人腰间抽来长刀，高举着白刃说：

"让我出去，否则要你们血溅三步。"

长刀被夺的武士满脸涨得通红，另一人抽出自用刀，露出了歪笑。

"少逞强了，顶多是个卖艺人嘛。就算仗着上皇宠幸，触怒天威可教你吃不完兜着走。"

为何对方总不了解自己？草十郎不禁感到厌倦，反撩对方斜劈的剑刃，再钻身闪避，一刀斩中对方。想徒手捉拿他的那名武士霎时脸色发青，慌忙逃往府内。前臂被砍中的武士身负轻伤，却发出鬼哭狼嚎。

草十郎无暇说是你自找苦吃，因为几名护卫听见叫喊便匆忙奔来。他一时犹豫不决，多人追击下迟早会被捕，但他不想再以剑伤人。

就在委决不下时，他发觉有黑影陆续飞下，朝奔来的护卫扑袭脸孔，原来是一群乌鸦。它们猛然振翅，像要啄人头顶，却飞起来避开拳头，然后重新展开攻势。

"只要每只乌鸦对付一个人就够了，应付七名对手还绰绰有余。草十，快走，你总爱耽搁，才让我们练就了一身袭击术。"

草十郎听鸟彦王在耳边一说，忙庆幸地抛下长刀朝大路逃去，背后传来护卫的呼喝，直到许久才不闻喧嚷。

草十郎知道鸟彦王一路跟来，边跑边问道：

"你们练过跟人类决斗的技巧吗？"

"人类很笨拙，用不着鸟来练习对付。不过啊，还是有研究你们的弱点。一个月下来，你快成废人了，只有靠我们的胆识才能把你救出来。"

"谁是废人啊！"

草十郎反驳道，然而在奔跑时已明显感到体力不济，他不能就此示弱，于是咬紧牙关。

"再忍一阵吧。贵人最忌讳不祥之物，他们听到乌鸦居然袭击武士，就吓得魂不附体，绝不会派人追击你。我去瞧瞧他们讨论是要占卜，还是举行祓式。"

鸟彦王掠过草十郎的肩头，快活地回绕半圈，朝八条府飞去。

草十郎过境鸟羽，逃往伏见稻荷神社的边境，因夜幕既垂，无法继续赶路。神社附近旅店虽多，但他不想被识破身份，何况这种季节露宿野地也非苦事。他走进后山林间，选择适当的地点弯腰坐下。鸟彦王在黑暗中仍发现他，径直飞来。

"你很能掌握我的行踪啊。"

"这个嘛，是因为我雇了猫头鹰当佣兵。"

"这么说，你曾派它们去六波罗？"

"我有给它们耗子做犒赏哟。"

在暗山里和乌鸦交谈，让他觉得上皇御所的生活恍如幻梦，还是此处更适合自己。然而不论是梦还是真，在府内痛失系世的事实不会磨灭。一想到此，他感觉怀着无法疗愈的新伤，胸中隐然作痛。

"草十，你既然来这里，今后有什么打算？"

"我还没思考。"

其实并不是漫无目标，他可以去熊野，或是回近江或坂东。然而他无心前往，换言之，无论到何处都一样，内心的痛楚不会消失。

草十郎无语半晌后，幽幽说：

"我想去系世那里。"

"你讲这些根本没用。"

草十郎低头注视幽暗的地面。

"鸟彦王忘记系世了？"

"我是担心你，忙到连忘记她都没空。看你那么失意，居然能撑过一个月呢。"

经乌鸦一提，草十郎回想近况，几乎是毫无印象。

"我做了什么啊？"

"所以我才说你完全变成傻子。上皇分明布下陷阱，你却把我的忠告当耳边风。"

草十郎猛然想起一事说：

"对了，今天日满来说想为系世供养，我总算发觉自己一直在逃避，终于明白你说的不要盲目乱寻、要细心思考的用意了。我一直恐惧到现在都无法思考，不过……现在我能说出来，系世失踪是我的错，是我不了解自己行为所造成的。大家都想将系世当作神佛祭祀，如果我承认她已死，就等于承认自己是杀死系世的祸首。所以无论如何，我都……"

他哽咽难言，无法说下去。黑如溶墨的暗夜中，只听见鸟彦王的拍翅声。

"草十铁定忘不了她，难道真没办法忘怀吗？"

"嗯，除非我死了。"

草十郎叹道。乌鸦沉默片刻，语带保留地开始说：

"……其实我从乌鸦联络网得到一个离奇的消息，也许有意义，也许没价值。我在想，不知道草十听了会开心还是伤心，总之很烦恼。"

"该不是要我做什么抉择吧。既然你说起了，讲来听听吧。"

草十郎说道。鸟彦王更显得没把握，又说：

"就是……鸢鸟在山腰无人处发现一把扇子，地点在完全无关的贵船山。扇子是最近发现的，梅雨季出现这种东西是有点儿不寻常，听说是全新的漂亮舞扇。"

一听此话，他明白鸟彦王为何迟疑不说，照理来讲，这与系世毫无关联。不过说起系世最后使用的舞扇，草十郎记得很清楚，就是为当日表演而初次使用的新物吧。

"贵船山在哪里？"

"京城北方。"

"我都来到这里了，那不是反方向吗？"

"是没错啦，但是离此不远，一天的行程就能到。"

（去一趟也好……）

反正到何处都一样，还不如将追思系世的心意寄托在去找山里的舞扇。他此时不想见到熟面孔，也无意考虑落地而居。

"去贵船山看看吧。"

草十郎说道。鸟彦王不免一惊：

"这样好吗？到时不会气得跳脚吧？"

"我没有抱太大期待，不要紧的。"

不知何故，一旦决定目标，让人心情一宽。草十郎枕着鞍袋，不顾夜露沾湿就沉沉睡去。

翌晨，草十郎在天明后初次查看鞍袋里的用品，原来是打火石和引火木、一包盐块等旅行的必需品，准备周全到令他惊讶，当然还放有日满的伤药。不过，这些不是躲避检非违使当日所带的用品，而是到八条堀川府之后才添补的，只见尚有金襕碎布和砚水壶、金漆贝壳。

（住在那么气派的府邸，系世还是不忘有备无患啊……）

他既好笑又伤心，将袋中物一一取出，只见有正藏给的小袋沙金，那原本是用来付给祇园的旅宿费，现在原封不动地出现。他握在手中，泫然欲泣。

没有落下泪来，多亏是乌彦王振奋地招呼说：

"嗨，该吃早饭啰。舍弟们现在送来了。"

他吃了一惊，乌鸦们霎时飞下，各自或衔或抓着食物，纷纷朝草十郎的膝边抛下，有栗年糕、豆年糕、石榴、枇杷、握饭团、艾蒿米团……

"这该不会是——"草十郎实在不敢置信，"你们去偷供品？"

他感到哭笑不得。倒是乌彦王泰然自若，道：

"对我们而言，偷这行为只限于乌鸦彼此之间，其余全叫作猎食。快吃吧，第二批快送来了。"

黑鸟啄起石榴。身为人类的草十郎，实在很难认同它的话。

"我不需要靠乌鸦献礼……"

"舍弟们很乐意这么做，就让它们效劳吧。你以前不是请过客吗？乌鸦一旦受过恩就会铭记在心，它们也希望你最好多吃点儿。"

既然乌彦王如此说，草十郎不便婉拒好意。它们取来的供品是看似经过细选的鲜品，完全没有发霉，尝起来还很可口，但他觉得自己的处境十分奇特。

4

大路入口没有配置检非违使，看来八条堀川府是当真投入举行被式。草十郎再度行经京城，这次决定前往不易有人识破的右京近郊。

　　向北穿越无人拦问的京区，他暂时松了口气，不过今后仍不能掉以轻心。他循着乌鸦所指的方向，沿溪谷道路前进，是相当便于行进的坡道。以入山的道路来看，此路相当宽广，原本是夏草碧茵的时节，道上的灌木丛却清除整净。

　　草十郎微感诧异地前进，只见一名良家女子和侍女走在前方，皆头戴薄纱遮垂的笠帽，手中持着木杖。他寻思这两人不知前往何处，却也没在意，正想超越时，对方却向他说道：

　　"请问——"

　　草十郎不得不驻足，回头一看，只见薄纱遮掩中的面容隐约是个相当年轻的女子。她略显顾虑地眨着眼眸，态度倒是落落大方。

　　"请问你是前往神社求愿吗？"

　　"不……"

　　草十郎含糊答道，对方满心期待地注视他。倘若简单打发对方，反而会显得失礼。

　　"前面有神社？"

　　"哎呀，这怎么回事，你居然不知道贵船神社求什么最灵，那还上山做什么？"

　　他总不能答是听从鸢鸟的消息，正左右为难时，年轻女子咯咯笑起来。

　　"看你明知故问，该不会是哪位大户人家的使者吧？贵船是为了祈求恋情而参拜的神社，连三岁小孩都知道哟。倒是我们也——"

　　"别说了，弁儿。"

　　另一人责备似的拉拉她的衣袖，声音和举止感觉比先前的女子更年轻。她侧对着草十郎，看来像是家世清白的姑娘偕同侍女参访神社。被叫作弁儿的女子眼见主子害羞不已，就促狭地说：

　　"真是的，看你不想说，该不会是改变主意了吧。在此相遇也是贵船神明撮合的缘分，山路既让人不安，大家又是顺道，要不要结伴而行呢？”

“不……”

草十郎不知该如何回绝才不致令人起疑，正在左右为难间，等得不耐烦的乌鸦飞下来。

“你别傻了，在这种地方被雌娃缠住怎么行？”

“哎呀！”

乌彦王发出宣示地盘的呱啼声，女子们惊叫着后退，草十郎趁两人惊慌时默默抽身离去。

前行一阵后，乌彦王追来停在他肩上，草十郎抱怨说：

“如果是有名的神社，一开始就该告诉我嘛。这不是京城人都来的地点吗？掉了扇子或钱囊也没什么好大惊小怪的。”

“鸢鸟说的是比神社更远的深山中哟，我们当然会分辨哪些才是参拜信徒的遗失物。”

乌鸦有些不快，继而一想又说：

“可是，我确实忘记有神社。以前大概强迫记住这些知识，不过人们拜的神社总装不进我的脑袋，全忘光光了。”

“也有鸟类供奉的神明吗？”

草十郎试问道。乌鸦回答：“那还用说。”

“我知道有神明存在，因为本王有神的直系血统啊。”

“你……说自己是受供奉的存在？”

“怎么，你不晓得？本王可是鸟界的活菩萨呢。”

它那神气活现、自吹自擂的语气，让草十郎不禁暗忖这家伙到底哪里适合。乌鸦改飞到他的头上，又自豪地说：

“人们建神社供奉的神明就像是淡影，神其实不会只在一个地点。不过的确有容易产生感应的土地或场所，因此该处便会有人设殿祭祀。鸟没有固定祭祀的地点，至于鸟族的神殿，就是光与光的角度和时间……对于不会飞的人类来说也许有点抽象，我们是和光一起飞翔。"

草十郎缄默片刻后，语气沉重地问道：

"是因为有神，才有神隐吗？"

鸟彦王略显正色答道：

"可以这么说。但是，草十，你不要以为真正的神明和人类一样有感官认知哟。神了解为何发生这种事，可是人若想知道理由，就是逾越生物的本分。"

有女信徒相邀，必然是这身在八条府的装束所致，草十郎感到颇不是滋味，真想换下来拿去变卖，偏偏又没有更换的衣物。

继续前进发现几个人影后，他偏离便道改为沿溪走去，确知不会撞见任何人才渐感放心。贺茂川的源流清澈，鳟鱼群嬉优游，溪径上蕨草丛生，青透的枫叶掩映潺流。日光渐炽，山中沁凉如故。

溯着清流而上，拨开矮竹丛，走上杉林交翠的斜坡，草十郎此时抛开焦虑，专心地前进。鸟彦王指示的地点，是从溪地直接向上登的高处。

"那里有一块不知从何处落下的巨岩，鸢鸟说扇子是在岩上发现的。"

所幸不需要走至山顶，穿过林间来到小空地，眼前果真出现一块长方形的奇特巨石，既不像从地面掘出，也不像从天上掉落，长着浅苔盘踞在此。

草十郎走近一看，舞扇没在岩石上，他自然绕岩伸手探找，绕至半圈时，眼底映入了斑斓色彩。巨岩旁掉落一柄打开的扇子，他蹲下身，不禁屏住气息。

金彩描绘波纹的纸上有花筏图案——这是系世特地订制并添绘了菖蒲花，扇骨则是漆身，如此别致之物可说十分罕见。

草十郎迟迟不敢捡起，因为那宛如梦幻、一触似将消失。当他战战兢兢拾起时，感觉舞扇是真实存在的，还十分簇新。他霎时眼前发黑，耳中嗡嗡作响。

"怎么了？"

停在岩上的鸟彦王探头问道。草十郎在晕眩中起身，几乎叫嚷道：

"系世来过山里！她在这里！"

"草十，别闹了。"

"不然该怎么解释？她的扇子留在这里。"

乌鸦见他狂乱地想在附近搜索，就像对付上皇的武士般，扬翅朝他脸上扑扑乱扇。

"等等，你冷静点儿。"

草十郎差点儿想一拳挥落黑鸟，好不容易克制冲动。

"那是系世的扇子绝对没错，她来过这里。"

"总算知道扇子是她的，那么鸢鸟的传报真是立了大功。可是如果系世在此，鸟儿们应该会传讯，可见她没来，你沉着点儿嘛。"

草十郎仍气势汹汹。

"那么，你倒说说看，系世的扇子为何在这里？"

"去详细询问鸢鸟发现时的情况好了。既然知道是系世的东西就值得一试，最好问清楚再行动，这样绝对有效率。"

它的意见相当中肯，草十郎决定等乌鸦的舍弟带鸢鸟同返，这让他坐立难安。一个月后，总算获得与系世有关联的一丝线索，这次绝不能错失良机，就算搏命也要把握机会。

不久舍弟和鸢鸟飞来，不同于乌鸦的是鸢鸟对人类存有戒心，无意在草十郎面前现身，仅停在附近的杉树顶端，鸟彦王只好往返与它问答。

"鸢鸟说在几日前的早晨只有扇子掉落，看到时是被风刮到岩石上，然后掉到石头旁。当时曾吹起与平常气流不同的怪风，它才觉得诧异飞来。"

　　鸟彦王从杉树顶端飞下来，将鸢鸟的回答整理后，向草十郎做了说明。

　　"鸢鸟不太机灵，所以不会说谎，不过眼力可是鹰族一流，我想它大概是真的看见，而且很笃定地说没看到系世；这里是它的地盘，一直在巡视却从没见过那女孩儿。"

　　"为什么只有扇子掉落？这很不合理。"

　　鸟彦王头一缩。

　　"该不会……是门吧。我们都知道门一形成就立刻消失，那时会发生乱气流。鸢鸟不善于表达对门的感觉，不过气流混乱会影响鸢鸟的安危，所以它会率先感应。"

　　草十郎坐在树下，凝视着舞扇。

　　"那么你的意思，是指这柄扇子和系世一起到门的那一侧，然后回到世上？"

　　"我想应该没错，门的另一侧时空都不一样。当时系世掉落的扇子，经过一个月后落在别处，也是有可能发生。"

　　"扇子既然出现，系世应该会回来。"

　　乌鸦听他一说，为难地摇摇尾羽。

　　"听我说哟，草十，你别老往心碎处想……你要知道有这柄扇子出现，已是空前绝后的奇迹了。"

　　"系世就是能创造奇迹。"

　　草十郎不理乌鸦的泄气话，理直气壮地说：

　　"她一定有意这么做，好让我们知道行踪。没错，绝对是系世抛下扇子——为了告知她尚在人间。从我们的地点看不见，但是她还活着。"

　　"别疯了，草十……"

　　乌鸦翅膀又低垂几分。

"何必那么失意啊。系世还活着，没变成菩萨，她不会轻易成佛的。因为那丫头鼻子长在头顶上，动不动就生气，又爱哭……"

他再也说不下去，泪水成串滴落在膝上。草十郎额头贴在膝上，这是痛失系世以来第一次号啕哭泣。

回过神时，哭泣过度让他脑中阵阵刺痛，总算意识回到身边事物，已是暮晚时分。喉咙干痛的草十郎拿起鞍袋，找寻先前汲取的溪水，乌彦王在枝上发觉动静，就翩然飞下。

"草十，心情舒服了吗？"

"没有。"

草十郎茫然想着，尽管自幼就已明白哭泣无法解决问题，他还是忍不住。

"……为什么这样？每当我得到珍贵的东西，总是会失去。义平大人是如此，系世也一样。"

乌彦王语气郑重地说：

"这回看你这么伤心，我就在想，要是自己能哭就好了。不过看你哭，我相信自己永远不会忘记系世，虽然很悲伤，就算心痛还是会怀念她的。"

它说得非常恳切，草十郎变得温和起来。

"你要喝水吗？"

他将筒中的水倒在掌心，乌鸦动着黑喙饮水后说：

"有点咸哟。"

"不好意思。"

乌鸦见他在衣上擦手，就感到不解说：

"眼泪的味道跟血一样咸咸的呢。而且哭很耗力，鸟会吃不消。"

"的确没错。"

草十郎喃喃道，猜不透系世为何能时常落泪，哭泣不但让人头昏脑涨，而且变得浑身不适。

（系世有那么多难过的心事？）

即使不能解决问题，痛快哭泣或许能消解郁闷。这个月倍受煎熬，拒绝回想的事如今澎湃涌现。

"我对系世还不太了解，她究竟想什么、有何打算，我真的一无所知。"

草十郎小声地自言自语：

"因此我无法为她设想，假使能多问她的过去和生活方式就好了。明明很想了解她，除了舞蹈还想知道许多事……"

听得入神的乌鸦开口说：

"雌娃的心意很难捉摸，因为和雄性完全不同嘛。"

俯下脸的草十郎望见描金彩的舞扇，于是思索着。

（它怎么会出现在这里？系世没有在此，为什么？）

他不得不承认系世已不存在世上——前往鸟彦王称为门的彼方。然而，扇子留在此。

"鸟彦王，你不觉得这里还有什么存在吗？我是指仅让系世的扇子回到世上的某种力量。你曾说系世的舞蹈有削弱隔阂的力量，那么应该有某个地点，可以更接近在门彼方的系世。"

乌鸦担忧地扬起鸟喙。

"草十，你别一厢情愿哟。门不会只停留在固定地点，现在诡异的气流完全消失了，在这里搜寻系世是不智之举。"

"可是这座山里有神社，你不是曾说会有容易感应的地方或场所吗？"

鸟彦王困惑地梳理羽翅。

"确实没错，可是我们在这里完全没感应。我应该说过人类祭祀的地点很少有感应吧。"

"就算如此，总是有道理的。"

"人类就是喜欢讲道理，听说你们总想追根究底，所以我不惊讶你有这种举动。可是你连得知真相的手段或方法都没有，请问你打算怎么解决？先不谈这些，最好快动身，天都黑了。"

乌鸦催促道，飞上枝梢后说：

"这里距京城很近，不能安心逗留，何况会被参拜的信徒撞见。"

草十郎觉得有理，只不过匆匆离去会失去和系世仅存的一丝牵绊，他感到非常不舍。

日影西倾，盘踞在斜坡上的巨岩没入黑暗中。草十郎瞪视着暗影说：

"并不是一筹莫展，我还有笛子。"

鸟彦王缩缩头。

"整个月下来，你连一个'笛'字都没提过哩。"

"因为是我的笛声让系世消失，我不能再吹奏。可是……为了找她，应该可以吹。"

从布袋中取出久违的横笛，草十郎感到伤痛锥心，笛管仿佛记得那日的冲击、悲叹、混乱。能忍痛执起它，是因为这是自己唯一能做的事情。

草十郎在脑海中描绘系世的舞姿，对着竹管送息，横笛随即发出声响，悠细而清亮，冉升向日落的山棱。

他心无旁骛，没察觉吹奏异于以往，也没感觉笛声中不带其他律动，只在空中虚飘、徘徊。再也不能像昔日轻易和周围引发共鸣，无论吹多久，皆与外界毫无交集。

草十郎的笛声，如今已萌生执念了。

此后三日间，草十郎不断努力，想尽办法做各种尝试，然而愈尝试愈掌握不到过去的诀窍。

　　过了三日，他得知内心的伤痛是问题症结，自己永远无法摆脱，也不可能心无挂碍。他难以消除萌生的执着——诚如上皇所言，一旦心生执念，即使想回首也是枉然。

　　草十郎动也不动，中邪似的沉溺在吹奏中，因此群鸦又取些供品回来。他心不在焉地吃喝完毕后，连忙开始吹奏。

　　草十郎无法破除我执，在与空气和地形相违的情况下，他岂止抵达天门，连接近都十分困难。以前自然而然感受到周围的细微振动或情况，如今则毫无感应。笛声徒然成了空响，究竟是否能让鸟兽听见，如今他也无暇顾及。

　　第三日，他终于放下横笛。

　　（不行，我做不到……）

　　连单独尝试的目标都已丧失，他无法想象能达到系世舞蹈时的境界，因为与系世相通之道已经封闭。此道若不存在，系世形同死去。

　　鸟彦王急促飞到抱膝蹲下的草十郎身旁。

　　“草十，快起来，有十名武士朝这里来了。他们怎么看都不像是参拜信徒，所以我派舍弟去探查，据说那些人在神社打听你的消息。我很担心你的笛声响遍山谷，果然不出所料。”

　　草十郎将脸埋在膝上，动也不动。

　　“随他们去……”

　　“这怎么行？他们不是来捉你就是来杀你，不快逃就惨了。”

　　草十郎茫然想着能逃往何处，他已无处容身，又失去了目标，如今没有任何理由值得珍重自己。

　　（是我害死系世，不该优哉活下去……）

　　“草十，快走。”

　　“不必管我，鸟彦王，请别再跟随我了。”

　　草十郎说道。乌鸦就拍翅说：

"你总算讲出绝情话了！坦白说，先前听你讲过好几次，其实我很火大。你啊，先保住这条命吧，反正有我在。"

草十郎摇摇头。

"忘了我没关系，但别忘记系世。"

"在这里倒下怎么行？好不容易离开上皇御所，不是前功尽弃吗？"

"我连笛子都不会吹，已经一无所有。"

草十郎说道。乌鸦大惊之余，原地直冲飞起来。

"你说什么？你——"

鸟彦王话未说完，就听见踏着矮竹走上斜坡的脚步声。草十郎不由得起身，想逃也抽身不及，只见十多名男子从林间现身，似乎要包围他。

他们全在穿着直垂慢的腰间佩刀，戴着武士帽，与检非违使的官吏装扮不同，态度却很相似。一名站在草十郎面前的武士验明对象般上下打量他后，开口说：

"没错，就是这小伙子。我在泉殿见过他献舞，就是那个吹笛人。"

（六波罗的武士为何出现？）

他感到诧异时，男子又说：

"我等奉内里御命维护京城治安，据说你和游艺人联手施妖技，大胆诅咒尊贵的圣上。若不想当场受死，给我乖乖就缚吧。"

（又来这一套……）

早就豁出去的草十郎只想发笑，那次是上皇，这回换成圣上，皆是最高执政者。当他想弯起嘴角时，登时失去笑容，因为陡然想起笛声造成的后果——上皇是夺取圣上的阳寿才得以延命。

倘若被指责诅咒，这次他真的无法就这样遭受冤屈。

（……我闯下的祸，原来是这件事啊。）

恍然大悟之余，草十郎愕然不已，几乎是束手就擒，几只乌鸦没有干预就自行振翅离去。六波罗的武士们将他双臂反剪绑缚，像是押解罪犯似的开始走向前往山麓的道路。

5

六波罗一行下山刚踏入京区，来到一间民家借宿，并将草十郎关在仓库。似乎是在此向平氏传报逮捕人犯的消息，等待后续指示。

被反绑的草十郎行走相当吃力，连休息也未感到庆幸，就此背倚着仓库的堆箱蹲下。过了许久，仓门打开，有一位身穿高贵绢质狩衣的魁伟人物和一名随从走进来。

即使是逆光，草十郎仍立刻认出正是平重盛，对方也一眼认出他来。

"果然是你。看到你那眼神时，我总觉得带着异光，不像只是个艺人。"

平重盛快活地说道，简直无视于置身在仓库中。他来到年轻人身边的木桶坐下，取过未张弦的单弓当拐杖拄着地面。

"应该早点儿捉拿你才对，没想到年纪轻轻，竟是万分危险的人物。据说圣上做了非常不祥的噩梦，从此十分不适。根据阴阳师的占梦说法，那个梦是近亲施咒所致的印证。真有此事？"

草十郎无意开口，也不表示否认，暗想对方果然知情。他保持静默不语，随从就插嘴说：

"面对寻常盘问，这小子是不肯招的。再怎么说，他可是正大光明在舞台上表演的。"

"没错，他若承认这将非同小可。对我们来说，交由圣上的亲信去审问反而万无一失。"

重盛表示同意，又颇玩味地说：

"我对上皇政权的确顾忌太多，话虽如此，这小子可是我们处心积虑到手的猎物，不替平家谋点儿好处未免可惜。该如何处置，才能顺利让院和内里买我们的账？"

"或许可以秘密前往八条堀川府，探知上皇对此事的意向。"

"父亲大人或许会考虑如此吧。几日前八条府还为这小子闹得人仰马翻，若是知道这消息想必会震惊，如今我们还不能小觑上皇派的势力。"

草十郎已置生死于度外，眼前的交谈顿时令他作呕，那副态度简直是罔顾善恶，图谋己利之心昭然若揭。

"你们这群贵族的走狗。"

少年低喃着。平重盛马上回道：

"你连狗都不配。"

平重盛站起身，横握弓身走近他。

"最好别装无辜，我早就看穿你们心怀不轨。想喊冤的话，就先拿这弓狠狠抽你一顿再说。不过你倒是矜持，免得遭受此辱啊。"

平重盛见草十郎转开视线，突然以弓抵住他的下巴，高高托起他的面孔。

"那个姑娘的舞蹈真美，让我心神向往，却万万没察觉竟然潜伏危机。非给我回答不可，那日你们是否诅咒平家？源氏的小兔崽子能从轻发落，全靠你们的诅咒奏效？"

沉着自若的平重盛一瞬泄露骨子里的暴烈性格，草十郎望着那眼神，心想不愧是平氏总帅的气魄。喉咙遭抵几乎窒息，想答也无法出声，对方此时将弓移开。

草十郎剧烈咳嗽，趁势嘶声道：

"我们才没有诅咒，系世的舞没有恶意。源氏能获救是因为你们的慈悲所致，总该为积阴德高兴了吧。"

这时他方能确信一件事，那就是无论系世的舞引发笛声的结果如何，她所引导的行为绝不是诅咒。系世——还有他自己，都完全不曾考虑过利用或贬抑别人。

草十郎心里有数，暗忖免不了一顿弓笞，平重盛却没有动手。这位平氏的嫡长子，与那副青年外貌截然不同，绝非冲动之辈。

"有骨气，枉生为艺人实在替你可惜，不过你死罪难逃，这是危险人物当有的下场。我们受命维持京城治安，必须严格执法。"

平重盛走出门外，顺便又说：

"当然了，那种小兔崽子活下来，对我们来说无关痛痒。可惜你不能亲睹今后平氏称霸天下，听过就当成黄泉路上的饯礼吧。我们平氏一门，不久会教那些贵族听狗的话。"

关上门，光线全遮挡在外。草十郎呆坐半晌，疲惫之下横倒在地，心想能在入眠中结束这一切，不知该有多好。

睁开眼，尽是一片漆黑。

仓库十分简陋，睡前意识到板壁微漏光意，此时应已入夜。看来究竟该将他交给何方，尚未轻易定论。

即使知情，他也没有得到任何慰藉，无论前往内里还是八条堀川府皆是最糟的下场，充其量只能觉悟痛苦和死亡。然而，他知道这是罪有应得。

（我做出那么过分的事……光是将系世逼往那扇门，就万死不辞……）

突然发觉脸孔和臂上有徐徐凉意，仓库门应该紧闭才是，草十郎正诧异时，冷不防被人抓住手臂，他一惊，汗毛直竖。

"是谁？"

"别吵，窝囊废。"

只听声音拼命压低，草十郎对这火辣的骂风有些印象，于是停止挣扎，对方开始割断绑在他腕上的绳索。

"幸德……你为何出手相救？"

大感意外的草十郎悄声问道，对方却叫他闭嘴。

"别以为我同情你，这纯粹是奉上皇御意。浑小子要是给内里逮去做证，说是上皇诅咒圣上，那可大大不妙。"

"我不会说的，就算死也坚决不吐实情。"

"是啊，你活该如此。"

幸德咬牙道，他所说的确实有理。

"我当场宰了你，倒可省去后顾之忧。你愿意我这么做？"

"请便。"

草十郎毫不迟疑道：

"真是求之不得，我刚才还在想这样就不必饱受长痛，要是能一死了之就好了。"

"不巧得很，看来你忘了本人瞧你不顺眼，你休想如愿。"

割断缚绳后，几截短绳散落于地。幸德将短刀迅速收回鞘后，语气尖刻地说：

"废话少说，快来，别教我还要为你的死活心烦。接下来，你就逃往贵船山。平氏大概不知道山中有洞穴，你躲在那里，就算有追兵也能摆脱。"

"……好吧。"

他被幸德的气势所迫，不由得应声后，才发觉自己似乎知道那座山有洞穴，甚至能想象位置，却不明白为何能够如此。

"快来。"

幸德又厉声说道。草十郎来到仓库门口，眼看倒卧着三名守卫，还目睹发现幸德后飞奔而来的几名黑影。草十郎不假思索，随着幸德狂奔离去。

洞穴是在草十郎发现舞扇的山表上，此处也有三四块交错的巨岩，洞口是巨岩缝，仅容单人蹲身穿过。然而进洞后的空间可容站起身，朝内部无尽延伸。

上山途中夜渐破晓，终于能分辨景物，只见是一处幽黑阴森的岩洞。草十郎迟疑不想进洞，却见幸德没当回事地钻进去，他不得不随行而入。总觉得这个洞的存在和形状似曾相识，只是不知洞内究竟有多深。

"这山洞里面究竟有什么？"

黑暗吐着又湿又冷的气息，站在此处任身体暴露，就会有一种封闭空间的淀臭，仿佛循着躯体往上爬升。几乎作呕的草十郎询问幸德，他斩钉截铁地答道：

"传说这是鬼都。"

草十郎马上会意，原来此处也有异界，或许不像门会任意消失，而是有让人可以通行的道路似的从洞穴延伸下去。

草十郎注视着洞穴深处，幸德严正声明道：

"我有话在先，别尝试去洞里打探，那不是你该挑战的。就待在洞口，等我去摆脱平氏追兵。"

见草十郎并不回答，幸德又说：

"我晓得有一种蠢材不准他去做，就偏好奇想要试。不过你若有心弥补对系世小姐犯下的过错，最好听从我的话，就算去搜鬼国，她也没在那里。"

草十郎目不转睛望着黑暗深处，茫然回道：

"你怎么知道？明明系世的行踪成谜。更何况……我就此消失的话，结果对你不是更好？"

"我知道系世不在冥界，而且你没本事前往黄泉路。不说别的，你若去尝试，那群鸟伴就休想帮上忙。"

草十郎费了不少时间解读幸德的话语，接着惊慌地眨眨眼。他惊愕地向黑暗中的矮小男子问道：

"你怎么知道？"

幸德以一贯尖锐的语气说：

"因为我是游艺人。"

草十郎无言以对，幸德焦躁地背转身去。

"想死就悉听尊便，我不会同情你。但若想负起系世小姐的责任，在我去摆脱追兵返回之前，先给我待在这里。"

幸德抛下这些话，穿过巨岩缝走出洞外。

到头来，草十郎只能枯等。

与其说听从幸德的意见，倒不如说他目前连走向洞内深处的余力也没有。即使逃脱逮捕，他依然丧失目标，无论在仓库坐以待毙，还是蹲伏洞穴中，其实都一样。

尽管如此，幸德指责他该担负责任的话语，深深刺入他的内心。

盛午的艳阳西移，余晖沉落。天暗后，草十郎到洞外解手。岩旁放置了汲满水的竹筒和包竹叶的握饭团，八成是幸德准备的。草十郎略微迟疑，想起整日没有进食，于是取来尝用，觉得味道并不坏。

吃完后，他忽然发现在洞内听见某种不断的声音，在外面却完全听不到。岩洞阴森的深处充满着神秘声响，并非物音，而是独特节拍，草十郎以为是耳鸣所致，似乎并非如此。

若不是他此时完全对外界漠不关心，声响或许真会引他走向深处，那仿佛像是不成声的窸窣细喃。

（或许真有鬼怪住在深洞里……）

草十郎茫然思忖着，他已麻木没有恐惧，不曾为此发抖，但不想在睡眠中遭鬼袭击，决定还是留在洞外歇息。

光是能在无意识中下判断，表示他仍有防范能力，只不过是漫无目标行动而已。他只记得幸德的提醒，总之先在此等他回来。

黎明后草十郎再次钻入洞内，在洞口抱膝蹲下。过了许久，终于听到幸德说：

"喂，还在洞里就快出来。"

草十郎一听就爬出洞外，长时间处在泛潮而空气浊恶的地点，让他几乎受不了。

幸德得知他依言没走进深洞时究竟有何感受，草十郎无法猜透，因为男子照常摆一张臭脸，见到他就将袋子抛过来。

草十郎勉力接过，只见是系世的鞍袋，当他被六波罗的武士逮捕时，袋子应该留在山坡上。

"这么重要的东西当然不能交给平氏，因此由我保管。系世小姐的心意寄托在袋里的用品中，她离开凡尘，那些留下来的随身之物则有引导回到她身边的力量。这个鞍袋就是如此。"

草十郎惊讶地倒吸一口气。

"你该不会相信系世会回到世上？"

"责任就在你身上，是你愚蠢才将她逼到异界，才刚保证不会让她不幸，却口水没干就做出荒唐事。挑明来说吧，你的行为就算被活剐也难辞其咎，可是宰了你也改变不了事实。"

幸德的语气很严厉，草十郎垂头丧气地说：

"没错，都是我自以为是才招此下场，而且……事到如今，连弥补的方法也找不到。"

"我不会让你找不到的。"

幸德这次抛来横笛，草十郎顺手接过，已抑制不住情绪激动。

"别哭丧脸，不要再抛开它，这是我在山中矮丛发现的，原本好像有乌鸦看守这鞍袋和横笛。"

"不行……我不会吹了。"

内心凄苦的草十郎坦白说：

"自从系世消失后，我无法像以前一样吹笛。不论是与她维系的手段，还是找出她的希望，甚至任何一切，我全失去了。"

幸德猛一咋舌：

"真拿你没辙——我实在想不透像你这种饭桶，为何是老天爷选的笛手。"

幸德又以焦躁的语气说：

"事到如今，我可没心情揍你。听好了，不管会不会吹都非吹不可，再怎么迷惘也要向前看，走不动也得往前进。我要你负起责任，用意就在此，只要一息尚存就得找到死为止，绝不可以为其他事分心。"

他深喘了口气，又说：

"不知什么缘故，简直匪夷所思，我居然知道唯有你才能找得到系世小姐。这是游艺人的智慧，我们吸取天地中的鸟兽智慧而度日，原本就是居无定所的游民，而且是不拘一方地却了解地脉，不限一片天但能掌握气脉而生存的子民。如今为了生活与上皇有所牵连，那也无非是短暂一时。"

（……不拘一方地却了解地脉，不限一片天但能掌握气脉……）

草十郎茫然反思对方的话语，凝视着麦芽黄笛管，心底浮现几乎遗忘的回忆。他不假思索地说：

"幸德，我母亲曾是游艺人。"

矮小男子略显惊讶，并没有表示意见。草十郎认为必须说明清楚，又说：

"家母在生下我后亡故，我对她一无所知，只晓得这首曲子。你听过吗？"

这是在极其自然的情况下提起，草十郎没意识到十余年来从不曾吹过。他忆起母亲遗留的这首旋律，为了让眼前的听众了解而吹。

那是略显寂寞，仿佛小姑娘解闷时唱的曲调。吹奏中，他感觉故乡武藏的掠影伴着旋律——浮现。

曲终时，幸德交抱起手臂，沉默半晌后开口，语气较先前和善些：

"很遗憾，我没有听过。不过你去青墓看看，或许有人知道。那里是系世小姐成长的地方，可见你选择的途径必然与她有关。"

"是吗？"

初次被人点醒，草十郎惊讶地点头，看来今后自己将有前进的目标。

"不过，先有心理准备再去吧。记住留在青墓，就会走漏风声传回京城，以后你只得像游艺人四处漂泊。"

幸德不知是亲切，还是恶意地说道。然而，草十郎全不以为意。

"我明白。"

"不必说谢，快滚离京城吧。"

他撂下这句话，径自匆匆离去。草十郎目送他的背影消失，这时鸟彦王才振翅从林间飞下来。

难得舍弟们与鸟彦王一起出现，纷纷飞落在草十郎周围的岩石和矮树上。

"草十，没想到你竟然躲在地下，好险那个人没多管闲事。"

"说真的，你们是没办法钻地洞啊。"

草十郎让鸟彦王停在手腕，不禁泛起微笑。

"可是，我大概知道扇子掉在这里的原因了。因为地底下流通着某种不同于气脉的现象存在，而且多少与气脉有关联。"

鸟彦王频频拍翅说：

"那好，让我见识一番，我们不知道的事还很多，鸟族实在不该对地底一无所知。一想到那里的天空硬邦邦像石头，我就鸟皮发麻，只有死去的同类才去地下。"

草十郎含糊不语，片刻后对乌鸦说：

"……你们听我说了丧气话，还愿意留在我身边，听说竟然帮忙看护行囊？"

"你振作不少，这样我和舍弟就很欣慰了。"

乌鸦的语气无比纯真，让草十郎有些汗颜。

"抱歉让你们担心，我决定重新尝试，正在思考当时为什么开始吹笛。"

的确，在记取教训、绝不在人前吹笛之前，草十郎曾盼望与毫无印象的母亲有所维系，希望能唤起身边众人的共鸣。

"虽然寻找系世的方法还不明确，不过我想先试着吹给别人听。"

草十郎如此说道，鸟彦王大张着鸟喙。

"啊，对了、对了，忘记讲一件事，你说因为不会吹才颓丧到极点，可是我们觉得你的音色还是一样哟。或许是你的心境变了。"

"是吗？"

莫非这正是自己知道贵船山有洞穴的原因，即使无法像以前有感应，不过笛声或许依旧传送同样的音律。草十郎微微一笑，下定决心挑起行囊。

"总之离开这里去青墓，必须听从幸德的意见才行。"

"他是个怪人，竟然毫不在意地跟我们接触，这点和系世有点儿像。"

"因为同样是游艺人啊。"

草十郎答道，于是离开贵船山，他终于能了无牵挂地离开。此刻胸中深深抱定决心，今后无论如何，都相信旅途的尽头必然有拯救系世的方法。

第三部　鸟王

第七章　坏笛

1

草十郎听说青墓的旅店素有盛名，从武藏进京时曾路经此地，不过这次抵达后，感觉比记忆中更为兴隆。

旅店毗邻相衔，有街道贯穿其间，店内建造大型马厩和庭院，结构相当气派。兜售小贩往来频繁，周围小商家成排，可知许多商贩在此做客店的相关生意。

大炊夫人的旅店距外街略远，有长排瓦顶泥墙砌绕，路过即可辨识出来。大街上的旅店有男子热心拉客，夫人的旅店却无招揽迹象，似乎暗示若非特殊贵客则婉拒登门，让草十郎不禁望之却步。

事到如今，他有些后悔变卖在上皇御所穿的衣衫，仅以微薄的资金换取粗质的蓝染直垂服。连笑脸迎人的拉客汉，都不理这寒酸的小伙子。

鸟彦王见草十郎过门不入，忍不住飞下来。

"你在做什么，走过头了啦。"

草十郎在瓦顶泥墙的转角处停步，对肩上的乌鸦悄声说：

"除了系世，我想起自己对别的店内姑娘都很棘手。"

鸟彦王发出怜悯的啼叫：

"我以前就想说了，拜托你别一跟雌娃扯上边，就变得畏畏缩缩。还不改这种个性，真没出息。"

"别说风凉话，这跟我个性无关，而是住旅店需要大笔开支。正藏给的沙金还剩一些，可是我不懂花街规矩，比如形式或礼数之类……"

"总之要像个老手才行，你放胆子去吧。老是躲躲闪闪的，永远摸不清真相哟。"

在乌鸦的鼓吹下，草十郎仍感到迟疑，或许该装扮体面些，于是重返大街寻找衣庄。正在四处徘徊时，忽然听到有人高唤：

"啊，是草十郎！"

他刚想那异口同声地叫唤该不会就是孪生姊妹，回头一看果真没错，一脸惊讶的女童们噼啪踏着草鞋奔来。

"草十郎，你怎么在这里？"

"我才想问你们为何没在京城。"

两姊妹穿着合乎时节的清凉浅绿和净白夏衣，让他想起在祗园的系世，不禁悲从中来。

"我们姊妹都回来了。夫人还留在京城，是我们先回青墓。"

"因为系世姐不见了，我们才和从仆回来哟。夫人说京城很危险。"

两姊妹同时揪着他的衣袖。

"草十郎都去哪里了呢？从那以后怎么过日子的？"

"草十郎，系世姐为什么失踪呢？"

两姊妹照例你一言我一语起来，草十郎无法回答，支吾半晌后说：

"……总之发生许多事。知道你们一切都好，我真高兴。"

两姊妹目不转睛仰望着他，担忧地说：

"小花鸡说哟，人家觉得草十郎变瘦了，看起来好累好悲伤。"

"小金雀说哟，我们一眼就认出草十郎，可是你比以前穿得更随便。"

"我想换件衣服，你们知道哪里有卖吗？"

草十郎问道，女童们拉起他的手说：

"不必去找店，我们会侍候你的。"

"你是我们姊妹的第一位恩客哟。"

草十郎被两姊妹拉着走，又诧异道：

"你们真懂恩客的意思？不是还没正式陪客吗？"

"不懂的是草十郎你。"

走进店门后，两姊妹自负地说：

"我们不在乎打赏，只要找到值得喜欢的公子就够了。至于其他客人，管他献出多少财宝，都照收不误。"

"我们还没独当一面，不过可以合力完成陪客姑娘的差事啊。"

草十郎在桶里清洗双足后，由两人带往小厅房。他仍忧心忡忡，只怕旅店的管事人真会撵自己出去。

对曾见识京城第一豪府的草十郎而言，烟花女住的馆舍似嫌寒碜，屋柱也欠牢实，但从地方建构来看算是十分雅致。外庭显得相当宽敞，草十郎随意眺望之下，觉得自己恐怕不适于接受这份款待。

朝走廊的纸门打开了，一个穿着美丽薄裳的女子走进厅内，草十郎不禁紧张起来。女子进来随即说：

"真失礼呀，被两个小丫头强拉进来，是否让你不快？"

"不，是我冒昧……"

草十郎嗫嚅着，抬头一看，只见对方泛起微笑。

"啊，果然是你。还记得我吗？就是那日在上皇楼作陪侍的真鹤啊。"

"是的，我记得。"

草十郎答道，其实他对这张带着笑靥的面容毫无印象。当时五颜六色的华裳令人眼花缭乱，根本记不清相貌，所幸对方认出自己。他略感安心，这才坦然相告：

"其实我是听幸德的建议来此，只是恐怕不适合借宿，而且将有追兵来袭。假如造成贵店困扰，我即刻离开。"

"请别见外，你已经是我们的一分子，至少对系世来说是的……"

真鹤在草十郎面前落座，她拢妥裙摆后，不胜唏嘘地说：

"我不知听过多少次那孩子像云般消失的事，但还是不敢相信，甚至怀疑你们其实在刻意隐瞒行踪。不过，如今看来并非如此。"

草十郎强忍着悲痛，点了点头。

"系世是在表演中从舞台消失的。"

"好可怜……"

真鹤轻轻道：

"对那孩子来说，今后才要大红大紫呢。她回青墓后，净是数落你的不是呢。还唱起'伊势海'，简直像变了个人。"

"我曾听大炊夫人提过。"

草十郎如此回答，真鹤就泛着泪光注视他。

"好多人都疼那孩子呢。请你别客气，先在店里歇息吧。这是义朝大人的宿处，我听系世说你曾效忠源氏，我们表面上不得罪平氏，心中还是默默哀悼源家父子。"

真鹤一时不忍离去，正在伤感之际，两姊妹捧着各式用品返回厅内。

"哎呀，真鹤姐，不能抢客人哟。"

"草十郎是我们服侍的。"

"你们别玩得太疯，到时可惨了。夫人若在这里，瞧她会怎么修理你们。"

真鹤蛾眉一蹙，草十郎见状忙说：

"不要紧，我和小孩子很投缘。"

两姊妹听到有人袒护，便理直气壮起来。

"该怪真鹤姐不知情，我们跟草十郎早就是'相好'了。"

"小丫头口没遮拦，真没法子。"

真鹤苦笑离去，草十郎不确定如此应对是否恰当，不过和小姊妹相处确实自在许多。

草十郎看着两女童雀跃端来的冷饮，还有装有切片西瓜的盘子、团扇、湿手巾，他试着拜托道：

"你们唱'伊势海'给我听，好不好？"

"那怎么行，羞死人了。"

只见两女童伸袖遮起脸，一反常态的模样让草十郎相当诧异，不免疑惑她们是否真的害羞。

"你们上次不是唱过今样吗？"

"可是，我们现在是你的'相好'呀。"

"唱给我听的话，这次一定吹笛子。"

他试着提出条件，两姊妹终于唱起来：

伊势海呀

朝夕海女忙寻取

单贝聊以寄相思

（……系世曾唱过这首歌？）

百感交集中，草十郎不免大感意外。当他自觉堕入情网，是更久以后的事。在系世二度离开青墓之前，两人从未详谈几句。

当时草十郎是想回避她，系世却不时注意他的一举一动，还装得若无其事似的回青墓。

（我总以为被她耍了……）

事到如今，草十郎终于了解，自己告白时为何系世那么震惊不已。

甘美又苦涩的回忆，让他一时无力抬头。

"好了，轮到草十郎啰。"

"不能赖账，约定就要吹哟。"

两人催促之下，草十郎回过神来，重整情绪后从布袋中取出横笛。

"这是一首古曲，是我最珍惜的旋律，请你们欣赏。"

这时他就像从来不曾犹豫在人前吹奏似的，毫不抗拒眼前的两位听众。草十郎吹着吹嘴，轻松唤起音色，他无意嘹亮表现，只轻吹足以让女童们听见。

曲调重复吹了两遍停止，只见小花鸡和小金雀满脸妙色，呆坐着一语未发。

"不好听吗？"

他沮丧问道，两人摇了摇头，唇边开始颤抖，嘴角直往下撇。草十郎忙要哄劝已来不及，两人同声大哭起来。

草十郎完全没辙，来不及阻止哭声，这时真鹤听到骚嚷，用力拉开纸门进来。

"你们怎么可以怠慢客人？"

两姊妹手拉着手仍在抽噎，草十郎就代为说道：

"没什么，只是在哭而已。"

蹙眉的真鹤这才以责备的目光望着他。

"那么，是你惹哭她们？"

"我只是吹给两人听……"

草十郎惊慌回道，两姊妹则哽咽说：

"因为笛声教人想哭嘛。"

"听了好心酸啊。"

真鹤惊讶注视着抽泣不已的两姊妹，再度面对草十郎。

"你宁可吹给她们听，却拒绝上皇召唤，不愿单独表演？"

困惑的草十郎不知如何回答，她就倾身说：

"让我听听连系世都着迷的笛声，我也想一饱耳福。"

"……这是连系世都不知道的古曲，我在想不知有谁听过。"

"没关系，吹给我听吧。"

真鹤再度说道。于是他吹了一遍，吹完时女子同样泪如雨下。

"这是我生平第一次听到这么哀伤、凄美的音色。为何你吹如此感伤的旋律，还能无动于衷？"

"这很难解释……"

草十郎为惹得她们流泪而困惑不已。

"我也是第一次让听众有这种反应。"

"啊，真是的，害我想起往事。"

真鹤呜咽说道，仓皇离开厅房，不久，带着好几位姊妹返回。

她们听完他的吹奏，果然全都流下泪来，而且听众愈聚愈多，夜阑时，草十郎自然被邀至敞厅，在拥挤不堪的众人面前表演一番。

鸟彦王飞来停在钓樟枝上。

"听说你昨晚刷新纪录，让一个姑娘招来十八位姊妹作陪？"

草十郎瞪着乌鸦。

"凭你一只鸟，从哪儿打听到这种小道消息的？"

"这可是长年功力哟。"

"昨晚聚集的听众，比你说的还多一倍。不只是那些姑娘，还包括老弱妇孺。"

草十郎叹息后说：

"我只是想让他们听……认为可能有人听过那旋律。我只应要求吹了几次，可是愈来愈无法掌握状况。有位卖发梳的婆婆曾是烟花女，只有她表示这旋律和足柄的曲风很像。"

"你自己还是记不清曲调？"

"是啊，说不定是我或家母的即兴编曲。"

草十郎仰望青空，又说：

"这里的烟花女据说就像那位卖发梳的婆婆，小时候原本住在箱根，后来辗转到青墓，不过一定有些人去了坂东。话虽如此，就算确定家母是其中一人，也无济于事啊。"

乌鸦睁着圆溜眼注视他，又说：

"不过，事实证明你能在大庭广众下吹曲。这样不是该满意了？"

草十郎并没应声，玩起膝上的横笛。

"坦白来说，以前我从未注意自己的笛声寂寞、悲伤、令人心酸。看到全场都在哭泣，我觉得很过意不去，奇怪的是大家还想再听好几遍。"

鸟彦王偏起黝亮的头。

"我不能确定人类的情感，只觉得那是因为哭泣让人很舒服吧。"

"是吗？"

"或许他们与你的笛声起共鸣后就会变成那样，鸟类听了不悲伤，但在系世消失更久以前——就晓得笛声在不断呼唤什么。"

草十郎略经思索后，小声说：

"或许我只能这样表现笛音，因为总是孤零零的。不过总认为寂寞或悲伤、心酸容易让人自暴自弃，我不希望将这种心情传给系世……"

他相信自己绝不是有许多快乐因素的人，只觉得以往吹奏时得以超越喜怒哀乐，让全身浸润在更丰富的感受里。

"唔，好难啊，似懂非懂。"

鸟彦王沉吟道，这时感到草十郎身后有动静，立刻住嘴飞走了。草十郎一转头，见到真鹤从厅房走来。

"你会无聊吗？我们平时都习惯下午开始活动哟。"

"不会的。"

草十郎答道，真鹤露出微笑。

"昨晚你的表现备受赞赏，我们希望你能在此多待一阵，这不仅是为了系世而已。"

"我不能待太久，还有许多事情要办。"

愈获好评，愈让他觉得不能安心久宿。真鹤见他态度坚决，就点点头。

"我知道系世为何喜欢你，因为你是个坦然随兴的人——即使昨晚有其他客人羡慕不已，你还是依然故我。在笛声中，确实表露这种性格。"

她停了停，又说：

"不过在你启程前，是否能接受一项请求呢？或许你曾有所闻，这间旅店有一位义朝大人的千金。"

"我听义平大人和系世提起过。"

草十郎眨眼说道。老实说，他到青墓后从未想起此事。

"那位小姐听到昨晚的情形，对你非常关心，向我表示希望能见你一面。当然她是听说你随义朝大人出兵，一同落难远逃，或许为了这个缘故，想与你交谈吧。"

"是吗？"

草十郎不觉暗忖千金的年纪，既然系世称是"女孩儿"，想来并非年长之辈。

"一连串的不幸让小姐元神耗尽，自从目睹朝长大人辞世后，她经常食不下咽；在听说赖朝大人被捕后，更是恹恹病倒了。原本体质弱不禁风，连下床都很吃力，这次小姐表示想见你，真是破天荒的事呀。"

"嗯。"

草十郎含糊应道。他持保留态度，避免询问小姐芳龄，更忌讳问及是否已经陪客。

"能请你与小姐见一面，安慰她吗？谈谈你所知道的义朝大人和几位公子的逸事，小姐应该很欢喜。"

草十郎实在没有理由拒绝，对这位左马头义朝之女、与恶源太义平和三郎赖朝有血亲关系的女子，他相当期待这次会面。

"虽然孤陋寡闻，若能效劳，我在所不辞。"

草十郎答道，真鹤露出如释重负的神情。

"那太好了，黄昏时我会来带路，小姐不住这里，是在北馆起居。大炊夫人平时住北馆，系世也在那里生活。我一会儿带你去看她平日习舞的北舞殿。"

2

草十郎想不透为何要等到日暮，或许夕凉时，纤弱小姐才有兴致交谈，毕竟这是白昼酷热的季节。

由于彻夜未眠，他决定先午睡，傍晚沐浴后神清气爽，穿上两姊妹准备的衣衫（顾不了花色如何），就径自前往北馆。

真鹤带领他参观设于馆舍前端的舞殿，说明系世练舞的情形。

"系世的舞艺过人，我实在比不上她，很早就看出她极有天分。是啊，她十岁就开窍了，总之比任何人还勤加练习。在夫人的严格调教下，其他女孩全都哭哭啼啼，她却不以为苦。当然系世个性好强，但不仅如此，该怎么说呢，就好像只有她能了解——献身舞艺的真正意境。"

草十郎试问道：

"你还不了解舞的意境？"

真鹤淡淡一笑。

"唉，我还算是上得了台面的舞姬呢。可是系世的全神贯注，让我有更深刻的感触，好像独自在凝视另一境界，那可说是与生俱来。"

女子注视磨滑的地板，幽幽说：

"光靠小聪明是无法全神贯注的，她勇于尝试，却就此消逝。别人感觉凄美，但对习艺者来说，这才是令人称羡的境界。"

（系世是不得已才消失的……）

草十郎如此思忖，却不知该如何向对方解释，唯有踏在这片地板上，默默追忆小系世屡次踏地练步的情景。

义朝千金的闺房紧邻舞殿，真鹤带草十郎进房招呼后，就迅速离去。老实说，草十郎在房内很不自在，小姐隐在屏风后，若无灯明只现一片漆黑，尽管如此，灯台仍然不见火影。

"请问……"

他支吾问道，里方的人微微一动，裳声窸窣轻响。

"草十郎大人。"

只是轻轻嗫诉，声调却清凉而甜美。

"请到外面廊檐看看如何？今宵的月影很迷人。"

草十郎舒了口气，欣然走到房外，仰眺夜空，果然浮现十三夜的明月。

小姐打开面向庭院的板窗，半身隐坐在小遮帐后。她像是娟雅女子，含着楚楚羞涩，薄暗中唯见长发和淡衣，举止相当稳重。草十郎原想端详她，又觉得失礼而作罢。

白昼的暑气已褪，风儿拂颈丝丝沁凉，小姐闺房的檐端悬着小巧风铃，随风轻送朗音，由此可知她的风雅。

"听说小姐想了解我的事情。"

草十郎不知该如何表示礼数，语气显得生涩。他没有踏上廊檐，只站在庭中说话。小姐悄声答道：

"是的，不过我很想听你吹笛，她们对你赞不绝口。"

"我带横笛来了……"

其实彻夜重复吹奏，他感到相当厌倦，希望尽可能别再碰笛子。

"昨晚我吹过很多次，而且现场无人知晓曲调来历，我暂时不想吹了。"

"是吗？那实在太遗憾了，大炊夫人若在旅店，或许有些头绪。听说会唱足柄的人绝无仅有，家母或许知道从箱根坂东行的那些人的消息。"

她深表同情地说道。草十郎则摇摇头，道：

"不，没关系，我不想太过深究，只希望有机会能让大家欣赏。何况，我已经不是恋母年纪了。"

"原来如此……"

对方陷入沉默，草十郎感觉气氛有点儿僵，试着找其他话题交谈。

"听说夫人仍留在京内，你以前去过京城吗？"

"没有，我从没离开青墓，既然生于此，也要亡于此。父亲大人和几位兄长遭遇不测，我从此足不出户，无力造访别处……进京不过是梦想。"

小姐的声音愈显消沉，草十郎难堪极了，努力绞着脑汁，说些不着边际的话。

"我也不能去京城，我们可说是同病相怜。照理来讲，我不能久待在同一个地方。"

"你今后要去哪里呢？"

"连我也不清楚。"

小姐默然半晌，从遮帐后轻盈欠身而出，忽然自称道：

"我是万寿，请这样称呼我好吗？"

"万寿小姐？"

"义朝大人行经青墓时一定会来旅店，总是叫着万寿、万寿的，对我疼爱有加。镰仓的义平大人时常差人送来礼品，少主尊母的故乡是在越前，他经常从这里北行。"

"原来如此，然后才到奥美浓……"

草十郎喃喃说道，心想此时注视小姐也无妨，便眺望那张容颜。果不其然，月影中浮现的五官纤秀端丽，含着一抹哀戚之情。

　　她与系世看似年龄相仿，却是一位细致异常、冰清玉貌的少女。长相与义朝和义平没有任何相似点，也不同于赖朝，勉强说来，与二郎朝长有几分相似。

　　"……他们都逝去了。再无人视我为源氏后裔而来访，我只能流落烟花，被人忘却。"

　　那伸袖揩泪的模样，令草十郎相当不忍。遇到这种变故，会卧病在床也在所难免，然而少女完全无意扭转不幸，宛似夜绽晨凋的白卉，本身对人生即充满无奈，看在旁人眼中，更是情何以堪。

　　"如果我的笛声能让你得以慰藉，就恕草十郎献丑了。遗憾的是，我的曲调不适合众人，会让听者更伤悲。"

　　草十郎说道，万寿则摇头拭泪。

　　"不好意思，让你费心了。昨晚我在房内听见，因此还有点儿心得，只配合你的曲调略微试弹而已。"

　　"你弹过曲子？"

　　"我是弹和琴。"

　　她犹豫片刻后，腼腆地说：

　　"是我不该向客人索求，必须主动献艺取兴才是。明明你是客，我还不能适应这些规矩。你愿意赏光听我演奏吗？"

　　"是的，我很乐意。"

　　只见她从房角走向和琴，草十郎放心坐在廊檐，因为接下来听琴就不需担心找话交谈，这真是求之不得。

　　万寿以义甲清脆拨弦后，熟练地轻快调弦，举手投足间比刚才更自在，将草十郎的笛曲以琴音重现一遍。

　　"你瞧，我记住了。"

　　那旋律分毫不差，草十郎泛起了微笑。

　　"小姐音感真准。"

　　"因为我知道……这是发自内心的衷曲。"

　　万寿纯真地说道，又继续抚琴，在初调中加入新间奏，旋律粼粼扩展。草十郎讶异之余，从中发现旋律并无过繁，总能掌握最初曲调。无形的音韵波澜延展，催起周围涟漪，而核心始终不变——

　　沉浸在耳福中的草十郎，不觉倾身细听月下琴音铮鏦，沁入心怀。

　　万寿不愧琴艺过人，连在上皇连夜笙歌之际，草十郎也不曾听过如此优美的音色，让他升起早有相识的怀念之情，深深震撼心弦。

　　曲终时，草十郎屏息说：

　　"为何你做得到？居然保留原调，奏出如此盛大的曲子。"

　　她望着草十郎，淡然一笑：

　　"因为你我心中拥有同样旋律，果然你听出来了。要不要合奏呢？你应该也能表现。"

　　草十郎摸着装横笛的布袋，仍有些犹疑，道：

　　"……我从没和别人合奏过。"

　　"我们可以配合无间。"

　　小姐表情认真地说。

　　"你是能与我产生共鸣的人，这次邂逅前——其实从系世提起后，我就感觉非你莫属了。"

　　翌晨，草十郎询问鸟彦王：

　　"你觉得万寿小姐的琴艺如何？"

　　不知何故，乌鸦掉头开始整理羽毛。

　　"不怎么样。"

　　"什么嘛，鸟也会讨厌和琴？她弹得很动听呢。"

　　鸟彦王盯着他，接着说：

　　"我奉劝你别对雌娃畏缩，可没叫你花心哟。"

　　"谁花心了？她是左马头大人的千金呢。"

“没想到草十抵不住名门的诱惑。”

草十郎不禁光火，气冲冲说：

“少胡说，我都关心三郎少主了，怎么能对她不理不睬。我只想尽自己所能，鼓励小姐振作一点儿。”

乌鸦一派超然说：

“幸德不是叫你别在青墓待太久吗？”

草十郎被说到痛处，一时无言以对。的确昨夜在离去前，他竟答应小姐今日还来合奏。

“……昨晚的默契还不够，我想稍微习惯后，将有不错的成果。”

“你的成果，是指掳获雌娃的芳心？”

“你很欠揍哟。”

草十郎当真出手，当然没挥中乌鸦。鸟彦王飒然飞起，逃往他够不着的高处，接着说：

“搞不清状况的是你吧。我们鸟族很清楚什么是‘巧啭应和’，合奏就是这么回事。”

“随便你去讲，反正我关心的是小姐为何比我自己更了解旋律，还有为何我对她的演奏有似曾相识的感觉。”

草十郎向它分辩时，发现这只是没自信才说的借口。

“我已经无法掌握过去如何和系世的舞蹈产生共鸣了，自从不能在放空状态下吹笛后，我就无法恢复从前的状态。假使能与万寿小姐的琴声起共鸣，我也只能姑且一试。”

鸟彦王垂下鸟喙。

“这小子真麻烦，我以老手的立场给句忠告吧。几只雄鸦同追一只雌鸦时，多半靠体力和胆量就能摆平，不过雌鸦间在抢对象时，可是很恐怖哩。”

日暮时分，草十郎前往探访万寿，她比昨夜更平易近人，房内留一盏星灯，这是由于今夜凝云密布，月儿渐圆却较前夜微暗之故。

"你曾听系世抱怨过我吗？"

草十郎问道，开始担心小姐对自己了解太多，只见少女悄然微笑。

"该怎么说呢，系世的个性率直，她谈起很多关于你的事，像是在河滩贸然加入表演、忽然出现在上皇御所，还去了贼寨——"

"那丫头话真多。"

"嗯，从以前我就习惯听她说了。"

在灯畔细瞧，只见单薄夏衣的万寿，那削肩曲线比系世更柔弱，按弦看似费力，纤腕近乎欲折，娴静的姿仪平添几分熟韵。

"你和系世一起生活时很亲近吗？"

"我们同在北馆成长，但不至于形影不离，因为我长年卧病在床。她与我性格相反，活泼好动，从小就常来我枕边，讲好多别人不知的冒险趣事。"

万寿分明知道系世失踪，不知何故，却对此事绝口不提。第一夜聚集的听众皆问起系世去向，让他暗自感到没辙。万寿对凡事莫不兴叹，奇怪的是，对失去系世却无动于衷。

当草十郎陷入沉思时，她不安地微微一动。

"怎么了？"

"不，我在想小姐光听系世描述，为何就认定你我之间有共鸣？"

"啊，是我多虑了。"

小姐轻耸弱肩，略带促狭的神情恢复少女模样。

"因为系世唱过'伊势海'。"

草十郎正想不知如何对应，就在苦思之际，万寿以指尖轻拨几丝琴弦。

"系世的舞艺无人能比，但她也有无法传达的意念。这点我们两人从一开始就知情，因为她太幸运了。"

"什么意思？"

不解的草十郎喃喃问道，系世的际遇绝不算是幸运。

"系世同情我，可是她不曾遭逢这种不幸。我失去珍爱的至亲手足、失去活下去的价值，系世只是作为旁观者表示怜悯，与你的同情方式完全不同，你的笛声含有目睹悲惨者该有的音色。因此，她输了。"

万寿极为苦恼似的迅速说完，不待他回答就坐回琴前。

"在这种情况下，音乐比语言更能引起真正的回响。我们来合奏吧，一定有更深的心灵交会。"

草十郎想不通系世为何会输，唯有同意拿起横笛。纵然心中无法释然，但不可否认的，与万寿合奏极为得心应手。

与他人演奏的同时，或是交互对奏，或以同节拍相和、仅配合主调吹出别种旋律，这是草十郎生平第一次体验，仿佛置身更幽阔的境界，他为此忐忑不安。他知道笛声若配合万寿的琴音，将轻易达到另一境界，因为从一开始，乐韵就隐隐有类似的感觉。

（这是怎么回事？）

愈熟悉她的琴音，愈觉得似曾相识，草十郎受到记忆中的感觉召唤，心情十分安谧。然而，两人仍有微妙的差异存在，今后的发展还是未知数，当完全配合时会发生什么状况，此时还难以预料。或许如此，才让他不断感受这种诱惑。

不知不觉间，草十郎又答应小姐隔夜再访，他太想了解两人的合奏究竟能达到何种境地。

第三夜，萧雨未歇。

应该是盈月当空，却是不见月影的漆暗。草十郎表示遗憾，万寿却摇头道：

"不，像这种夜晚，你不觉得最能淋漓以致发挥吗？我最喜爱仲夏的雨夜。"

草十郎语气略显郑重地说：

"这是我最后一次来，明天非出发不可，因此我想在今晚尽情吹奏。"

小姐微微屏息，涩声问道：

"你要离去了？"

"有追兵在寻找我，会对旅店造成困扰。"

"想寻找藏身之处并非难事。"

万寿以令人惊讶的语气笃定地说：

"以后你必须留在我身旁，因为这是命中注定。"

"命中注定？"

"这是宿缘。"

草十郎微感诧异，仍毅然说：

"我已经铸成难以挽回的大错，必须找出让消失的系世重回世间的方法，因此不宜久留。小姐盛情挽留，草十郎不胜感谢。"

万寿凝眸望着他片刻，深叹了口气：

"来合奏吧，你一定会改变心意的。还有，事实都摆明在眼前——你仍不明白。系世之所以消失，就是为了将你引到我身畔。"

草十郎不禁蹙起眉心。

"什么意思？"

"你很珍惜系世，可是你们可曾真心面对彼此？即使人在眼前，难道不是各怀心思？因此她才会消失。就像你我之间，并没有真正的牵绊。我们能看见彼此，因为内心拥有同样的阴霾。"

"你为何说这些——"

草十郎霎时背脊发凉，无法再讲下去。他压根儿没想过万寿的话，然而，她多少尖锐点明了事实。的确，系世的舞与他的笛或许欠缺交集，既然从没意识到，在经人指出后也无从反驳。他茫然注视对方，万寿泛起悲凉的微笑。

"我和系世互为表里，总是完全相反。不知究竟谁是表、谁是里——不过现在我知道，系世才是里啊。"

万寿拨响和琴，指尖轻挑，奏起今夜的终曲。

"这是我们心灵交会的明证，那么，来共谱这段心曲吧。今宵是该达到最高境界了。"

草十郎心如乱麻，但有横笛在手，依然自如。到了第三夜，他已深悉万寿的奏法，节拍和音色了然于胸。

（我和系世真的没有牵绊？不管是喜欢她还是任何心意……我认为彼此灵犀相通的想法，难道是我自作多情？）

如今他实际感觉的共鸣，唯有万寿在耳际奏响的音色。如此一想，更让他丧失自信，无论是为系世而吹，还是系世曾经存在的现实，都像一场幻梦。唯有失意，宛如击岸奔涛汹涌而来。

（我为什么喜欢系世？）

就在思索之际，些微的记忆苏醒了。系世的清澄旋律——那无声的乱拍子舞步，让他透过心灵得以听见。

草十郎想起系世的舞蹈臻于极致时，白光就像芦苇新芽般笔直、无穷无尽地延伸。正因为目睹那份清冽，才会为系世的祈祷之美而感动。

如今，万寿的琴和草十郎的笛所谱出的旋律，与系世的祈念截然不同。两人的共鸣充满悲叹、孤独、寂寥，还有对失去的执迷不悟。这些意念若与系世达成的心愿一样强烈，那绝不属于光明之念。

（……不能达到最高境界。）

草十郎顿时醒悟了，悲叹的结果只会徒生"怨恨"。

他终于察觉——自己在何处对万寿的琴音有似曾相识的感觉，那就是贵船山的洞穴、幸德所说的"鬼都"，从地底深渊涌出湿气、不断轻轻细喃的暗界。

恍然大悟的瞬间，草十郎浑身汗毛直竖。

事到如今，他无法停止吹奏，虽想抗拒不断逼近的琴音，身体却被牢牢攫住。

尽管如此，草十郎奋力抵抗，亟欲让笛声摆脱琴音，他费了九牛二虎之力，终于抵死做到了。这一刹那，横笛从他手中激飞滚落。

草十郎早在笛身落地之前，就明白吹嘴已裂，在笛孔之间形成一道深痕。

万寿发出凄厉的叫喊，就在草十郎汗水淌入眼中，眨眼无意一瞥时，发现房内空无人影。

3

"老实说，我根本不晓得怎么回事。"

草十郎发出长叹，对鸟彦王说道：

"真鹤确实带我到舞殿，谁知道她说记不得曾和义朝大人的千金交谈的事。我说已和小姐见过面，她就面色发青地颤抖起来。听说小姐是今年春天自尽的……当她以为赖朝少主将遭处斩后，从此就唏嘘厌世了。"

"那么，跟你合奏的是谁啊？"

"好像就是那位小姐，无论是外貌、谈吐，还有弹琴的特征都和她一致。你不是听到我在合奏吗？"

草十郎问道，乌鸦缩了缩头。

"唔，模模糊糊，好像有吧。"

草十郎瞪着态度低调的乌鸦。

"你明明给我太过离谱的忠告。"

"死后会动会开口的家伙，鸟儿没当它是个东西。或许你真的陷太深，才会听到琴音。何况我的忠告一点儿都不离谱，到头来，你还不是被吓坏了？"

鸟彦王扑扑翅膀反驳道，思索片刻后说：

"对我们鸟族来说，地下实在不敢领教，不过草十是人类，和洞穴下的家伙多少合得来。都是你当时钻进那种地方，才有怪东西跑出来附身。"

"听说全旅店的人都以为我是怀想系世才在舞殿吹笛，所以才随我去。不过，据说舞殿隔壁房内，还放着已故小姐的和琴。"

鸟彦王惊呼了一声：

"天啊，如果你们完全配合吹到最后，不知后果变怎样。"

"谁知道，大概一命呜呼吧。被小姐摄去后，我恐怕会成为憎恨平氏的怨灵。虽然只是单纯假设，但至少不能去找系世了。"

草十郎又叹了口气，注视手中那支已坏的横笛。

"只有它坏掉是事实，唯有这件事千真万确。"

鸟彦王飞下来细看出现裂痕的横笛，仰起鸟喙望着他。

"虽然赔上珍重的笛子，你并不像以前那样沮丧到没救啊。"

"不，我很沮丧，只是多少可以掌握状况了。"

草十郎小声道，半晌又说：

"……或许我确实抱存某种意念，以至于被小姐引走、与她产生和鸣。然而我仍有自觉，知道随她同去的下场将是万劫不复。"

草十郎以指尖抚着麦芽黄笛管，继续说：

"我的音色太悲伤、寂寞，因此引来小姐关注。如此一想，透过亡母的横笛追忆她遗留的旋律，当然会唤起逝者的关心，过去我是那么执着于母亲的遗物。"

紧握着长年熟悉的横笛，一想到总不离身的东西再无法吹时，他就心如刀割。然而笛身毁坏后，他恍如大梦初醒，多少发觉自己正开始追寻母亲遗物所不能担负的任务。

（……如果笛子没在舞殿损坏，就无法抗拒万寿，只能不断吹下去。借着毁坏失去音色，这支横笛——或许正是娘最后在守护我。倘若如此，我不能为它毁坏而伤叹。）

他想起向万寿坚称"已经不是恋母年纪"，其实只是虚张声势，并非真正的心声。既然承认，就必须勇于超越，至少不能前进的话，就无法到达系世的所在之处。

"总之我平安无事，并非以后不能再吹，失去母亲的遗物，还有其他笛子可以取代。"

草十郎由衷说道，乌彦王则明快地说：

"你还没放弃寻找系世啰？"

"是啊，我知道是铤而走险，不过总该挑战才对。"

这时纸门拉开，孪生姊妹送来过时的早饭，一看笛上有裂痕就发出惊叫：

"草十郎，这是怎么回事呢？"

他望着乌彦王倏地飞走后，答道：

"摔坏了。"

"什么？糟糕，不能吹了？"

"嗯。"

"哎呀，天啊，这还得了。"

"青墓应该有笛商吧？能帮我找来吗？"

多亏两姊妹视为天塌消息逢人便说，不久便传遍街巷。晌午前，青墓一带全在谈论草十郎摔坏亡母的遗物，原本这也是人们逮到机会，话题总不离万寿的灵异事件。

最初那夜的听众几乎全都包了赏礼让草十郎买新笛，靠艺曲为生的乡民既然认同他的才能，会有这种表示可说是理所当然。他面带难色，将送来的赏钱递给真鹤看，只见她神色严厉，告诫如果拒绝给赏就是不近人情。

"可别辜负人家的好意哟。我们靠技艺为生，这是对你的才艺表示敬意。你太客气的话，反而会伤了人家自尊心。"

当然还来了几位听到消息的商人，草十郎这才知道原来横笛款式不一，从竹管粗细、笛孔数，到涂描金漆绘等华丽装饰，种类可说应有尽有，甚至还有依年份标示不同价码之物。

看过几十支横笛，草十郎完全不中意，真鹤终于不耐地说：

"你太执着于令堂的遗物了，最好明白要找分寸不差的东西，根本是强求。"

"不是的。"

草十郎快快否定道，想表示并非寻求同样款式，因此才更棘手，但已无意说出口。至今仅吹过一支横笛，连他自己也不知今后该吹何种款式。

午后，鸟彦王见商人离去后，就飞来说：

"别磨蹭了，以前逮捕雄娃的那群尾张武士团已到青墓的入口。看样子平氏手下是冲着这间旅店来，最好趁还没遇上前先走为妙。"

草十郎叹了口气。

"果然不该急着物色笛子。"

真鹤见草十郎仓促系上绑腿，便惊讶赶来。

"怎么回事？你不想带走新笛子？说什么要去找回系世，难道只是空话？"

"不，我不会放弃她。可是现在若不离开——平氏的手下即将来此。"

草十郎说道，真鹤的神色如遭晴天霹雳。

"你果然知情。"

草十郎略显困惑地注视她。其实这消息得自乌鸦，他知道女子多少会诧异，然而真鹤的反应并不仅于此。

"请别误会我怀疑店内的人，系世曾说烟花界一味攀权附势，但我认为这是情非得已。如今是平氏天下，若被人发现我在此，一定会造成旅店困扰。"

真鹤仿佛想哭泣般倒抽了口气。

"原来你知道……是的，向平氏通报朝长大人埋骨处的是我，跟弥平兵卫相好的也是我。无奈呀，我是身不由己，就算被万寿小姐诅咒也死有余辜。"

草十郎凝视着失去笑靥的真鹤，不禁为之动容。

"我想没有人会怨恨你，其实小姐也能体谅。战争对任何人都是强行逼迫，我也曾犯下许多过错。"

真鹤竭力忍住泪水，突然塞给草十郎一袋钱币。

"拿去吧，我们全都深信，唯有你才能找回系世，希望你们都幸福……"

草十郎略一迟疑，便点头收下。

"那我恭敬不如从命，希望能将大家的心意转达给系世。"

孪生姊妹跑出来，分别揪着他的两袖。

"你要走了？"

"下次什么时候见面？"

草十郎伸手探着系世的鞍袋，取出金襕碎布和金漆贝壳，交在两人掌心。

"谢谢你们照顾。"

两女童盯着这些华丽巧物，惊讶得忘了合嘴。

这时，一位老妇朝他们走来。

"草十郎。"

他回过头，正是到此第一夜认识的卖梳老妪。她枯槁的白发扎在脑后，拱身驼背的模样颇为寒酸，但从满布皱痕的面孔和立姿，依稀透着昔日曾是风光名妓。

草十郎为当日之事道谢后，老妇摇头说：

"我全帮不上忙，那天起就不断回想，希望找出线索……听说你的横笛坏了，是真的吗？"

"是的。"

"买新笛了？"

"很遗憾，还没时间去找。"

草十郎连忙说，以为对方必为生意上门。不料老妇没再细问，又说：

"我有关于笛子的回忆，就是曾有行商小贩牵着小系世来到青墓，他是以卖笛和竹艺品为生，还听过系世的故乡在富士，那里有良好的竹林。你可知道收养系世的老翁，曾是一位制笛师吗？"

正想匆匆离去的草十郎不禁驻足，望着老妇。

"不知道，我只记得系世说她是从竹丛捡来的。"

"那位制笛师已去世，你不妨去瞧瞧那片竹林，或许能制造适合去找系世的笛子。"

草十郎屏住气息，听到这番话，觉得唯有前往富士，才有希望获得可吹之物。

"请详细告诉我，那是在富士山麓的何处？"

他直逼问道，老妇见年轻人如此急躁，就笑起来。

"唉，我无可奉告呀，因为从没去过。倒是带系世来的那个小贩叫佐吉，目前仍在各地卖竹艺品，我和他很熟，刚好他来青墓。"

老妇背后出现一个矮小老人，身穿朴素深灰衫，头戴歪扁乌帽子。态度极为诚惶诚恐，逢人便低头行礼。

"是，我就是佐吉。人家把我当人口贩子，这真的很困扰。当时从骏河带系世来青墓，其实情非得已……"

草十郎迫不及待问道：

"您卖笛子吗？"

老者急忙摇手。

"不、不，现在完全没做这门生意，那位老翁是大纲里最后一位制笛师，他的手艺高明，但后继无人。至今在大纲仍有做竹笼的工匠，我为此做点儿艺品生意。"

"您是否能带我去呢？"

草十郎提出要求，老者仔细打量他后说：

"原本我打算回骏河，你愿意跟行商小贩同行的话……"

"不要紧，请带我去。"

没有确切根据，草十郎仍涌起自信，知道自己该采取什么行动，于是变得精神抖擞，忙向卖发梳的老妇诚意道谢：

"谢谢！我会照您的建议去系世家乡，我必须这么做。"

老妇欣然点头，送草十郎一只丹漆小梳。

"这个给系世——她最喜欢红发梳，见面时请记得转交。系世真是个好孩子，我最喜欢她活泼的笑声。"

鸟彦王眼见草十郎从旅店出发，内心如释重负，飞下来停在他肩上说：

"还好草十决定快溜，真是谢天谢地，我还担心你在启程前变卦呢。"

"凭什么这样说？我又没躲平氏，是继续前进。"

草十郎反驳道，乌鸦侧头瞅着他。

"没想到这小子欠缺反省心啊。"

他不禁露出苦笑说：

"坦白讲，我也释怀了。事情若只发展到摔坏母亲的遗物，那我真怀疑幸德叫我来青墓是何居心。"

"就算他心怀不轨，我也不奇怪。其实是你听他的话进洞穴，才被女鬼缠住。"

草十郎继而一想说：

"不，我觉得不是。或许我和万寿小姐的相遇无可避免，这跟我和系世的邂逅有关……那位小姐曾说她与系世是互为表里。不管幸德想法如何，没来青墓就不知道系世的故乡。"

"就算去富士山麓，也找不到横笛吧。"

"可是有竹子，笛子这种东西，不过是一根竹管。"

草十郎仿佛在自言自语：

"说到竹管的特殊之处，在于吹者的强烈意念。我对母亲的遗物抱有很强烈的意念，才能将它发挥到极限。不过今后要吹的笛子，是为了让系世返回世上……因此才需要守护她的那片竹林的竹子。"

"关键是意念很强？"

"如果找不到适合的，就算亲手做也无妨。"

他执意说，乌鸦就叹服啼道：

"我懂了，就是俗语说一念发心之类的。既然你有心，我会无条件追随。等到了系世家乡，再跟你提议也不迟。"

"提议什么？"

他诧异问道，乌鸦并不回答就飞走了。

"别挂心，过阵子会告诉你。"

与草十郎同行时，行商佐吉似乎相当不安。

草十郎不曾带短刀，手中只有旅杖和行囊，自己的举动究竟哪里泄露身份？

"你……是去找笛子啊。"

老者再三确认道。

"嗯，是的。"

"我不过是卖竹艺品的小贩……选择盗贼不入眼的便宜货做买卖，以求清简度日。不与人争，不问是非，脚踏实地活到这把年纪……"

草十郎多少了解老者话中含意，就说：

"我也不想招惹是非，免得造成您的困扰。我是武士出身，但现在没有侍主，不需接受任何命令，也不与人争执，只是个吹笛人。"

"哎呀，请别生气，人有百种千样。我长年往来街道，见识过各种人，也看过年纪尚轻就遁入空门，你算相当奇特呢。"

草十郎望着杖端，想起日满的锡杖，就说：

"我不出家，不入佛门……因为我见识过比叡山那些僧兵的行径。"

老者隔了半晌说：

"……必然有人在夹缝间生存，我就是个例子。教人不解的是，靠砍竹为生的人总无法成为拥有土地的村民。至于居无定所的流民，在无形中保有彼此的牵绊。我会带系世去青墓，也是受这种牵绊所影响。"

他们顺利离开青墓，朝东海道东进。二三日后，佐吉对草十郎消除戒心，坦诚的老人其实喜欢交谈，反倒是年轻的草十郎沉默寡言。

原本行商者就忌讳拙于应对，佐吉每日在旅店附近解囊做一次生意，殷勤叫卖和随客闲聊，皆是长年养成的习惯。草十郎没插手帮忙，等有时出现欺老要赖的客人之际，他就握杖杵在老者身边。对方见他气势夺人，便自动掏腰包付账，佐吉大喜不已，对草十郎更加亲善了。

"好久没感受到结伴同行的乐趣啰……再说，有年轻人陪伴真好。少壮时，我曾随大人四处行商，不过亲人纷纷过世，如今剩我孤老一人。四处谋生不易，在得知无法收养系世时，我真是难过万分。"

佐吉喝着晚粥，有感而发。草十郎就试问：

"现在还不知道系世的双亲是谁吗？"

"是啊，唯一能确定她不是制笛的老夫妇所生。老翁只提过在竹丛捡到女婴，或许以为系世是竹取公主。不过，从那孩子遭遇的事来看，老翁的话未必是虚言。"

草十郎眨了眨眼，问道：

"竹取公主是何方人氏？"

佐吉讶异地望着他，道：

"哎呀，你不知道？我以为这古老传说家喻户晓。辉夜姬从竹里出生，她不断婉拒帝王的求婚，后来返回天庭。这个传说，跟竹里大有关系啊。"

4

喜爱攀谈的佐吉详细叙述，草十郎总算记住辉夜姬的故事。

砍竹老翁在竹节中发现一位灿烂生辉的公主，在她长成远近驰名的美人后，受到众多贵人追求姻缘。然而她拒绝任何追求，在满月之夜留下悲叹的众人，与天庭的使者同返天界。原本辉夜姬就是仙女，只为了赎罪而降生人间。

这段故事梗概，与日满极力主张系世是菩萨化身的说法有些雷同。

草十郎将内容告诉鸟彦王，它立刻说：

"这么说来，一定有人比系世更早消失在那扇门里，只是情节夸大不少。原来有前例可循呢，那太好了。"

"好才怪呢。"

草十郎瞪着乌鸦。

"辉夜姬后来没回人间，一去不复返。"

"哦，是啊。"

草十郎叹了口气，心念一转说：

"可是系世不是仙女，她会动凡心……也算不上绝世美人。"

"我劝你最好别对雌娃说这种话哟。"

草十郎不禁思忖，就算系世回来听了嘟嘴生气，那也多么幸福啊。他发觉辉夜姬的传说，对自己的一线希望构成严重威胁。

由于暴风雨侵袭，富士川水位骤增，以致两人无法渡河而耽误几日。不过横渡后旅途顺畅，可一边沿山麓地带前进，一边仰望富士山高耸的靛青雄姿。

有灵峰之称的富士山，从草十郎的故乡武藏平原便可极目望见，因此不觉得惊奇。不过非到近处，无法体会其真正的巍峨。升烟微袅的遥岭擎天孤立，平缓伸展的山麓延至平原尽头，而无他峰可与之争辉。

从故乡遥望此山，因有丹泽的群山相隔，看不出单峰耸峙。然而那美丽的山势，以及入秋后仅有峰顶染成鲜耀银白的景致，让人感觉此山确实别具一格。

来到骏河细眺的富士山，不愧是天下绝景。与其在阔地眺望那遮天俯瞰的壮势，倒不如深入山谷，任由山姿暂隐，再从头际上方隐约展现，如此感受更为强烈。

草十郎和佐吉终于来到大纲里，此地人烟稀少，十分僻静。骏河湾附近有生意兴隆的旅店，再往内地前进就仅剩三五疏村，田埔但见零星耕作。

"……总之这里是火神扬威的神域，据说触怒神明就会下滚烫的石头和灰雨，古时候这一带似乎埋在深灰里。当时曾有帝王在山麓为女神建神社镇灵，百姓要想在猛神的地盘扎根定居，恐怕有的是苦头吃。"

佐吉说着，朝竹林点点头。

"只有竹林很茂盛，材质不输给西国。"

当年养育小系世的制笛师家已不复见，同一地点另建一间有新茅草盖顶的小屋。苍茂的竹林旁尚有一间不见围篱、如临时搭造的屋舍，外观就像并排而建的仓库。当老者打开杉木门知会来访，一个看似刚满三十岁的男子，前倾着身子走出来。

"哦，是佐吉爷，您提早回来了？"

"因为有客人，所以赶了几程路。"

"客人？"

男子惊声问道，就伸直背脊，单眼眯起望着草十郎。此人身形高瘦，对佐吉十分友善，却对草十郎露出疑色。

佐吉平静地说：

"这人与我非亲非故，来此是有特别理由，他想询问末吉爷过世后的情况，就是关于制笛师和养女的事。好好招待人家吧，我保证他是很好相处的人，或许木讷些，但比那些想上富士山的修验道行者还受神明眷顾呢。"

听了这番介绍，草十郎不免惊讶，才了解若非熟识是无法受邀借宿的，他对自己的迟钝感到惭愧。

"谢谢您带我来……"

他向老者嗫嚅谢道，佐吉露出微笑。

"别客气，要是认清不该带你来，途中就会设法甩脱你。老身相信你的为人，再说……你很受鸟儿欢迎。"

"啊，您发现了？"

他刻意选在避人耳目的地点和鸟彦王交谈，同行的佐吉仍看出端倪。老者并不深究，只以严肃口吻继续说：

"农民靠作物收成，因此讨厌风和鸟。我们的生活却不然，倾听风吟，信赖风中之物而生存……就像倚风拂柳一样。总之啊，鸟不会亲近心术不正的人。不管成长背景如何，你拥有风，所以才能吹笛呀。"

高瘦男子听佐吉如此说道，还是面露难色，但改以郑重的待客语气说：

"由于内人外出，我只能粗陋招待，不嫌弃的话，请进寒舍喝杯水。"

小屋内与外观一样简陋，竹艺品的碎屑四散满地，招待两人的盛水木碗精巧异常，与住处颇不协调。男子与他们隔坑炉对坐，就说：

"我是末吉爷的外甥，名叫彦次，从小生长在西国。想来投靠亲戚时，舅爷舅妈都已过世，因此没见过末吉爷晚年收养的女孩儿，实在无可奉告。”

佐吉啜饮后说：

“系世的事，我倒有很多可谈。她真是个可爱孩子，当时才四岁，我却清楚感到她心中有风，能在竹丛里与乘风的摇竹共舞。看到这情景，我决心带她去青墓。既然彦次不知道，就谈谈竹子吧。”

草十郎略显犹豫后，决心问道：

“你曾做过横笛吗？”

彦次搔搔头答道：

“不是没做过，这里的确有适合制笛的矮竹。不过制作名笛需要毅力，我没办法像末吉爷那么专精。不知这样说是否恰当，我认为投入制笛，还不如竹笼或笊篱卖相好。”

“若向你请教如何做笛子，我也能办得到吗？”

这位竹艺师知道他并非玩笑，就正色说：

“你想成为制笛师？”

“我只想做一支，长年使用的那支摔坏了，所以需要新的。我相信采自贵地的矮竹能做出良品，因此才来。就算你不再制笛，我也想亲手尝试——”

“你这人真怪，没试过就坚持非用这里的竹子不可？”

“这是有原因的。”

草十郎无意再说系世失踪的原委，只简单答道。彦次就像发现珍奇般注视他，不久缓缓说：

“客人，做笛子不必花时间，只需钻上竹管的吹嘴和指孔，内侧灌漆凝固，就算是成形了。不过想做一支笛子，必须有心理准备，因为得砍数十根竹子才行。笛质好坏取决于竹材，取得完美笔直的竹管最为困难。你该不会以为只要在这里待两三个月就能做笛子吧？”

草十郎原本以为正是如此，因此大吃一惊。

“难道还要更久？”

"首先，你想急着砍竹是行不通的。夏季的青竹水汽重，容易滋生虫类，并不适合雕制。砍竹必须在秋冬以后，再经过三个月晒干，在釜锅中煮去油脂，然后放置三年。这段时间中，多数竹管将遭虫蛀或产生裂痕，结果半数以上不能使用。"

"……要费时三年？"

"这是成为制笛材质的最低年限。"

彦次蹙起眉头，断然说道。

"而且必须等湿气重的梅雨季过后才能涂漆，一旦完成笛管，还需几年工夫，让凝固的漆牢附管身。你以为做一支笛子很简单，就大错特错了。"

草十郎无言以对，不敢相信耗时三年以上得手的横笛能拯救系世，唯有承认这只是一厢情愿造成的失算。

草十郎婉拒愿意领路的佐吉，独自步入竹林。细瘦的矮竹丛并非生长于入山处，而是沿树林呈带状延伸，影姿明翠而柔和。午后暮阳照在亭亭竹隙间，亮灿到远透幽篁深处，长年堆叶的林地上闪着金褐光彩。

适合制作笛身的青竹无数，草十郎全不中意。一鼓作气来到此，结果大失所望，他再也忍不住，只能蹲在原地。

鸟彦王小心翼翼地振翅飞下。

"草十，果然你在烦闷啊。"

"没有……只是这次真拿自己没辙。"

草十郎缓缓说道：

"我是多此一举，一心以为非到系世的故乡取竹子不可。不知什么缘故，现在我仍觉得该在这里吹奏……可是明明没笛子可吹，讲这些都是空话，必须重新好好思考该去哪里寻找才行。"

"你不是说要自己做吗？"

"听说要花三年呢，运气不好的话，甚至四年或五年。这样将无法接近系世，我不可能等那么久。"

乌鸦伸喙探着落叶，若有所思地说：

"使用工具真不方便，人们借它完成许多惊世创举，但制造很耗时间。"

"没错，我少了笛子就不行，可是系世不同……她曾说能靠身体来表现，所以很喜欢跳舞。"

忽然间，他想起系世在金色光芒中的舞姿。竹叶的沙沙微响，让他感觉响音深处潜含着她的脚步节拍。草十郎渴望能吹，因此更为此地没有横笛而懊丧不已。

鸟彦似乎看穿他的心事，就说：

"你啊，总之先找个能发声的笛子吧，不是很久没吹了？连黄莺为了想起来春该唱什么曲子，都得费好一番劲呢。"

草十郎正想回嘴，林间传来某舍弟的啼声，鸟彦王诧异地迅速飞起。

"你拜访的人来啰，我先走了。"

草十郎起身转头望去，只见彦次的拔尖高影飘忽走来，他眯眼朝此眺望后，加快脚步走近。

"你在这里？是有什么打算吗？"

"没有，只是在想心事。"

"那就好，我担心害你难过得掉泪。"

"我没那么嫩。"

草十郎没好气地说道。彦次并不介意，又说：

"我和你只是初识，不明白佐吉爷为何对你如此袒护，但了解这其中必有隐情。我不做笛子，但留有一件遗物——就是末吉爷的笛子。"

他从袖中取出横笛，草十郎不觉瞪圆了眼，一望即知那非新物。黯淡的茶色管身比亡母的遗品略粗，前端没有藤丝，而是以樱皮缠绕。

"……我可以吹吗？"

草十郎屏息问道。纵然不喜欢彦次的态度，但与递到眼前的横笛相较之下，实在是无关紧要。

"可以，十几年来没人吹过，我不敢保证音质好坏。"

彦次说道。草十郎惶恐取在手中，像是估重般掂着笛身。果然笛管较粗，与之前使用的横笛触感不同，然而，它含有期待被人吹奏的感觉。

仿佛受到吸引似的，他嘴唇贴着横笛送息，音色略显沉涩。

（很容易吹……可是要让音色通透，还需要下功夫……）

从高至低音试吹一遍后，这是他对横笛的第一印象，不过光能吹奏，就让他沉醉其中，不想就此交还。

"……这支笛子需要多少钱呢？"

草十郎小声问道。倘若对方拒绝交易，他甚至认真考虑要潜逃带走。

"不，这不卖的，送给你吧。"

彦次爽快地说。

"我有直觉，你是为了拿走末吉爷的笛子才来吧。我想将它送给有缘人，假如你能一口气吹响，我就决心送给你。既然你能做到，它现在属于你了。"

接下来的日子，草十郎成天在竹林尽情吹奏。

果然，一开始无法顺利进展，唯有极力忍耐，直到与末吉的横笛互相熟悉为止。

这支横笛比摔坏的遗物音色更沉厚，音质不会变化莫测，反之比原先的音色更低钝，难以吹出清亮的高音。

何况老笛显得暮气沉沉，让草十郎有些懊恼，不料有心吹它时，忽然又出现意想不到的亮音。

有时，他为拼命练习感到难为情，不晓得自己在疯些什么，于是停止吹奏。这时躺在枯叶上聆听倚风竹喧，沉浸在单纯而变换自在的律动中，不久让他又想再度尝试。

（这片竹丛属于系世，小时候，她也是听竹叶摇声成长……）

在他眼前，浮现没有玩伴的小女孩儿张着无忧的眼瞳，凝视着款款摇曳的竹姿，系世必然从中领悟舞蹈的境界。

彦次和佐吉整理仓库并提供草十郎歇处，招呼他朝夕一同用饭。

大锅煮的杂烩粥有什么放什么，餐餐菜色皆同，唯有分量充足。他们向有点儿吃不消的草十郎热心劝菜，直说"年轻人不能饿着肚子"。

草十郎则帮忙劈柴或汲水作为回报，他们绝不出言干涉，任他尽情吹奏，这点可说十分庆幸。

练习好几日后，就在中午刚过时，草十郎突然发现竹丛对面聚着几个小孩儿。穿短衣的幼童不在人前现身，而是屏息藏在丛中观望，那模样和以往经常聚集的野兽十分相似，不禁令人莞尔。

（他们听了也会哭吗？）

草十郎希望尽量别让听众悲伤，与其让他们悲伤，他其实更想带给他们喜悦。

吹了一阵，偷瞄之下，只见孩童们在竹丛对面又蹦又跳。

他将幼童没哭泣的事情告诉鸟彦王，乌鸦伸爪搔着脖颈说：

"这附近的鸟族抱怨你现在只在乡里吹笛，所以大伙不能去听……"

"你们听我的笛声感觉如何？和以前相同吗？"

草十郎试问道，鸟彦王摇了摇头。

"当然不同，以前的音色很尖锐，也就是说，是将你保持放空状态的部分彻底吸收，现在则不一样了。不过，带点儿迷惘、有点儿偏颇的表现很像你的风格，我很喜欢。"

草十郎不禁发出呻吟。

"这算是安慰我？"

"我不是说欣赏你的风格吗？"

乌鸦强调着。草十郎并不开心，只要有迷惘、偏颇，就无法传达给系世。然而，他多少因为内心执着而无法突破，终究不能恢复从前。

草十郎在夜半清醒，想起适逢十五之夜，于是睡意全消。这间歇身的仓库四处漏缝，隙间洒入的光线很明亮，才知道今晚朗星如月。他轻轻下床，将横笛插在腰际，再度朝竹林走去。

清霁的满月之夜，让自己的浅影在小径上依稀可见。浮现在月华中的矮竹丛含着白昼失落的意趣，月色下的竹叶辉亮如银，暗处一片漆黑，仿佛潜宿了无法暴露于光天下的幽奥。一轮明月，从纤展的梢端俯瞰大地。

草十郎驻足，愤而仰望夜空。他痛心之余，想起返回天庭的辉夜姬的故事，这明辉遍照的满月，令人不由自主想起了传说。

（……就像地界的人再伤悲，都与辉夜姬无关似的，即使我辗转思念，到头来系世还是属于天上……这只是我对她执迷不悟？）

来迎的天庭使者为辉夜姬穿上羽衣，据说她就忘记离情依依，忘却遗留的众人而回归天界。或许本该如此，他想找回系世，可是她并不想回来，宁可留在天界逍遥度日。

（对我来说，系世真的曾经存在？）

万寿的指责让他内心动摇，自己和系世该不会真的没有牵绊？而且从来不曾真心相对？他心中的少女，该不会只是天马行空的幻影——

这教草十郎不失去信心也难，他忘记和系世共同打开异界时的吹笛技巧，甚至连横笛也毁于一旦。事到如今，谁敢保证还能找到与她相系之途。

末吉的横笛愈来愈得心应手，反而更让他觉得无论如何都无济于事。他不再望着冰清皎月，而是垂下了头。

草十郎知道绝望的阴霾仍紧紧相随，不时伺机而动。只要稍有松懈，恐怕万寿就能轻易掳走他。

漫无目标的无助感让他身心俱疲，双眼紧阖半晌后，眼帘内泛起缓绕的闪光，感觉和曼陀罗曼殊有几分相似。他顿时寻思道：

（……我的确看到了，那绝对不是幻梦。）

草十郎至今不曾深思系世跳舞时为何天降落花，但在此时，他终于恍然大悟。

（……那不就是从门的另一端来临的天界使者吗？辉夜姬的传说提到仙人来迎，异界若是超乎想象的空间，使者应不会以人姿出现。那些神秘花雨该不会就是使者吧。）

一想到此，他方才忆起晶亮的花雨，以及如风车缓旋的花朵，仿如重现眼前般艳灿。他急忙取起横笛，了悟不该轻易放下。

这是与万寿合奏以来初次在月光下吹笛，自从获得新笛后，他总是警惕不在夜里练习。然而，月宵的笛声容易引起共鸣，何况末吉的横笛音韵明澈，甚至令他联想到曼陀罗曼殊。

笛音升向透明夜空，此时连无法抛空自我意识的草十郎也感受到了比平时更辽阔的空间。这时，夜阑的静谧幽远中，加入了些微的律动。

那是他盼望已久的律动，正是系世舞蹈时的旋律，是她踏的乱拍子舞步。草十郎在狂悸的期盼中，几乎昏眩似的继续吹奏。于是在竹林间落洒的月光中，出现了眼花时看见的微淡、细闪光芒，似乎就是花雨。

接着他看见如轻烟在舞的系世朦影，和浸润月光的竹林一样，在幽暗中微泛苍白。不过的确是系世，她正专注地挥袖翩舞。

那并非昔日所见的幻影，因为她舞到一半，忽然将手探在耳畔，不安地伫立原地。然后定睛望着什么，焦急遥指着某个方向，随后像被攫走般倏然消失。

5

"系世！"

草十郎放下横笛叫道：

"系世！"

明知形影不再，他还情不自禁叫唤。终于出现眼前的景象，让他不知该哭该笑——甚至想发怒。总算见到的系世，比遇见的幽魂更像鬼魂，他还来不及眨眼就消逸无踪。

尽管如此，草十郎总算和消失在异界的系世重逢了，摸索尝试毕竟是正确的，一想到先前还怀疑她的存在，就不禁泫然欲泣。

（系世看得见我吗？）

感觉上少女距此遥远，她伸手探在耳畔的动作，或许表示听不清笛声。

草十郎驻足凝视着幽暗，一时怔怔出神，只是不消片刻，随即感到背后动静有异。

他无意识地回首，赫然望见一个人影扑来。

所幸刚才细看朦胧如烟的系世，男子模样显得清晰无比。那人一身易与夜色混淆的黑衣，脸上覆戴面罩，右手中的短刃白光一闪，显然图谋不轨。

草十郎险险避过，抓住偷袭者的手臂扭打成一团，他对袭击固然惊愕，然而本能采取动作，作势反撞后突然松手，将对方推倒在地。大抵上这是斗殴中常用的招数，对方并没上钩，摔倒后迅速起身，原来是个练家子。

（糟了……）

错失良机的草十郎心下暗惊。这时，竟出现一双翅膀挡在两人之间，男子冷不防被扑扇面孔，一时吓退不前。原来悄悄飞下一只猫头鹰，似乎是鸟彦王的佣兵。草十郎乘机往后一跃，转入矮竹林。

男子不顾竹障紧追不舍，然而在此避敌并非难事。草十郎与系世重逢后士气大振，绝不想栽在这种鬼祟家伙的手里。

草十郎乘隙跃出，一个猛踹教对方知道厉害后，挥手击落对方短刀。男子没料到他能矫健反击，当他只是个吹笛人，做梦也没想到会落下风。

遭迎面痛击的覆面男子终于后退，草十郎问道：

"你是谁？为什么袭击我？"

男子并不回答，边睨着他边伺机动作，忽然一转身拔腿便跑。

草十郎本想追去，发觉早已全身汗湿、气喘吁吁，徒手搏刀毕竟相当耗力。

这时传来急促的拍翅声，鸟彦王的声音在他头顶响起。

"叫你别在夜里乱闯的，怎么回事啊？"

停在头上的乌鸦还一脸迷糊，草十郎就回嘴道：

"我也受够了，根本不晓得为何发生这种事。"

"是盗贼吗？"

"……不知道。"

从那装束和动作，不免联想到游艺人，然而戴面罩无从判断，只能确定不是幸德，因为他的招数更凌厉。

"还有更重要的事，鸟彦王——"

草十郎正想说看到系世，却欲言又止，他发觉竹丛彼方变得明亮，风中飘着一股焦臭味。

"是小屋的方向。"

他大惊之余，慌乱到连鸟彦王飞走也没察觉，就朝彦次的小屋直奔而去，只见茅草盖顶的屋舍已升起赤焰。

"彦次！佐吉爷！"

他大声呼唤，随即发现两人安然无恙。升腾的浓烟中，他们比草十郎更冷静，将仅有的家当全搬出屋外。草十郎飞奔到膝盖发软，直冲到他们面前，彦次边咳边说：

"你还好吗？我在担心你是否安全。"

"我也想问你，这场火灾怎么回事？"

"为了避免火烧山，我们只好毁了家舍，来帮忙吧。"

简单搭建的小屋和仓库，只要在屋柱上拴上绳索，就能由几人拉倒。然而处理并非易事，屋塌后尚须扑灭四溅的火粉、割草防止延烧，简直无暇喘息。

周围天色转亮后，总算控制住火势。三人筋疲力尽，浑身汗渍和炭灰，茫然盯着在旭日中继续化为熏炭的木材高堆。不久，彦次叹息说：

"看样子好像有人纵火……是从外墙延烧的。"

"有发现可疑人物吗？"

草十郎问道。他摇摇头，说：

"不，没有。倒是你怎么回事？"

直到天亮，草十郎才发现衣袖有几处划破，以为完全避开攻击，多少还是遭白刃掠过，表皮上留下道道血痕。

"我没看到对方面孔，因为都戴着面罩。"

"不过好像冲着你来。"

"可以这么说……真是抱歉。"

置于仓库的鞍袋幸亏有他们平安取出。草十郎打开袋口，取出仅有的钱囊交给两人。

"你们好心将笛子传给我，让我借宿在此，结果发生这种不幸。原本答应不带来困扰，真是万分抱歉。"

彦次握着钱囊，朝低头赔罪的草十郎注视了半晌，不久从囊中取出一半金钱，将钱囊还给他说：

"为了生计我会感激收下。纵火的人不是你，用不着这么郑重道歉。对我们来说，房舍不要紧，或许损失一些制作竹艺品的材料，但竹子还可以再砍。我不后悔将末吉爷的横笛传给你，笛子有人吹才有价值，这教我彻底明白它是非你莫属了。"

佐吉在火灾忙碌下显得更苍老，仍泛起虚弱的微笑。

"你吹的音色，连不解风情的彦次都能陶醉。你是不同凡响，因此特别容易遭遇危险，这点我从启程前就隐约有感觉。对老身而言，这种程度就能了事，已是不幸中之大幸。遗憾的是……我们终究无法保护你免于受到威胁。"

草十郎点点头。

"这是当然，我会设法保护自己，即刻动身不再打扰两位。谢谢多方关照，让你们受牵连，还请见谅。"

惶愧的草十郎再次俯首致歉后离去，佐吉见状并没有拦阻。

"一切平安，请多保重。"

彦次目送年轻人远去的背影半晌后，开口说：

"佐吉爷，让他单独走好吗？"

老人抿紧了嘴角。

"不要紧，那人有苍天庇佑，不是我们能过问的。"

草十郎经过竹林旁时，鸟彦王飞来说：

"你要出发了？把黑脸整理一下啦。"

"途中总有小河嘛。"

草十郎快速走着，感到无地自容地说：

"事情闹大了，害得外人卷入是非……若不接受他们的好意，提前离开就好了。我最好还是别跟他人一同行动。"

草十郎发出叹息，又接着说：

"我总是这样啊……孤零零的。"

"不是有我在吗？"

乌鸦愤愤说道。草十郎微露笑容，绷紧的双肩为之一松：

"话是没错。对了，帮我向你的佣兵猫头鹰道谢，幸亏有它才逃过一劫。"

鸟彦王在他肩上边保持平衡边说：

"嗯，那只猫头鹰很优秀。不过，你先看看我们发现的东西。"

几只乌鸦从竹丛现身，其中一只抓着某物。舍弟们将运来的东西抛在草十郎面前，发出得意的啼叫飞回他头上。草十郎蹲下不必细看，便知是昨夜男子被打落的短刀。

"你们特地找来的？"

"才不是呢，我们天生就对发光物敏感。"

草十郎拾起来仔细观察，黑色握柄的短刀毫无特征，不能确定属于何人，不过锋刃经过细心维护，显得十分锋利。

"怎么样？猜得出偷袭者是谁吗？"

鸟彦王满心期待。草十郎则摇摇头，道：

"不，不晓得。那种偷袭方式算是半调子，不知道他究竟想怎么对付我。"

"没联想到是谁吗？你不是很在意对方是什么来头？"

草十郎困惑着不知如何处理短刀，只能用布裹起来。

"我以为京城距此遥远，或许不会来通缉，那真是太轻敌了。幸德曾说在青墓发生的事已在京城传开……或许有人目睹我和佐吉爷离开青墓。不管是圣上还是平氏、上皇，总之朝廷的执政者我全得罪了。"

乌鸦偏头感到诧异。

"上皇不是更想把你找回去吗？"

"谁知道，我想起那个男子有点儿像游艺人，说不定受到上皇指示。"

鸟彦王担忧地摇摇尾羽。

"反正以后多留心背后偷袭，晚上要待在安全地点。"

"那可不行，一点儿事就畏缩的话，将会找不到系世的所在处，那是好不容易才发现的。无论如何，我必须设法接近她。"

　　他这才将遇袭前在竹林发生的事，详细告诉鸟彦王。

　　"真的？你当真在这里看到系世？"

　　乌鸦惊讶地连声确认，可知连鸟都觉得匪夷所思。

　　"那月光下的身影好稀薄，若是你大概就看不见。绝对是系世没错，她在跳舞……或许可以说，我们终于相见了。"

　　"别批评鸟族的眼力，真讨厌。那你以后打算一直在夜里吹？"

　　"一定有可以接近系世的吹奏方式，如果适合就选白天，不然就选晚上。如果是地点问题，我会去寻找适当的地方。"

　　草十郎深吸了口气说：

　　"这里是系世故乡的竹林，我感觉与她咫尺天涯。若想接近现在的她，我似乎还欠缺什么，因此想去那边看看。"

　　鸟彦王仔细注视草十郎指着与街道相反的方向。

　　"喂，那里是富士山，你想去登那么高的山？"

　　草十郎耸了耸肩。

　　"总之系世指的是那个方向。"

第八章　鸟彦王还乡

1

鸟彦王跟随草十郎前往富士山，分派众弟到各方收集山里消息。随后它返回前往山麓道上的年轻人身边，仔细将地势和气候说明一遍。

"这一带自古很少人久居，原因就在于发生过几次爆发，出现火河流窜，据说附近森林屡次被烧毁，蒙上烟灰。说到火河，草十可能很难想象，好像真的存在呢。而且从山腰到山顶，居然连烧焦的森林都没有，一整年冷飕飕，又刮大风，所以寸草不生。"

对草十郎而言，他曾多次从武藏眺望这座山峰，因此不难想象。

"既然积那么厚的雪，我想就是那种情况吧。"

乌鸦拍拍翅膀。

"我无所谓，反正有羽毛，食物总有办法解决。可是听说富士山麓没有像样的河川，都是受到火河影响。火河流经的地面出现满是坑洞的岩石，都把水吸光光了。我还听说这里比别处多雨雪，山麓地带有好多涌泉。"

该听的都听完后，草十郎告诉它：

"我一开始就不打算去富士山，就算山顶接近天际，仍觉得与系世在那里相见的机会渺茫。她是从树林的共鸣获得舞蹈力量，我不相信能在寸草不生的地方与她重逢。"

"讨厌，也不早讲。"

鸟彦王露出失望的神情，其实它很想尝试上山。

"害我原想飞越丰苇原第一高峰，感觉大概很不错呢。你到底想上哪儿去啊？人烟愈来愈少了。"

"我想吹笛子，并不是去山顶吹，感觉这里比较好。"

草十郎答道，环顾四周后又说：

"我不像以前有充分把握，可能判断错误。不过愈接近富士山，我愈觉得这附近很不寻常。"

鸟彦王翩然飞起。

"想吹是不要紧，最好小心点儿，免得一吹把你轰到天外去。"

"无所谓，我的感应力变弱，只要留心点儿就行了。"

草十郎发现一根易坐的横干后，坐下开始吹奏。

看见系世在月下现身后已过了数日，这次并非第一回尝试。正如鸟彦王所言，假使敌人尾随在后，这种尝试无疑是蓄意泄露行踪。然而他不多想，如何在未知时空与异界的系世维持联系，才是最要紧的问题。

怎样才能更接近系世呢？

这无法求助于人，唯有凭自己的直觉，以及屡仆屡起的耐心和坚毅。无论昼夜还是身陷险境，只要出现任何感应，就必须吹奏。

距日暮时分尚有片刻，薄晖仍照亮他周围，笛声响起不久，几只鹿相偕来此，还包括亲子同行的野鹿。枞枝上出现栗鼠和小鸟，草丛里冒出野兔和野鼠，在群兽围绕下，草十郎相当安心，敏感的动物就算沉醉于笛韵，还是比人类更易察觉危险近身。

然而，遗憾的是系世没有现身，他很清楚问题在于那怀念的旋律不曾响起。草十郎感到无可奈何，只能一边吹一边探索前进。此时，突然听到群鸟展翅离去，野兽们也消失在茂丛间。他正想，不出所料，迅速回头一望。

岂料发现的并非黑衣人，而是背着高柴的三个男子，外表像是来砍柴的当地村民。从那目瞪口呆的表情来看，他们似乎目击动物聚集的景象。

草十郎放心之余，为避免对方起疑，就主动问道：

"各位是本地人吗？我有事求教。"

男子们板着脸注视他走近，最年长的男子谨慎问道：

"你来自何方？"

"我只是个旅人。"

草十郎说道，见对方戒心依旧，因此暗自困惑，知道将是白费唇舌，就径自指着系世指示的方向，试问道：

"去那里会怎么样呢？"

三个男子没有立即回答，渐露出恍然大悟的表情。其中一人扯着老者衣袖，悄声说：

"告诉他算了，这人看起来有点儿古怪，一定是修行者。"

满头华发的男子不太情愿地说：

"莫非你在找富士的风穴？看你年纪轻轻，可是前来修行之人？"

"什么是风穴？"

草十郎不解问道，上了年纪的男子紧盯他片刻后，答道：

"……我听说有修行者将富士山的洞穴视为修行地，还在洞内供奉阿弥陀佛，当地人对风穴则是敬而远之。"

草十郎倾身问道：

"前面有可以容身的洞穴吧？"

"那里想必有许多神秘的洞穴。不过，自先祖以来就严格告诫我们，那是不可擅闯的领域。"

草十郎倒吸了口气。

"也就是说，那是神域？"

"进入那里的人几乎没命……只有少数人能历劫归来。"

草十郎暂时陷入沉默，最年轻的男子难忍好奇地说：

"这位修行者，你吹得好极了，而且是好奇妙的曲调，我真想叫全村的人来听呢。这也算是一种修行吗？"

"……嗯，是的。"

草十郎含糊答道，只见年纪与自己相仿的年轻人两眼生辉，还想问东问西，让他觉得过于熟络反而不妥。佐吉等人的遭遇令他抱憾至今，实在害怕再与村民打交道。

"谢谢你们热心相告，我这就去找风穴。"

草十郎匆匆道谢后逃走似的离开，背柴的村民只能失望地目送背影。

年轻人嘀咕说：

"竟有这么厉害的家伙……简直无法想象，同样是吹笛人，能让小鸟欢喜鸣唱，引发整片森林群起应和，害我不好意思在秋天祭典献丑了。"

"怎么能相提并论啊？他的技巧是出神入化，你也看到野兽小鸟都想靠近他。"

中年男子如此说道，白发男子则在深思后说：

"村里的祭典恐怕不能出现那种笛声，应该说，忌讳吹出那种音色才对，因为太美反而招致祸害。不过……那个人好像很落寞，年纪轻轻就想弃世，真教人心酸哪。"

"你想去叫什么风穴的地方？"

"没错，绝对是那里。"

草十郎边答边加快步伐。

"怪不得觉得似曾相识，你还记得贵船山也有洞穴，还有系世故意将扇子抛在那里吗？"

"我记得，可是……总觉得不该去。"

乌鸦忍不住飞来停在他肩上。

"自从你钻进那个洞穴，我老觉得你被有的没的附身，那个自尽的雌娃幽灵不是想要你的命吗？通往地底的洞穴，其实好危险呢。"

"我没有小看困难，知道这是冒险。"

草十郎切齿说道。

"或许过程很危险，但如果系世前往异界，我遇到危难是理所当然。系世并没在洞底，不过就同样异界来说，通路有些相似，因此万寿小姐才会现身。"

"我认为草十是进退两难，老实说，真不知道你的下场如何。"

鸟彦王感叹地说：

"当初见面时，我不晓得你是危险分子，觉得吹笛就能引起风暴的家伙还真少见。系世会神隐消失已经很夸张了，你想达成的壮举可是在挑衅神明哟。对血肉之躯来说，风险太大了。"

"我会全力以赴。"

草十郎刻意保持轻松说：

"何况我不会再铸成大错，只想奋力一试各种能唤回系世的方法。等到无计可施，我便会放弃……那时或许不在人世了。"

"草十真的相信还有办法找回系世？"

"是的。你没在竹林看到她，才讲这种泄气话。"

草十郎凝视着前进方向。

"只要我记得系世的舞蹈，只要她继续跳下去，自然有解救之道。"

"我也想信……当然相信了。"

鸟彦王结巴说道，又郑重说：

"事到如今，我总算明白婆婆为何派我跟着草十了。"

此后，草十郎眼前尽是无际的芒草原，高原的秋季来得早，芒草已见抽穗。途中为了解闷试吹，结果冒出好几只小狐，连蹦带跳地追着他跑。

不久草十郎发现食粮不足，在村里时取得一袋去壳炒米，连日节省食用仍然见底。群鸦十分担心，时而包围野兔赶到他面前。

兔儿奔向自己固然不忍，却不能视若无睹。

草十郎发现群鸦取食相当草率，原来是为了保卫他。于是拿短刀杀死野兔，一半烤熟自用，另一半留给它们，乌鸦们纷纷喜滋滋地现身。

不久，高原再度变为下坡。展现在前方的低地淡木萧疏，称不上是森林，只是细树歪扭生长的奇异之地。他趋近一看，地面竟有别处从未见过的凹凸状态。

"这是火河流下来形成的土地。"

鸟彦王飞到他耳边说。

"所谓的风穴，大概就是这里。我们是不知道风穴，但身为鸟类，很了解有这种异域存在。渡鸟绝不飞过这种地方的上空，听说会让它们丧失最重要的方向感。"

天空浓云密布，这日从清晨就阳光黯淡。灰云下，老木残延的光景愈发显得不祥。

步下多岩的坡道，草十郎环望着枝条瘠瘦的树木，点了点头。

"对，我也感觉……就是这里。"

"你要去吗？"

草十郎放下肩上的鞍袋，取出横笛后，头也不回地说：

"你们帮我看一下行囊，接下来也许边吹边前进比较好。"

"草十，你真大胆。在这种怪地方，可不知会发生什么事呀。"

鸟彦王发出无助的啼叫。

草十郎一瞬住手，微泛起笑容。

"我更怕的是自己就此放弃，现在死心的话，我将一无所有。不能回头——若不找回系世，就等于放弃搜寻，我只能二择其一。"

除了血肉之躯，他没有什么可失去了。故乡、同伴、安分守己的生活、赐予财富地位的天子，至今他抛舍一切，只求来此。

倘若从异界带回系世，届时他或许能找到自己的未来。

鸟彦王犹豫片刻后说：

"那么，我在这里等你。对鸟来说，方向感最要紧，不过我会等的。你一定要回来哟，在这里玩完就太没意思了。"

"我会的。"

草十郎点头答应，不想太过悲观。他忽然想起一事，将系世的舞扇取出揣入怀中，觉得它穿越异界，蕴含着指引寻获少女的力量。

"那么再会了，等我的消息吧。"

他一边步入洼地，一边静静吹笛。当笛声响起，他随即知道音色果然玄妙，此地就连树林和地面都十分特殊。草十郎谨慎前进，只见无数奇形怪状的岩石尽是百孔千疮。

横倒的林木相当多，或许萌芽的树木不易在硬岩上盘根。草十郎从旋律中感觉这片景象辽阔到超乎想象。

然而冥冥中，似乎有什么在告知有风穴之称的洞穴距此不远。草十郎凭直觉前进，时而停止吹笛，在踏越惊险的岩地后，又继续迈进。

不久，他掌握到渴望的共鸣，那正是系世的舞、系世的旋律。起初轻渺如远方在滴水漾泉，然而律动愈来愈强，响起远比先前在竹林时更清晰的旋律，让他不由得狂悖莫名。

他绕过野草丛生的巨岩，终于看见跳舞的少女。

系世就在小洼地略敞的地方。天空满覆凝云，唯独此处像有阳光照耀生辉，原来是花雨般的光点，在舞袖的少女周围晶莹闪烁。艳绚的红衣彩此时清晰可见，那正是端午裁制的衣裳，上身搭配的白礼衣，如今似是清透不见。

除了脚踏离地一尺的空中以外——少女仿佛当真在此。

系世优雅旋身，手中没有持扇，她并非专注在舞，而是神情不安，焦急地左右张望。

（系世——）

发现在吹笛时无法出声呼唤，草十郎同样尝到焦躁的滋味。然而，他可以走近少女。在感到花雨般的光点落在身上时，系世终于留意到他了。

究竟系世看得见在世上的他，还是只听到他的笛声，就不得而知了。她仅是边舞边频望着草十郎的所在处，露出担忧神情，微微动着嘴唇。

他完全听不到少女的声音。不可思议地，即使拉近距离，却总是无法靠近她。草十郎更向前进，就算踏入她的世界也在所不惜。

然而，系世在留心避免停舞时，拼命作势阻止他前来——她确实如此表示。

草十郎痴痴凝望着空中的系世，这才发现自己站在虚空边缘，足尖正将踏入无底暗渊。

他错愕地凝视黑暗，终于听出万寿的琴声混于其中。那幽韵如此高妙地隐藏在系世的旋律中，就在领悟的瞬间，让他不寒而栗。

（不、不是的……原本这两种旋律就很相似，说不定只是些微之差……）

分毫差异，足以让抵达的境界犹如天壤之别。草十郎忽然不知自己属于何方，他一时心焦，总算稳住不让笛声中断，却恍惚看见万寿在幽暗中抚琴的皙手。

草十郎如被点醒般彻悟了，今后他唯能前往万寿的死域，却无法跨越系世的异界。无论如何吹笛，系世如何起舞，他都无法横越死亡的暗渊。

与此同时，系世与他同样有所领悟，她变得悲戚欲绝，终于停止动作。少女不舞后，花雨光点逐渐消失，她的身影也随之淡去。草十郎再也按捺不住，放下横笛叫道：

"系世！"

即将消失的少女一惊，竖耳聆听，草十郎无暇思考，从怀中抽出扇子，朝系世抛去。

"快接住，我不会放弃的。"

少女最后留下一抹惊讶表情，倏地消失无踪。然而，舞扇也消失了。草十郎发现抛出的扇子并未落在空地上，不禁愕然屏息。忽然间，地面发出轰鸣，大地开始剧烈摇晃。

站立不稳的草十郎应声跌倒，他身子几乎被震飞，剧烈的摇撼让他大吃一惊，一时无法起身。岩石发出轰然巨响，四周树木纷纷倾倒，就在以为性命难保、从恐惧中刚刚回过神时，周围已恢复宁静。

（刚才……该不会是……我和系世造成的吧。）

他战战兢兢思索着，无法明确否定。异界的门敞开了，发生这种事恐怕不足为奇。

此外，草十郎无法在此求盼接近系世，他了解这属于狂暴神灵的圣域，气脉和地脉激混纷杂。此地的力量异常狂暴，不可能将她顺利带返人世。

草十郎这才发现空地旁有洞穴，隐在树根间的空穴被刚才地震晃落的碎岩掩埋入口。他注视片刻后，终于奋力站起身。

（不该颓丧……这不是前功尽弃，我的确向系世跨近了一步……）

他如此安慰自己，仍不免沮丧，面临异常的情境，让他觉得筋疲力尽。虽然想迈步前进，却脚下踉跄不听使唤，地面仿佛摇晃未停。步履蹒跚的他好不容易回到林边，倚着树干环视四周。

然而，他并未看见乌鸦和鞍袋，正怀疑自己是否失去方向感时，发现鞍袋正放在不远处的一块突岩下。

（几只乌鸦居然也能拉这么远……）

草十郎感到意外，并没有深思其由，单纯以为是刚才的地震造成的了。他只想先取水筒饮水，就走去蹲在鞍袋前。

这时，他望见有黑影落下。

由于事出突然，在遭到连番殴打直到倒地为止，他还感到莫名其妙。原来早有几个男子躲在岩下，一直埋伏等他归来。

2

袭击者有三人，皆非体型魁梧之辈，动作间却显示身手不凡。就算草十郎真能保持最佳状态，也难以招架三人同时出击。他们一身农民打扮，是为了免招疑惑，便于在附近出没。

手臂被反剪在后，草十郎知道挣扎无用，只仰头问道：

“这怎么回事，跟我有仇吗？”

“没有。”

或许仗着人多势众，男子这才回道：

“我们只是奉命叫你别再吹笛子。至于理由，你该心里有数吧。你曾发誓永远不会再吹。”

“我没发过这种誓，你别胡说八道！”

草十郎激动地说道。男子冷然又说：

“不，你有发誓，既然为主上吹奏，就绝不能再为别人吹。”

草十郎脑中浮现池畔的舞想起上皇的话语，当时他极度失意到无法再吹。于是他屏住息轻声说：

“果然没错……你们是受上皇的指派来追杀我的吧？是替他当差的

游艺人？"

"只要不吹笛子，就放你一马。"

男子并不正面回答，等于承认此事。草十郎气冲冲说：

"我不会再跟上皇相见，也不打算回京。你们想加害于我，真是岂有此理。就算我再吹也没什么大不了，跟上皇毫无瓜葛。"

"少装蒜了，你想借着笛声唤回已经神隐的系世御前，难道不是吗？"

游艺人一语道破。草十郎一听大惊，不觉紧盯着对方。

"你连这种事都知道……那么，上皇也知情？"

"主上认为这是天理难容，因为系世小姐是为了成全上皇延年益寿，才甘愿成为献神的祭品。"

"是他表示不准让系世回来？"

"因为这有违人常，那位舞姬早已成仙了。"

上皇绝非无故下令袭击，为此更让草十郎怒火中烧。

"难道系世回到世上，为上皇延寿就失去神效？我真受够了这些皇亲国戚的自私自利。系世才不是献祭品，都是他在自作主张！"

"放肆，你才自作主张。不过，这笛声有奇妙的力量，可不能任你嚣张。"

男子抽出腰间武器，虽是一把短刀，却比草十郎拾获的刀身更长。

"告诉你吧，主上慈悲为怀，吩咐不要伤及性命。他推崇佛理，只示意教你不能再吹——只要少几根指头，永远就不能再碰笛子。"

草十郎只感觉血气尽失，他拼命抗拒，但如何挣扎，几个按住他的男子皆不为所动。

"……或是斩断单臂的肌腱也行，只要永远不能再碰笛子就好。要是你日后想回去效命，主上也会恩准哟。"

"住手！"

草十郎无法动弹，手臂手腕被强迫固定在岩石上。亮晃晃的尖刃即在眼前，他不禁嘶喊：

"这样不如杀了我！"

"我再说一次，咱们跟你无冤无仇。"

男子冷漠说完，高高举起尖刃。说时迟那时快，乌鸦朝他飞冲而来。

脸遭黑翼拍击之下，男子愕然后退，另两人也吓了一跳，却没让草十郎脱身。持刀男子在被连啄几下后，恼怒起来。

"可恶，混账东西！"

短刃一闪，黑鸟鲜血飞溅着坠落在草地，微拍两下翅膀后，就不再动弹了。

"鸟彦王、鸟彦王！"

草十郎悲痛地望着威猛的乌鸦变成一团黑尸，不禁挣扎着发出叫唤。

"我在这里哟。"

一个声音静静响起。草十郎愕然望去，只见鸟彦王正停在他被控制住的那块岩上。

"这几个人胆敢对本王的亲信做出罪大恶极的事，现在我以鸟王之名，命你们惩治这些家伙。"

鸟彦王发出命令，声音威沉迥异于平时，天空顿时被轰然巨响包围。

这些男子发出惊叫松手，草十郎这才恍然大悟，原来是无数鸟翼发出震响，犹如一场暴风雨。

空中的庞大鸟群是以鹭鸟、老鹰、鸢鸟、乌鸦为主力，还有无数娇小的鸟儿。他首次见到群鸟满布整片视野，振翅的声浪让感官为之错乱。三人纷纷落荒而逃，在鸟群袭击下霎时消失在草丛间。

鸟群像是暴风雨，从草十郎身边迅速退离。震耳欲聋的噪响止息后，他才询问留在身旁的鸟彦王：

"……那些人会是什么下场？"

"大概剩一堆白骨吧。"

若无其事的鸟王信口说道。

草十郎有些同情奉命行事的游艺人，不过这种牺牲就像是听命主公的武士。他茫然思索着，认为他们可能视此为天灾，就对鸟彦王应了一句"是吗"，走到黑色的小遗骸旁蹲下。

"那一瞬间，我还以为是你遇害了……我不希望有任何乌鸦牺牲。"

"它替我完成心愿，比我更早察觉这种心意。"

鸟彦王也飞到气绝的兄弟身旁，低头表示敬意。

"这是光荣牺牲、代主效命，今后就算亲信交替，我都不会忘记它。"

默默无言的草十郎凝视片刻后，小声说：

"它是为我而死……我从没为它做什么。直到刚才，我还相信自己没什么可以失去，真是千错万错。"

草十郎在打击中无法起身，身体微微发抖，声音剧烈震颤。他沉默不语后，又说：

"我以为自己孤独一身，真是蠢到极点。你……你们总陪着我，明明不求回报，让我三番两次身受救命之恩。正因为有你，我才能任性去找系世。当我以为失去你时，才恍然大悟，人类真自以为是啊……"

鸟彦王昂起鸟喙，望着草十郎。

"草十，你为我哭了？"

"才怪。要是你死了，我就会放声大哭。"

"可是你有哭啊。"

"那是为你的兄弟伤感。"

"还不都一样，它跟我心连心嘛。"

乌鸦飞到他肩上，草十郎忙拭去颊上湿痕。

"草十在哭，掉眼泪啰。"

"少自鸣得意了，笨蛋，害我本来感激得要命。"

草十郎板起脸，鸟彦王一个劲儿扇翅。

"我非这么说不可。草十，还记得吗？我曾说为了向人类学习哭泣，才外出修行的。这趟修行最重要的关键，就是身为鸟王的资格——必须找到为我哭泣的人。"

"什么？"

草十郎听得一头雾水，正揩着眼睛时，鸟彦王更起劲地说：

"草十是不中用没错，不过我保证你是个好小子。"

"……这算是夸奖？"

"我修行到此为止，可以毫无遗憾地回去见婆婆了。"

"回去是指……"

鸟王忽然提起此事，草十郎不禁困惑，倒是肩上的乌鸦喜不自禁。

"我刚才不是滥用鸟王的特权吗？老实说自己还不够资格，正在烦恼该如何向婆婆解释，幸好有你哭才解决，我总有办法应付老人家的。"

"那么，你要回鸟国了？"

要说不失望是假，草十郎深深体会到鸟彦王至为重要。不过就算表明也无济于事，应该由衷祝福它才对。

"太好了，你总算修成正果，以后可以随心所欲了。"

"是啊，没错。"

鸟彦王鼓起胸膛羽毛，满怀憧憬地说着，又窥探草十郎的表情。

"所以我要做的第一件事，就是请你去鸟国。你知道这里不能待太久，刚才的地震让富士山浓烟直冒，说不定会落火山灰。"

"地震……果然是我引起的？"

"大概吧，你这人总是杠上狠角色。"

草十郎不禁泄气，鸟彦王拍了拍翅膀。

"我原想更早提议，以你的处境，还是暂时远离人群才聪明。那么，没有比到我的国度更恰当了。"

"你的国度究竟在哪里？"

"只能说在群岛中央，从人类的地理来看，或许是与飞騨或美浓重叠的地方。"

草十郎思索片刻，喃喃说道：

"我听传说中有麻雀屋，从没听过乌鸦也有……"

"你讲什么好难懂，反正跟我来就是了，接待人类可是百年难得一见哟。"

鸟彦王愈说愈兴奋，草十郎迟疑不决，嗫嚅着：

"……谢谢你邀请，如果就此离别，我真的很不舍。可是我必须先考虑找回系世才行……幸亏有你，现在还能吹笛子。"

草十郎凝视着完好无缺的手指，又说：

"还是有些美中不足……不过，系世的扇子消失了。那柄扇子若回到她手中，或许有希望找到解救之途。就算现在不能带她回来，只要再接再厉，还是有希望。"

"我知道。"

乌鸦翩然飞到他头上啼道。

"好傻，你以为我还要听解说才懂？说来说去，我带你去鸟国也是为了系世着想。虽然你只是人类，表现却很优异——连鸟族都刮目相看呢。不过这次实在惊险万分，简直在鬼门关走了一遭。既然事情有此发展，唯有靠了解神域者的建言，才能助你通过试炼。"

草十郎眨了眨眼。

"鸟国有可以给我忠告的智者？"

"当然有啦，就是婆婆。"

草十郎总算了解情况了，那只派鸟彦王来找他的百岁乌鸦，就算通晓人所未知的事也不足为奇。正在感佩之际，只听鸟彦王说道：

"从飞禽的立场来看，我认为要通往系世的地方，应该要打开天界之门，而不是地底之门。丰苇原中最了解天门奥秘的，应该就是我的婆婆了。"

草十郎吟味这番话语。

"我明白了。这就接受你的邀请，我想和你的婆婆见面。"

"好，一言为定。"

草十郎答应后，忽然问乌鸦：

"我还没详细提过上次和系世相遇的事，你怎么这么清楚？"

"因为我也亲眼看到她了。"

鸟彦王忙一缩头。

"我还是担心你，一直跟到树林间。后来被地震吓飞，一看不知身在何方，舍弟拼命把我带回来。所以当你差点儿被人暗算时，来不及赶去救援。"

草十郎即刻出发，呼吸时侧腹疼痛异常，走不了多远就坐倒在地。看来像是肋骨有了裂痕或折断，或许在游艺人突袭时遭到猛力踢中，还是地震时在某处碰撞，总之没什么印象。

鸟彦王发现情况有异，于是飞下来。

"草十，你受伤了？"

"没什么……区区小伤。既然有带日满的伤药，还是趁现在涂吧。"

草十郎故作轻松地答道，解开衣衫一看，比想象更严重，浑身尽是打扑伤。这是被对方扭住按倒所致，望见红肿的伤处，似乎更添几分痛意。

鸟彦王不安地注视正在涂药的草十郎，说：

"我觉得你动不动就受伤，不要紧吗？"

"以前我曾断过肋骨，虽然有点儿疼和发烧，不过跟手脚情况不同，还不至于走不动路。只要避免剧烈动作，不需费太多工夫治疗也能痊愈。"

草十郎无意为这点儿伤势拖延旅程，内心频频提醒时间宝贵。如今系世仍在跳舞，若是自己一直苦无良策，恐怕她真会放弃。

鸟彦王默望他片刻后，才说：

"人类真是比鸟族还爱逞强，你们若是鸟的话，早不知赔上几次命了。我从很多方面总结出结论，其实人类并不是那么所向无敌。"

草十郎暂时只能备尝艰辛、强撑忍痛继续在险山中赶路，终于来至街道。只要前往旅店，就能获取食粮、更换破衣，总算得以轻便西行了。

这条穿越信浓国的通路称为东山道，是草十郎在途中打听得知的，不禁让他想起源义平若在人世，必然循此道而来，还会去牧场挑选骏马。

由于使力呼吸就疼痛，草十郎多日来疏于吹笛，就算不吹，周围仍有鸟群聚集。自从踏入街道后，鸟群之多，甚至引起众人侧目。

说来说去，原因就在于乌鸦和鸢鸟忙着叼礼物送他。果实类固然可喜，不过青蛙或蜥蜴等弄错对象的玩意儿，或从邻家偷来的东西，就让他不知如何是好。

"我没下指示哟，它们是从鸟联络网得知我带人回乡。"

鸟彦王辩解道，并不想解决礼物的问题。

"大家当然对你好奇嘛。舍弟们为你送饭的事早成了话题，你别放在心上，选择能吃的尽量享用吧。"

"别说得那么轻松，我会良心不安呢。"

草十郎盯着握饭团，心想八成抢自别人的饭盒，丢掉也未免可惜，还是用来果腹。

从信浓路过美浓之际，群鸟送来的物资派上了大用场。他近乎囊空，在途中的村落工作筹资固然可行，却需耗上一整日。与其求财，不如赶路为先，他决心继续迈向山岭。

越过山道中最难行的国境山岭，就是美浓地方了。草十郎望着森坡彼方，平原在烟云中映入眼底，于是喃喃说：

"美浓……这里离青墓不远，我又回到原处了。"

"是啊，不过鸟国比青墓更北方，还要溯河而上哟。"

草十郎思考这番话，稍后问道：

"不管是美浓或飞驒，鸟国还不至于在无人深山吧。"

"没错，我们的生活圈原本和人类很相似。也就是说，我们都喜欢村里，和那些住在深山的鸟类不一样。"

"那么，为何几百年来你们不想接近人群？"

"反正你去就知道了。"

鸟彦王展翅飞翔说：

"啊，好期待哟，很久没回故乡了。你这样慢吞吞的，真急死我了。"

"只怪我没翅膀，你先去好了。"

这番话显然忘记他行动不便，草十郎不悦地前进着，乌鸦稍后返来，带着一抹反省之色。

"不会飞不是你的错，反正我习惯人类的脚速，带你回去最要紧。门会变得特别大好让你通过，必须有我在旁关照才行。"

草十郎吃了一惊，不禁望着乌鸦。

"门？鸟国有门吗？"

"有啊，这样你总该了解我们为何知道有天门吧。"

"原来如此……"

草十郎低喃道。鸟彦王又郑重地说：

"这些事原本不能告诉人类，但也不是从未告诉过人。为了救出系世，我认为草十应该知道这些知识，就算让你见识鸟族得天独厚的力量也没关系。所以，我想以鸟王的身份接待你。"

"那太好了。"草十郎充满惊讶说，"没想到竟有这种奥秘，原以为能和你交谈已经很不寻常，就算再有任何情况也不稀奇了。"

鸟彦王踌躇一番后说：

"……其实还有些事没告诉你，就是有关鸟王向人类学习的事情。根据大概只有王族记得的古老誓约，身为鸟彦王必须学习人心，才能真正获得鸟王的资格。在此同时，让鸟彦王获得人心的那位人士，也一样得到鸟王封号。"

"难道我成了鸟王？"

草十郎不敢置信地反问道，鸟彦王嘀咕一句："不然还有谁。"

"鸟带贡物给你，就是懂得这个道理。与其说获得资格，应该是举国皆知我有多依赖你。真没辙，因为我跟你共享泪水了。"

草十郎默默前进，半晌才说：

"现在我总算知道你真的是少主。"

"我也不想张扬……所以无所谓了。不过唯一的问题，就是祭神仪式的奥秘，目前仍由身为宰相的婆婆主宰。"

鸟彦王长叹了口气说：

"它还没有全权委任给我，不管我怎么想，这方面是抵不过祭司的经验老到。"

开始登向北道后，出现更多鸟群来进贡，尤其当他能吹笛后，更是聚集不断，因此不需担心断粮。然而想接近人群也难，连日过着离群索居的生活，感觉自己快成了世外人。

终于抵达离民家不远的小山，背后可见连峰山棱耸峙，比起峻岭，这座小山看似极易攀登。鸟彦王说明此山平凡无奇，当地人称之为"丧山"，还视为圣地并禁止伐树。

"我的故乡就是这里。现在到达门了，先等等看吧。"

草十郎以为它讲错，又确认一遍。

"你刚不是说到门了吗？"

"不是啦，门会视情况出现。"

鸟彦王拍拍翅膀。

"我应该提过鸟的祭祀方式吧？重点不在地点，而是太阳高度和飞行角度，是随季节和时刻改变的，不可能恒久不变。对了……系世的舞也有点儿类似哟。至于鸟，则是由只数决定情况。"

凡事惊奇也无用，草十郎只会意点头。四周万籁俱寂，风拂遍山麓原野，他伫立在此，感受习习清凉，如今暑热已褪，正是访秋时节。

土堤草丛间绽着薄紫的兰草和桔梗、白野菊，无际的宁景毫无异兆，简直不像有鸟国存在。

"我可以边等边吹吗？"

草十郎忽然很想知道在此的笛声如何，于是取出横笛。从富士来此的途中，已有两三次感到系世的旋律，但还不曾强烈到让少女现身。他认为是气脉或地脉不顺畅导致阻隔很深。恐怕从丧山也无法通往异界，不过，或许有什么发现——

草十郎开始吹奏，不多时，土堤的茂丛一阵微摇，似乎有野兽动静。这是司空见惯，他起先不以为意，岂料，那野兽却朝他直冲而来。

他在千钧一发之际放下横笛，没被草丛中跃出的野兽扑倒，腾空扑来的野兽着地后，再次向他袭来。

不知是爪是牙掠过，划破衣肩，他不禁愕然望去，原来袭击者是一只巨狼，有黑灰毛和金眼瞳，颈上刚毛倒竖，正发出低吼，显然来势汹汹。

（这怎么回事？）

然而不容细想，巨狼再度扑来，草十郎奋力避过，对方的热喘和利牙掠过脖颈，瞄准了他的喉头。由不得迟疑，他压低姿势，从怀中取出短刀紧握在手。

然而这次，他难以避开野兽的猛袭，揪住欲扑噬的狼首，在地上滚成一团。激斗正酣时，鸟彦王气冲冲地说：

"别捣蛋了。清青姬，你搞什么鬼啊？"

突袭的狼顿时合嘴，草十郎见隙挥刀，对方抢先一步轻盈跃开。他一时躺倒在地，仰起半身，只见那只狼已在数步之外，没事似的忙着搔痒。

（清青姬？）

原以为鸟彦王是呼唤那只狼，回答却来自别处。那是与鸟王极相似，但更尖锐的嗓音。

"先让鸟眷们瞧瞧你带来的人有几两重，这才够意思。你以为我没有试探的权利？"

"当然没有！你敢再偷袭草十，瞧我不啄瞎你的眼珠子。"

鸟彦王当真火冒三丈。对方倒是理直气壮：

"没良心的，我只是小试一番，要是他比不上我的野兽勇猛，怎么配当鸟王啊？还有，听你那幼稚口气，哪像是对贵妇说话？就是这副德行，我很怀疑你带来的人有多大本事。"

草十郎循声朝枝梢望去，对方隐在叶间看不清模样。他惊叹除了鸟彦王，竟然还有其他鸟族能伶俐说话，于是肋骨疼也没当回事，当然连气恼都忘了。

"只有你在怀疑，还敢出言不逊，我真替你丢脸。你要是收敛点儿，我还客气几分，居然给我下马威，谁敢领教啊。"

鸟彦王气势汹汹地说道。只听对方立刻回嘴：

"别以为只有我吃味，几个月下来，你只顾这个人，趁这机会给他点儿颜色瞧瞧。不过，我承认他不是弱者，自古冠上鸟王之名的人就该是英雄豪杰。"

只见林间飞出一只乌鸦，接着有几只追随而去，金眼狼趁草十郎不注意，忽然一溜烟不见了。

鸟彦王和草十郎目送着群鸦飞远后，就说：

"清青姬在我族中是属于操纵野兽的家系，被它驯服的狼会对它俯首听命。所以你别放在心上，它只想成为众鸟瞩目的焦点，总是爱出风头。"

"它……该不会是你妻子？"

草十郎心有余悸地问道，乌鸦答说是未婚妻。

"其实当我出生时，阴错阳差跑出三位未婚妻，就是清青姬、朝雾姬、桃照姬。个个系出名门，伶牙俐齿全得自本族真传，它们为了成为正妃，一直在玩争夺战。"

鸟彦王语气中顿时带着沮丧，双翼一缩收拢，道：

"我都忘了正式成为鸟王后，反而让争宠白热化。这阵子我全忘了这件讨厌事……应该说是刻意遗忘吧。"

"你们鸦族的名媛想一致围攻你？"

草十郎觉得刚才那只雌鸦占据上风，因此试问道。但听鸟彦王有气无力的答复，更让他坚信如此。

"不，清青姬爱憎分明，反而容易懂。雌鸦间在争宠时多半更加钩心斗角，而且各自延揽有实权的外戚。是啊，等我成为鸟王后，就不能逃避这些问题了。"

3

隔了片刻，五六只乌鸦出现在天际，随即从对面又来了一群。原以为直线飞行后彼此有交集，不料各自在空中划了个大圈后，又再度迎面相对。此后，从另一方向加入一群，接着又有其他鸦群陆续飞来。

"祭神仪式开始了，一只鸟穿越门并不稀奇，要让大型野兽或人类进去，就必须举行这种仪式。"

停在草十郎肩上的鸟彦王做了说明。

"人们将阻隔鸟国的屏障称为'结界'，地上生息的动物即使接触结界也没有感觉，只是在外围不知不觉绕着，找不到出路而百思不解。"

群鸟在空中穿梭飞翔的模样，草十郎也为之着迷，那轨迹蕴含着反复和乱拍节奏，十分艳丽而华美，不断衍生明确的律动。比喻来说，其实与舞蹈极为相似。

"……那么，鸟国的所在地也算是一种异界？"

"你这样想并没有错，其实没有不同，只能说比丰苇原的其他地方保存得更完整。"

鸟彦王说着，等待片刻后，向草十郎打了个信号。

"好，可以了，你朝那里的大杉树直接走过去。"

草十郎肩上载着乌鸦，朝树林走去，周遭并无特别变化，只见尽是微暗森林。前行片刻后，终于来到一片小空地。

听到鸟彦王说声"稍等"之后，草十郎停下脚步。一只乌鸦飞来停在他头顶的横枝上。那只乌鸦现身后折拢羽翼，发出清亮的语音说：

"鸟彦王，欢迎回乡，平安归来真是可喜可贺。还有这位草十郎，欢迎莅临鸟国。"

这语调和清青姬一样悦耳，态度却郑重到完全呈对比，反让草十郎不知所措，鸟彦王就在他耳边说：

"这是桃照姬，美人胚子，比较丰腴吧？"

草十郎根本看不出差异，总之先向对方行礼，又觉得这种举动蛮怪异。桃照姬又说：

"旅途劳顿，你一定很累了。这里是鸟国，没有可供人宿的地方，不过我们鸦族已尽心准备一切，请随我来。"

跟着在枝间飞越的桃照姬前进，只见东侧斜坡有片洼地，小河流淌其间，小崖上方有一处浅洼，既有树根撑顶，犹如形成遮檐。

"这的确是野宿的好地方。"

站在小河畔的草十郎相当感动，更惊讶的是进入洼洞中，尚有供人使用的物品，比如饭碗、食盘、筷子、勺子，连同小锅应有尽有。

"……这些东西怎么收集来的？"

他忍不住询问，桃照姬昂然说道：

"我们不会炊煮，不过凡是了解人类的鸟儿，都知道该准备哪些必需品。不介意的话，请自行生火，不要紧的，只需留心别烧了森林就行。"

不仅是用品，还张罗了许多食物，细心以朴叶铺衬着栗子和松子、山葡萄、草菇。放有三尾小鳟鱼的叶面尚留漉湿，他不禁纳闷它们是如何捕捉到的。旁边还有一只麻袋，里面放有杂谷，试着提起重量不轻，无论取自何处，都令人难以相信光凭鸟力也能搬动这些物品。

"你们为我准备得这么丰盛？"

"你是鸟彦王款待的贵宾，必须符合身份招待才行。"

草十郎有点儿受宠若惊，确实也由衷庆幸。好些日子不曾生火煮食，一想到能够如愿就跃跃欲试。

鸟彦王环望着诸多用品一应俱全，也露出满意神色。

"桃照姬是系出大内里的鸦族，很了解人们的生活。有时会弄巧成拙，不过只有这次机灵得很。"

（……该不会送礼也分大小箱吧。）

草十郎暗地想起那则传说故事。这时，有个声音响起，却非发自桃照姬。

"唉哟，成何体统呀，奉承人类来替自己博取好感，你的企图未免太明显了。矜持的鸟绝不会做出这种事，清青姬都比你强多了。"

听到这火辣语气，桃照姬飞跳起来。

"你说什么？不甘心的话，你也去下功夫讨好人家呀。你们全族啊，只晓得摆架子。"

刚现身的乌鸦尖喙一扬。

"爱怎么奉承随你便，不过他来的目的是为了参见婆婆。打理老夫人身边一切的，可是我们一族哟，是否带这人去见婆婆，决定权还在我呢。"

停在草十郎肩上的鸟彦王厌烦地说道：

"我想你该猜到了……这是朝雾姬，出身祭司世家。"

朝雾姬目光锐利地望着鸟彦王，然后说：

"本来想说些贺喜归乡的客套话，没想到你带这种荒唐人回来，宫廷高层还闹出轩然大波呢。让一个企图闯进异界的人当鸟王，简直是破天荒嘛。"

"是婆婆选我去跟草十修行的哟。要说破天荒，婆婆也该负责。"

"话是没错，不过你带他回来又另当别论。有能力打开异界的人若登基为王，将对鸟国存续造成危害。这点道理，连无知小鸦也懂。"

鸟彦王一时无言反驳，稍后才回嘴：

"我才不想跟你说明呢，反正迟早会在婆婆面前正式解释清楚，免得我浪费口舌。我可不准你拒绝带草十去见老夫人，这是为你好啊。"

朝雾姬霎时收起羽翅。

"你又想拿啄眼珠来吓我？我知道他笛艺高超，才不会学清青姬去试探呢。你用不着火大，明天我带他去见婆婆就是了。"

雌鸦朝草十郎望去，尖喙一转向他，端起十足威严说：

"明天黎明会来接你，婆婆日落就安歇了。今晚得要彻底沐浴休息，做好参见准备。"

随后它悠然飞去，气呼呼抱怨的桃照姬也离开了。眼看雌鸦尽散后，草十郎悄然询问鸟彦王：

"那么……你的真命天女是谁？"

鸟彦王垂下头，道：

"……我真想找只不多话的雌鸦，共筑平静的爱巢。"

　　草十郎收集枯枝生火，架起锅后，来到小河浴身。他想起朝雾姬的提醒，就将身上的衣服在河中洗净。等内衫全干时，虽然寒冷，幸而火堆暖旺，明日上衣应可煨干。

　　除了桃照姬和朝雾姬出现之外，鸟群并没来打扰他，原来鸟彦王已严正声明不准骚扰。然而，它们保持静默以免引起注意，草十郎仍感觉头顶枝上有众头攒动。他边洗边感到别扭，总觉得受到监视。

　　由于不知鸟彦王去向，草十郎独自吃完锅中的杂烩粥后，愈发感到寂寞。至今他一直独来独往，有这种落寞感还是头一遭。

　　（……或许这是鸟国的缘故。）

　　高林间充满鸟禽的气息，地面却仅有虫鸣微响，不曾有野兽出没。在此，唯有草十郎是异类。

　　无论是生火还是以锅煮食，一想到这种行径被视为怪举，就不得不承认确实如此。他注视着手掌，心想人类这种动物真是奇妙。

　　于是，他无心吹笛了，群鸟刻意保持安静，让他更不能轻率而为。既然意兴阑珊，闲来无事时只能席地而眠。在洼地里侧铺妥寝铺后，他抱头好让自己及早进入梦乡。

　　朝雾姬果然依约在黎明第一道曙光中现身。

　　"好了，既然清醒了，就随我来吧。"

　　草十郎时睡时醒，并非一夜好眠，但至少腿酸减轻。他一骨碌起身，穿上尚未全干的衣衫，然后整好装束。

　　"鸟彦王呢？"

　　草十郎不见它身影，便问道。朝雾姬回答：

　　"它昨晚和婆婆见面，好像挨了不少训呢。今晨它很忙，一旦正式登基，将有许多事情必须处理。"

　　"你不是说婆婆夜里很早歇息吗？"

"有本事到得了树上寝宫参见的话，这又另当别论了。你上得去吗？"

草十郎只好闭嘴，急急追着飞在枝间的乌鸦。

朝雾姬一径飞向小山顶，附近有一棵绿云缭绕的巨楠树。雌鸦停在粗枝上，望着草十郎说：

"你会爬树吧？爬不上去就别想见婆婆了。宰相君近来足不出户，整日栖居在树宫呢。"

草十郎仰望着抬头也看不到顶的巨树，总不能这样傻眼下去。他快速查看，搜寻可抓攀的树干凹处和细枝蔓草。脑中盘算一阵后，将草鞋脱了一丢。

"那当然，既然来到这里，岂能无功而返？"

他喜欢爬树，手脚比别人敏捷，然而，这是无论怎么往上都到不了终点、可说是挑战极限的试炼。过程中，他手酸脚软地频频打战，愈来愈难将身体推向上。

生有羽翼的朝雾姬真是不费吹灰之力，因此对他的慢动作极为不耐。

"听说你身手轻巧，怎么这点儿动作就体力不支了？"

半途稍作休息却遭奚落，然而他不想就此放弃。盘算也无济于事，因为枝干变得愈来愈细，难以判断是否能承受体重。下方有树枝遮挡看不见地面，无法判断高度如何。

朝雾姬终于表示到此为止，这时几乎来到最高一根丫杈。草十郎小心跨坐在树枝上，想努力忘记正在高处，然而微风稍起就引得树枝摇动，脚下遥远地传来飒飒叶响，令人想忘记居高临下也难。

"老夫人，他来参见了，就在前端枝上恭候。"

只听见朝雾姬语气忽转温婉，他仰起头，不远枝上除了雌鸦，还栖着一只羽色较黯浊的乌鸦，活脱脱像一团煤块。年逾百岁的老鸦缩首匍匐着，语气倒是颇为尖亮，唤起草十郎依稀的记忆。

"吹笛小子，我们终于再会了。上次见到你时，还是一把鼻涕一把眼泪的小鬼呢。"

草十郎有些惊讶。

"我记得当时没哭啊。"

"当然有啰，满脸湿答答的，唤着不能死而复生的娘。直到现在，你这老毛病还是没改。"

"您是指我在找系世吗？"

草十郎发现自己气恼之余忘记问候，踌躇片刻后，他郑重向老鸦说道：

"那么，婆婆……"

老鸦毫不客气地回道：

"谁是婆婆？这哪是你该叫的？还不称呼宰相君。"

"……宰相君……夫人。"

草十郎重新整理思绪，简单扼要地说明：

"我来贵国的目的是为了救出系世，因此必须知道鸟界的奥秘，这是鸟彦王告诉我的，我只想带系世重回世间。"

鸦宰相依然不改犀利的语气：

"无论在这世上还是在异界，万物是无法恢复原状的。一旦发生，唯有继续向前迈进。就算表面上看起来恢复原状，其中必然产生差异。"

草十郎坚决重复道：

"不管以后怎样，反正我想唤回系世。"

"她接触过异界，已经不同于往昔，就像你不再是从前的自己。万一真的唤她回世上，一定会发生无法想象的事情。首先，你凭什么肯定那女孩儿想回你身边？"

草十郎霎时无言以对。然而，他不是没考虑过这个问题。

"我也想过系世或许在异界过得很幸福，不过她一直在跳舞……真的有听见我的笛声而起舞。"

鸦宰相继续说：

"芸芸苍生唯能依照定数而存，尽管矢志另谋他道，到头来还是无法违逆自成的格局。从另一角度来看，到异界的女孩儿或许在冥冥中期望有这种将来。而你也一样，拥有不凡的艺曲天赋，因此卷入京城执权者的是非，做出违反天道的事。这是既成事实，只是你不断抗拒而已。"

草十郎缄默片刻后，觉得言之有理。

"没错，我一直在抗拒，如今仍不能原谅自己轻举妄动，逼使系世走投无路。我好想恢复从前……如果得以实现，就算赌上一切也在所不惜。"

"你要是再违抗宿命，将难逃死亡深渊。你该有切身体会吧？这么做只会引火自焚，老身有话在先，这样下去不能持久，肉体是无法久处神域的。"

草十郎紧握支撑自己的树枝，怒嚷说：

"这就是鸟国祭司给的忠告？你想叫我别做白日梦，就明讲好了，不必拐弯抹角！"

"一个活着的女孩儿从世上消失，值得你做这么大的牺牲？"

鸦宰相并不答复他，只单刀直入地问道。

"你没发觉还有其他之道可行吗？笛声已经将你和鸟彦王维系在一起。我们几乎不曾让人类得知鸟王拥有多强的力量，不过你应该很了解，只要善于驱使此力，连京城天子都会甘拜下风。"

草十郎心想那又与我何干，便无力问道：

"就算我成了天子，那又如何？"

"你再坚持下去，不是难见容于世？何况只顾着追寻异界的女孩儿，老身请问你，今后该如何生计呢？"

草十郎默然不语，风撼着树枝，他一时拼命攀紧，感觉楠叶的喧飒犹在嘲笑自己。

老鸦又开口道：

"原本说来，当今天子的先祖，曾在远古受到鸟彦王的协助。我们在人所不知的地方观察世局，有时施以制裁……鸟彦王可说是丰苇原的真正支配者。刚登基的鸟彦王稚气未脱，还毛毛躁躁的，再过五十年，应该已成气候。"

草十郎不难想象，昨夜鸟彦王大概被这老鸦训到昏头，因为自己也毫无招架之力。

"只要借助鸟彦王的力量……你可以发挥音律才能，另谋生存之道。只要你适合当鸟王，对鸟国是一大幸事，甚至关系整个丰苇原的幸福。不过，前提就是必须放弃在异界的女孩儿。假如你坚持非打开异界不可，就必须将到手的一切幸福，填注在四分五裂的世间，何况还不能担保是否获得补偿。"

草十郎终于察觉这只老练乌鸦在试探自己。他寻思片刻，知道光凭口说无法让对方诚服，而论及博学辩才，他远非老鸦对手。

"我可以吹笛吗？"

他突然问道，鸦宰相面露讶异之色。

"这么高你也能吹？"

"是的。"

每当风起，树枝随之摇曳，感觉像是骑马射箭，他只需双足使劲夹住枝身，好好挺直背脊即可。在与乌鸦交谈中，他已对高处适应不少。

笛声响起不久，草十郎发觉自己攀爬的这棵楠树，甚至是整座小山树林，都不曾发生平时该有的共鸣，原来此地的树木忠实守护着鸟群交织的另一种律动。这里尽是参天古木，或许耗时数百年来维持这种律动，方可形成鸟国结界。

草十郎于是改变旋律，共鸣若与平时相异，那么由他来配合也无妨。不久，笛声和周围产生共鸣，穿越结界流泻而出。

（我只能这样吹奏……）

当他得知笛声在搜求系世之际，不禁如此思忖。末吉的横笛奏出的乐曲仅能呼唤在异界的系世，草十郎的生存意义也仅在于此，倘若失去这目标，他等于踏上亡命之途。

"哼，拿你没辙……才华洋溢的人还真棘手。"

鸦宰相发牢骚说。

"这样够了，你会把整个鸟国结界都毁了。"

草十郎停止吹奏，小心地将横笛收回怀里：

"系世不会在鸟国出现的，笛声能穿越结界，因此我很清楚，也就是说，我在这里只是浪费时间。"

老鸦叹了口气，道：

"看来老身讲什么都是白费口舌，难道你非达到目的不可？今后你有什么打算啊？"

草十郎略微迟疑后答道：

"我想继续西行，虽然不太有把握……总觉得从这里可以通往异界。"

"那也行啊，你真想找回那女孩儿的话，是该越过山棱道朝南方半岛出发。"

听到这意外的消息，草十郎愕然瞪着煤块似的老鸦，对方不悦地啼道：

"别一脸大惊小怪，鸟祭司只是在传授奥秘而已。南方半岛的海边有丰苇原中最有可能通往异界之处，那就是远赴黄泉国的国生女神之长眠地，人们称为纪伊国，又叫作熊野。"

"熊野……"

那正是日满归隐之地，草十郎初次看见系世跳的正是熊野巫女的舞蹈。他甚至依稀想起源义朝举兵时，平氏一族曾离京前往熊野参拜，以及义平为此大肆抨击的情景。

"在熊野的女神墓是由千引之岩封阻，每逢春秋两季，鸟群会在岩石上空举行祭祀，它们知道何处有最大的门。"

"我真的能找回系世？"

草十郎忘情之下倾身问道，差点儿失去平衡，鸦宰相没好气地瞅着他慌里慌张的模样。

"你的笛声若能借助群鸟的力量，或许还有机会。可是你已经闯入不可侵犯的神域，若想再度尝试，后果将不堪设想。"

"不要紧，抱一线希望也好。我能向它们求助吗？"

老鸦缩起脖根，以疲惫的语气说：

"鸟彦王跟你都太嫩……这种奋不顾身并非勇敢，只是反映无知及幼稚罢了。不过这世间要是缺乏冲劲，或许不易成功；你们这对敢做敢闯的搭档究竟要闹出多少乱子，我这把老骨头只能静观其变。只要符合最后一项条件，就承认你是鸟王，授予你参加鸟族祭祀仪式的资格。"

"条件是什么？"

草十郎暗想怎么还有要求，就如此问道。只听对方爽快地说：

"也没什么，就从这里跳下去，还毫发未伤的话，鸟王就非你莫属了。"

"什么？"

即使大胆如草十郎，也不免望之却步。吹笛时，他深知这枝头之高遥，足以媲美寺院的五重塔。

"……万一有个闪失呢？"

"如果不够格，你就当不成鸟王，更别提找回异界的女孩儿，所以死而无憾。"

听到老鸦悠然的答复，草十郎觉得荒谬透顶，又望向不远处的朝雾姬，只见雌鸦也懒得搭腔。

（当我会飞啊？）

正分析八成不会骨折了事时，只听老鸦怒道：

"要说办不到，你就已经——"

不等它说完，草十郎也猜到内容，便一咬牙纵身跃下。

楠叶扫在身上发出噪响，落下的速度不曾稍缓，途中简直来不及抓住枝干。当他觉悟铁定摔得七荤八素时，感觉一种极为奇妙之物碰到身体。

那是从未体验过的触感，草十郎完全不明所以，是纷然蠢动的、不具弹性，却可感受反弹的力量。他双足被抄起般仰面朝天，发觉自己尚未坠落，得知蠢动之物竟是无数的黑翅膀，他震惊到了极点。

不计其数的乌鸦紧密聚在一起飞翔，从空中撑起他的身体，纵然摔落于地，也仅感受到臀部着地时的冲击。唯一受波及的，是着地时纷纷飞避的乌鸦落羽四散，让他喷嚏连连。

草十郎双脚大开着环望头顶，只见丛聚在树梢上的乌鸦发出大功告成的啼叫，这一切教他不敢置信。

鸟彦王翩然飞下，快活说道：

"恭喜！从今天起你也是公认的鸟王了。"

草十郎返回小河畔，如今禁令取消，群鸦在他歇宿的洼地进进出出，其中还有一批年轻乌鸦总是流连不去。

它们充满好奇心，四处啄着草十郎的用具。他用锅煮杂烩粥时，还来纠缠要求分享，最后停到他肩膀头上，衔起头发玩耍。

"真是的，一群不懂克制的家伙。阁下可不能任它们胡来哟，这样岂不有失风度？"

只听一个严厉声音说道，原来正是朝雾姬，年轻的鸦群见状仓皇飞走了。

"看来我的称呼升格，不再是'你'了。"

草十郎说道，朝雾姬模仿老鸦哼了一声。

"既然婆婆承认，我只好尊重决定。不过，别指望我给好脸色看哟。到头来，阁下还不是想带走我那冤家？"

听雌鸦负气说道，草十郎顿时过意不去。

"是的，它答应和我一起去熊野，不过我会尽早结束一切。"

"我真不懂有人宁可牺牲幸福去冒险，婆婆不是说说吓唬人就算了，它说的全是事实。"

草十郎欣然同意。

"是啊，我也相信。"

今后无论失去什么，都不能保证是否求得补偿，包括苦心寻觅的系世也一样。自以为明了情况，其实一无所知，然而已不容他反悔。

"就算如此……也只能孤注一掷。"

朝雾姬沉默片刻后说：

"阁下可说是旷世奇人，神明事迹中也有这类传说，像是女神墓就是有来历的地点。很久以前，婆婆曾提过人类是想向众神挑战的动物。如此说来，阁下是值得鸟彦王深受吸引的族类，我就算不服气，还是必须承认这点。"

4

"不管说什么，我相信婆婆对你的印象不错。它嘴上不饶人，花椒一样辣劲十足，那就是婆婆的脾气。连我都被批得不敢吭声，不过，到头来还是让我跟你同行。"

鸟彦王停在草十郎肩上说道。

他们已离开丧山，前行不远即可望见田圃。

草十郎感觉鞍袋相当沉重，临行时被桃照姬唤住，随它到一棵有窟窿的树下。雌鸦示意后，他接过鞍袋，只见里面装有金币、水晶、珍珠、玛瑙、小圆翡翠、金银小饰品等满满一袋。

"全部拿去吧，这里堆积如山。我们只要看到发光的东西，就忍不住去衔来。"

当然不可能悉数收下，只不过行囊仍是沉甸甸的。传说故事里的箱子没出现，但多少也有些类似。

"鸟彦王，你不是有许多朝政要处理吗？"

草十郎问道，乌鸦摇摇尾羽。

"没事、没事，只有初次和幕僚相见时最忙。等到按部就班处理完毕，其余只要参与重大国事就行，担任实务者已委派各岗位处理了。"

"是吗？"

"放心啦。对了、对了，随行的舍弟数量将增加一倍。这也是顾虑到有你同行，当然有必要这么做，而且是随传随到的哟。"

略加思索后，草十郎又问道：

"鸟无论接受任何命令，都绝对服从鸟王吗？即使鸟王没有魄力，也不会有家伙对它信心渐失、愈来愈反感，甚至发动叛变？"

"没错，人类总是做这种事，鸟在观察后说不定会群起仿效。不过，草十还不知道鸟彦王的存在是多么与众不同。"

乌鸦继续起劲地说：

"在某种程度上，我算是神的一部分，你该知道鸟有迅速传达的能力吧。鸟彦王通过鸟族掌握丰苇原各角落的消息，是维系联络的存在。如此说来，应该是耳目满天下。只要有心，甚至可以介入任何生物——就算闯入人间也行，不过这样做没意义，所以很少尝试。像这次它们难得对你关心不已，就会变得跃跃欲试，这样一来，暂时有得热闹了。"

"神也会毛毛躁躁啊？"

草十郎忍不住问道，脸被黑翅扑了一下。

"那还用说，当然会啦。反正趁年轻，我当然想有作为嘛。"

草十郎不觉一笑，深深庆幸结识这位稀世至交，还能获得它诚心相助。

"……左马头大人因不满上皇乱政而举兵叛变，我曾加入其中，听说天子是神裔，却不能让天下百姓心悦诚服，导致引发战乱。如果人们有鸟彦王这样可与神相联系的王者，是不是能避免流血冲突呢？"

"连鸟都会争地盘、为求偶争风吃醋呢，任何生命都必须在斗争下生存。不过，你们找个优秀点的家伙登上皇位，说不定能让世局好转。"

鸟彦王拍动双翅，不经意地说：

"草十，你登上皇位的话，众鸟会辅佐你哟。不但能操控鸟联络网来治理国家，还可以事前杜绝战乱。人们应该很尊崇神明化身的君主吧，自古一向如此。"

草十郎一时默默不语，宰相君曾暗示过此事，不过前提是他必须放弃在异界的系世。

"以前我从没想过自己深受庇佑。"

他有感而发。

"有你这么爽快承诺，真是难得。可是我毫无作为，被抬举反而难为情。京城的上皇就算不成器，我觉得自己也没比他强。"

"可是，那家伙不是很卑劣吗？还想剁你的手指呢。今后只要他逮到机会，绝对不会手下留情的。这样任他去好吗？"

"你说得没错……"

草十郎含糊喃喃道，这并非犹豫不敢报复，而是一旦与上皇相见，他不知自己会有什么冲动之举。这不同于当初蒙冤受刑而既往不咎，自己不可能再扮滥好人，因此态度有所保留。

试想之下，只要上皇继续掌权并企图对他不利，那么草十郎将难以立足世间。至于系世也一样，即使回来也是惶恐度日，或许她宁可选择留在异界。

黑鸟凑近窥望他的面孔。

"首先该怎么办？"

"先往西走吧。"

此刻无意浪费心思的草十郎说道：

"凡是前往熊野都必须西行，似乎在该地有与异界气脉相通的地方。"

暂时不能与系世的旋律起共鸣了……草十郎深盼能见到她的面容。相见后，若能更确认她的心意，相信自己将坚定不移。

来到山势险峻的地方，不觉感到晨昏寒意袭人，尚未落霜，低木和蔓草已开始变色。不久，草十郎来到山间人流不断的道路，询问路人后，始知这正是联结飞驒和美浓、近江的街道，于是决定继续前进。

如今群鸟不会恣意来献物，也不会动辄出没，他总算可以安心赶路。只要有任何需求，相信它们会不择手段全部取来。

正因为了解它们的习性，草十郎在粮尽后思考对策，并不想派鸟去盗取旁人之物。他有桃照姬赠的那笔金银财宝，为数十分可观，但在偏僻道上使用恐遭起疑，因此迟迟未曾与人交易。

草十郎寻找山芋和百合根充饥，行经越过飞驒岭的山路，途中惊险超乎想象，天气也格外寒冷。辛苦翻越山岭，望着前方的开阔谷地时，他考虑先解决眼前的温饱问题。草十郎发现溪谷畔有小村落，打算先换取衣粮再说。

行往村落不久，草十郎发现前方路上有三四个男子骑马而来，他一望即知这几人惯于骑乘。久未驰骋的他有些怀念，眼光追寻那几匹栗毛马和鹿毛马。

（要是有一匹就好了……）

还有工夫寻思这些，全是久未与人相处、脑筋变糊涂之故。一般发现深山出现武人，必然认定是山贼。他正暗感不妙，已被对方发现。

平时身无分文还不至于慌张，可此时偏偏身怀巨宝，教人想不懊恨也难。

草十郎想折返已来不及，男子们策马朝他奔来。

若被追上可不妙，他捡着利于踏足的点快奔，不料背后飞来数箭，全飞过他身畔，似乎仅是威吓。

"快站住！再跑就射你后心。"

草十郎停步后，转身严阵以待，他感觉鸦群飞落在身旁枝梢上。鸟彦王从树上向他唤道：

"要对付吗？"

"不，还不需要，等我打暗号再出来。"

答话间，几名骑马男子应声而至，其中一人纵马绕到他背后阻绝去路。

"为何一个人在此徘徊？这小子装扮好怪，我看根本不像当地人。你来此有何目的？"

中间的男子盛气凌人地盘问道。他头戴武士帽，麻料的直垂裤裙十分粗糙，就连武器也唯有此人身系长刀，其余皆配佩着短山刀。尽管如此，他们仍属危险分子，散发着武士团特有的霸气。

"我没有任何目的，只是路经贵地，想换取食粮而已。"

草十郎答道。男子又问：

"你路过此地，想去哪里？"

"熊野。"

"熊野——？"

对方眉头紧蹙，语尾音调拉高了半阶，表情显然不信。

"少胡说了，休想敷衍我们。你是来打探消息的吧？看到我们便想逃走，就是最好证据。"

草十郎也不禁蹙起眉头。

"这种深山，有什么好打探的？"

佩长刀的男子毫不客气地走近他，刷地抽出白刃，草十郎轻身避过，朝后翩然飞身。

"你怎么伤人？"

"瞧你身手泄了底，还敢假冒来自飞骅，其实是京城派来的探子吧？"

草十郎哭笑不得，又想自己被视为可疑人物也在所难免，即使以实情相告，对方也必视为无稽之谈。

"既然你一口咬定，那我不去村落，绕道总可以吧？"

"不成，行动可疑的家伙非捉起来不可。"

几人逐渐围拢，草十郎一时穷于应付，唤乌鸦来协助是很容易，但他们并非匪徒，沦为下手不知轻重的乌鸦饵食，未免太过残忍。

就在双方尚未出手之际，又有一人骑马来到众人面前。

草十郎乍看便知此人是首领，坐骑是骏逸的连钱苇毛马。

"发现什么人？"

"这小伙子来者不善，身手倒有两下子。"

苇毛马背上的男子高大而魁梧，嗓音相当沉厚，戴着一顶涂漆斗笠，因此看不清五官。草十郎抬眼观瞧着斗笠下的面容，对面男子突然惊呼道：

"哎呀，你不是武藏出身的那位足立远元的胞弟吗？"

他语气充满惊愕，草十郎心底一惊，做梦也没想到在深山遇到能叫出自己本姓的人。

男子摘下笠帽，露出蓄浓胡的国字脸。

"是我啊，小伙子。没想到你还活着，真让我欣喜极了！"

"……您是斋藤大人？"

不敢确定的草十郎小声问道。此人正是长井斋藤实盛，蓄着小络腮胡的相貌，一如当时在比叡山西塔为义朝大胆率领源氏余众的模样。

草十郎又惊又叹，望着下马走向自己的人。实盛是义平最能坦诚以对、毫无顾忌交谈的武将，逃难过程中也一直如此，他是草十郎由衷敬佩的坂东武士。

"你怎么不回坂东？与源氏共进退还能安然活下来，如今却在此地徘徊，这又是何缘故？"

草十郎听他询问，只反问道：

"您为什么也没回武藏的长井庄呢？"

"咦？怎么你忘了？"

实盛捻扯一阵胡须后，说：

"渡河到势多之后，就在我和一行人分道扬镳时，你没听见左马头大人命我在越前的源氏据点待命吗？我原本出生于越前，长井是叔父的家乡，我只是养子。"

"啊——不好意思，我不记得了。"

他忙着寻找记忆，却毫无印象。精疲力竭地抵达势多之际，只记得一行人接二连三殒命，其他细节早已全忘。现在想来，最后在山里与义平离别时，并不曾看见实盛的踪影。

"这么说，那日您是从势多朝北出发？万万没想到能在此巧遇，这里该不会是您的故乡？"

"当然不是，我在此是另有缘故。"

实盛蹙眉望着草十郎。

"你是在何处离开源氏主公一行的？我记得义平大人曾对你赞誉有加，难道你没随少主患难到最后一刻？"

苦涩的回忆再度苏醒，草十郎眼光落向足畔碧草：

"……后来右兵卫佐大人在山中走失，我折返原路去寻找，最后将坐骑留给他，从此没回去跟一行人会合。再见到左马头大人和义平大人时，已经在京城狱门……"

实盛露出痛心疾首的表情，道：

"你专程赴京去确认啊……"

草十郎点点头，不忍谈起回忆里的惨况，唯有低头不语。实盛伸出厚掌抓住他肩头摇撼着，让人感觉豪迈中充满同情。

　　"我和你处境相同，义平大人在前往飞驒途中，原本该与我在越前会合，当时我正召集有志之士，这是在分别前说定的。我尽力完成任务，在越前等候少主，他始终没有来。目前我们所在之处，正是少主获悉其父遭遇不测后，火速赶回京城的出发地。"

　　草十郎深吸了口气。

　　"就是这里……义平大人曾经来此？"

　　"难道你不知情？那么，为何想来这种山野地方？"

　　实盛讶异问道，其他几人也紧盯着年轻人。草十郎困惑地支吾道：

　　"……我不知道有这回事，真的是刚巧路过。"

　　草十郎惊讶万分，猛然忆起那日义平在雪夜道上的那番话，甚至鲜明地想起他的语气。

　　（……奥美浓有家母娘家的村庄，幼时我曾在那里玩耍。我即将前往飞驒，在这次进京前，其实先去过一趟了。只要到那里，就会看到我的横笛，我可以让你吹它。那支横笛，我交给一个叫美津的姑娘保管。）

　　"美津——小姐。"

　　草十郎不禁念着名字，抬头仰望实盛。

　　"美津小姐住在这里对吧？少主曾委托她保管横笛。"

　　"没错，果然你也听说了。义平大人和美津的恋情，在镰仓几乎是个秘密，恐怕连其父左马头大人也不知情。"

　　实盛痛切地说道。

　　"不过两人可说是青梅竹马。义平大人的尊母是越前人氏，我也是在当地出生，昔日只有我随侍少主到越前国出游，也曾来这座村里。我来探望，正是为了这缘故。"

　　草十郎望着环抱在山麓溪谷中的村落。

　　"她仍在伤叹吧……毕竟不能到少主墓前哀悼。"

"是啊，而且美津小姐还有孕在身。"

草十郎眨眼回望对方，实盛又语气沉痛地说：

"平氏不知透过何种渠道，似乎洞悉此事。就连越前的斋藤党也献上同党名单，不再公然反抗。可是，我不能眼睁睁看着美津小姐落入平氏手中。"

第九章　再生

1

斋藤实盛吩咐几人继续监视村落周围后，牵马与草十郎同行。

"来吧，由我介绍美津小姐的父亲和你认识。"

草十郎无暇犹豫了，在得知他们保持警戒的理由时，他不禁忧心忡忡。

"平氏的武士何时攻来？"

"半个月前，对方曾下令将美津小姐交给六波罗，进攻是迟早的事。"

草十郎小跑追着大步前去的实盛，问道：

"平氏的武士如果来袭，你们打算决一死战阻止他们？将有多少部下呢？"

"只有我和他们四人。我绝不辜负斋藤党的声誉，率领的都是愿意同生共死的伙伴。"

"这怎么行……"

草十郎不禁喃喃道，忽然深切感受到战争其实尚未结束。

不久他们进入村落，穿过几间民家来到一间宅邸。屋内设有高台，还有全村最壮观的茅屋顶，这应是村内的长者之家，前庭显得相当气派。在此遇见几名村人，皆向实盛低首致意，表情却透着惶惑不安。实盛将马托交一人后，带着草十郎进屋。

"平氏可有出动人马？"

出迎的屋主一开口便如此问道，可知事态极为严重。屋主朝日氏气概豪迈，若非劳神憔悴，原本应是威仪堂堂的人物，从外貌即知其性格稳健，喜好广结善缘。

"不，尚无这些消息，倒是凑巧遇上来自坂东的旧识。他曾加入义平大人起义，随侍主公却幸免于难，少主对他十分器重，还望您能丰盛招待。"

"好说、好说……欢迎莅临寒舍。"

"我是足立十郎远光，这次……"

草十郎垂首示敬，正不知该从何说起，实盛随即接口道：

"这年轻人会吹笛子，他曾听少主亲口提及源氏的横笛已交由美津小姐保管。若有他以笛为伴，或许能安慰消沉的美津小姐，不知您意下如何？"

朝日氏正欲开口，一个年轻女子从遮屏后方抢先发出声音，那语气激动万分，高亢且悲痛。

"不，你们错了！这家中没有源氏的笛子，我没见过什么义平大人！跟源氏毫无瓜葛，请别让我们家破人亡。"

她哇地号啕大哭起来，在场者莫不窘到无言以对。美津又泣诉道：

"斋藤大人，请您不要无端生事，别再让任何人牺牲了。如果活不成，让我一个人去死好了。都是我不好，与其让家父和村人再受无妄之灾，美津宁可自求了断。"

只听像是她母亲的声音在旁劝慰，不断规劝她别太激动伤到胎气。不久，女子似被带往内室，啜泣声逐渐远去。

朝日氏沉默不语片刻，幽幽说：

"……小女已近乎崩溃，就算为父的舍命也该保护她，不但如此，还有她即将生下的婴孩。她是我唯一的爱女，义平大人对她倾心时，我是多么引以为傲啊。"

实盛也点点头。

"等美津小姐顺利生产后，应该会了解我的苦心吧。对了，她何时临盆呢？"

"就在最近……我考虑让美津藏在深山里，因此不让她走动。"

接下来，草十郎在设置坑炉的外厅享用米饭配河鱼、炖菜等丰肴招待。然而在用饭时有些难以下咽，因为美津悲凄的叫声，仿佛一直响在他耳际。

（少主曾是那么神采飞扬地谈起她……）

当时的情境，与美津嘶喊义平的模样简直是天壤之别，草十郎为此相当感伤，同时对她声音中透露着当真寻死的意念，亦感到忧心不已。

草十郎用饭后想和鸟彦王交谈，于是步出户外。由于天色犹亮，在众目睽睽下不方便呼唤它，就试着朝远方走去，村民仍好奇观望，他一直沿溪谷走到村边才得以停步。

鸟彦王出现后，开口便问：

"喂，有吃饱吗？"

"有啊，肚子好胀，但我要说的不是这些。"

草十郎让乌鸦停在手臂上，告诉它说：

"义平大人的心上人住在这里，而且怀有身孕，平氏似乎想对她不利。"

"那可不妙，所以呢？"

"能不能请你派兄弟去调查事情？比如平氏武士是否即将攻入本

村，或是如果来袭会派多少人马。"

"小意思，就算从京城的六波罗到这里的全面调查，也难不倒我。"

鸟彦王一口答应，草十郎又迟疑地说：

"还有……为了预防万一，能请你召集所有的鸟儿吗？我是不是太自私了？"

"你这人还蛮谨慎的嘛。"

鸟彦王叹服地凑近望着他。

"全部召集就是所谓的壮大声势，即使区区小事，只要你真心期盼，我就能得到感应召集它们。"

"是这样吗？"

"当然啰。那么，我去动员舍弟了。"

鸟彦王飞走后，草十郎返回村落，走在流水于岩间潺湲的溪畔，这时，他忽然动了吹笛念头。

系世在六条河原献舞，以及两人同时追悼义平的情景，恍如遥远的记忆。

当时草十郎单纯顺着系世的引导吹奏，对旋律毫无印象可言。然而，在痛切哀悼义平的此时，涌泉般浮现的旋律或许与当日极为相似。

（……这笛声，能让终日悲叹的美津小姐听见吗？）

草十郎边吹边思忖着。无论再怎么惋惜义平早逝，如今的他终于能接受逝者已矣的事实。义平的肉身既朽，总不能永远追随下去。

然而接受义平消失的世界，与遗忘他是不同的。为了不让珍贵的回忆变质，草十郎必须具有踏出阴霾的态度。

他期盼美津也能了解，不要一味逃避、坚持不认识义平，否则必然破坏她对少主的美好回忆。

此时出现了两三名村人，草十郎不以为意，继续向着河心吹奏，与无浊清流化为一体，澄透的音色潺潺远去。也不知悠扬几时，直到远方人声响起，他方才回过神来。

"喂！不得了，不得了啦——"

转身一看，草十郎差点儿没吓跳起来，岂止是三两稀疏，竟有十几名村民围成半圈在聆听。草十郎惊讶环顾这些人，忽然与他对目而视的村民也露出尴尬神情。然而，双方又不约而同地惊愕回头，注视那名仓皇奔来的老者。

"大事不好了！朝日大人的千金——美津小姐失踪了。稍不留神，她就离开屋子。你们怎么有闲工夫聚在这儿？还不快分头去找人，一刻也耽误不得。"

妇女发出惊呼，男众低声呻吟，纷纷慌乱散去。这时草十郎不顾一切叫道：

"鸟彦王！"

"我在这哟。"

即刻会意的乌鸦翩然飞下。

"你晓得有身孕的美津小姐去哪里吗？只要她是步行离去，一定很快就能发现行踪。"

"第一任务是找她？"

"没错。"

"看我的。"

有两只乌鸦赶来又飞去，乌鸦之间的指示用语，似乎超越草十郎的理解能力。接着，鸟彦王又很世故地说：

"这种事我很清楚，其实孵蛋的雌娃情绪很不稳定，动不动就追着乱啄。"

"美津小姐又不是在下蛋。"

草十郎边跑边愤愤回嘴：

"人类在生产时更危险，有不少妇女在分娩时丧命，家母也是如此。若没有获得旁人的妥善协助，可能会难产。"

鸟彦王霎时噤声，又言归正传说：

"这种事我也听说过。那么，她逃走是早就不想活了？那好，我非找到她不可。"

草十郎走到可望见长老宅邸的地方，途中遇到朝日氏，他面无人色，正要亲自去搜寻女儿。

"您知道美津小姐会去什么地方？"

草十郎问道，朝日氏只一个劲儿摇头。

"总之多派人手到溪谷边，她应该走不远。"

草十郎忽然灵机一动，又问道：

"这附近有洞穴吗？"

长老显然心不在焉，勉强答道：

"此地既称为穴马，当然有洞穴了。传说曾有天马从洞中飞出——"

草十郎直觉不妙，询问洞穴所在地后出发寻找。他相信美津和万寿一样深陷绝望，甚至可说是受到万寿召唤。

斜阳在暮空下燃成茜红，此刻幽暗的林荫落影于道上，草十郎喘吁吁奔向上坡，这时乌鸦飞来说：

"已经找到孕妇了，她正在前面踉跄走下坡呢。"

草十郎心想不出所料，就望见她的身影。那个穿着蓝白重层小袖服的女子，吃力地走向乱岩坡下；即使身躯沉重，毕竟是山野出身，几乎可说健步如飞。女子即将前往的地方，黑暗正张大口等着吞噬她。

"美津小姐，你别去！"

草十郎大声呼喊，美津略回头朝背后一望，又漠然径自向前。然而，她一瞬失足，身躯剧烈摇晃。

草十郎看得心底发凉，铆足了劲直冲下斜坡，差点儿没滚落到底，总算跌跌撞撞来到她身边。

"不要！别管我！"

美津激烈摇头，拒绝草十郎伸手相助。那松束的发丝散乱异常，贴在泪湿的面颊上，若非姿态狂乱，原本应是秀美女子。她生长于僻地却气质出众，此时狂乱的模样更教人不忍。

"请让我死吧，这样活下去没有意义了，就算生下孩子，也会造成亲族的困扰。失去少主笑容的地方，让我了无生趣。我想尽快与他相见，你凭什么拦阻？"

反被谴责一顿的草十郎有些挫折，仍坚持道：

"美津小姐，为失去义平大人悲伤的不只你一个，还有许多人都很哀痛。你追随少主轻生，只会让他们更伤叹，你不能这么做。"

"这种话，我不知道告诉自己几遍了。"

美津反驳道，接着语气恢复平静，然而，这有所觉悟的口吻更加危险。

"……为了大家，我试着苟且偷生，可是平氏有传书来报，再这样下去，家父和村民将被歼灭，连越前的斋藤大人也难逃牵连。既然我毫无指望，以一条命来拯救大家，又有何不对？你这样阻挠，只会逼死更多人。"

"平氏不会来的，你和令尊能在村里安居。"

草十郎断然说道。美津只当是戏言，蹙起柳眉责备道：

"别说一时安慰的空话，你当我是三岁小孩儿？如今是平氏的天下，他们一旦决心讨伐，谁也阻止不了。"

"我可以阻止。"

草十郎答道。美津失笑地一翘下巴，像是瞧着不服输的弟弟般瞥着他。

"你当自己是何方神圣呀？今天不过刚见面，你没理由管那么多。"

"当然有理由——至少，对我来说是的。"

草十郎望着近在眼前的洞口，周围早已转暗，洞内的黑暗显得更幽阔。他仔细望着洞中，又说：

"自从义平大人辞世后，你就一直注视着亡魂暗渊，对吧？其实直到不久前，我也一样。从这里跨向死亡很容易，一了百了更轻松。可是若在这里被暗渊打败，就会含恨而死，恨世间，恨平氏，对一切充满憎恨。因此我必须阻止，美津小姐，其实你还有——拥有孩子。"

美津轻轻吸气，这才问道：

"……你刚指的理由是什么？"

"就像你有生下这孩子的使命一样，而我，必须让一个女孩儿返回世间。"

草十郎注视着对方，泛起微笑说：

"第一次相遇时，我不小心叫她'美津'，误以为是义平大人的心上人，害她心里很呕。"

"糟糕……她叫什么名字呢？"

"系世。"

重新呼唤这名字让他思绪万千——如今对草十郎而言，再没有任何东西比这两字的余韵更重要。无论今后有千阻万难，无论能否达成对神明的挑战，恐怕唯有她，是永恒不渝的真实。

美津听出他的话中潜含他意，就目不转睛地望着他。草十郎腼腆地取出布袋，解开绑绳拿起横笛。

"或许我可以向你表明自己是谁、想采取何种行动。系世虽与亡魂暗渊近在咫尺，却处于完全不同的境地。"

草十郎无法提出确切证明，可是通往地底的洞穴，让他觉得在呼唤死亡的同时，前往系世所在的异界通路也随之敞开。接下来，就看系世是否仍在舞蹈了。

笛声响起，草十郎心涌一丝绝望，系世终究会停下来，当她期待留在异界时，必然不会再舞。不过，这份疑虑旋即消失，因为系世的音律远比在鸟国时更明确。

不知不觉间飞舞起花雨光点，盛开的花朵旋转落下。系世现身其中，如沐晴辉般灿烂，那袭红衣映入他眼底，舞袖的身姿轻盈曼妙。她微泛笑容，仿佛与愈增光艳的身影相互呼应，显得更为自信地舞着。

草十郎乍看之下，顿时狂悸到不能自已，舞扇果真在她手中。

那正是自己曾经保管的金彩舞扇，系世将它舞得如展翅轻翔。他方才发现扇子在气势万千的舞蹈中不可或缺。

他几乎伸手可及，少女足下仍是暗渊，让他无法接近。若想跨越，唯有前往熊野一地。

系世边舞边频频望着他，或许知道无法接近，她神情微露遗憾，动唇喃喃诉着，然后缓缓淡去消失。

一时之间，草十郎没发觉自己停止吹奏。系世想回世上——这个信念让他感动庆幸不已。他恍惚地将横笛置于膝上，方才想起美津在旁。

"……她就是系世。"

美津呆坐在岩上，听他如此说道，这才回神深吸了口气。

"我……简直不敢相信眼前景象。不过我可以肯定，你的笛声连一丝弱息都是为了她，听了真教人心酸。"

她垂下头，低俯的脸庞展露微笑，原本凄绝的紧张气氛开始融缓。

"义平大人的笛艺不精，我不忍说破他，总是在旁静静聆听。"

"少主曾说想多加练习。"

草十郎应道。美津破涕为笑，轻轻按着眼角，不久忽然想起什么似的，从怀中取出一支细长笛箱。

"这是义平大人托我保管的横笛，名叫'青叶'。他希望把笛子送给将出生的孩儿，我正想带它同归于尽……如果你不介意的话，能吹它给我听听吗？"

美津面露迟疑，小声害羞道：

"能为我吹吗？……就像刚才为她一样。那么，我多少觉得留在世间还有意义。"

草十郎紧张地接过义平的横笛，这是第一次尝试，也是初次为系世以外的对象吹它，因此只许成功、不容失败。

（我可以让你吹它……）

义平的承诺，如今终于实现。他取过管形略粗的横笛，眼前浮现义平含笑的表情，不禁百感交集。他朝吹嘴轻轻送息，响起犹如义平的豁朗音色。

草十郎不知义平吹青叶时的感觉，只能凭直觉来表现适合少主的简朴生活，像是喜爱山里的四季和清净溪谷、钟爱在此成长的美津——

美津双手紧握胸前，以祈祷的姿势凝神倾听。吹奏一阵后，他发觉四周已陷幽暗，就放下横笛询问她的感受。

"……你觉得还好听吗？"

"嗯，很好。"

美津仰起脸说道，语气十分僵涩。草十郎知道她是勉强称赞，不禁感到气馁。然而她又说：

"请别误会，不是你吹不好。只是……我开始阵痛，好像快临盆了。"

大惊失色的草十郎赶忙奔走呼救，村民一片喧腾，将美津抬上临时担架，送往朝日氏的宅邸。所幸羊水未破，美津在整备周全的产屋中，得到母亲和助产妇的协助，顺利产下健壮的婴儿。草十郎和男众们退避在外厅，听到内庭传来一阵欢呼。

"听说是男孩儿，太好了！"

实盛对坑炉边的草十郎说道，拍拍他的肩膀。邸内有祝酒招待，大汉将满满一碗酒硬递给年轻人。

"幸亏你及时发现，美津小姐才能母子俱安。"

"我也捏一把冷汗呢。"

草十郎小声说道，对方似乎不解其意。

"如此一来，更不能让平氏有机可乘。你打算如何？要不要留在这里为义平大人的遗孤效力？"

草十郎片刻缄默后说：

"我会想办法对付平氏，可是，必须先去一趟熊野才行。"

"这是怎么回事？你想去当圣者？"

实盛惊问道，草十郎知道被误会也只能认了。

"你离开武藏时神情飒爽，怎么居然想要半路出家？我没资格训你，当今源氏武士难见容于世，这是不争的事实。不过，我一定会坚守武士生涯，不冀求他路，何况平氏现在也不会放过我们。"

"我会和你并肩作战的，任何生命都必须在斗争下生存。"

草十郎切齿说道，一饮而尽后搁下酒碗。

翌日清晨，鸟彦王来报说：

"平氏的武士团最快三天后抵达，骑手约有三十名。人数不足以作战，不过光凭五人御敌还真是不智之举。"

"我想也是。那么，至少还有三天不能动身……"

草十郎想到拖延时日就意气消沉，他唯盼趁早南行。鸟彦王连连拍翅，又说：

"就算他们没进攻到这里，还是可以先发制人哟。不过，必须设法让对方永远不敢来犯才行。"

然而，苦无良策，草十郎只能叹息说：

"目前我不能一走了之，必须留在这里，直到确定村民安全为止。"

"草十，婆婆承认你有权参加祭神仪式，现在你拥有任意驱使鸟的力量。我不希望灾厄发生，但有时必须采取行动。"

乌彦王又附带说：

"总之人类总是唯我独尊，所以看不清乌彦王的存在。只要我稍有动静，他们就大惊小怪，以为有瑞兆出现。像是占卜师总是信口乱诌吧？最近在人间，好像盛传有许多异象都是天狗引起的呢。"

"天狗？"

草十郎想起正藏叫他是"天狗的徒弟"。如此说来，就算自己并非如正藏所取的外号，但也相去不远。一想到此，他不免有些气馁。

"我再想想有什么方法可行。"

乌鸦飞去后，草十郎杵在原地深思。或许乌彦王在暗示若想反攻平氏，就该彻底击垮对方。只要他愿意，应该能有消灭六波罗一门的力量。

（……可是，我察觉义平大人的仇敌平氏也是遭人利用。平氏一旦失势，必然会有类似者重蹈覆辙吧。京城的皇族贵裔照样恣意挑唆斗争，暗地里争权夺利……）

草十郎脑海中浮现的人物，唯有掌控天下的上皇。他战栗地感受到自己具有力量可以将这些化为乌有，还包括当时和系世为了上皇延寿，以致日后可能引发的那场大战。

他忽然回神，发现朝日氏正站在身旁。

"原来你在这里。其实是小女有托，希望你务必来看刚生下的孩子。"

"啊，我很荣幸。"

草十郎忙掩起忧容答道。朝日氏由衷开口道：

"你的大恩大德，我们感激不尽。今晨小女说幸亏有你，才使她打消轻生念头，因为有你来此，才顺利产下婴儿。她还说你就像是观音使者。"

内心承受不起的草十郎搔了搔头。

"我只是尽绵薄之力……"

"不，我知道小女情绪相当稳定，已经恢复昔日的笑容。真是太感谢了，只能说是拜少主在天之灵所赐。"

草十郎在不知所措中，随同朝日氏走向邸内深处。美津在最边缘的厅房中，躺在柔软铺床上，以上衣覆着身体。她保持横卧姿势，照应着身旁刚穿出生服的婴儿，面露微笑等候来人。

2

草十郎道贺后，蹲下注视小得令人惊讶的婴儿脸孔。

"怎么样？看起来像谁呢？"

美津问道。草十郎无法回答，因为那模样是肿眼、塌鼻、皱额，眉毛等于没长。

"……我说有点像猴子，你会生气吗？"

"你真不会讨好人，刚出生的娃娃就是这副样子，没多久就不像猴子了。"

"他能健康出生，实在太好了。"

"真想让你听听他的哭声，洪亮得吓人。"

美津缄默片刻，郑重地说：

"我反复思索你所说的，让这孩子来到世上是我的使命……产下他的瞬间我还在思考，觉得这是天经地义的事。"

草十郎注视那身为人母的骄傲灿容。烦恼一空、爽然微笑的美津，此时美得令人暗惊，她本人才更像观音在世。

"今晨我终于不再以痛苦的心情想起他，这个机缘，也是拜你吹笛所赐。我差点儿不想生这孩子……当我发现错在自己时，才坦然接受家父和众人的祝福。"

美津爱怜地以指尖轻触婴儿的嫩颊，又说：

"我想将这孩子养育成和你一样。他是义平大人的遗子，少主是在无法摆脱对平氏复仇的念头下离开人间。他有先见之明，将怀有身孕的我留在村里。现在我没有埋怨，却希望要是他能多了解生命的意义就好了。"

听了此话，草十郎感到汗颜。

"我也差不多，以前做过许多糊涂事……说不定今后又会伤害人命。"

"可是，你教我认清生存之道，并没有事不关己、只知伪善说教，才让我深受感动，顺利安产。你也想从死亡深渊——协助那仿佛幻影的女孩回到世上吧？"

草十郎听她认真说道，不由得点头承认。

"我不知道系世回到世上会发生什么事、是否能获得幸福，可是我由衷盼望她回来。"

"这孩子也一样，包括我和任何人都不能预测他是否活得幸福。可是就算将来懊悔生下他，我也不会剥夺他的生命，因为你开示我在面临深渊时仍不轻易放弃的生存方式。"

这番话反让草十郎困惑，他想告诉美津其实自己有多凶煞，却只能张口无言。他没有必要破坏美津的平安现状，而对方投以感谢眼神让他消受不起，则是他个人的问题了。

"……请让令郎完成少主未竟的心愿，让他过着不受征战所苦的平静生活。"

美津以欣喜的表情点头答应。

"是的，这孩子不需要成为名人，希望他没有复仇心，能体会爱人及被爱，安然度过此生。"

美津表示将婴儿取名叫草十郎，让年轻人忍不住逃回厅房。然而，她的话语留在内心，他了解那是肺腑之言。

（……这样下去平氏迟早来袭。该如何做才不会破坏美津小姐的心愿？）

草十郎想整理思绪，于是沿溪步行，忽然听到一个声音唤住自己。

"喂，借一步说话嘛——"

那语气格外亲昵，不可能是鸟彦王。草十郎不禁蹙眉回头，目光和岩下的金灿狼瞳对个正着，他反射般地闪身跃开。

"讨厌，谁要偷袭你啊？不是当鸟王了吗？吓个半死的，好没面子。"

听到一连串数落的话，他才留意到停在岩上的乌鸦。

"……清青姬？"

"没错，你很想知道我为何在这里吧？"

清青姬得意地扬起黑喙说道：

"不为别的事，我偶然听到桃照姬和朝雾姬很照顾你，这样我不就吃亏了？所以一直在等待时机翻身哟。"

"那么，你也想博取鸟彦王的好感？"

"有些话可别明讲，否则会被当作笨鹅。对了，根据我收集的消息，听说你最近将发动人鸟大战，这是真的？"

"……我还在考虑。"

草十郎暗自纳罕着说道，心底不希望有太多能沟通的乌鸦在旁，倒是清青姬不以为意。

"桃照姬自以为很懂人类，其实我更清楚，再怎么说，它的行动范围远不及我能上天下地。说到朝雾姬就更别提了，那个没见过世面的土包子，你要信它一分就是傻瓜哟。"

（……这三位名媛要争当王妃？）

他实在同情鸟彦王的处境，于是一声不响。清青姬忍不住学起鸟彦王焦躁时的动作，扑了扑翅膀。

"你听我说呀。就算全鸟国上下都承认你是鸟王，要是我心有不服也会不想帮助你。不过你为产妇留在村里的举动，让我对你确实改观不少。看在你很有男子气概的分上，我愿意磨爪擦翅哟。"

"什么意思啊？"

草十郎不解问道。清青姬昂然挺胸，说：

"我们一族会操纵动物，这只狼是狼族首领，只要我郑重拜托，它可以随时攻击某些特定人物，轻易就让他们吓个半死。"

"你有这种本事？"

清青姬注视不停眨眼的草十郎，鸟喙翘得老高。

"我讲过是小事一桩嘛。依我看，对鸟彦王号召鸟军一事，你不是左右为难吗？这样一来也免得它劳师动众。只要有我在，绝不让坏人糟蹋村里。"

草十郎郑重开口道：

"我的确左右为难……鸟比人类更脆弱易死，就算我欣然接受协助，仍然不愿意它们为人牺牲。你的狼群能轻易击退平氏的武士团吗？"

"我们一族原本就是为了御敌，总在最前线哟。"

清青姬夸耀地宣称说。

"人们自古视狼为神圣的动物，一旦它们集体行动就以为是神兆，绝对会吓破胆。"

草十郎仍犹豫不决，清青姬似乎看穿他心事，就说：

"其实你不该在这里待太久，最好直接去熊野，我有预感该是时候了。你对任何雌娃都友善是值得称许，不过也该有个限度。像你这种雄娃，很容易错过真命天女哟。"

"多管闲事。"

草十郎赌气回道。清青姬只扇扇翅膀，道：

"好了、好了，别再犹犹豫豫浪费时间，你该了解我是支持者。总之只问你，到底要不要我去唆使狼群袭击那些武士团？怎么，还想拒绝我的好意？”

感觉像被对方玩弄于股掌间，草十郎终究点头同意。

“如果可以……就请大显身手吧。最重要的，是别让这场冲突有牺牲出现。”

“了解，接下来全包在我身上。”

目送着狼跑远、乌鸦振翅飞去后，草十郎返回朝日氏的宅邸。进门后，只见实盛在外厅专心保养盔甲。

假如实盛没有几个头盔，从长箱取出的这顶，应该是在延历寺西塔抛向山僧的旧物。草十郎注视他躬着身、细心磨亮盔甲的模样，想起了足立家的祖父，心中不禁隐然作痛。

默望了半晌，草十郎开口说：

“我也是武士出身，受过严训必须慷慨赴义，如今却不免认为亟欲成仁并无太大意义，我认为您不该在这种僻地牺牲。”

大汉早已察觉草十郎在旁注视，头也不抬便答道：

“人迟早都会死，我宁可死于自己心服的决斗，其他无意义的牺牲多得是。”

沉默片刻后，实盛又说：

“我若没在此丧命，日后恐怕会以越前斋藤党的身份为平氏效命，奉平氏命令而战吧。如今我只想让义平大人的子嗣活下去——这是最后一次为源氏效命。”

“您想拒绝出仕平氏，觉得在村里牺牲比较值得？”

“不，不是这样，我一旦效命就会全力以赴，也不知这种个性是好是坏。假如主公换作平氏，我想今后也不会对他们记仇吧。”

听大汉如此超然说道，草十郎微感一惊。

“您的意思是对平氏不再生恨？”

“问题不在于此，我甘愿为源氏牺牲，今后若留下一命，唯有侍奉平氏才能继续武士生涯。毕竟我是天生的武士啊。”

实盛取起头盔，仔细检查护颈是否偏离，接着说：

"我是在刀口下求生的人，尽管曾悔不当初，也反对杀害无辜幼子。保元之役时惨绝人寰，连刚满七岁的孩童也照杀不误。而义平大人和我见解一致，在武藏大藏初次上阵时，少主曾遇到被讨伐的敌人遗孤，那时还不满三岁。少主知情后，只向尊父禀告搜索结果并未发现男孩儿，暗中让幼儿逃往木曾深山的人正是我，因此我更该守护少主的遗孤。"

他说完，思索片刻，又附带说：

"……不过，平氏终究没有处决右兵卫佐大人，只将他流放，或许他们并非罪大恶极。"

草十郎感觉最后的内心纠葛渐能释然，不禁泛起微笑。

"斋藤大人，我一直很尊敬您，至今依然如此。"

"怎么说起这些，真不敢当。"

实盛大感意外，不禁转头注视他。草十郎恳切地说道：

"我很欣赏义平大人，刚才您的话让我重新相信这种自觉是对的，也相信自己今后的作为没有错……平氏不会来了，请您收起盔甲。"

"你胡说什么？凭什么这么笃定？"

实盛频眨着眼，最后忍不住发出疑问。

"我瞧你样子好好的，该不会神志不清了？"

草十郎转头望着他，语带保留说：

"我也不能保证自己是否神志不清，可是平氏派的武士确实打退堂鼓，恐怕不会再传书来了。"

"一派胡言，谁相信你的鬼话啊。"

实盛不觉提高嗓门，此时美津在遮屏后方，以更高声的语调说：

"我相信！"

只见美津穿整上衣走至外厅，实盛惊愕不已。

"美津小姐……没躺下休息不要紧吗？"

"我一切安好。"

女子浮现微笑。草十郎从实盛感叹的模样来看，她似乎近来频频出现在人前。

"如果他说平氏不会来，美津相信一定没错，或许我们得以安居度日了。我曾亲眼看他展示异界奇象，那是非同小可的力量，简直形同神佛。"

实盛一时怔住，仔细打量草十郎：

"如此说来，昨晚你提过想去熊野当什么圣者……难道真的成了得道高人？"

"我没说要当圣者。"

草十郎纠正道，美津端坐在厅缘，双手支地。

"斋藤大人——我必须对过去的行为向您致歉，以及深表感谢。刚才听到义平大人救助那名幼子的事情，让我十分感动，以后我不会再为怀过少主的孩子而叹悔。过去对您莽撞真是失礼，以后我会坚强抚育这孩子。"

这些话反让实盛不知所措，甚至露出窘迫神情。

"快别这么说，美津小姐，你言重了。我不过任意行事……"

一听此言，朝日氏就回道：

"不，我要代表朝日家族向您致谢，小女产子，全承蒙你们的关照。"

朝日氏与抱着熟睡婴儿的美津之母在厅房出现，双双端坐厅内，脸上皆流露欢欣之情，旁人亦能深切感受到初获孙儿的喜悦。

"虽然是贫微的山村敝舍，我们会独力养育这孩子。无论日后遇到再多苦难，多少还有亲族扶持。"

美津注视草十郎，郑重地问道：

"你接着将去熊野，是为了那位舞姬吧？"

草十郎点点头，她就轻喃说道：

“你一定迫不及待，是吗？”

“是的，我希望尽快启程。”

美津探询似的望着父亲，朝日氏开口说：

“熊野不易前往，是连山直逼海岸的地形，无论从本地出发绕经难波或伊势，都将耗上一个月。不过仍有一条捷径可行，就是不绕道东西海岸线，而是从吉野内陆沿中央山脊一口气南进。那是唯有老手才晓得的岭道，而且惊险无比。”

草十郎忽然想起鸦宰相曾提到可走山棱道南行。

“不管多险峻，我都想试试看。”

“可是必须有人带路才行，就像我刚说的不是人人可行，只有修验道行者或山民才有能耐通行的山岭道。”

草十郎正想回答说拜托乌鸦指路就能单独前往，忽然住口。正因为鸟儿能自在翱翔，根本没将道路放在眼里，才让他过去在山间尝过不少苦头。

“……您认识能带路的人吗？”

朝日氏点了点头。

“这次亲族听说寒舍面临危机来此聚集，其实他们都是山民。追本溯源的话，我的祖先原本是木匠，全族至今仍以伐木为生。平氏若不来袭，他们将回山里，可以为你带路到熊野。”

实盛仍露出疑惑的神情。

“朝日氏大人，最好多观察一阵形势才好，这种紧要关头，难保敌人不会出现。”

美津马上插嘴说：

“不，没问题的，爹，请让他走吧。”

不顾困惑的朝日氏，美津毅然说道：

“不要紧的，让他去熊野才是我们唯一能报答的方式。愈快动身愈好，不管走任何捷径，熊野都非常遥远。”

草十郎心怀感谢地注视美津：

"多谢美津小姐。"

女子报以微笑。

"我会和孩子活下去的，接下来就看你了。"

鸟彦王回来后得知晚了一步，有些懊恼地说：

"什么嘛，清青姬就只会自作主张，完全无视王法。你也真是的，何必对它言听计从？又不是它调教的狼。"

草十郎对嘀咕不休的鸟彦王说：

"可是，清青姬一心想得到你的认同。"

"它只想出风头，找机会抢功罢了。"

鸟彦王仍不满地说着，草十郎为它后悔没抢得先机感到好笑。看来鸟彦王在爱显本事方面，可跟清青姬旗鼓相当。

"坦白说，我该感谢清青姬的提议，幸亏如此，不必等到平氏来袭就直接前往熊野。不知什么原因，女性对这种事很敏感，清青姬和美津也都劝我尽早出发。刚巧过访朝日氏，才让我想起婆婆说的那条到熊野的山棱道……感觉这一切都是我的宿命。"

"那么，你决定去熊野了？"

"嗯，明早就出发。"

"那我跟你去。把清青姬留在我离开的地方，让它爱怎么表现都行。"

"你还蛮坏的嘛。"

草十郎调侃道，鸟鸦飒地飞到他头上，朝下窥探他的表情。

"我的意思是去熊野更要紧，因为我从去京城的家伙那里得到一个消息。喂，草十，上皇去熊野了，听说他率一大批随从离京的。"

草十郎不禁退却，感到一股寒意袭身。

"上皇为何——"

"他是去熊野参诣，去年据说就是在平清盛参拜时发动战乱。这次上皇当然仍是由平清盛随驾同行，平氏主力既不在京内，有清青姬对付就够了。"

鸟彦王又继续报告消息。

"上皇最近虔心向佛，不是造个千手观音堂，就是在东山建个熊野社和日吉社的分祀神社。他成天投入这些……当然都是抽空兴建的。自从战乱以来，内里和上皇一向不和，还有谣言说他对政治心生厌倦。不知上皇此时去熊野有什么用意？说不定跟你的宿命有关呢。"

草十郎没有马上回答，不过愈想愈觉得的确有关。自己和系世相隔两界，就是在上皇面前发生，如今为了重逢远赴最后的地点，而上皇恰巧前往同地，实在难以相信是纯属巧合。

"……终究逃不过吧。"

草十郎叹了口气之后才说道。鸟彦王却是信誓旦旦，道：

"那就必须做个了断。"

"是啊，恐怕我还得再见那人一面。"

咬唇片刻后，草十郎又说：

"看来还有理由必须赶路，山棱道固然危险，顺利的话还能追上队伍，我们锁定目标出发吧。"

3

日满蹲在小茅舍的檐端下，努力将药草根排在铺开的草席上，药草在连日霏雨中始终无法干燥。

熊野是甘霖丰沛之地，夏秋尤其潮湿，时有豪雨侵袭。水泽丰盈加上气候和暖，因此森林繁茂，有木国之称。这是一片朝夕萃取清雾、蓊郁漫覆斜坡的微暗树林，有椎木和橿树，还有错落其间的杉桧，多是令人望之生敬的参天巨树。

林荫下蔓草恣意缠绕，生长着各式苔藓和蕨类、菇种。若能熟知这些多彩多姿的植物，在这终年无雪的土地上应该生活无虞。

近迫茅舍的森林在冬季仍不改其暗，隐藏着无意示人、不为人知的生命谜团，是一片横越重峦叠嶂的林海；是个似乎凝聚着浓郁气息，即使悄悄蕴生仙灵也不足为奇之处。

在与系世相遇前，日满已在此居住近十年，熊野可说是他的第二故乡。

山中人迹杳然，下山后仍有相识民户，遇到困难时可求援应急。对修行者而言，陌槠搭成的茅舍只需遮风避雨就行。

（顺利晒干大量药材，就可到更远的地方找买家……）

除了海岸居民，日满无意间想起青墓，就如此沉思着。尤其青墓的众姊妹视他的药粉为珍宝，总是需求不断。

一只乌鸦从附近林间飞来，停在日满身边，好奇窥着他摆药草，但发现偷走这些怪没意思，嘎一声便飞走了。

日满微瞥了一眼，正想继续处理药草，忽然惊愕地抬起头。不知何时，身边已站着一名年轻人。那人无声无息出现，犹如乌鸦化身。行者仔细端详后，发现这张脸孔不陌生。

"草十郎，这不是草十郎吗？你何时到熊野的？"

"我刚来。"

年轻人答道，取下蓑衣草帽。他穿戴护手和绑腿、一身厚衣，全身装备完善。背上方箱里装载行囊，所幸看来不曾失意潦倒。日满边打量与昔日无异的年轻人，讶异着为何乍见到他时会心生恐惧，仿佛看到森精般不可思议。

"欢迎你，老实说，我没指望你会来访。你是一路直接来此？真有办法寻到这里啊。"

"我想起你对吉野很熟悉，或许在途中能相遇，因此才到这里。"

“途中……难道你是从吉野走奥趋道来的？”

草十郎点点头，日满不禁高声说：

“那是连行者都很难克服的险道，何况这个时节还连日下雨。”

“是啊，有好几次我差点儿失足滑落丧命，浓雾弥漫难行，幸好有两位山民协助。”

草十郎说着，微露羞怯的笑意。日满才发觉来访的年轻人刚才并无笑容，那不是因为不擅取悦于人，而是早已精疲力竭。

“你还真莽撞啊。寒舍简陋，不过可供你歇歇脚，进来吧。”

“多谢，打扰你了。”

放下行囊的草十郎双脚生茧发肿，脱去鞋后，他表示系世备用的那些日满的伤药已经用尽。行者就取出新药，年轻人欢喜收下。

“原来你现在仍在制药。”

“我在这方面有些口碑，想歇手也难啊。”

“那刻佛像呢？”

“那种技艺不是一两年就能精通，得勤加磨炼才行。”

草十郎一时不语，当他沉默后，日满忽然又有了最初那种不可思议的感觉，小茅舍宛如盈满深山气息，又像招来仙灵之类。行者仔细揉眼，眼前仍是熟悉的小伙子，是个因跋山足肿的平凡人。

“你……后来呢？一直留在八条堀川府？”

“不，我在你来访的当日就离开了，后来辗转多处，经历许多事……”

日满等待详细说明，得知他无意谈起“经历”，改口问道：

“那么你来的目的，是总算想通要刻佛像了？”

草十郎缓缓摇头。

“我来并非为了此事，只不过想见你一面，然后要去熊野社，并到海边的斋场。”

“你要去熊野参诣？这是好事。不过，你仍不想为系世小姐祈求冥福，是吗？”

行者如此说道。草十郎紧抿一下嘴，语带迟疑地说道：

“日满，如果我……万一……做出与供奉系世完全相反的事，不知后果会怎样。”

“什么意思？你该不是想将她唤回人世吧？”

年轻人点点头，日满一时怔住。

“这样怎么能见容于世啊。”

“假如系世已死，这么做或许不被谅解，可是她是到其他空间，我的笛声曾追寻到那里。我想借笛声唤她回来，为了找出可行方法，才耗时这么久。”

日满目光灼灼地望着他。草十郎那安详的眼瞳流露着笃定。行者发现他昔日未有的这种沉静，与不可思议的气氛大有关系，然而最初的那抹孤寂感，至今依然不变。

“……我了解你思念系世小姐，也盼望御前能含笑回到世上。话虽如此，还是必须设法断念才行。不论对你或对逝者，心生执念都非益事。”

日满正打算晓以大义，草十郎深深叹息说：

“假如舍弃执念，我会比现在更可怕，快要变成那种……只为毁灭而驱使力量的人，有时我还在想是否变成那样会更好。”

“你究竟在说什么？”

行者惊愕问道。草十郎一时不语，忽然转问道：

“日满，你知道上皇将巡幸熊野吗？从京城出发的百人随侍队伍目前即将抵达本宫。”

“不，我不知道，因为深居山中，几乎与外界音讯断绝。”

“上皇就算率多少随从、护卫武器有多精良，我都能一举消灭他。如此一来，不知世局会变成什么样子？”

草十郎淡淡说道。日满大吃一惊，说：

“你说什么？这就是你去熊野社的目的——为了袭击上皇？为何要做这种事？”

草十郎微蹙眉心，凝视着彼方，那是日满无从得知的事情。年轻人侧头低声说：

“因为无论去年的战乱还是所有纷争……那人都是罪魁祸首。上次保元之役的遗恨，还有挑起这次战役的祸端，都是那人引起的。而且二十年后发生的战乱，恐怕也是由他而起吧。假使如此，我应该为替他延寿的后果负责。我必须做的，说不定是要断绝曾为他延续的寿命。”

日满感觉冷汗浮上额际，并非因视对方为疯子，而是那语气听来不像丧心病狂。缠绕草十郎那种不可思议的气息更加强烈，让日满的恐惧油然而生，实在无法一笑作罢。

“你……做得到吗？”

“只要我愿意就行。”

日满想起草十郎在带有神秘气息之前，多少有些危险倾向。

“……这么说来，你曾提过想和上皇处于对等立场。”

“是吗？我忘了，现在确实这么想。”

草十郎答道，回头却见日满猛然屏息，他顿时缓和表情。

“我只是偶尔想想而已。若对上皇出手，我将背负众多纷争，陷入旋涡难以自拔。为了系世求取力量，却不能为她效力，结果只成为上皇的取代者罢了。尽管如此，如果失去系世，说不定我会步上这一途。”

大汉挥手揩着脸。只要草十郎还顾虑到自己的反应，表示应该已恢复正常。

“你的意思……不是打倒上皇，就是拯救系世？”行者战战兢兢地确认。

草十郎点了点头：

“我知道选择任何一方都会造成剧变，可是我只能抉择。那么，与其逼人离开世上，我宁可让人返回世间。”

了解草十郎的心意后，日满心下略宽，仍觉得这番话危险万分。

"当然是这样比较好了。那么，你要如何救系世？"

"我知道方法，那是不容许人挑战的方式。因为挑战后，自己将变得超乎想象。"

草十郎踌躇一会儿，接着说：

"我来访就是为了这件事。万一系世回来，而我有些状况……就算没有发生，而是系世拒绝回我身边……日满，请你像以前一样支持她好吗？系世应该会回熊野。"

日满蹙起眉头。

"你该不是认为自己将遭遇不测吧？你到底能感应到什么程度？"

"不管事情进展多顺遂，我想不可能平安脱险。"

日满一时无言以对，只能望着他。草十郎的表情相当无力，言谈间只是就事论事，他已接受自我预感。行者不禁小声问道：

"……尽管如此，你宁愿不为自己，而选择唤回系世？"

"我是为了自己。"

草十郎垂下眼，难为情地继续说：

"我需要系世，因为和她相遇、有她在世上，才有今日的我。能与一位女子邂逅，不惜为她抛弃一切，我实在很幸运。若非认识她，我或许成了只知杀戮、不断衍生新仇的家伙，甚至自视甚高、只顾着追求权力巅峰吧。可是，如今我能感到自豪……觉得自己的作为能无愧天地。"

年轻人又闲谈片刻，终究不敌疲惫，倒头睡下。入眠后，草十郎只像个少年，露出孩童般的纯挚睡容。

（真搞不懂这小子……从第一次在河滩相遇，就不晓得他在想啥。）

日满细细回想着，注视他沉睡的面容，遥忆起自己曲折离奇的前半生。

由于想法差异造成爱妻死去，日满在逃往熊野后入山隐居。那日，他结束第二次千日修行，下山来到海边，恰好遇见与青墓的大炊夫人一同到熊野参诣、当时年方十三岁的系世御前。

时节正值春日，岩窟前的斋场举行供花祭典，系世在此献舞奉神。那时，日满一眼就深深感觉到——这位舞姬是菩萨化身，因为比凡花更美的光花冉冉落在她头际。

草十郎刚才表示要前往的地点，似乎就是那座斋场。莫非他也曾听系世提起过？

（不过，我对他的话信以为真，该不会是三个月来疏于见人，熏染森林的浓郁气息而产生幻觉吧……）

尽管诸多疑问，日满眼看纯真酣睡的草十郎，不忍弃之不顾，决定做热汤等他睡醒饮用，便离开茅舍汲水去了。

就在此时，行者发现自己并非错觉，茅舍四周的树梢上出现一片黑压压的乌鸦——熊野权现的使者正聚在一起，连铺草的屋脊上也密麻成排。它们时而互啄、时而展翅，极为安静地守护茅舍。

前往熊野参诣的上皇一行缓缓驾临本宫。

从京城出发的上皇首先在鸟羽殿设置的精进屋进行数日斋戒，再从鸟羽的渡口乘坐篷舫下难波。

既来圣地，不问身份高低皆需降马落轿，唯有步行前往。一袭敬神白衣、凡有行囊者皆背方箱，虔心持杖沿着街岸步行，正是为熊野参诣增添功德。

鲜少踏野巡幸的上皇，可说是挑战一场劳旅，但他了解并非如此而已。祖父白河法皇驾临九次，父皇鸟羽法皇来此二十一次，可知熊野参诣深具意义。

在引路前往奥熊野的途中，有九十九王子之称的多座神社得以祭祀，不仅是目的地的本宫礼殿，连途中歇宿的王子社，皆纷纷举行祈愿活动，以求参诣顺遂。因此巫女艺者云集，夜夜举行的盛宴，比在京时更奢华，几乎可说是放浪无拘。

进行取悦神明的游乐，若能讨神明欢喜就是修功德，如此更需热衷投入。上皇有幸长旅，皆是归于早卸帝衔，以退位身份方能如愿，借着帝父之尊享有的权势和巨富，得以在巡幸途中恣意挥霍。

（为了得到自由，朕不惜及早让位……）

诚然，上皇比先帝抱有更高的期待，姑且不论百人随行，总之打着旅途尊卑不分的名目，由着他去放纵无度胜过在京。既能搜寻珍技和美女，又可自在吟唱最爱的今样，还有充分理由任那丝竹响彻通宵。

离开难波不久，上皇在初作休息时提出要求：

"朕在想，是该举行符合参诣的盛典了。"

对近臣而言，这真教人头痛万分。与院对立，期待圣上亲政的内里派系，势必会对上皇的游癖痛加挞伐。先前建造眺殿的风波刚平息，想要展开有损皇威的游乐，还是离京城远一点儿为妙。

"屑末小民皆在您左右，微臣以为主上的歌声，此辈无福聆赏……"

遭反对的上皇心中怄气，故意向平清盛说：

"那么，有参诣经验的太宰大贰，你有何高见？朕听说左卫门尉为保等人曾梦见王子社的神明要求献歌呢。"

"但凭主上御意。"

官封太宰大贰的平清盛随即应道。

平清盛十分清楚自己与谄媚的左卫门尉为保立场一致，只见诸位近臣怏怏退下，他却顾不得许多。既然是武家跻身贵族，想给藤原氏下马威就得先识时务。

只见上皇回嗔作喜。

"既有大贰这番话，朕命你也唱一段，真是知我者莫若卿啊。朕倾心艺曲，绝非嬉游取乐而已。大贰应是如此，毕竟与朕所见略同，能欣赏系世御前的舞艺啊。"

平清盛恭谨垂首，内心其实没当回事，最要紧的是该如何圆融游走于院与内里之间。不偏袒任何派系……能够超然中立，正因为武士不同于立场僵化的贵族。

上皇谈起系世御前时，忽然流露感触良多的表情，沉浸在回忆里般开口道：

"你错过端午的神隐啊。"

"当日未能面圣，微臣愧悔不已。"

"那舞姬的祥瑞之艺，可说是千载难逢。"

平清盛曾为只参与了搭建舞台就进宫，以致错过观赏而后悔不已。然而平清盛在六波罗召唤她，无非是为了讨好上皇，他不觉得有多么出神入化；固然是赏心悦目，但不过是受少女之美吸引罢了。

上皇缄默片刻后，幽幽说：

"那吹笛的年轻人……你的属下从此不曾找到他？"

"正是，自从在贵船山失手后，就不知其去向。"

"朕派的属下追踪更远，至今音讯皆无，恐怕再难与他相见。"

上皇的语气极为沉重，平清盛不觉感到诧异。

"微臣听说万万不得让此人接近主上，莫非您还有意接见？是否该让微臣加派属下，重新缉拿他？"

"唔，罢了，朕不知是否该见。若能忘记他，朕也了却一桩心事啊。"

但听主君喃喃道。平清盛愈发惊讶不已：

"实不相瞒，微臣对那名吹笛人印象不深，他看似年少，居然有如此神技？"

上皇倦懒地扇起扇子。

"此事休提，无须劳卿费神。"

上皇目送平清盛错愕退下，轻声喃喃自语道：

"武人终究是鲁夫……从来不解风情。"

事到如今，上皇后悔逐走幸德，他真是个机灵人。

自从听信幸德不忠的进言后，二话不说就免了他当差。原以为多的是取代者，事实却不然，接任的游艺人在禀报即将远赴富士山后，就此断了音讯。

幸德在听到系世御前提出的献舞条件后，立即将那名神笛手带回府邸，这段往事如今让上皇怀念不已。那是他第一次见到那名年轻人。

（平清盛真是有眼无珠，只需见过他一面，便永生难忘……）

原本，这是承认草十郎的神技之余而唤起的绚烂回忆。端午的舞台宛似彩云缭绕，系世的舞艺精绝足以感动天听，但是凌驾其上的，却是草十郎的笛韵。

然而，音色过于殊妙，唯有真正通晓音曲者方能解其奥。

（朕能够了解……）

上皇思忖着，因此才萌生恐惧，在恐惧中不断追求。

各宿处举行空前盛大的乐宴，狂欢尽兴一番后，翌晨往往延迟出发，一行人也只能这样拖拖挨挨继续朝熊野本宫前进。爱好游乐的公卿个个大喜过望，唯有上皇决心认真参诣敬神。

欣赏巫女献舞和唱今样之际，仍能切身感受南纪森林的幽奥，还有耸林间蕴含的特殊灵气。

此地含有熟悉的京郊森林所欠缺的狂野，以及令人畏惧的气息。倘若虔心接受这股浓息，或许歌声就能上达神明。上皇由衷相信，他的歌声具备独特的犀锐感性，正是随意吟唱的贵族所欠缺的特质，他为此颇感自豪。

　　熊野威神现

　　入护名草滨

　　若浦长留待

　　永保少年郎

"主上的歌声更通彻了。"

"的确，想必深受熊野诸神的垂青。"

上皇抵达熊野川沙洲上的熊野本宫后，随即在社内设置的礼殿举行乐宴。他吟唱最拿手的今样，一干自称弟子的公卿竞相赞扬，连上皇本人都觉得嗓音愈发清越了。

尽管如此，仍有不赞成连夜游乐的近臣在场。

"今后行程尚需徒步，如此恐伤圣体。"

"不，朕精神更抖擞了，真可说愈唱愈入佳境。朕的生命之泉，正是透过艺曲源源不绝。"

上皇回答时，心底响起草十郎的笛声，那是发自体内轻喃的音律，他不禁环顾四方，然而奥熊野夜色已深，望向高悬板窗的廊柱外，唯见高杉林立。树林彼方是河川，丝竹隐歇之际，水音依然流系不绝。

"请问您怎么了？"

"你们可曾听见什么？"

上皇试问道，没有抱存太多期待。果不其然，群臣净回些不着边际的话：

"那是风声，今夜刮得真响。"

总之唱罢今样后，接着是和琴对琵琶铮铮锃锃，不久，弹奏演变成一大群巫女和艺人混跳猿乐助兴。众人酒兴方盛，也有抢入乱舞的，也有恣意酣唱的，总之疯到人神皆忘的境界，直到大伙随地躺倒、黎明来迎为止。

然而，唯有这夜上皇畅饮无醉，神志十分清晰。他对两名巫女的美色有些着迷，但精神抖擞反而减了游兴，终究还是作罢。

他忽然意识到渐亮的白曦中，唯独自己仍保持清醒，在敞厅弹起琵琶解闷。至于其他人，不是如那些端坐待命的随从频打瞌睡，就是告退回房就寝。

不可思议的是，他非常期待什么，分明苦苦等候，清晨终究来临。

（对了……不能再枯等下去，朕必须亲赴一趟。）

不知何故，上皇霎时恍然大悟，在无人拦阻下径自外出。

他仰望高枝，并未选择来时横渡的那条有浅滩的河川，而是朝沙洲走去，仿佛觉得应当如此。杉林的尽头，是比想象更宽广的蒙白河滩。

熊野虽处南方，朝夕寒意甚浓，有川雾浓漫，彼岸可见山坡，森势颇为壮观，此时沉浸在白霭中化为淡影。远山隐约浮现峦峰相衔，上皇伫立林边，环望着朦胧景致。

这时他清楚感觉到响自心底的笛声，与入耳的流川器声迥然不同。他不得不承认即便心怀畏惧想就此逃离的同时，这仍是他倾慕的音色。

（心存思慕是理所当然，因为是那笛声延续朕的性命；当然也有恐惧，毕竟他可以夺走赋予朕的一切……）

眺望一会儿，雾似是淡去。上皇频眨着眼，无心朝身旁一瞥，顿时屏住呼吸。有一名年轻人，正与他并肩而立。

上皇不由得惊慌失措，靠向身后的树干。年轻人静静伫立，一身端午当日的装束，几乎以为他是亡灵现身。那正是上皇赏赐的熟绢衣，年轻人与那日形貌无异，不过，还是有些变化。

最显著的，就是眼神迥异于以往。上皇深深领悟到此时两人处于对等立场，自己居然还是劣势。

上皇幽幽问道：

"是你在吹奏呼唤朕吗？"

"不。"

"朕想听听你的笛声。"

"我不会吹的。"

草十郎毫不妥协地答道。上皇遭到回绝，不禁坦承道：

"朕想见你，始终期盼有重逢之日。"

年轻人吸了口气，问道：

"您想见十指不全的我？"

"不——不是的，朕确实失言下令，为此必须向你深致歉意。然而，朕只想留你在身旁，想由衷关照你。"

原来上皇见年轻人离他远去、就此不知去向，因而出此下策。这时只见草十郎就在面前，上皇与他同样陷入非常情境，这年轻人的身体绝不该有丝毫损伤。

"唯有朕了解你拥有非凡乐才，因此循声而来，可知你我之间牵绊之深。回朕身边吧，别令朕不安，别让已发生的事再回到从前。"

上皇哀求般伸出手，几乎可触及衣衫，草十郎轻移避开了。这些微动作，足以让上皇彻悟永远无法得到对方。

"你……还想为系世而吹？"

草十郎忽然深深叹息。上皇并不了解他的心意，年轻人像是心意已决，对贵人厌倦说道：

"请听我说，世事一旦发生就无法复原，唯有不断前进一途。不管我想做什么、系世是否回到世上，都无法让您恢复原来的寿命。您大可延年益寿、为所欲为，这样可满意了？"

只见上皇眨着眼，草十郎又说：

"我不想从您那里夺走什么，也无意施予，这是最后的妥协，因为您企图阻止系世回到世上，这件事我绝不能原谅。您的其他作为曾造成许多人无辜殒命，或许不全是您的错。可是您想牺牲系世以求长生，俨然将她当作献祭品，这实在罪无可恕，我甚至想过展开报复。"

上皇脸转苍白，身体微颤起来。更恐怖的是，当风摇雾散之际，只见乌鸦整然列于河滩石上。数百只黑鸟的尖喙全朝着两人，一直观望待命。此处正是熊野圣地，上皇吓得魂飞天外，不禁双膝一软。

"您利用系世、利用我，可说不择手段。只要您活下去，大概又会继续利用别人。何况您日后将引起战争……对我来说，光凭这点取您性命的话，也等于犯下同样错误。不过要除掉您，可是易如反掌。"

草十郎刚说完，鸦群振翅齐飞，势如高张黑幕，全体移至头顶枝梢。上皇感觉额际和背脊已是冷汗涔涔。

"你……成神了？"

这次草十郎径自走向对方，步步逼到他鼻前，凑近盯视他的双眼。这次上皇不敢妄想再碰他一根毫发，整个人抖到连袖端都颤晃不已。

"只要您肯发誓，我就既往不咎。请承诺日后不再跟我和系世有任何瓜葛，永远不再搜寻我们，只要做得到，就保证您安然无恙。"

"朕发誓。"

上皇的答声细若蚊蚋，总算得以喘口气。

"……可是，朕对你难以忘怀，该如何是好？"

年轻人脸上浮现一抹怜色。

"您若当我成了神，认为祭祀还可聊以慰藉，就请自便吧。"

草十郎抛下这句话便返身离去，毫不犹豫地迈向川畔。

上皇凝望着那充满朝气的步履，一时想追随而去，然而，树上的鸟群已朝年轻人展翅飞离。

震耳欲聋的急促翅响和漆黑闪影，让上皇霎时天旋地转。当他回过神时，年轻人仿佛不曾存在似的杳无影踪。

脚下无力的上皇摇晃返回礼殿，刚刚清醒不久的众随从正四处仓皇奔走，当他们发现主君时，眼眶几乎泛红。

"您单独去何处呢？属下担心该不是遇上神隐，事情差点儿闹大起来。"

"神隐？……原来如此。"

犹在失神中的上皇点点头。

"或许正是，朕差点儿给神迷走了。"

结果，首度来熊野参诣的上皇结束为期一个月的巡行，若无其事地返回京城府邸。不过，不寻常的事确实发生了。

那就是在翌年，他随即二度前往熊野，接着次年、再次年仍至该地巡幸。

仿佛着魔似的不断前往熊野参拜的上皇，以六十六岁生涯驾崩、受谥号为后白河之际，他已达成历代最多、高达三十四次的熊野巡幸纪录。

4

鸟彦王问道：

"就这样轻易放过他？"

"是啊。"

"你要再强悍点儿，我们就会收拾他呢。"

草十郎发出叹息。

"我最怕变成这样。那一瞬间，一想到他任性妄为，令人无法原谅……我就满肚子火。"

"总之你已经表明心意了。"

"……我无法宽恕上皇，或许和他一样任性吧。"

鸟彦王沉默片刻后，继续说道：

"坦白说，我近来不断暗中唆使你……希望草十取代上皇掌管天下。这样一来，我俩将大有作为，又可以和你做伴呢。"

"我明白你的用意。"

草十郎望着肩上的乌鸦，微笑说道。垂头丧气的乌鸦又说：

"其实，我知道草十不想那么做，一定会选择系世……所以我才那么欣赏你。可是不忍见你受害……要救出系世必然遭到伤害，我希望你能维持现状。"

草十郎听它这样说，心中感慨万千。他了解前往异界不可能安然无事，鸟彦王也心知肚明，即使如此，它仍绝口不提而追随同来。

"……你付出太多了，我真是感激不尽。可是我无以为报，实在很惭愧。到头来，都是自己在率性而为。"

草十郎垂下眼，小声说道：

"能够走到这一步，全是鸟彦王的功劳。如果你需要我的协助——希望维持现状，我可以放弃今后的目标追随你。"

"别这么说啦。我也发过誓要找回系世呢。"

鸟彦王展开双翼一下表示阻止。

"不用了，我原想守护你达成最后目标，鸟彦王正是这种存在——必须守护整个丰苇原，原本就该适时援助你。"

乌鸦梳理翼端长羽，又补充道：

"在我体内多少还存着想成为人的念头，而你是人类，个性却有点儿像鸟。这样志同道合还真少见哟。不过，你不可能就此生活在鸟界，因此在无意识中便追寻着系世。"

"是吗？"

草十郎拍着脖颈，在得知自己想舍弃什么时，的确衍生不少迷惘。

"我没打退堂鼓或许非常不智，如今觉得自己只为挑战而挑战，渐渐不知是否在替系世着想……说不定她更想留在异界。"

"就算如此，你也该去达成目标。事到如今，我不能建议你该怎么抉择。"

鸟彦王的态度果决，让草十郎觉得自己这样迷惘是在逃避责任，心里对乌鸦感到过意不去，不由得一阵难过。

"是啊，你比我更清楚——不该打退堂鼓的。我必须找出答案，知道自己究竟为什么吹笛和拥有这种力量，是我必须做抉择。"

草十郎轻喃道。这时，鸟彦王表现出前所未有的举动，以黑色的头和鸟喙磨蹭他的面颊，仿佛人类在摩挲脸孔一样。

"不管你变成什么样子，我都永远支持哟。我看草十很对眼，没想到能认识这么中意的人类。好了，光的角度形成啰，祭典开始了。"

草十郎目送它飞去，抬头一看，眼前正是高耸的岩窟。

这是远从本宫走向低处的海边，属于浪刷裸岩地形的南纪海岸，唯独此地有平缓的弧状海滩。只见女神的巨岩，正威严耸峙在圆石堆积如天然斋庭的沙滩上。

茂盛的松树和厚叶林几乎延至沙滩，岩窟上方有树丛遮覆，仅在红色岩表显露的山崖周围有拔除草木的痕迹，并构成一处小斋场。这里并无拜殿，岩表浅洼处置有小祭坛和币帛。

秋末的苍空澄展于外海，浪波泛着淡碧，作为国生女神沉眠的哀伤地，这景致显然过于明朗。草十郎步下山，眼看海水湛蓝，不禁感到吃惊。他初次看到如此蔚海，有了置身南方的体会，时值十一月，竟连风儿也不带寒意。

草十郎总算来到这里——抵达最后的地点。

此地空荡无人，草十郎伫立许久，只听见潮音和海面的鸟啼。然而，鸟族祭祀此时已拉开序幕。

（这是最后机会，永远不会再有……）

草十郎早有自觉，因此换上系世为他缝制的衣装。期盼这件在缝线中含着少女情意的衣服能发挥力量，找到那日出现的异界之道；也希望忐忑不安的自己，能前往那日抵达的地方。

他望着鸦群纵横飞舞，将横笛移向唇边，不能再迟疑不决，唯有竭尽所能，在笛声中赌上命运。

海风轻送笛韵升空，融混在鸟翼创生的律动中，在同调、对立之间，出现了系世的旋律。不久，灿烂光花开始纷落，黑碎石般的鸟群穿梭其中，这光景实在太神奇了。

草十郎边凝神思索旋律，边朝祭坛缓缓走去。巨岩近在咫尺，当他微感岩表出现共鸣时，四周景色倏然消失，只看见闪闪发光的花雨，他已踏入印象中经历的异界。

吹笛的草十郎周围，除了花雨缤纷飘舞，还有不断收缩的盛绽花朵、爆炸般四散的光屑洒落。那背后却是吞噬一切的暗渊，光是在此就可深切感受到，无论多灿烂的生命之花，在无际的黑暗前不过是一瞬火灿。

接触到异界火花的肌肤感觉麻颤，他想起以前在这个空间不曾找到系世，因此有些不安。他克制着继续吹奏，终于像看到源赖朝的未来般，看见了系世。

如今，连系世跳舞的周围景象都依稀可见，他惊讶的是有端整林木环绕，像是在某个大庭苑，树形整然有致，修短的草地让视野广阔无比。

系世仍穿着那日的红锦衣，不过这次看得更清晰，发现只有最外层的衣衫相同。从前襟显现里层的装束奇特异常，草十郎一辈子没见过那么繁复的缀饰和细褶。

少女已换穿异界的装束——成了异界之人。

认清事实后，草十郎不禁心生退意。即使深知吹奏中稍有差池就会丧命、心念动摇势必失败，他还是动摇不已。

草十郎保持镇定以免分心后，再度细观之下，只见系世正奋力想伸手。那流畅的舞姿不容停顿，少女只能在瞬间旋身、挥袖，却朝他伸出空的那只手。

（系世想回来……）

少女发现草十郎在此，想拉住他的手。当察觉她的神情时，草十郎恢复了自信。

然而，要握住系世的手必须停止吹笛。何时停顿正是关键，惊险情况自然不在话下。舞与笛是在不确定的通路上衍生共鸣，只要些微走音，别说要救出系世，恐怕连草十郎也永难脱离这个空间。

对于在林间舞蹈的系世，还有光花中的草十郎而言，无论多想看清对方，仍有绝对的隔阂存在。草十郎感觉自己和少女之间蒙上无形的强膜，没有冲破的力量就无法接近对方。一旦冲破，则有必然的业报相待——

尽管如此，他知道必须尝试，姑且闭目聚精会神。就在睁眼时，险些没走音。

深情款款伸出手的少女，竟然是万寿。

草十郎必须尽最大努力，维持笛声不起变化。他不敢置信地凝目细看，依旧是苍白落寞的万寿。然而她翩然转身，红衣的系世又出现了。系世舞身一转时，万寿再度出现——两人宛如背对背的存在。

异界形成的奇象实在超乎理解，如今，他不知自己认定的少女系世，是否就是她本人。然而，草十郎唯一能做的——就是孤注一掷。

决心放下横笛的瞬间，他将握住谁的手，那是概率各半的赌注。他不禁在心中向鸟彦王求助。

（请指引我前往鸟族的天空……走向永不堕入亡魂洞穴的地方……）

草十郎的眼中，此时看不见鸟群在空中展开的祭祀仪式。然而，他深信一定正在进行，鸟彦王会由衷关照他的。

吹入最后一声气息，草十郎向前踏出决定的一步，握住眼前那位少女的手。

草十郎感到眼底有强光爆炸，看不见也听不到，感官完全失去作用。他恐惧该不会永远处于这种状态，就在快放弃时，忽然再度恢复感觉。

他仿佛用尽全身之力，拼命抓住身躯娇小的对方，而少女也尽可能伸手紧紧环抱他。

"……系世？"

"嗯。"

"真的是你？"

"是我哟。"

耳畔传来久违的银铃语声，草十郎想确认面容，反而更紧紧抱住她。于是感受到那柔软而富有弹性的身体、纤细的骨架，还有对力量反应敏感的血肉之躯。

"好痛，草十郎，放开我一点儿。"

"我好怕看你的脸……"

"人家长得这么糟吗？"

草十郎忙想否认，这才松开对方至手臂距离。少女果然是系世，脸泛微红、眸中噙泪，浓睫点点湿润，正浮现似哭似笑的神情仰望着他。

"我相信你一定会找到我，可是好可怕……至今没有人能做到。连忉利天的人都傻眼，不知怎么回事。"

"忉利天？"

"我只是这么叫自己前往的世界，曾听日满说帝释天降临的地方就是这个名称。我到了完全不同的世界……"

只需看系世红衣下的衣裳就能一目了然。也不知出自何种材质的薄布，上面有绝不像是织锦的花纹，还有类似贝雕的饰珠和别线编成的镶边。上衣裹着少女的圆柔曲线，腰际以下则有细褶流摆。

"我完全处于隔绝状态，以为从此会在另一个世界生存。不过那是很洁净的地方……处处纤尘不染，整座楼宇好像涤净过一样。所以我猜是天界某处，自然称作忉利天了。那里有超乎想象的楼阁，我有独处的闺房，在那里接受'诊察'还是'住院'之类的。她们很亲切地照顾我，虽然有点奇特，膳食和寝床都很妥善。只有一点不中意，就是居所不管是地板或墙壁，几乎全由平滑石片和铜铁建造，连外廊也一样。户外有靠自己移动的驾车，甚至连屋宇也铺上铜铁。还有你一定不相信，灯盏居然是透明石头做的。"

系世滔滔不绝地说着，草十郎简直满头雾水，只听话声传入耳际，至于内容实在太玄，干脆完全忽略。

"……你确实是在庭苑跳舞吧？"

他总算插嘴问道，系世一脸率真地点头。

"因为我一直在哭，照顾的人带我到御苑养心，这才萌生一线希望。比起这里，天界的林木好没生气，不过总归是树。我舞了一段……于是听到你的笛声。"

系世眨着眼眸，泪珠潸潸而落。

"当时我很清楚绝不可能待在那里，必须回来才行，只要继续跳舞，一定会出现奇迹……我连扇子都丢了，是你途中捡回来……"

草十郎再度紧紧拥住她，无论自己多努力，倘若没有系世的坚强意志，终将化为泡影。在陌生的奇人异界中，少女依然奋力而舞，这是多么令人怜爱。

半晌激动不能言语后，系世忽然喃喃说：

"草十郎，你的笛子……"

他循着少女视线望去，发现自己竟忘记横笛，任其滚落于地。而且，有只乌鸦正在看守。

（鸟彦王……）

从乌鸦了解草十郎在注视它，还昂起鸟喙的模样，可知那绝对是鸟彦王。然而，年轻人不知道它在说什么；乌鸦确实有讲话，望着鸟眼即可知道它想表达心意，可是草十郎完全听不懂。

如今他了解得到系世的代价是什么了。他已丧失独特的神妙听力，若没有这种天赋，势将永远无法吹笛。

乌鸦察觉他愕然不已，似乎想多留片刻，终究还是振翅起飞，依依不舍在他头上盘旋一大圈后，朝森林远方飞去。草十郎目送它远离，感到热泪盈眶。

（鸟彦王能够理解……而我也大概明白。这就是我的抉择……）

"草十郎，怎么了？"

"……没什么。"

听到少女担忧询问，草十郎如此答道，却言不由衷地再度泛泪。他不禁有感而发，鸟彦王在身边时，自己不知受过多少帮助。

"我也许……再也不属于鸟类了，以前你说我很像鸟。"

"嗯，我记得。"

系世弯身捡起横笛，在衣裳上频频擦拭尘土后交给他。

"虽然和你见面很喜悦，好期待能回到原来世界，但或许我不值得你付出这么多。"

"我不后悔，只是有点儿……请你原谅我为它哭泣。"

忙着拭泪的草十郎没接过横笛，系世爱惜地捧着说：

"我不知道你是以什么作为交换，将来一定会后悔吧。你得到的不过是个普通姑娘哟。自从到异界后，我初次为自己而舞，全心全意地祈求，因此……我的舞蹈也不再具有特别力量，只成了赏心悦目……"

草十郎凝望着少女，想探询她是否为此不安。

"你后悔为自己而舞吗？"

"不，我觉得原本就该如此。"

"如果没听错的话……我能拥有系世了？"

"你不嫌弃吗？"

"原来你在意这个。"

草十郎忽然笑起来，没有接过横笛，而是握住她的手。

"怎么会嫌弃？系世要是不想属于我，那时我只好认了。"

系世不禁哭笑不得。

"现在还说这种话，真受不了你。就算敷衍，也该对淑女表示会为了她不惜赌上一切呀。"

"你明知我会的。"

草十郎忽然感觉世界在眼前豁然开朗，好想向全世界表示他得到系世——从异界找回少女了。首先必须告诉日满，还有美津和斋藤大人。

他真想早日让青墓的孪生姊妹、真鹤、卖发梳的老妇见到神采奕奕的系世。还要自豪地告诉幸德，此外还得向佐吉和彦次说明横笛已充分发挥作用，还有正藏和弥助等人也该通知一声。草十郎想告诉至今遇到的所有人，相信他们都会赞许自己的表现。

或许并非拓展了世界，而是开阔了他的心胸。与人保持距离、紧紧封闭自我的郁结，在握住系世的手时终告化解。

当然也想告诉赖朝，还有至今不曾想起的武藏乡民——

（既然能活下去……我将不再迷惘。）

如今草十郎知道已经远离万寿的幽魂，自己想争取的是活在这世上。新的苦难或许产生，然而战胜这场赌局，自己应该更能接受挑战。

系世望着他缓泛笑容，小声说：

"你好像有点儿变了，我不在这里时，到底发生了什么事？"

"到时再慢慢说给你听。我认为这样也好，我们今后都将重新开始。"

草十郎认为无论是对系世还是对自己，皆是即将展开的新世界；一旦发生的事绝不可能复原，系世也不同于神隐以前的少女。

"不过，可以先去看日满哟，他也在熊野。"

"我正觉得奇怪，果然这里是熊野。这块岩石是女神的岩窟吧？"

系世惊声说道，这才仔细东张西望起来。就在仰头望见岩窟时，她才明白自己为何在这个地点返回世上。

"……我有些佩服你了，几乎去了一趟黄泉呢。我们能这样牵着手平安站在这里，应该要深表惊叹才对。"

"或许没错，系世可说是在此脱胎换骨，而我也差不多。"

草十郎说道。系世凝视他半晌，忽然莞尔一笑。

"那么，必须表达新生的问候，以及对女神的谢意才行。请你吹笛好吗？我想向女神献舞。"

"你已经跳那么久了，还想继续？"

草十郎不禁问道，系世摇了摇头。

"这是第一次，是我新生以来最初的表演。如果你也一样，就请吹吧。"

她将横笛推给草十郎，雀跃地来到斋场中央，站定后一跳转身面向他，取出扇子招手示意"快来"，草十郎不禁笑起来。

他对着吹嘴，感觉新曲驾轻就熟。

只要和满心欢喜的系世同调就行了。

或许天上永不再落光花，那只是看不见，光雨不可能真正消失。同样的，鸟彦王也不会消失，一定还在某处守护、暗中支持两人。

仿佛听见草十郎的笛韵含着笑意，系世边舞边泛起微笑。在海边斋场献舞奉乐的两人，如今朝着新世界翩然起舞、悠然吹笛。

——全书完